Klaus Wanninger
Schwaben-Wahn

Vom Autor bisher erschienene Bücher bei KBV:

»Schwaben-Rache«
»Schwaben-Messe«
»Schwaben-Wut«
»Schwaben-Hass«
»Schwaben-Angst«
»Schwaben-Zorn«

Klaus Wanninger, Jahrgang 1953, evangelischer Theologe, lebt mit seiner Frau Olivera in der Nähe von Stuttgart. Er veröffentlichte vierundzwanzig Bücher, darunter seine bereits in mehreren Auflagen vorliegenden KBV-Krimis mit den Kommissaren Steffen Braig und Katrin Neundorf.

Klaus Wanninger

Schwaben-Wahn

KBV
KRIMI

Originalausgabe

www.kbv-verlag.de
E-Mail: info@kbv-verlag.de
Telefon: 0 65 93 - 99 86 68
Fax: 0 65 93 - 99 87 01
Umschlagillustration: Ralf Kramp
Druck: Grenz-Echo AG, Eupen
www.grenzecho.be
Printed in Belgium
ISBN 3-937001-40-9

Die Personen, Namen und Handlungen dieses Romans sind frei erfunden. Jede Ähnlichkeit mit lebenden Personen oder tatsächlichen Ereignissen wäre rein zufällig. Leider beruhen die Hintergründe jedoch auf Tatsachen.

1. Kapitel

Die im hellen Gelb des frühen Morgens aufleuchtende Kugel der Sonne schob sich genau in dem Moment über die Kronen der Bäume, als er den Vorplatz des Bärenschlößles erreicht hatte. Ihre gleißenden Strahlen tauchten das enge Tal des zwischen sanften Berghängen und Wiesenterrassen eingebetteten Sees in ein flirrendes Licht, rissen die schmale Senke aus ihrem Dämmer. Binnen weniger Sekunden veränderte sich die gesamte Umgebung.

Kai Dolde blieb schwer atmend stehen, gab sich dem Morgen für Morgen immer wieder aufs Neue faszinierenden Naturschauspiel hin. In den Wiesen rings um ihn herum begann es zu glitzern. Tausende von Wassertröpfchen, geboren im feuchten Niederschlag der nächtlich-kühlen Luft, blinkten im Gras und auf den Zweigen. Winzige, vom Taumel des Frühlings erst seit wenigen Tagen geweckte Knospen öffneten zaghaft ihre schützende Hülle, streckten sich verlangend dem wärmenden Licht entgegen. Scharen von Vögeln beschleunigten das Tremolo ihrer frühen Gesänge, Bienen und Insekten stoben summend in die Luft. In der Senke des schmalen Tales erwachten von Minute zu Minute immer neue Teile des Sees zum Leben: Tausende zarter Elfen aus nichts als Luft und Licht schienen auf der leicht gekräuselten Wasseroberfläche zu tanzen, millionenfach das Gleißen der Sonnenstrahlen reflektierend.

Kai Dolde wischte sich den Schweiß von der Stirn, atmete tief durch. Kurz vor sieben an diesem Morgen war er von seiner Wohnung in Botnang, einem ruhig gelegenen Stadtteil Stuttgarts aus gestartet, um durch den langsam erwachenden Wald zum Bärenschlößle zu joggen. Wie zu dieser frühen Stunde üblich, hatte er kaum mehr als eine Hand voll anderer Sportler getroffen. Die meisten wie er zu Fuß, einige wenige auf geländegängigen Fahrrädern unterwegs. Kopfnickend waren aneinander vorbeigesprintet. Ein kurzer Gruß, manchmal ein Aufleuchten der Augen als Zeichen des Wiedererkennens.

Dolde liebte Stunden wie diese, wenn Stadt und Umgebung noch in den letzten Zügen des nächtlichen Schlummers lagen und er in Ruhe und Frieden das Erwachen der Natur genießen konnte. Autos und Motorräder blieben hier ausgesperrt, das Areal des Rot- und Schwarzwildparks rund um die Seen vom Lärm und den Abgasen der ansonsten allgegenwärtigen modernen Pestilenz verschont. Die wenigen Läufer und Radler, die zu dieser Zeit unterwegs waren, wirkten nicht störend – erst später, wenn ihre Zahl, ergänzt von Scharen von Ausflüglern, zu einer wahren Völkerwanderung anwuchs, fiel die Gegend um das Bärenschlößle unüberhörbar dem Einfluss lachender und schreiender Massen anheim.

Bis es soweit war, hatte sich Dolde längst wieder auf den Weg gemacht: Mehr als dreißig Minuten gönnte er sich selten. Er benötigte den Lauf am Morgen, die anregende Bewegung seiner Glieder, das kräftige Durchatmen in der würzigen Luft des Waldes fast ebenso wie seine täglichen Mahlzeiten; zwang ihn das Studium der Verfahrenstechnik, dessen Abschluss er seit mehreren Monaten mit der Erstellung seiner Examensarbeit vorbereitete, doch dazu, alle Tage bis spät in die Nacht hinein an verschiedenen Computer-Bildschirmen und Analysegeräten zu verbringen.

Kai Dolde atmete tief durch, schaute hinunter ins Tal, wo die Sonnenstrahlen immer entlegenere Teile des Bärensees zu neuem Leben erweckten. Er folgte dem Spiel des Lichts mit seinen Augen, glaubte Myriaden unsichtbarer Wesen über die Wasseroberfläche schweben zu sehen. Sie tänzelten auf und nieder, hin und her, anmutig, geräuschlos und ohne jede Pause. Das gesamte Areal schien sich in eine funkelnde, glänzende Fläche zu verwandeln.

Plötzlich wurde Dolde aus seinen Träumen gerissen. Grelles Licht blendete seine Augen, mitten aus dem Wasser in die

Höhe schießend. Irritiert hielt er sich die Hand über die Stirn, versuchte zu erkennen, was den blendenden Strahl verursachte. Er hatte Mühe, mehr als nur die Umrisse der steil vor ihm abfallenden Landschaft wahrzunehmen. Seine Augen passten sich erst langsam wieder an. Er blickte in die Tiefe, musterte die Oberfläche des Sees. Da erkannte er, was den grellen Strahl verursacht hatte: Eine Glasscheibe reflektierte das Licht der Sonne. Verwundert ging er weiter, suchte die Oberfläche des Sees ab. Und nun – so absurd ihm die Szenerie auch erschien – begriff er doch endlich, dass das Glas zu einem Auto gehörte, das mit seinem rückwärtigen Teil aus dem Wasser ragte: mitten im einzigartig idyllisch zwischen die sanft ansteigenden Hänge des Naturschutzgebiets gebetteten Bärensee.

2. Kapitel

Venedig. Die traumhaft schönen Tage mit Ann-Katrin in der Lagunenstadt sollten Steffen Braig noch lange in Erinnerung bleiben. Seine längst überfällige Beförderung zum Hauptkommissar des Stuttgarter Landeskriminalamtes und ihre – den Aussagen der Ärzte zufolge – endgültige Genesung von den jahrelangen Malaisen ihrer Schussverletzung zum Anlass nehmend, hatten sie sich acht Tage inmitten der verwinkelten Gassen und Kanäle des norditalienischen Paradieses gegönnt. Das kleine Hotel, ein typischer Adelspalast aus dem 14. Jahrhundert, lag am beschaulichen *Campo San Barnaba,* etwas abseits vom Hauptstrom der Touristen, ausgestattet mit allem, was einem alten venezianischen Palazzo seinen faszinierend morbiden Charakter verlieh: schiefe Wände, knarzende Treppen, infolge der hohen Luftfeuchtigkeit abblätternde Farben an Wänden und Decken.

Vom ersten Augenblick an vom Zauber der Stadt gefangen, von der Anmut der allein den Menschen und Tieren vorbehaltenen Wege und Plätze betört, hatten sie sich dem Flair eines neuen, bisher völlig unbekannten Lebensgefühls hingegeben: Bummeln, Spazieren, Betrachten, Verweilen – wann und wo immer sie wollten. Nirgendwo heulende Motoren oder in unmittelbarer Nähe quietschende Bremsen, kein nervtötendes Gehupe oder unwirtliche, von Lärm und Hektik erfüllte Straßenschluchten, stattdessen Ruhe, beschauliche Atmosphäre, saubere, von Abgasschwaden freie Luft. Sie folgten dem Gassenlabyrinth entlang abgelegener Kanäle, spazierten über unzählige schmale Brücken, rasteten auf lauschigen Plätzen, chlürften Capuccino in winzigen Cafés. Den großen Touris-
nströmen ausweichend streiften sie durch die menschenlee-
oft nur von spielenden Kindern oder friedlich vor sich hin
den Alten belebten Straßenzüge in Cannaregio oder

Castello oder nutzten eines der Vaporetti, um über das Wasser der Lagune Murano, Burano oder Torcello zu erreichen – jedes Eiland ein Paradies für sich.

Und dann die Rückkehr nach Stuttgart. Der Kontrast hätte nicht schärfer, nicht ernüchternder ausfallen können. Durch Unmengen von Autos verstopfte Straßen, dröhnende Motoren, nervtötendes Hupen, Stress und Hektik in jedem Winkel der Stadt. Schon die erste Nacht in seiner Wohnung in der Hermannstraße in der Stuttgarter Innenstadt wurde zum schlaflosen Albtraum. Anfahrende, hupende, bremsende Blechkarossen, der ewig gleiche Lärmpegel von der nahe gelegenen Rotebühlstraße her – Braig fühlte sich im wahrsten Sinn des Wortes gerädert, als sein Wecker kurz vor sieben läutete.

Müde richtete er sich auf, sah, dass Ann-Katrin noch im tiefen Schlummer lag. Sie hatte noch einen Tag Urlaub; daher schälte er sich vorsichtig unter der Decke hervor, duschte und zog sich an. Er schnitt sich zwei Scheiben von dem Brotlaib ab, den sie am Abend zuvor, unmittelbar nach der Ankunft im Hauptbahnhof gekauft hatten, belegte sie mit zwei dünnen Scheiben Käse, trank zwei Tassen grünen Tee. Als er sein kurzes Frühstück beendet hatte, schrieb er seiner Freundin ein paar Zeilen auf weißes Papier, umrahmte sie mit einem großen Herz und ließ das Blatt mitten auf dem Tisch liegen.

Die Stuttgarter Innenstadt empfing ihn mit dem gewohnten unwirtlichen Bild: Blechlawinen, wohin er nur blickte.

Braig eilte die paar Meter zur S-Bahn-Station *Feuersee*, versuchte, sich von der Hektik nicht anstecken zu lassen. Er passierte zwei trotz des frühen Morgens bereits alkoholisierte Männer, sah die Schlagzeilen des Boulevardblattes, das der eine in Händen hielt. *Erpresser fordern 100 Millionen. Polizei gründet Sonderkommission.* Er folgte den Stufen in die Tiefe, wusste, worum es ging. Katrin Neundorf, seine Kollegin, hatte ihm den Sachverhalt auf den Anrufbeantworter gesprochen, ihn vor den aufreibenden Aktivitäten im Landeskriminalamt gewarnt. Bi-

Brother und der Flughafen würden erpresst, hatte sie erklärt, Koch sei auf Zweihundert und stelle die gesamte Umgebung auf den Kopf. Er habe die Ermittlungen an sich gerissen. Auf den Hintergrund der Erpressung war sie nicht eingegangen, allein die Tatsache aber, dass Koch den Fall übernommen hatte, verhieß nichts Gutes. Der Name des Oberstaatsanwaltes weckte in Braig unliebsame Erinnerungen. Er hatte mehrfach mit ihm zu tun gehabt, zuletzt bei der Aufklärung des gewaltsamen Todes zweier junger Frauen in Waiblingen und Ludwigsburg, war dabei ebenso wie seine Kolleginnen mehrfach mit dem allzu einfach schwarz-weiß gestrickten Weltbild dieses Mannes aneinander geraten. Wenn Koch in der Sache mitmischte, standen unangenehme Tage bevor.

Braig nahm die S-Bahn bis Bad Cannstatt, folgte dann der Decker- und der Wörishofenerstraße zum LKA. Er hatte sich diesen Fußmarsch in den letzten Monaten endgültig angewöhnt, nachdem ihn sein Hausarzt bei einer Untersuchung anlässlich einer kräftigen Wintergrippe eindringlich aufgefordert hatte, endlich für mehr Bewegung zu sorgen. Jetzt, Anfang Mai, zu Beginn der warmen Jahreszeit, fiel ihm das zunehmend leichter.

Er betrat das Amt, grüßte den Kollegen am Eingang, spurtete zum Aufzug, dessen Tür gerade offen stand. Als er sein Büro erreicht hatte, hörte er Neundorfs Stimme.

»Du bist schon da?«

Er drehte sich um, sah sie aus ihrem Zimmer treten.

»Wie war euer Urlaub?« Sie gab ihm die Hand, umarmte ihn.

»Ein einziger Traum«, sagte er. »Die Zeit verflog viel zu schnell.«

»Du siehst gut erholt aus. Und braun gebrannt. Ihr hattet also schönes Wetter?«

»Sonne pur«, antwortete Braig. »Und laue Frühlingsluft. Die ganze Stadt blühte. Wir wären am liebsten geblieben.«

»Das kann ich verstehen.« Neundorf nickte mit dem Kopf. »Mir fiel es jedes Mal schwer, Abschied zu nehmen, wenn ich in Venedig war. Beim letzten Besuch ertappte ich mich bei dem Gedanken, mich nach einer Wohnung umzusehen. Für immer. Irgendwo am Rand, etwas abseits. Die Ruhe und der Friede. Keine Hektik, kein Lärm und trotzdem alle Vorteile der Großstadt. Wie geht es Ann-Katrin?«

»Sie wollte nicht mehr weg. Venedig kam gerade rechtzeitig. Ich glaube, der Aufenthalt dort war besser als jede Therapie. Vielleicht schafft sie es jetzt endgültig.«

»Gesundheitlich? Geht's?«

»Ja, gut. Ich denke, sie hat die Verletzungen endgültig überwunden.«

»Das freut mich für euch. Ihr hättet verlängern sollen. Ohne Rücksicht auf den Laden hier.«

Braig bemerkte ihre angespannte Körperhaltung, ahnte, dass sie anstrengende Tage hinter sich hatte. »Es gab viel zu tun?«, fragte er.

»Ich wurde zum Mitglied der Sonderkommission ernannt, die Koch einberufen hat.« Sie verzog ihr Gesicht, winkte verächtlich ab. »Du in Abwesenheit ebenfalls. Ich habe dir auf Band gesprochen. Du hast es gehört?«

Er nickte, bedankte sich.

»Der Kerl hat vollends den Verstand verloren«, fuhr sie fort. »Er trommelt Gott und die Welt zusammen. Dreißig Leute bis jetzt. Nur weil er unsere Heiligtümer bedroht sieht.«

»Die Erpressung.«

»Big Brother und der Flughafen. Koch beabsichtigt allen Ernstes, die Kommission auf fünfzig Personen zu erweitern. Er fordert Leute aus allen Teilen des Ländles an. Mannheim, Karlsruhe, Freiburg, Konstanz, Tübingen, Ulm, Heilbronn. Dabei geht jetzt schon alles drunter und drüber. Das reinste Tohuwabohu. Keiner weiß, was er tun soll.«

»Worum geht es bei der Erpressung?«

»Zweimal Fünfzigmillionen.«

Braig starrte seine Kollegin überrascht an, pfiff durch die Zähne. »Dann stimmt es tatsächlich? Einhundertm

Euro?« Er erinnerte sich, die Summe unterwegs in der Schlagzeile eines Boulevardblattes gelesen, sie aber für maßlos übertrieben gehalten zu haben.

Neundorf nickte. »Koch und Konsorten vermuten international agierende Terrororganisationen hinter den Drohungen. Forderungen solcher Größenordnungen könnten nur aus diesen Kreisen stammen. Er hat aber keinerlei Beweise.«

»Einhundertmillionen Euro.« Braig zeigte sich noch immer beeindruckt. »Das ist aber wirklich außergewöhnlich dreist. Weshalb gerade Big Brother und Flughafen?«

»Die Höhe der Forderungen vermutlich. Wer sonst kann das bezahlen? So viel Kleingeld hat nicht jeder parat. Aber für diese Unternehmen sind selbst Fünfzigmillionen nur Peanuts. Das verdient der Konzern in weniger als einer Woche. Und beim Flughafen gibt es eine Menge aufstrebender Gesellschaften, die groß absahnen. Die machen das mit links.«

»Sind die bereit zu zahlen?«

Neundorf zuckte mit der Schulter. »Frag mich was Leichteres. Ich weiß es nicht. Koch ist auf jeden Fall dagegen. Er hat es ihnen sozusagen verboten. Präzedenzfall und so.«

»Das ist verständlich«, überlegte Braig, »wer solchen Forderungen erst einmal nachgibt, löst eine Lawine von Nachahmern aus.«

»Die Erpresser drohen mit gezielten Maßnahmen. Wenn es wirklich Terroristen sind, müssen wir mit allem rechnen.«

»Sie fordern nur Geld? Sonst nichts?«

Neundorf nickte mit dem Kopf. »Es sieht so aus, ja. Die Begründung für ihr Vorgehen allerdings ist außergewöhnlich, wobei ich nicht weiß, ob man es ernst nehmen kann. Koch jedenfalls hält es nur für vorgeschobene Phrasendrescherei. Sie verweisen auf die weltweit beobachtbaren klimatischen Veränderungen und die daraus resultierenden Folgen wie das Abschmelzen gigantischer Eisberge, die zu erwartende Überflutung vieler Länder, Dürreperioden und Verwüstung ganzer

Regionen sowie das immer häufigere Auftreten von Unwettern aller Art. Bald seien ganze Völker zur Flucht aus ihrer Heimat gezwungen, weil die Erwärmung immer weitere Landstriche in Wüsten und Steppen verwandle. Die Ursachen für diese Entwicklung seien in erster Linie im anschwellenden Auto- und Flugverkehr zu suchen. Ihre Aktion ziele dahin, diejenigen zur Verantwortung zu ziehen, denen die Hauptschuld für diese sich anbahnende Katastrophe zukomme. Wenn es schon nicht möglich sei, deren unheilvolles Treiben einzuschränken, sollten sie wenigstens einen finanziellen Beitrag leisten, der den Betroffenen zugute kommen solle. Der Verkauf von Autos in alle Regionen unseres Globus und der zunehmende Luftverkehr lasse Autofirmen und Luftverkehrsunternehmen irrsinnige Summen verdienen, während die Konsequenzen ihres Tuns auf die Ärmsten der Armen abgewälzt würden. Ihre Forderungen seien nichts als bescheidene Ausgleichsmaßnahmen...« Neundorf wurde mitten in ihren Erläuterungen vom Klingeln ihres Telefons unterbrochen.

»Die haben das so ausführlich formuliert?«, fragte Braig verblüfft.

Seine Kollegin nickte bestätigend, lief in ihr Büro, griff nach dem Telefon.

»Und Koch will nicht darauf eingehen?«, setzte er nach.

»Das seien nur Ablenkungsmanöver, behauptet er. Man müsse die Sache im internationalen Kontext betrachten. Erkenntnisse der Geheimdienste belegten eindeutig die neue Strategie global agierender Terroristen: bewusste Desinformation, um über die eigentlichen Ziele hinwegzutäuschen.«

Neundorf nahm den Hörer ab, meldete sich.

Das laute Schimpfen einer kräftigen Männerstimme drang bis an Braigs Ohren. Er verstand irgendetwas von Wasser und einem Auto, das darin gefunden worden war, und dass die lokalen Beamten seit geraumer Zeit auf die Hilfe der Kollegen warteten.

»Wo soll das sein?«, fragte Neundorf.

Die Antwort des Mannes blieb Braig nicht lange verborgen.

»Im Bärensee?«, rief seine Kollegin überrascht, erklärte dann, nach zwei, drei Sekunden des Überlegens, ihre Bereitschaft zu kommen und die Ermittlungen zu übernehmen. Sie legte den Hörer auf, sah zu Braig. »Kommst du mit? Ein Toter in einem Auto im Bärensee. Die Kollegen rufen seit einer halben Stunde nach einem Untersuchungsteam, aber niemand reagiert. Koch hat alle Kräfte gebunden.«

Der Kommissar schaute sie verwundert an. »Wirklich im Bärensee?«, vergewisserte er sich. »Ich dachte, der liegt in einem Naturschutzgebiet, wo keine Autos fahren dürfen.«

Neundorf betrachtete ihn nachdenklich, fuhr sich über die rechte Wange. »Seltsam, was? Dass dort Autos erlaubt sind, ist mir auch neu.«

3. Kapitel

Der Blick auf den lang gestreckten, in ein schmales Tal gezwängten See bot eines der schönsten Panoramen, das Braig je zu Gesicht bekommen hatte. Erstaunt blieb er stehen, ließ die einzigartige Anmut der Landschaft auf sich wirken. Ihm zu Füßen der Spiegel des Wassers, eingerahmt von sanft ansteigenden, teils bewaldeten, teils mit Wiesen bewachsenen Hängen und Terrassen, darüber, auf der höchsten Erhebung, das Bauwerk des als Bärenschlößle bezeichneten Pavillons, vor wenigen Jahren nach historischem Vorbild des 1768 vom württembergischen Herzog Carl Eugen errichteten Jagdschlosses erstellt. Das schmucke Gebäude fügte sich harmonisch in die Naturlandschaft ein. Rechter Hand im Tal, direkt an den Bärensee anschließend, das lang gezogene, in eine enge Waldschlucht gezwängte Gewässer des Neuen Sees, der, wie Braig wusste, etwa einen Kilometer unterhalb, nur von einem schmalen Damm unterbrochen, vom nicht weniger idyllischen Pfaffensee ergänzt wurde. Urwald-ähnliche, unter Naturschutz stehende Baumformationen zogen sich rings um die Seen in die Höhe, im hellen Grün des erwachenden Frühlings leuchtend.

»Du bist zum ersten Mal hier?«, fragte Neundorf, die Braigs bewundernde Blicke bemerkt hatte.

Er löste sich aus seiner Starre, atmete kräftig durch. Das würzige Aroma junger Blüten und harzigen Holzes lag in der Luft. »Nein. Nicht zum ersten Mal«, sagte er, »aber es ist lange her. Und dass es so schön ist, hatte ich nicht in Erinnerung.«

Sie waren den Weg vom alten Forsthaus an der Mündung der Mahdental-Straße in die Magstadter Straße hochgelaufen, eilten durch den lichten Wald. Als sie den Bärensee in seiner vollen Länge vor sich liegen sahen, bot sich ihnen ein absurdes, fast unwirkliches Bild: Das Heck eines Autos ragte aus dem Wasser. Braig blieb stehen, starrte auf die surreal anmutende Szene.

»Es ist kaum zu fassen!«, schimpfte Neundorf neben ihm, die Hand auf der Stirn. »Wer fährt hier einen Karren ins Wasser?«

Braig zuckte mit der Schulter, sah, dass sich der Wasserspiegel leicht bewegte. Ein in der Sonne glänzender, mehrere Meter breiter Ölfilm breitete sich rings um das Auto aus.

»Ölschlieren«, sagte er, »das Wasser ist schon verschmutzt.«

»Die werden sich freuen«, erklärte Neundorf, »mitten im Naturschutzgebiet.«

Sie folgten dem Weg abwärts, sahen eine aufgeregte Menschenmenge auf dem Damm zwischen den beiden Seen stehen, die neugierig die Bemühungen zweier Männer verfolgten, unweit des Autos ein Schlauchboot-artiges Gefährt ins Wasser zu lassen. Vielstimmige Kommentare schwirrten durch die Luft.

»Selbschtmord? Nie ond nimmer!«

»Der war scho längscht dot, bevor die den ins Wasser gschmisse hent.«

»Blödsinn! Der isch jämmerlich in dem Karre versoffe!«

Zwei uniformierte Beamte hatten alle Hände voll zu tun, darauf zu achten, dass das mit rot-weißen Bändern abgesperrte Gelände am Ufer nicht betreten wurde.

Braig und Neundorf drängten sich durch die Menge, stellten sich den Kollegen vor.

»Endlich!«, seufzte der Jüngere der beiden Männer, ein kräftiger, rotbackiger Mittdreißiger, »wir haben schon fast die Hoffnung aufgegeben, dass noch jemand kommt.«

»Tut mir Leid«, antwortete Neundorf, »bedankt euch beim Herrn Oberstaatsanwalt. Der hat nur noch ein Thema: Erpressung durch internationale Terroristen.«

Der uniformierte Beamte nickte mit dem Kopf. »Das sollte kein Vorwurf sein. Aber so geht das jetzt seit fast einer Stunde.« Er zeigte auf die Meute der Neugierigen, die ihre Unterhaltung wissbegierig verfolgten.

Neundorf winkte verständnisvoll ab, schaute zu dem Fahrzeug im Wasser. Es handelte sich um einen E- Klasse Mercedes mit grauer Lackierung. Ob sich Menschen darin befanden, war von ihrer Position aus nicht zu erkennen. »Das Auto war besetzt?«

Der Schutzpolizist nickte. »Ein Mann. Sie sehen es nur von dort vorne.« Er zeigte zum Damm. »Er muss tot sein. Sein Körper liegt auf dem Boden vor den Vordersitzen. Ihre Kollegen versuchen gerade, das Auto zu erreichen.«

Braig lief zu der Stelle, die der Beamte angedeutet hatte, schaute zu dem Fahrzeug über den See. Der Blick durch die Beifahrerscheibe bestätigte es: Das schmale, mit einer dunkelgrauen Hose bekleidete Hinterteil eines Menschen war zu erkennen, etwa in der Mitte zwischen den beiden Vordersitzen in die Höhe ragend. Kopf, Arme und Beine der Person mussten im Wasser stecken, dessen Oberfläche fast bis ans Armaturenbrett reichte.

»Sieht böse aus, was?«, schimpfte Neundorf, die ihrem Kollegen gefolgt war.

Braig nickte mit dem Kopf. »Ein grauenvoller Tod.«

»Wenn er so starb, wie es aussieht, allerdings.«

Er hörte bekannte Stimmen, sah Helmut Rössle auf einem Schlauchboot-artigen Gefährt vorsichtig zu dem Auto im Wasser paddeln. Der Kriminaltechniker kniete in gebückter Haltung auf der leicht schwankenden Unterlage, tauchte ein schmales Ruder abwechselnd links und rechts in den See. Hinter ihm wartete Lars Rauleder am Ufer, das Seil, an dem das Schlauchboot befestigt war, in Händen. Seine Hosen waren nass bis weit übers Knie. Um ihn herum lagen mehrere Werkzeuge, dazu ein großer Rucksack samt Stahlkoffer, scheinbar wahllos im Gelände verstreut.

Braig ging auf Rauleder zu, grüßte.

»Alle achtzig Deifel von Sindelfinge, die Dame und Herre Kommissare sind au schon hier«, schimpfte Rössle vom See her. Er hatte das Auto erreicht, hielt alle Einzelheiten mit einer digitalen Kamera fest.

»Tut mir Leid«, entschuldigte sich Neundorf, »wenn du dich beschweren willst, wende dich an Koch.«

Rössle richtete sich schwerfällig auf, versuchte, die Kamera aufs Innere des Fahrzeugs zu richten. Das Boot schwankte leicht, ließ ihn straucheln. Er fluchte leise, bemühte sich um Gleichgewicht, fotografierte direkt durch die Scheibe. »Bitte, dut mir oin Gfalle: Erwähnet den Kotzbrocke net mehr«, maulte er laut, »die Sauerei hier isch schlimm genug so früh am Morge.« Er bückte sich vorsichtig nieder, hielt die Szene in mehreren Bildern fest.

»Wie sieht's in dem Auto aus?«, rief eine neugierige Stimme aus der gaffenden Menge.

Rössle reagierte nicht, setzte seine Arbeit fort.

»Eine Person?«, fragte Braig.

Der Techniker hob die Hand, hielt bestätigend den Daumen hoch.

»Ihr seid schon länger hier?«, fragte Neundorf.

Rauleder wischte sich die Haare aus der Stirn. »Eine halbe Stunde vielleicht. Wir wollten es zuerst nicht glauben. Ein Auto mit einem Toten im Bärensee. Wir dachten, da will uns jemand an der Nase rumführen. Aber dann kam ein zweiter Anruf. Es ist gar nicht so einfach, da ranzukommen. Wir versuchten es zuerst direkt.« Rauleders Blick wanderte nach unten zu seiner nassen Hose. »Keine Chance. Dann holten wir das Boot. Das ist zwar umständlich, aber so ersparen wir uns wenigstens ein Vollbad.«

»Wer hat das Auto entdeckt?«

Rauleder zog ein Blatt Papier aus seiner Tasche, reichte es der Kommissarin. »Ein Herr Dolde. Die Kollegen haben seinen Namen und die Adresse notiert. Der Mann hatte es eilig, ist aber den ganzen Morgen unter einer dieser Nummern zu erreichen. Er studiert.«

»In Stuttgart?«

Der Techniker nickte. »Er steht kurz vor seinem Examen, war [illegible] Morgen zum Joggen hier, wie jeden Tag. Mehr weiß ich [illegible] müsst ihn anrufen.«

Neundorf nahm das Papier, bedankte sich. Sie blickte zum See, sah, wie Rössle mit dem Boot um das Fahrzeug herumpaddelte und dabei eine Aufnahme nach der anderen schoss. »Wie kam das Auto ins Wasser? Habt ihr euch schon umgesehen?«

Rauleder zeigte auf das Areal unmittelbar hinter ihnen, das ringsum mit rot-weißen Plastikbändern vor unerlaubtem Zutritt geschützt war. »Wir haben noch nichts genauer überprüft. Zuerst muss der Tote aus dem Fahrzeug. Aber wie die Sache ablief, ist trotzdem schon weitgehend klar. Die Spuren dort vorne sind eindeutig. Frische Abdrücke von Autoreifen und Schuhen. Du kannst sie von hier aus erkennen.«

»Ihr habt nicht suchen müssen?«

»Die Absturzstelle dort vorne ist kaum zu übersehen. Die Böschung ist abgeschliffen, das Gras und das Moos wie abrasiert. An den Kanten hängen die Reste der Pflanzen, die dort wuchsen.«

Neundorf legte die Hand über die Augen, betrachtete die Fläche. An der Kante unmittelbar über dem See baumelten Moos- und Grasbüschel, die nur noch von dünnen Wurzeln gehalten wurden. Das Auto musste dort über die Böschung gerutscht und dann kopfüber in den See gefallen sein, falls das von dieser Entfernung aus richtig zu beurteilen war.

»Ihr habt Abdrücke von Schuhen entdeckt?«, griff Braig die Aussage des Technikers auf.

Rauleder wickelte das Seil langsam auf, weil Rössle mit seiner wackligen Unterlage wieder zurückpaddelte, hob seine Hand abwehrend hoch. »Ich will euch nicht zu viel versprechen. Wir haben das Gelände noch nicht detailliert untersucht. Bisher reden wir nur von ersten Eindrücken. Aber die Abdrücke von Schuhen, genau an der Stelle, wo das Auto über die Erde schrammte, sind nicht zu übersehen. Frische Abdrücke.«

»Wie viele sind es?«

»Zwei. Ein linker und ein rechter Schuh. Der Größe und der Anordnung nach von derselben Person.«

»Das bedeutet ...« Braig wurde mitten in seiner Überlegung von Rössle unterbrochen, der das Ufer erreicht hatte und auf den Rucksack am Boden deutete, aus dem ein schmaler Werkzeugkoffer ragte.

»Do isch oiner ausgstiege«, erklärte der Techniker, »bevor der Karre ins Wasser naghagelt isch.«

»Dort vorne?«

Rössle nickte. »Zwoi bis zwoiahalb Meter vor der Kante.«

»Ihr seid euch sicher?«

Der Techniker warf ihm einen mürrischen Blick zu, sparte sich jeden Kommentar. Braig wusste, wie exakt, ja penibel der Kollege arbeitete. Rössle beanspruchte zwar oft mehr Zeit, zu einem Ergebnis zu gelangen, als den fast ständig unter Zeitdruck leidenden, nach vorzeigbaren Resultaten lechzenden Kommissaren lieb war, seine Untersuchungen jedoch führte er mit einer Präzision und Zuverlässigkeit durch, die bisher – Braig konnte sich nicht an eine einzige Ausnahme erinnern – jedem kritischen Einwand standgehalten hatten. Zudem gab er prinzipiell keine voreiligen Verlautbarungen von sich, von deren Haltbarkeit er nicht überzeugt war. Jahrelange berufliche Erfahrung und eine – wie die meisten Kollegen urteilten – dabei erworbene außergewöhnlich schnelle und treffsichere Auffassungsgabe hatten Rössle zu einer wichtigen Stütze der Spurensicherung des Stuttgarter LKA werden lassen. Zeigte er sich ausnahmsweise so schnell auskunftsbereit wie im vorliegenden Fall, konnte man darauf vertrauen, dass er sich seiner Sache absolut sicher war. Was er über die Schuhabdrücke auf der Fläche hinter ihnen geäußert hatte, würde er in wenigen Stunden nach akribischen Untersuchungen detailliert beweisen können, wusste Braig. Jede Fragestellung bezüglich der Sicherheit seiner Aussagen erübrigte sich somit.

Der Kommissar verfolgte Rauleders Bemühungen, seinem Kollegen den Rucksack mit dem Werkzeugkasten zu überreichen, sah, wie Rössle sich die Gurte überstreifte und das dunkelgrüne Behältnis vor seinem Bauch befestigte.

»Um es noch genauer zu sage«, erklärte der Techniker, »die Abdrück von dene Schuh zielet zuerscht Richtung See und zwar direkt nebe dene Reifespure. Und dann beschreibet se uf oimal en Boge und führet zurück, landeinwärts. Sind die Grosche gfalle?« Er straffte den Gurt des Rucksacks, richtete sich vorsichtig auf.

»Zuerst Richtung See, dann landeinwärts?«, wiederholte Neundorf. Sie betrachtete Rössle aufmerksam, überlegte.

Er nickte mit dem Kopf, versuchte Halt zu finden. Das Schlauchboot schwankte heftig.

»Auf welcher Seite des Autos?«

Der Techniker verharrte auf der Stelle, deutete rückwärts auf den See. »Der Karre liegt mit seinem Vorderteil im Wasser. Also isch er vorwärts neighagelt, nehm i mol a. Oder?«

»Ich wüsste nichts, was dagegen spricht. Du bist der Experte.«

»Experte?« Rössle brummte ungehalten vor sich hin. »Alle Idiote von Sindelfinge, du schwätzsch a Zeugs.« Er veränderte vorsichtig seine Haltung, bückte sich, nahm das Ruder auf. Wasser schwappte ans Ufer. »Links«, sagte er dann, »von dem Auto aus links.«

»Neben der Fahrertür?«

»Genau da.«

»Das bedeutet, der Fahrer des Wagens stieg aus, bevor das Fahrzeug ins Wasser stürzte«, überlegte Braig. »Er stieg aus und lief davon. Ja?«

»I war net dabei«, erwiderte Rössle, »aber dene Spure nach ...« Er rutschte mit den Knien weiter nach vorne, deutete ein vorsichtiges Nicken an.

»Vorsätzlich also«, meinte Neundorf, »Mord.«

Der Techniker streckte seine Arme weit von sich, zuckte mit der Schulter. »I woiß net, was i sage soll. Aber so Leid es mir tut, es sieht nach Arbeit aus, ja.« Er winkte Rauleder, ihn zu begleiten, reichte ihm die Hand.

Der Kollege kniete vorsichtig neben Rössle nieder, balancierte den schwankenden Untergrund aus. Das Boot wackelte, ließ noch mehr Wasser ans Ufer schwappen. Braig trat zwei Schritte zurück, verfolgte die mühsamen Versuche der beiden Männer, festen Halt zu finden.

»Das Autokennzeichen«, sagte Neundorf, »wir sollten überprüfen, wem das Fahrzeug gehört.«

»Haben wir schon erledigt«, antwortete Rauleder, »hier.« Er griff in seine Hosentasche, reichte seiner Kollegin ein zusammengefaltetes Blatt. »Ich habe den Namen und die Anschrift notiert.«

Sie nahm das Papier entgegen, bedankte sich. »Daimler-Benz, E-Klasse. Karl Herzog, Wilhelm-Haspel-Straße, Sindelfingen.« Neundorf las den Text samt Autokennzeichen und Telefonnummer laut vor.

»Ihr habt schon angerufen?«, fragte Braig.

»Alles können wir nicht erledigen. Einen kleinen Rest ...«

»Ist schon gut. Vielen Dank.« Er war sich bewusst, dass es ihre eigene, nicht aber die Aufgabe der Techniker war, den Namen und die Adresse des Fahrzeughalters zu ermitteln.

»Uf jeden Fall gucket *mir* jetzt nach dem Tote«, sagte Rössle. Er wartete, bis beide sicheren Halt gefunden hatten, tauchte sein Paddel ins Wasser, steuerte das Boot vom Ufer weg.

Braig verfolgte die Bemühungen der Kollegen, sah, wie sie auf das Auto zuhielten und sich dann am Griff der Fahrertür zu schaffen machten, der nur wenige Zentimeter über die Wasseroberfläche hinausragte. Sie zogen sie ein Stück weit auf, benötigten dafür nur wenige Minuten. Das Wasser kam leicht in Bewegung, ließ zuerst das Boot, dann auch den Wagen schwanken. Die Männer legten eine kurze Pause ein. Die Menge auf dem Damm verfolgte das Geschehen mit lauten Kommentaren.

»Lebt der Kerl noch oder isch er he?«

»Wie viele Tote sind's?«

Rössle richtete sich vorsichtig auf, fotografierte den Innenraum durch den geöffneten Spalt. Plötzlich zuckte er zusammen.

»Der isch he, sonscht dätet die net erscht noch mit der Kamera rumfuhrwerke«, rief eine kräftige Stimme.

Braig sah, wie der Techniker den Fotoapparat wegsteckte und angestrengt ins Innere des Autos starrte, sich dann leise mit seinem Kollegen unterhielt. Beide Männer tauschten die Position, nun steckte Rauleder den Kopf durch die Öffnung, richtete sich dann kopfnickend wieder auf. Mit ernsten Gesichtern paddelten sie vorsichtig zurück.

»Der ist ohne Zweifel tot«, sagte Rauleder, als sie das Ufer fast erreicht hatten, »sein Gesicht liegt vollkommen im Wasser. Wir dachten, ihr wollt es euch sicher ansehen, bevor wir ihn holen?«

Braig nickte, ließ sich gemeinsam mit Neundorf auf das Boot helfen.

»I bleib da«, erklärte Rössle, »vier Leut sind zu viel.«

Der Kommissar kniete sich hin, versuchte auf dem schwankenden Untergrund Halt zu finden. Er fühlte sich an die leicht schaukelnden Vaporetti erinnert, in denen er in den letzten Tagen in Venedig mehrfach unterwegs gewesen war. Schon beim Einsteigen hatte man die sanfte Bewegung des Schiffes gespürt. Hatte es dann abgelegt und größeres oder belebtes Gewässer wie den *Canale di San Marco* oder die Lagune erreicht, war es in ein gleichmäßiges, rhythmisches Schwingen verfallen.

Braig spürte nasse Kälte auf seiner rechten Hand, fühlte sich abrupt aus seinen Träumen gerissen. Der Mercedes war nur noch wenige Zentimeter von ihnen entfernt. Rauleder tauchte das Ruder mit kräftigen Stößen ein und steuerte auf die halb geöffnete Fahrertür zu.

Der Mann war schon eine ganze Weile tot, das war sofort zu erkennen. Seine Glieder hingen steif im Wasser, das im vorderen Teil des Innenraums hin und her schwappte. Braig streckte sich vorsichtig vor, musterte den Körper des Toten. Er war schlank, nicht allzu groß, steckte in einem hellgrauen Anzug. Ursachen für sein Ableben waren nicht sofort zu erkennen. Erst als Braig seinen Kopf fast bis auf die Oberfläche der Brühe hinunterbeugte, bemerkte er die Zerstörung der rechten Gesichtshälfte. Er stützte sich an der Außenseite des Fahrzeugs ab, versuchte dies genauer zu betrachten. Sofort wurde ihm bewusst, was er da vor sich sah. Zu oft hatte er es schon vor Augen gehabt. Er wollte es nicht glauben, spürte, dass er zitterte. Er verlor den Halt, rutschte nach vorne weg. Wasser schwappte ihm ins Gesicht, an den Hals, rann kalt die Brust und den Rücken hinunter. Er drückte sich an dem Auto hoch, kam auf die Knie.

»Und?«, fragte Neundorf, »was ist?«

Er wischte sich die Flüssigkeit von der Stirn, rieb sich über Brust und Bauch. Er wollte es immer noch nicht glauben, brachte nur mit Mühe Worte hervor. »Rechts«, stammelte er, »sein Gesicht.«

Neundorf beugte sich nach vorne, betrachtete den Toten, auch sie richtete sich nur langsam wieder auf. Braig sah, dass sie sehr bleich war. »Der wurde erschossen«, sagte sie leise.

Er nickte, sah Rauleders zustimmende Miene. »Verrückt, was?«

»Wer?«

Braig wusste nicht, was er antworten sollte.

Neundorf deutete auf den Innenraum des Fahrzeugs. »Versuchen wir es gleich?«, fragte sie.

Rauleder hustete verlegen. »Wäre es nicht besser, wir übernehmen das?« Er deutete ans Ufer, wo Rössle mit dem Auspacken verschiedener Utensilien beschäftigt war.

Braig nickte seinem Kollegen zu, drückte sich von dem Auto weg, um das Boot in Fahrt zu bringen. »Was ist mit dem Arzt? Habt ihr einen angefordert?«

»Sofort«, erklärte der Techniker, »sobald wir den Toten entdeckt hatten.«

Sie kletterten wieder an Land, warteten, bis Rössle und Rauleder den Mann aus dem Fahrzeug geborgen hatten. Der erste Eindruck, den sie von dem Toten gewonnen hatten, verfestigte sich jetzt vollends. Es handelte sich um eine schlanke, etwa 1,75 Meter große Person, vielleicht vierzig bis fünfundvierzig Jahre alt, soweit das bei dem Zustand der Leiche zu beurteilen war. Er trug schwarze Schuhe mit auffallend hohen Sohlen und Absätzen, einen grauen Anzug und ein ursprünglich wohl weißes Hemd, das jetzt von einem schmutzigen Schleier überzogen war. Sein Gesicht war auf der rechten Seite im Bereich unterhalb der Schläfe stark deformiert, der Einschusskanal einer kleinkalibrigen Waffe deutlich zu sehen. Es gab wohl kaum einen Zweifel: Man hatte den Mann erschossen und dann mitsamt dem Auto ins Wasser katapultiert.

Braig fand keine Zeit, sich noch länger über die verrückte Hinrichtungsart zu wundern, weil sich der Arzt in diesem Moment schwer atmend durch die Masse der neugierigen Gaffer kämpfte und direkt auf sie zukam.

»Schönen guten Morgen, die Damen und Herren.« Dr. Martin Keil stellte seinen schwarzen Lederkoffer ab, nickte allen zu. Er wirkte bullig, schien um die sechzig. Sein Gesicht glühte vor Anstrengung, er schnaufte schwer. »Ich konnte nicht früher«, entschuldigte er sich. Seine Stimme klang rauchig und verschnupft wie immer, wenn Braig mit ihm gesprochen hatte. »Verkehrsunfall in Vaihingen. Die Verrückten sterben nicht aus. Jagt so ein Kerl mit seinem Sportwagen die Robert-Koch-Straße entlang, verliert die Gewalt über den Karren und rast voll auf den Gehweg. Zwei schwerverletzte Kinder, die dort auf dem Weg zur Schule waren.« Er schüttelte sich, als wolle er die Bilder verscheuchen. »Der Junge starb mir unter den Händen weg. Elf Jahre jung. Wegen so einem verkommenen Schwein.« Er schob seine Krawatte zur Seite, zog ein Stofftuch aus seiner Hosentasche. »Aber das ist unser Alltag. Ich weiß, Ihnen geht es auch nicht besser. Was steht an?« Dr. Keil wischte sich mit dem Tuch übers Gesicht, tupfte sich den Schweiß von der Haut.

»Männliche Leiche«, sagte Neundorf, »aus dem Auto dort.« Sie deutete auf den Toten, den sie hinter einer schmalen Zeltplane, die ihn vor neugierigen Blicken schützen sollte, am Ufer abgelegt hatten.

»Wie kommt die Kiste in den See?«, fragte der Arzt. »Sind jetzt alle dem Wahnsinn verfallen?«

»So langsam könnte man es glauben«, antwortete Neundorf, »wir haben noch keine Ahnung.«

Dr. Keil machte sich an seinem Koffer zu schaffen, bückte sich dann zu dem Toten nieder. »Sie haben seine Papiere?«, fragte er.

»Karl Herzog, 1958 in Waiblingen geboren«, erklärte Neundorf. »Gemeldet in Sindelfingen. Wir haben ihn mit dem Bild auf seiner Kennkarte verglichen. Er scheint es zu sein. Mehr wissen wir noch nicht. Wir warten auf Ihren ersten Befund.«

Rauleder hatte die Geldbörse und den Ausweis des Mannes sofort nach dessen Bergung aus seiner nassen Jacke gekramt, sie an die Kommissare weitergereicht.

»Das wird eine Weile dauern«, sagte der Arzt. Er schnaufte immer noch heftig, fing plötzlich an, laut zu schimpfen. »Warum sagen Sie das nicht gleich!« Er sah mit vorwurfsvollem Blick zu ihnen hoch. »Das haben Sie doch selbst bemerkt!«

»Wir waren genauso überrascht«, erklärte die Kommissarin, »damit hatte niemand von uns gerechnet.«

»Also, dann brauchen Sie auf meine Expertise nicht mehr zu warten. Ein Schuss mit Todesfolge unterhalb der rechten Schläfe.« Er starrte zu ihnen hoch, deutete auf den See. »Wozu dann diese Veranstaltung?«

Neundorf zuckte mit den Schultern. »Wir wissen nicht mehr als Sie.«

»Ja, natürlich.« Dr. Keil wandte sich wieder dem Toten zu. »Und jetzt wollen Sie wissen, wie viele Stunden das her ist.« Er wartete ihre Antwort nicht ab, ergänzte seine Feststellung. »Das dauert. Ich muss erst überprüfen, inwieweit das Wasser Einfluss auf die Leichenstarre hatte.«

Neundorf trat zur Seite, wandte sich an Braig. »Kümmern wir uns zuerst um den Mann, der das Auto entdeckte?«

»Sobald wir einen ersten Befund über die Todeszeit haben?«

»Vielleicht können wir uns den auch telefonisch geben lassen. Dann steht Dr. Keil nicht so unter Druck.«

Braig nickte, zog sein Handy aus der Tasche. »Du hast den Namen und die Nummer?«

Neundorf reichte ihm das Papier, hörte, wie ihr Kollege mit einem Herrn Dolde sprach und sich den Weg zu dem Universitätsgebäude beschreiben ließ, in dem der Student arbeitete. Braig kündigte ihren Besuch für die nächste halbe Stunde an. Sie sah seinen fragenden Blick, mit dem er sich nach ihrem Einverständnis erkundigte, signalisierte ihre Zustimmung.

»Das wird nicht lange dauern. Die Uni liegt gleich um die Ecke. Anschließend fahren wir nach Sindelfingen und verständigen die Angehörigen des Toten, ja?«, setzte er hinzu. Braig ließ sich die Handy-Nummer des Arztes geben, verabschiedete sich von ihm und den Kollegen.

Sie verließen das Seeufer, kämpften sich durch die Menschenmenge, die mit angestrengten Mienen auf neue Informationen wartete. Braig kam es vor, als habe sich ihre Anzahl seit seiner Ankunft vor einer guten halben Stunde mehr als verdoppelt.

»Ond, was isch mit dem Dote?«

»Isch er in dem Auto ersoffe?«

»Wer hat den do neigfahre?«

Er winkte den beiden uniformierten Beamten zu, die mit stoischer Ruhe jedes Vordringen in eine der abgesperrten Zonen unterbanden, schob einen älteren Mann mit vor unverhohlener Neugier rot angelaufenen Wangen zur Seite, der ihn am Weitergehen hinderte.

»Des waret die terroristische Erpresser«, zischte der Rotbackige, »die die Hundertmillione verlanget. Seht ihr net, dass des en Daimler isch, der do im Wasser liegt?«

Braig roch den alkoholgeschwängerten Atem des Mannes, gab keine Antwort. Er glitt an der hageren Gestalt vorbei, überlegte, was den Mann so früh am Tag schon veranlasst haben könnte, zu Bier oder Schnaps zu greifen. Terroristische Erpresser? Auf diese Idee zu verfallen, benötigte es in der Tat eines drastisch hohen Alkoholpegels. Er wartete, bis Neundorf bei ihm angelangt war, und stieg den sanft ansteigenden Waldweg hoch.

»Verrückt, was?«, sagte sie. »Hattest du damit gerechnet?«

»Nie und nimmer. Ich verstehe nicht, was das soll.«

»Als hätte der Schuss in den Kopf nicht gereicht. Wer macht so was?«

»Der Mörder muss von irrsinnigem Hass getrieben sein. Ein Tod ist ihm nicht genug.«

»Warum fuhr er das Auto ins Wasser? Sein Opfer war tot. Wozu dann noch diese Sache hier?«

»Er wollte Aufsehen erregen«, überlegte Braig, »der Tote sollte nicht unbemerkt aus dem Leben scheiden.«

»Eine Art Demonstration? Ist es das?«

»Eine perverse Demonstration der Gewalt. Als wollte der Täter seine Macht und seine Skrupellosigkeit beweisen.«

»Wem? – Beweisen? Uns allen oder einer bestimmten Person?«

»Ich weiß es nicht«, antwortete der Kommissar. »Vielleicht ist er krank und will in die Medien. Aufsehen erregen und berühmt werden. Die Journalisten werden sich freuen, wenn sie die Details erfahren.«

Neundorf nickte mit dem Kopf, stimmte ihm zu. »Das wird ein großes Fest. Aber ob das zur Erklärung des Tathergangs reicht?«

Sie hörten das aufgeregte Geschrei mehrerer Leute, die ihnen entgegenkamen, beeilten sich, die Gruppe zu passieren.

»Was isch?«, kreischte ein Mann. »Wirklich en Doter im See?«
Sie gaben keine Antwort, starrten auf den Boden.
»Ha, so was Ofreundliches!«, schallte es hinterher.
»Ich hoffe nur, es dauert nicht zu lange, bis wir den Mörder finden«, sagte Braig, »sonst ›Gute Nacht‹.« Er deutete zurück auf die Menschenmenge hinter ihnen.
Sie vernahmen das Aufheulen eines Automotors irgendwo vor ihnen, hörten ihn in westlicher Richtung verschwinden.
»Eine Frage haben wir uns noch nicht gestellt«, fiel es Neundorf ein.
Braig kickte einen morschen Ast zur Seite, der vor seinen Füßen lag, wandte sich seiner Kollegin zu. »Nämlich?«
»Wie kam das Auto zum See? Der gesamte Rotwildpark hier steht unter Naturschutz. Alle Zugänge sind mit Schranken geschützt, die Wege für Autos gesperrt.«
Braig verstand, was sie meinte. »Wir müssen uns erkundigen, wo eine Zufahrt dennoch möglich ist. Am besten beim Forstamt, die wissen garantiert Bescheid. Anschließend müssen die Techniker ran. Ein unerlaubt in den Park eingedrungenes Fahrzeug wird wohl irgendwo Spuren hinterlassen haben. Mit viel Glück finden wir Zeugen, denen das Auto auffiel. Vielleicht nicht nur das Auto, sondern auch sein Fahrer.«
Sie hatten den höchsten Punkt des Weges erreicht, liefen jetzt steil abwärts. Die Motoren nicht weit entfernt vorbeijagender Autos dröhnten durch den Wald. Braig spürte, wie ihm Schweißperlen den Rücken hinunterrannen, öffnete seine Jacke. Er sah auf die Uhr. Zwanzig vor zehn. Die Temperatur musste die Zwanzig-Grad-Marke längst überschritten haben. Welche Jahreszeit stand im Kalender – war es nicht erst Anfang Mai? Der noch etwas unberechenbare Frühlingsmonat, bekannt für seine ersten lauen Lüfte, sonnige Stunden, aber auch noch kühlen Nächte, die letzten kalten Winde?
»Es ist überraschend warm«, sagte Neundorf.
Braig atmete tief durch, nickte.

»Ich fürchte, wir gehen wieder einem heißen Sommer entgegen«, stöhnte seine Kollegin. Sie hatte ihre Jacke ausgezogen, trug sie unter dem Arm.

»So wie letztes Jahr?«

Er sah, wie sie mit der Schulter zuckte, dachte voller Schrecken an die stickigen, fast unerträglichen Juni-, Juli- und Augustwochen zurück. Über Monate hinweg hatte die Hitze das Land im Griff gehabt, drückende Schwüle, wie er sie in dieser Ausprägung und Länge nie zuvor erlebt hatte, war zum Albtraum fast aller zur Arbeit verpflichteten Bürger geworden. Kaum ein Tag ohne Temperaturen knapp unter vierzig Grad Celsius, blauer Himmel, ewig strahlende Sonne, weit und breit keine Schatten spendende Wolke am Himmel. Nie zuvor hatte sich Braig mit solcher Inbrunst nach einem kräftigen Tiefausläufer gesehnt, mit intensiven Niederschlägen und frischer Luft. Blumen, Sträucher, Wiesen waren vertrocknet, in mehreren Regionen des Landes Wald in Flammen aufgegangen. Landwirte hatten trotz aufwändiger künstlicher Bewässerung nur Bruchteile der sonst üblichen Erntemengen erzielt, ältere und kranke Menschen waren in auffällig hoher Zahl den ungewohnten Temperaturen erlegen; bis weit in den September hinein.

Braig betrachtete die Schranke, die kurz vor der Einmündung des Weges in die Mahdentalstraße die Hälfte der Fahrbahn versperrte. Es handelte sich um ein stabiles, rot-weiß lackiertes Metallrohr, das mehrere Risse und Kratzer aufwies. Die Außenkante war mit schmutzigen Schlieren verschmiert.

»Irgendein grauer Farbton?«, fragte Neundorf.

Braig hielt vorsichtig Abstand, starrte auf das Rohr. Er sah den Schmutz am oberen Rand der Außenkante, bemerkte ein Glitzern an dessen unterer Begrenzung. Er trat einen halben Schritt zur Seite, kniete nieder, starrte auf den Metallrahmen. »Grau«, sagte er, »da ist ein Hauch grauer Farbe. Wir müssen sofort die Techniker rufen.« Er wandte sich von der Schranke ab, betrachtete den Wegessaum, bewachsen mit Gras und dürren Sträuchern. Die Pflanzen sahen mitgenommen aus, an mehreren Stellen waren sie von unbekannter Gewalt niedergedrückt und teilweise sogar entwurzelt. Zwei Sockel, der eine aus morschem Holz, der andere aus stabilem Beton, grenzten den Weg von einem schmalen Graben ab.

»Der Boden ist sehr trocken«, sagte er, »wenn heute Nacht hier jemand versucht haben sollte, mit einem Auto an der Schranke vorbeizukommen, ist das jetzt nur noch schwer zu erkennen. Rössle und Rauleder müssen sich darum kümmern, bevor ganze Heerscharen an den Eingängen zum Park vorbeigetrampelt sind.«

4. Kapitel

Kai Dolde war ein freundlicher junger Mann Ende zwanzig. Er hatte kurze dunkle Haare, ein schmales Gesicht, machte mit seiner randlosen Brille und den seine Gesprächspartner aufmerksam musternden Augen einen aufgeweckten Eindruck. Seine schlanke, sportliche Figur unterstützte nachhaltig die Schilderungen seiner ausführlichen täglichen Jogging-Touren durch den Rot- und Schwarzwildpark rund um den Bärensee. Braig und Neundorf hatten ihn am Eingang zu dem von Dolde beschriebenen Unigebäude getroffen, wo er auf sie gewartet hatte, waren mit einem freundlichen Händedruck von ihm begrüßt und dann zu einer Sitzgruppe im ersten Obergeschoss des Hauses geführt worden, wo er ihnen die Umstände seines außergewöhnlichen Fundes bis ins letzte Detail schilderte. Der Kommissar sah keinen Grund, den Bericht des jungen Mannes anzuzweifeln.

»Ja, die aufgehende Sonne. Ohne sie hätte ich das Auto nicht entdeckt. Weshalb auch? Ich war ja nicht unterwegs, um den Bärensee zu untersuchen. Normalerweise komme ich nicht runter ans Wasser. Ich laufe den Königsweg bis zum Bärenschlößle, lege dort eine kurze Pause ein, mit Lockerungsübungen und Atemtechniken und so und sprinte dann die Schlößlesallee zurück. Den See schaue ich mir nur von oben an. Aber heute blendete mich dann plötzlich dieses grelle Licht ...«

»Um wie viel Uhr war das? Wissen Sie es noch?«

Kai Dolde überlegte nur kurz. Er legte den Kopf auf die Seite, schaute auf einen imaginären Punkt an der Wand. »Vierzehn nach sieben«, sagte er dann. »Plus minus zwei, drei Minuten. Ich kann nur genau sagen, zu welcher Zeit ich die Person in dem Auto entdeckte. Oder besser die Umrisse dieser Person.«

»Ja?« Braig und Neundorf warteten gespannt auf seine Erklärung.

»Sieben Uhr neunzehn«, betonte Dolde, fügte dann mit kräftiger Stimme hinzu: »Ich zog routinehalber meine Uhr aus der Tasche, um mich selbst zu vergewissern, wie spät es war. Genau in dem Moment, als ich die Person bemerkt hatte.«

»Waren noch andere Leute zu der Zeit dort unterwegs?«

Der Student winkte mit der Hand ab. »Unten am See, nein. Der erste Mann, der mir dort begegnete, tauchte erst zehn Minuten später auf. Ein Herr Leube, Bernhard Leube. Er joggte den nördlichen Uferweg am Neuen See entlang, kam um sieben Uhr sechsundzwanzig bei mir an. Ich zeigte ihm das Auto und den Toten und er wartete dann mit mir, bis Ihre Kollegen auftauchten. Ich habe sie sofort nach der Entdeckung mit meinem Handy informiert.«

Braig nickte, wusste von den Beamten der Schutzpolizei, dass die erste Mitteilung über den Fund des Autos um sieben Uhr zweiundzwanzig eingegangen war.

»Sie kennen diesen Herrn Leube?«, fragte Neundorf.

Dolde winkte wieder mit seiner rechten Hand ab. »Nein, woher denn? Ich notierte mir nur seinen Namen und die Adresse, weil ich dachte, es wäre für Sie vielleicht von Interesse.«

Die Kommissarin pfiff durch die Zähne. »Vielen Dank. Das ist sehr freundlich von Ihnen. Wenn alle Leute so aufmerksam wären, hätten wir es bedeutend leichter.« Sie nahm ein Blatt, das der Student ihr reichte, ließ sich die darauf verzeichneten Namen erklären.

»Hier, diese Personen kamen später noch dazu. Links finden Sie die Uhrzeit, wann sie unten am See eintrafen, daneben habe ich notiert, woher und womit sie gekommen sind. Per Fahrrad oder zu Fuß. Und hier stehen Name und Adresse.«

»Herzlichen Dank. Das erspart uns viel Arbeit.«

Neundorf und Braig überflogen die Liste, sahen, dass es sich um insgesamt acht Leute handelte, allesamt Männer. Sie waren von Büsnau, von Botnang oder vom Unigelände am Pfaffenwald gekommen, bis auf zwei Radfahrer alle zu Fuß unterwegs.

»Ab dem Zeitpunkt, als Ihre Kollegen eintrafen, habe ich dann nichts mehr notiert«, erklärte Dolde, »nicht, weil ich keine Lust mehr hatte, sondern weil ich den Beamten genau erklären musste, wie ich das Auto entdeckt hatte. Daher war es mir leider nicht mehr möglich, auf neu eintreffende Passanten zu achten. Ob Ihre Kollegen ...«

»Danke«, fiel Braig ihm ins Wort, »wir werden uns danach erkundigen. Wichtiger als die Tatsache, wer anschließend noch dazukam, ist mir die Frage nach Personen, denen Sie begegneten, *bevor* Sie auf das Auto aufmerksam wurden. Kam Ihnen vom See her zufällig jemand entgegen?«

Dolde fuhr sich mit der Hand über die rechte Wange, setzte seine Brille ab, schwenkte sie zwischen Daumen und Zeigefinger nervös hin und her. »Das habe ich mich auch schon die ganze Zeit gefragt«, sagte er zögernd, mit deutlich gedämpfter Stimme. »Das *Davor* ist wahrscheinlich entscheidender als das *Danach.*« Er blickte mit in Falten gelegter Stirn grübelnd über Braig hinweg, suchte nach einer Antwort, die seine Gesprächspartner nicht allzu sehr enttäuschen würde. »Natürlich habe ich versucht, mir alles genau in Erinnerung zu rufen und mein Gedächtnis zu überprüfen, wer mir heute Morgen, ich meine, bevor ich zum See kam, begegnet ist oder noch besser«, er machte eine kurze Pause, setzte seine Brille wieder auf, »ob es irgendjemanden gab, der mir aus dem Weg zu gehen versuchte, aber ...« Dolde schwieg, räusperte sich. »Ein einziger Mann, der mir fast jeden Morgen entgegenkommt. Ein Jogger wie ich auch. Und dass er ...« Er schüttelte den Kopf. »Wir laufen aneinander vorbei, seit Monaten. Letzten Sommer schon. Ich kann mir nicht vorstellen ...«

»Sie kennen seinen Namen?«

»Nein. Tut mir Leid.«

»Wo kam er her? Vom See?«

»Ich weiß, was Sie denken. Wenn er am See vorbeilief, musste ihm das Auto aufgefallen sein, und weil heute wohl jeder ein

Handy bei sich trägt ... Keine Ahnung. Wir begegneten uns keine hundert Meter vor dem Bärenschlößle, ich bin mir sicher, ich habe lange genug darüber nachgedacht. Aber woher er kam? Ich weiß es nicht. Am Schlößle treffen sich viele Wege.«

»Wahrscheinlich lief er nicht am See vorbei, sondern blieb in der Höhe. Wenn Sie ihn seit Monaten schon jeden Morgen sehen, hat er wohl kaum etwas mit der Sache zu tun«, versuchte Braig, ihm zu helfen, »dann handelt es sich bei ihm um einen ganz normalen Jogger, der, wie Sie, vor der Arbeit sportlichen Ausgleich sucht. Wir sollten aber trotzdem mit ihm sprechen. Vielleicht hat er etwas beobachtet, was uns weiterhilft. Ausschließen kann man das nie.«

»Und wie wollen Sie mit ihm in Kontakt kommen?«

»Vielleicht meldet er sich von selbst. Die Medien werden lautstark über den seltsamen Fund berichten, keine Angst. Ein Toter in einem Auto im Bärensee, das gibt Material für mehrere Tage. Und solange wir die Hintergründe des Falles nicht lückenlos aufgeklärt haben, werden sich viele Journalisten in Spekulationen ausführlich darüber auslassen, wer wohl hinter dem Verbrechen steckt. Wenn sich der Mann dennoch nicht meldet ...«

»Ich werde ihn ansprechen«, schlug Dolde vor, »sobald ich ihm wieder begegne. Und nach seinem Namen fragen und ihn bitten, sich mit Ihnen in Verbindung zu setzen.«

Braig nickte, schaute zu seiner Kollegin, die sich laut räusperte.

»Als Sie an den See kamen«, fragte Neundorf, »oder genauer, in dem Moment, als Sie auf den See hinunterblickten, was war da mit der Wasseroberfläche? Lag sie ruhig da oder stellten Sie Bewegung fest? Ich meine, gab es Wellen auf dem See?«

Kai Dolde verstand sofort, in welche Richtung ihre Frage zielte. »Nein«, sagte er voller Überzeugung, »es war ruhig. Absolut ruhig. Das Auto muss zu der Zeit schon eine ganze Weile im See gelegen haben. Es gab nicht eine einzige Welle.«

5. Kapitel

Die Wilhelm-Haspel-Straße lag am östlichen Rand Sindelfingens. Das Haus, das laut der Kennkarte des Toten dessen letzter Wohnsitz gewesen war, beherbergte drei Wohnungen. Braig und Neundorf hatten sich bei Kai Dolde für dessen Hilfsbereitschaft bedankt, waren dann sofort ins nur wenige Kilometer entfernte Sindelfingen gefahren, um die Familie Karl Herzogs über den Tod ihres Angehörigen zu unterrichten und sich – falls möglich – über dessen Lebensumstände zu informieren.

Braig war froh, sich in der Gesellschaft Neundorfs zu wissen, fühlte er sich doch bei solchen Besuchen stets aufs Neue unwohl. Diese »letzte Botschaft« zu überbringen – so sehr er sich aufgrund seiner langjährigen Tätigkeit auch daran gewöhnt haben müsste – machte ihm immer noch zu schaffen. So wenig ihn die Ermordung an sich berühren sollte – er hatte den Mann ja nicht ein einziges Mal lebend gesehen – seinen Angehörigen in dieser Situation gegenüberzutreten, zehrte an seiner psychischen Kraft. Die schlimmste Aufgabe, zu der seiner Meinung nach ein Mensch verpflichtet werden konnte, war ihm jetzt wieder auferlegt: Er musste ohne jede Vorwarnung mitten in den Alltag einer Familie eindringen und ihnen eine Information überbringen, die das Leben der Betroffenen vollkommen verändern, sie für Wochen oder Monate wahrscheinlich völlig aus der Bahn werfen würde. Er kam sich vor wie ein verrückt gewordener Amokläufer, der Menschen mit Unheil und Gewalt in den Ruin zu treiben gedachte.

»Du bist okay?«, riss Neundorf ihn aus seinen Gedanken.

»So wie du.«

Sie nickte, blies durch die Zähne. »Gut fühle ich mich dabei nie. Aber glaubst du, anderen geht es besser?« Sie schüttelte den Kopf, gab sich selbst die Antwort. »Also: Bringen wir es hinter uns.«

Braig suchte den Namen neben der Klingelleiste, fand ihn in der Mitte. *Herzog*, ohne Vornamen.

Er läutete, wartete auf eine Reaktion.

Eine weibliche Stimme meldete sich über den Lautsprecher. »Wer ist da?«

»Frau Herzog? Wir müssen Sie sprechen.«

»Was liegt an?«

»Mein Name ist Braig. Neben mir steht meine Kollegin Neundorf. Wir sind von der Polizei.«

»Polizei?«

»Würden Sie uns bitte öffnen?«

Die Tür sprang von selbst auf, erst dann war der Summton zu hören, der das verursacht hatte. Braig wartete, bis seine Kollegin bei ihm angelangt war, stieg dann nach oben. Es handelte sich um ein helles, mit marmorierten Stufen und großen Fensterflächen ausgestattetes Treppenhaus, auf jedem Stock nur eine Wohnung. Die Tür im ersten Obergeschoss wurde genau dann geöffnet, als sie die Stufen bewältigt hatten. Eine große, dem ersten Eindruck nach sehr resolute Frau Anfang vierzig schaute ihnen fragend entgegen.

»Polizei?«

Braig zog seinen Ausweis aus der Tasche, streckte ihn ihr entgegen. Sie warf nur einen kurzen Blick darauf, winkte lässig ab. »Danke. Ich glaube Ihnen. Ihr Auftreten spricht für Ihre Worte.«

Er ging darauf nicht ein, wollte keine emotionale Beziehung aufbauen, die ihm seine Aufgabe noch zusätzlich erschweren würde. »Frau Herzog?«

»Stefanie Herzog. Die bin ich, ja. Was haben Sie auf dem Herzen?«

Sie war annähernd 1,80 Meter groß, hatte wellige dunkelblonde Haare, trug einen schwarzen Anzug, der ihre schlanke, sportliche Figur noch unterstrich, dazu ein weißes Hemd. Selbstbewusstsein sprach aus jeder Faser ihres Körpers.

»Es geht um eine sehr persönliche Sache. Dürften wir ...«

Stefanie Herzog verstand Braigs Andeutung, trat von der Tür zurück, ließ beide Beamte eintreten. Die Wohnung war großzügig angelegt: Eine breite, mit großformatigen modernen Gemälden geschmückte und mit einem weichen honigfarbenen Teppich ausgelegte Diele führte zu einem über und über von Büchern und Zeitungen dominierten Raum. Braig starrte überrascht auf gewaltige Wandschränke. In hohen Stapeln war auf dem Boden und auf Tischen Literatur verteilt, dennoch hatten sie kein Problem, Platz zu finden, weil die Halle in ihrem rückwärtigen Teil ein großzügiges, um die Ecke reichendes Sofa enthielt, das – von Büchern und Zeitungen fast vollkommen frei – offensichtlich dem Empfang von Besuchern diente. Er ließ sich neben seiner Kollegin nieder und wartete, bis auch die Gastgeberin zu ihnen gefunden hatte.

»Möchten Sie etwas trinken?«, fragte die Frau.

Braig bedankte sich, betrachtete die beiden Buchtitel, die vor ihm auf dem Tisch lagen. *Wider das verkochte und verbügelte Leben*. Und: *Heimlich still und fleißig? Frauenarbeit in der Region Stuttgart seit dem 18. Jahrhundert.*

Neundorf wehrte das Angebot ebenfalls ab. »Es geht um Ihren Mann«, sagte sie dann, »Karl Herzog.«

»Meinen Mann?« Stefanie Herzog wischte sich eine Haarsträhne aus der Stirn, gespannt auf weitere Erklärungen.

»Er ist ...« Die Kommissarin verstummte mitten im Satz.

»Er hatte einen Unfall?«

»So ähnlich, ja. Leider. Er ist tot.«

»Karl ... tot?« Die Frau starrte sie aus großen Augen an. Braig sah, wie sich ihre Hände verkrampften, ein kurzer Schauer den ganzen Körper der Frau erfasste und sie für den Bruchteil einer Sekunde zusammensacken ließ. Sie klammerte sich an der Sofalehne fest, atmete heftig ein und aus, richtete sich dann mit einem Ruck wieder auf. »Was ist passiert?« Ihre Stimme hatte nur im Ansatz der Frage die gewohnte Sicherheit verloren, gewann dann überraschend schnell wieder den alten Ton zurück.

Stefanie Herzog strich ihre Jacke zurecht, betrachtete die Kommissarin mit festem Blick. »Mit seinem Wagen?«

Neundorf nickte mit dem Kopf. »Mit seinem Wagen, ja.«

»Er ist wieder viel zu schnell gefahren?«

»Nein«, korrigierte Neundorf die Vermutung ihrer Gesprächspartnerin, »daran lag es nicht.« Sie hielt die Frau fest im Blick, schilderte den Vorfall, so wie er sich ihren vorläufigen Erkenntnissen nach abgespielt haben musste.

»Sie wollen also sagen, er wurde ermordet?«, insistierte Stefanie Herzog. »Zuerst erschossen und dann ...«

»So wie es aussieht, ja.«

»Aber warum dann diese seltsame ...«, sie suchte nach Worten, »diese Show im See? Das ist doch eine Art Show, oder sehe ich das falsch?«

»Das kann man wohl schon so formulieren. Wir haben keine Ahnung. Offen gesagt, wir hofften, Sie könnten uns weiterhelfen.«

»Ich?« Stefanie Herzog schaute die beiden Kommissare verwundert an. »Ich fürchte, Sie sind an der falschen Adresse. Sie wissen wohl nicht über unsere privaten Verhältnisse Bescheid.«

Neundorf gab keine Antwort, wartete auf eine Erklärung.

Ihr Gegenüber ließ nicht lange darauf warten. »Wir leben schon seit zwei Jahren getrennt. Karl wohnt, oder muss ich jetzt sagen *wohnte*? Na ja, gleichgültig wie immer man das in dieser Situation formuliert, er wohnt in Fellbach.«

»In Fellbach?«, fragte Braig. Er zog den Ausweis des Ermordeten aus einem Umschlag, hielt ihn hoch. »Weshalb ist er dann unter dieser Adresse hier gemeldet?«

»Aus reiner Faulheit. Typisch Karl. Er war einfach zu bequem, aufs Rathaus zu gehen. Wozu auch? Seine gesamte Korrespondenz läuft sowieso auf die neue Anschrift – wen interessiert da, was offiziell in seinen Papieren steht? Nein, wenn Sie sich darüber informieren wollen, mit wem Karl in letzter Zeit Umgang hatte, müssen Sie seine Mutter fragen.«

»Sie lebt in seiner Nähe?«

»Im selben Haus. Vor zwei Jahren zog er wieder zurück in sein Elternhaus. Eine separate Wohnung, aber im selben Gebäude. Ich habe keinen Kontakt mehr zu ihm, jedenfalls keinen regelmäßigen. Wir hören äußerst selten voneinander; an den Geburtstagen ein kurzes Telefonat, an Weihnachten und so, aber das war es dann auch schon.«

»Sie sind geschieden?«

Stefanie Herzog schüttelte den Kopf. »Bis jetzt nicht, nein. Aber ...« Sie verstummte, schlug sich mit der flachen Hand an den Kopf. »Mein Gott, gerade wollte ich sagen: Das ist nur noch eine Frage der Zeit. Aber das passt jetzt nicht mehr, wie?«

»Wohl kaum«, sagte Braig, »das bleibt Ihnen jetzt erspart.«

»Erspart? Es war nur diese kleine Notiz, die uns fehlte, der kurze Verwaltungsakt, der die Realität unserer längst erfolgten Trennung mit amtlichem Siegel versehen hätte. Aber spielt das wirklich eine Rolle? Ich lebe mein Leben, Karl das seine. Seit vielen Jahren. Vor etwas mehr als zwei Jahren waren wir endlich soweit, uns das gegenseitig zuzugestehen. Wir trennten uns endgültig. Vorher trafen wir uns eben ab und zu mal hier in der Wohnung. Aber es war schon lange kein *Miteinander* mehr, nur noch ein zufälliges *Nebeneinander*. Die Scheidung? Irgendwann hätten wir sie wohl auch formell vollzogen.«

Ihre Worte klangen wie die Abhandlungen einer Professorin. Braig schien es, als doziere sie über den Sinn und Unsinn des modernen Scheidungsrechts, nicht als spreche sie über ihre eigene Biografie. Und das nur wenige Minuten nachdem sie mit der Botschaft von der Ermordung ihres Mannes überrascht worden war. Überrascht, überlegte er, wirklich überrascht?

Er schaute zu ihr hinüber, musterte ihr Gesicht, die Art und Weise, wie sie sich bewegte und um sich sah. Selbstbewusstsein prägte ihr Gehabe, nicht einen Deut weniger als zuvor, als sie über den Tod ihres Mannes noch nicht informiert gewesen war. Keine Spur, nicht ein Hauch persönlicher Betroffenheit. Oder musste er die Angelegenheit anders sehen? War ihre kalte

Sachlichkeit, die zumindest in der jetzigen Situation doch wohl abnormale, weitgehend von Emotionen jeder Art freie Gelassenheit darauf zurückzuführen, dass sie längst über seinen Tod Bescheid wusste, weshalb auch immer?

Er versuchte, die Frau nicht aus den Augen zu lassen, um ein möglicherweise verdächtiges Verhalten nicht zu übersehen, schielte dennoch zu seiner Kollegin hinüber. Neundorfs Blick zeigte deutlich Skepsis.

»Sie haben keine Kinder?«, fragte die Kommissarin.

»Zum Glück nicht, nein«, antwortete Stefanie Herzog, fügte dann erklärend hinzu: »Das wäre nichts geworden. Wir sind beide keine Glucken, die übermäßig Liebe verteilen können.«

Braig fragte sich, woher sich die Frau dessen so sicher war und ob das Dasein als Vater oder Mutter nicht eine Existenzform war, zu der man nicht geboren wurde, sondern in die man hineinwuchs, sobald Kinder da waren, die nach Schutz und Zuwendung verlangten. Gelegenheit macht Liebe, sozusagen. Er sah jedoch davon ab, diese Frage zu stellen, weil sie wohl kaum zur Klärung des Falles beigetragen hätte. »Sie sind beide berufstätig?«, warf er stattdessen ein.

»Mit Begeisterung, ja«, sagte die Frau. »Zumindest was meine Person angeht.«

»Darf ich fragen, in welcher Branche Sie tätig sind?«

»Wenn es Ihren Ermittlungen dient, gerne.« Der kritische Unterton ihrer Stimme war nicht zu überhören. Ihre Antwort ließ dennoch nicht lange auf sich warten. »Ich bin Historikerin. Seit einigen Jahren habe ich mich auf schwäbische Geschichte spezialisiert. Freiheitsbewegungen und Unterdrückung in der schwäbischen Historie, um es genauer zu sagen. Da gibt es eine Menge aufzuarbeiten. Ich veröffentliche Artikel zu diesem Thema in Zeitungen und Fachzeitschriften.«

»Das klingt interessant«, sagte er, »und davon können Sie leben?«

»Davon kann ich leben. In der Tat«, bestätigte sie. »Seit sechs Jahren jetzt schon. Zugegeben: Vorher ernährte mich der Staat.

Als Gymnasiallehrerin. Aber irgendwann reichte mir die nervliche Belastung. Leben muss auch mal sein. Und das geht so gar nicht schlecht.« Sie betonte die letzten Worte, sah überlegen lächelnd, fast triumphierend zu ihm hinüber.

Braig spürte, dass er zu weit gegangen war, erkundigte sich nach dem Beruf ihres Mannes.

»Karl ist Psychologe.«

Neundorf pfiff durch die Zähne. »Das klingt interessant. Sie scheinen beide privilegiert, was die Wahl ihrer Berufe anbetrifft.«

»Privilegiert? Ich weiß nicht, ob Sie das richtig sehen«, erwiderte Stefanie Herzog. »Oft verbergen sich banale Nichtigkeiten unter wohltönenden Überschriften. Psychologie. Sie denken an Freud, C. G. Jung, die unergründlichen Dimensionen unseres Unterbewusstseins, Traumdeutung, archaische Symbolik? Nein, das ist nicht der Alltag. Der läuft auf einer anderen Ebene, wie so vieles im Leben. Karl entwickelt Verkaufsstrategien, Fallbeispiele für überzeugendes Auftreten im Vertrieb. ›Mit welcher Masche drehe ich auch noch dem letzten Idioten eine Luxuskarrosse an, obwohl der ein Fahrrad kaufen will?‹ Sie schauen ernüchtert, wie? Genauso ist er, sein Job. Banal und frustrierend.« Sie schüttelte den Kopf. »Nichts von der Faszination, die Sie vermuten.«

»Er hat eine eigene Praxis?«

»Praxis? Ja, so nennt er das. Pro forma, ja. De facto arbeitet er seit mehreren Jahren für denselben Auftraggeber: Daimler. Das hat sich so ergeben. Schulung der Außendienst-Mitarbeiter und Vermittlung der die Firma charakterisierenden Corporate Identity. Ich glaube nicht, dass er besonders glücklich damit ist. Aber auf diese Weise verdient er gutes Geld und kommt viel in der Welt herum. Ich denke nicht, dass sich in den letzten Jahren viel daran geändert hat. Sie müssen seine Mutter fragen.«

»Hat Ihr Mann Feinde?« Neundorf rutschte auf dem Sofa hin und her, beeilte sich, ihre Fragestellung zu begründen. »Ich muss Sie bitten, sich Ihre Antwort gut zu überlegen. Vielleicht können Sie uns helfen, die Person zu finden, die für den Tod Ihres ehemaligen Mannes verantwortlich ist.«

»Jaja, ich verstehe schon, worauf Sie hinauswollen«, sagte Stefanie Herzog, »aber jetzt einen Namen nennen?« Sie schaute überlegend zu der großen Bücherwand am anderen Ende des Raumes. »Ich schreibe über Freiheitsbewegungen im Schwäbischen, beschäftige mich mit Widerstand gegen Unterdrückung in unserer Geschichte. Ein heikles Thema. Was soll ich sagen? Irgendjemand, der Karl nach dem Leben trachtete? Das ist nicht ohne. Zumindest für die Person, deren Namen ich jetzt nenne. Die Konsequenzen für den Betreffenden kann ich mir lebhaft vorstellen. Sie werden ihm sofort auf den Leib rücken. Und sei es, dass mir der Name nur aus mangelnder Konzentration oder Unachtsamkeit von den Lippen kam.«

»Sie sollten sich dennoch darum bemühen«, bat die Kommissarin, »falls wir Sie damit in der gegenwärtigen Situation nicht überfordern. Wenn es Ihnen zu viel wird...«

»Unsinn! Ich sagte Ihnen doch, jeder von uns führte sein eigenes Leben. Auch wenn Ihnen mein Verhalten gefühlskalt erscheinen mag: Karl ist längst ein Fremder für mich. Die gemeinsamen Jahre liegen lange zurück.«

Braig betrachtete sein Gegenüber mit unverhohlener Überraschung. Die Frau schien wirklich mit allen Wassern gewaschen. Dass sie ihr ungewöhnlich abgeklärtes, von Emotionen freies Verhalten selbst so auf den Punkt bringen würde, hatte er nicht erwartet. Er fragte sich nur, ob es wirklich so echt war, wie sie tat, oder ob sie es ihnen nicht vorspielte, mit der Zielsetzung, einen Abstand zu ihrem Mann vorzugaukeln, der sie von jedem Tatverdacht befreien würde.

»Natürlich hat mich sein Tod getroffen«, setzte sie unvermittelt neu an, weil sie seine Verwunderung offensichtlich bemerkt hatte, »noch dazu die Art, wie es Ihrer Schilderung nach geschah. Und wahrscheinlich wird mir die Tatsache, dass wir jetzt endgültig, für immer voneinander getrennt sind, erst in ein paar Tagen voll bewusst werden – so ist das meistens im Leben. Aber wundern Sie sich bitte nicht, wenn ich scheinbar so über den Ereignissen stehend mit Ihnen spreche, ich will Ihnen keine falsche Sentimentalität vorheucheln.«

Neundorf nickte, präzisierte ihre Frage. »Dann können Sie uns vielleicht helfen. Gibt es eine Person, die irgendwann einmal, aus welchen Gründen auch immer, mit Ihrem Mann aneinander geriet oder ihm mit irgendetwas drohte? Es geht nicht um ausgesprochene Feindschaft, eher um bisher vielleicht belanglos erscheinende Ereignisse in den letzten Jahren. Sie sollten jeden Namen nennen, der Ihnen in diesem Zusammenhang einfällt. Natürlich können wir nicht ausschließen, dass der- oder diejenige mit der Sache überhaupt nichts zu tun hat. Aber das werden wir schnell feststellen. Ihr Name wird nicht fallen. Wir werden niemand erzählen, Sie hätten uns geschickt.«

Ihr Gegenüber nickte, winkte mit der Hand ab. »Das ist mir klar. Trotzdem habe ich Schwierigkeiten mit der Fragestellung. Ein Stück weit betätige ich mich dabei in der Tradition übler Denunziation. Das ist nicht unbedingt meine Sache.«

»Wir suchen nach einem Mörder. Sie sollten sich die Leiche Ihres ehemaligen Mannes ansehen, dann fällt es Ihnen vielleicht nicht mehr so schwer. Außerdem: Sobald wir den vermeintlichen Täter finden, wird er sich vor einem ordentlichen Gericht verteidigen können.«

»Vielen Dank für die Belehrung. Sie scheuen wirklich keine Mühe, Ihre Gesprächspartner auf Trab zu bringen.« Stefanie Herzog wischte sich mit der Rechten die Haare aus der Stirn, setzte dann unvermittelt zu einer Antwort an. »Ich fürchte, das wird nicht einfach für Sie. Karl hat viele Feinde.«

Neundorf und Braig schauten die Frau überrascht an. »Wie sollen wir das verstehen?«

»So wie ich es sage. Dass er viele Feinde hat, lässt sich bei seinem Job wahrscheinlich nicht vermeiden.«

»Er entscheidet über berufliche Karrieren?«

»Er hat es lange Zeit getan, ja. Die Schulung von Verkaufsmethoden wurde erst vor wenigen Jahren zum neuen Schwerpunkt seiner Tätigkeit. Ein wichtiger Grund dafür war, dass er es satt hatte, sich ständig mit gescheiterten Existenzen abzugeben.«

Neundorfs fragende Miene veranlasste Stefanie Herzog, ihre Aussage zu erläutern. »Psychologische Gutachten. Für Drogendelinquenten, Alkoholiker, zwangsweise ihres Führerscheins entzogen, Randalierer, notorische Gewalttäter, psychisch Kranke – ein buntes Sammelsurium all jener, die auf der Schattenseite des Lebens gelandet sind oder dort zu landen drohten. Karls Aufgabe war es, die Leute zu überprüfen, die Hintergründe und Tragweite ihrer Defekte zu analysieren und eine Prognose über ihre Resozialisierungsbereitschaft und -fähigkeit zu erstellen. Oft hing von seiner Expertise die Existenz ganzer Familien ab. Was tun mit einem Alkoholiker, der seine Sucht nicht wahrhaben will, als LKW-Fahrer im alkoholisierten Zustand aber bereits mehrere Unfälle verursacht hat? Darf seinen Beteuerungen Glauben geschenkt werden, er greife unterwegs nie mehr zur Flasche? Wie ist der notorische Schläger zu beurteilen, der nach mehreren Jahren Haft um Freigang bittet? Karl stand zeitweise unter dem Schutz Ihrer Kollegen. Sie glauben nicht, wie viele Drohungen er erhielt.«

Neundorf seufzte laut auf, warf Braig einen viel sagenden Blick zu. Er wusste, was die Aussage der Frau bedeutete. Arbeit über Arbeit. Sie mussten sämtliche Personen überprüfen, die Karl Herzog im Zusammenhang mit seiner Tätigkeit als Psychologischer Gutachter bedroht hatten. »Wie lange war Ihr Mann in dieser Position tätig?«, hakte er nach.

Stefanie Herzog überlegte, zählte mit den Fingern ihrer Hände nach. »Acht Jahre«, erklärte sie dann, »fünf davon in Reutlingen und drei in Esslingen. Zuerst gemeinsam mit einer Kollegin und dann in einer eigenen Praxis in Esslingen. Die letzten Jahre, das war die schlimmste Zeit.«

»Mit den schlimmsten Drohungen?«

Die Frau nickte mit dem Kopf.

»Wann genau?«

Stefanie Herzog brauchte nicht lange zu überlegen. »1997 bis 2000. Diese ständigen Belastungen waren der endgültige Schlussstein unserer Beziehung. Ein gemeinsames Leben alle paar Wochen unter Polizeischutz – das funktioniert nicht.«

»Könnten Sie uns Namen nennen? Oder sollen wir bei unseren Kollegen nachforschen?«

»Das ist nicht nötig. Gewisse Namen prägen sich ein.«

»Ja?« Braig hatte einen Block vor sich liegen, war bereit mitzuschreiben.

»Ich muss diese Hürde überwinden«, erklärte Stefanie Herzog. »Aber diejenigen, die ich jetzt nenne, haben es verdient.« Sie fuhr sich mit der Hand über die Stirn, wischte eine Haarsträhne zur Seite. »Wangbiehler, Johannes.«

»Wangbiehler?«, fragte Braig. »Doch nicht dieser Unternehmer ...«

»Sein Sohn«, antwortete die Frau. »Der Kerl war Anfang zwanzig, aber eine durch und durch verkommene Existenz. Zweimal Trunkenheit am Steuer, einmal Totalschaden, das zweite Mal ein schwerverletzter Fußgänger. Karl hielt ihn für unberechenbar, plädierte für Führerscheinentzug. Wangbiehler hetzte ihm Schläger auf den Hals, einmal gab es auch eine Auseinandersetzung mit Ihren Kollegen. Sie können nachfragen, das wurde ordentlich protokolliert. Der Kerl drohte mehrfach, Karl umzubringen.«

»Wissen Sie, wo er lebt? »

Stefanie Herzog schüttelte den Kopf. »Damals wohnte er in Stuttgart. Wo er sich heute herumtreibt, weiß ich nicht. Fragen Sie Karls Mutter. Vielleicht weiß sie Bescheid. Wangbiehler war der Grund, dass wir von Esslingen wegzogen, hierher. Wir wollten endlich wieder in Ruhe leben.«

»Wer waren die anderen?«

»Zimmermann, Friedrich. Derselbe Typ wie Wangbiehler. Verwöhntes Muttersöhnchen. Dreißig Jahre lang fiel ihm alles in den Schoß und dann kam ihm zum ersten Mal jemand in die Quere. Drogen- und Alkoholexzesse, Touren mit bis zu drei Promille, zwei angefahrene Kinder. Karl war nicht bereit, darüber hinwegzusehen. Er brachte Zimmermanns menschenverachtenden Charakterzug zu Papier. Darauf hatte er keine Ruhe mehr. Bis der Kerl erneut erwischt wurde. Diesmal war seine Beifahrerin tot.«

»Er sitzt im Gefängnis?«

Die Frau streckte ihre Hände weit von sich. »Keine Ahnung. Ihre Kollegen werden informiert sein, oder?«

»Wir werden es überprüfen, das ist kein Problem. Wen sollten wir noch berücksichtigen?«

Sie nannte zwei weitere Namen, Robert Meurer und Stefan Schilling, schilderte die Umstände, sah zu, wie Braig sich Notizen machte. Auch diese Männer hatten Schwierigkeiten mit Alkohol und anderen Drogen gehabt, dazu verbissen um ihren Führerschein gekämpft. »Glauben Sie, da ist ein Zusammenhang?«, fragte Stefanie Herzog plötzlich, die Augen ratlos durch das nahe Fenster ins Freie gerichtet. Sie war aufgesprungen, fuhr sich stirnrunzelnd mit der Hand durch die Haare. »Weil Karls Expertise der Auffassung dieser Männer nach Ursache dafür war, dass sie eine Zeit lang nicht Auto fahren durften, hat einer von denen ihn demonstrativ in seinem Wagen ermordet?«

Braig schaute überrascht zu ihr hoch. Diese Verbindung war ihm bisher noch nicht gekommen. Weil Herzog in seinen Gutachten zu einem Ergebnis kam, das ein verantwortliches Verhalten als motorisierter Verkehrsteilnehmer infrage stellte und weiterhin unkontrollierten Alkohol- oder Drogengenuss befürchten ließ, den Untersuchten somit für eine bestimmte Zeit vom Steuer eines Fahrzeugs fernhielt, hatte er sich dessen Wut zugezogen, eine Wut, die so fürchterlich war, dass sie jetzt sein Leben gekostet hatte? Sollte darin die Ursache des Verbrechens liegen? Rache für den Führerscheinentzug?

»Ist Ihnen klar, was ein Dasein ohne Führerschein für viele Männer in dieser Gesellschaft bedeutet?« Stefanie Herzog wandte den Blick vom Fenster weg, setzte sich wieder auf das Sofa. »Verzeihen Sie, dass ich es so deutlich formuliere, aber ich finde keinen passenderen Ausdruck: Es kommt einer Kastration gleich. Ihr Heiligtum, ihr Ein und Alles wurde ihnen entwendet.«

Neundorf musterte die Frau mit kritischem Blick, musste aber zustimmen. »Ich fürchte, Sie haben Recht. Intellektuell nur notdürftig ausgestattete Exemplare dieser Gattung gibt es bei uns in der Tat zur Genüge. Ob wir in diesem Bereich die Hintergründe für den Tod Ihres Mannes finden, ist aber eine andere Frage.«

Ihr Gegenüber wischte sich die Haare aus der Stirn. »Wissen Sie, wozu Menschen, die den einzigen Sinn ihres Lebens verloren haben, fähig sind?«

»Vielleicht wollte sie nur von sich selbst ablenken, uns bewusst auf eine andere Spur bringen, um die eigene Verantwortung zu verschleiern«, überlegte Braig wenige Minuten später, als sie Sindelfingen verließen, um die Mutter Herzogs in Fellbach aufzusuchen. »Mit dieser doch etwas gewagten Verbindung *Führerscheinentzug – Tod im Auto* brachte sie uns jedenfalls clever auf andere Gedanken.«

»Ist die Verbindung wirklich so gewagt?«, fragte Neundorf.

Sie hatten sich von Stefanie Herzog verabschiedet, waren von der Frau bis vors Haus begleitet worden.

»Ihre Gefühlskälte beunruhigt mich weit mehr als jede angebliche Bedrohung durch Amok laufende Verkehrsrowdys«, erwiderte Braig. »Hast du schon einmal so eine abgeklärte Reaktion auf die Nachricht vom Tod des Ehepartners erlebt? Wenn sie sich angeblich auch schon vor etlicher Zeit getrennt haben –

er war trotzdem jahrelang ihr Lebensgefährte. Und dann dieses seltsame Verhalten. Die Frau war völlig unbeteiligt. Der Tod ihres Mannes interessierte sie nicht die Bohne.«

»Sie lebten in verschiedenen Städten. Von einer Liebesbeziehung zwischen den beiden war schon lange nicht mehr die Rede.«

»Behauptet sie.«

»Das lässt sich nachprüfen. Wir müssen die Mutter des Toten danach fragen, dazu die Freunde.«

»Trotzdem. Menschen von derart ausgeprägter Gefühlskälte machen mir Angst.«

»Ich denke, sie wird erst in ein paar Tagen begreifen, was geschehen ist. Dass sie ihn nie wieder treffen, nie mehr mit ihm sprechen kann. Sie hat es selbst erwähnt.«

»Du glaubst ihr?«

Neundorf runzelte die Stirn. »Ich weiß es nicht. Aber ihre Argumente in Bezug auf die Gefährdung ihres Mannes scheinen mir plausibel. Wir sollten die Männer schnellstmöglich überprüfen. Ob die Frau wirklich unschuldig ist, wird sich erweisen. Einverstanden?«

Braig nickte, nahm sich die Namen vor, die er notiert hatte, rief im Amt an. Gerhard Stöhr versprach, den derzeitigen Aufenthaltsort sowie die etwaige kriminelle Biografie der Männer zu ermitteln und sie ihnen zukommen zu lassen.

Es dauerte keine fünf Minuten, bis er die Stimme des Kollegen wieder am Ohr hatte. Braig war gerade dabei, die Esslingerstraße in Fellbach auf dem Stadtplan zu suchen, als der Rückruf eintraf. »Dieser Zimmermann«, meldete Stöhr sich aufgeregt zu Wort, »den ihr sucht, Zimmermann, Friedrich ...«

»Ja?«, rief Braig. »Was ist mit ihm?«

»Er steht auf der Fahndungsliste. Seit gestern Abend. Tankstellenüberfall in Stuttgart. Die Kollegen identifizierten ihn per DNA-Analyse.«

6. Kapitel

War es Zufall? Oder hatten die beiden Verbrechen miteinander zu tun?

Braig und Neundorf hatten die Nachricht Stöhrs überrascht aufgenommen. »Dieser Zimmermann – es handelt sich genau um den Mann, den wir suchen? Es liegt keine Verwechslung vor?«

Der Kollege hatte die ihm vorliegenden Angaben zur Person wiederholt, Braigs Frage damit eindeutig bejaht.

»Friedrich Zimmermann«, überlegte der Kommissar, »zuerst überfällt er eine Tankstelle und dann ermordet er den Psychologen, der nach seiner Auffassung dafür verantwortlich ist, dass ihm der Führerschein monatelang entzogen wurde. Passt das zusammen?«

»Weshalb nicht?« Neundorf ließ sich nicht ablenken, blickte streng geradeaus. »Ich wüsste kein Argument, das eine Verbindung zwischen den beiden Fällen von vornherein ausschließt.«

Der Überfall auf die Tankstelle hatte kurz vor zwanzig Uhr am Rand des Stuttgarter Vororts Zuffenhausen stattgefunden, war nach den Erkenntnissen der Kollegen von einem einzelnen maskierten Täter verübt worden. Er hatte einer vorläufigen Schätzung nach annähernd 10.000 Euro erbeutet. Die Identifikation Zimmermanns war gelungen, weil er bei der Flucht eine dunkle Wollmütze verloren hatte, die ihm als Gesichtsschutz gedient hatte. Die DNA-Analyse mehrerer an der Mütze gefundener Haare war der Schlüssel zur Entlarvung seiner Person; die Auswertung und der Vergleich der Videoaufnahmen der Tankstellen-Überwachungskameras mit Fotos von Zimmermann hatten dieses Ergebnis bestätigt.

»Dann fehlt uns vor allem der Zeitpunkt des Todes von Herzog, um eine eventuelle Verbindung zwischen den beiden Fällen herstellen zu können.«

»Willst du anrufen?«

Braig nahm sein Handy, gab die Nummer Dr. Keils ein. Es dauerte fast zwanzig Sekunden, bis sich der Arzt schwer atmend meldete.

»Tut mir Leid«, brummte der Mann, »ich hätte schon längst Bescheid gegeben. Aber heute ist wieder der Teufel los. Im wahrsten Sinn des Wortes. Ich war noch nicht fertig am Bärensee, als der nächste Notruf kam. Wieder ein schwerverletztes Kind. Beim Überqueren der Straße von einem Achtzehnjährigen angefahren. Mitten in Kaltental. Hoffentlich kommt die Kleine durch. Sie ist gerade auf dem Weg ins Krankenhaus.«

Braig hörte, wie schwer der Arzt atmete, bot ihm an, seinen Anruf später zu wiederholen.

»Nein, warten Sie«, keuchte Dr. Keil, »ich suche nur meine Sachen zusammen, dann können wir miteinander reden.«

Braig sah, dass sie in Fellbach angelangt waren und ins gesuchte Stadtviertel einbogen. Die Esslingerstraße war der Karte nach mehr als zwei Kilometer lang, zog sich über den gesamten Westteil der Stadt hin. Sie passierten Hochhäuser, kamen an der *Schwabenlandhalle* vorbei, tangierten die Abzweigung der Stadtbahn. Die gesuchte Hausnummer lag am anderen Ende der Straße.

»Also«, meldete sich der Arzt, »dieser Tote vom Bärensee, Karl Herzog, wie Sie festgestellt haben. An meiner Einschätzung der Todesursache hat sich nichts verändert. Daran gibt es keine Zweifel: Einschuss unter der rechten Schläfe mit einer kleinkalibrigen Waffe. Entfernung der Waffe meiner Erfahrung nach nicht allzu weit vom Opfer.«

»Nicht allzu weit?«, wiederholte Braig.

Dr. Keil seufzte. »Langsam, junger Mann, langsam. Für diese vorläufige Einschätzung kann ich Ihnen keine Beweise präsentieren. Der Kopf des Toten lag wahrscheinlich mehrere Stunden im Wasser, daher ist jede Aussage sehr schwierig. Aufgrund der Tatsache jedoch, dass ich in den letzten Jahren schon sehr viele Schussopfer von Angesicht zu Angesicht betrachten durfte, wage ich die Äußerung, dass der Mörder nicht allzu weit von Herzog entfernt war. Vielleicht dreißig Zentimeter, vielleicht etwas weniger, auf keinen Fall jedoch mehrere Meter von ihm weg. Wie gesagt, meine vorläufige Einschätzung. Warten Sie die Obduktion ab. Was den Todeszeitpunkt betrifft ...« Dr. Keil brach ab, verfiel in ein kräftiges Husten.

Braig sah, dass sie das gesuchte Haus erreicht hatten, machte sich zum Aussteigen fertig.

»Wie gesagt, der Mann lag mehrere Stunden im Wasser. Ich sehe das an der Farbe seiner Haut, an der unterschiedlichen Konsistenz seiner Gliedmaßen, am Stoff seiner Kleidung. Genaueres wird erst die Obduktion ergeben. Ich denke, nach allem, was mir meine Erfahrung sagt, war Herzog zum Zeitpunkt meiner Untersuchung schon mehrere Stunden tot, so gegen Mitternacht wird es passiert sein und fast genauso lang lag er auch schon im Wasser.«

»Gegen Mitternacht?«

»Meines Erachtens, ja. Ich untersuchte die Leiche gegen neun Uhr. Acht, neun Stunden im Jenseits gebe ich ihm da schon.«

Acht, neun Stunden, überlegte Braig. Mitternacht oder kurz danach. »Und Sie glauben, sein Tod und der Sturz ins Wasser folgten schnell aufeinander?«

»Meiner Einschätzung nach, ja. Aber bitte, warten Sie die Obduktion ab.«

»Dann wurde er eventuell am Bärensee erschossen. Mitten in der Nacht.«

»Möglich ist es, ja. Aber bisher haben Ihre Kollegen noch keine Spuren einer Kugel entdeckt, oder?«

»Soweit ich weiß, nein. Das hätten sie sofort gemeldet.«

»Was sollte die Sache mit dem Auto im See? Wissen Sie inzwischen mehr?«

»Leider nein. Wir sind noch ganz am Anfang.«

»Dann wünsche ich Ihnen viel Erfolg.«

Braig verabschiedete sich von dem Arzt, sah Neundorfs fragenden Blick. »Gegen Mitternacht erschossen«, sagte er. Wahrscheinlich unmittelbar vor dem Sturz in den See. Wer macht so etwas?«

»Jemand, der seine Macht demonstrieren will. Seine Macht über einen Menschen, den er schrecklich hasst.«

»Dieser Zimmermann?«

Sie zuckte mit der Schulter. »Vielleicht weiß Herzogs Mutter, was ihr Sohn gestern Abend plante. Wenn wir Glück haben, hat er sich mit ihr darüber unterhalten. Ich hoffe nur, dass wir sie mit unserer Botschaft nicht zu sehr schockieren. Vielleicht können wir ihr gleich zu Beginn einige Informationen entlocken.«

Das Haus, vor dem sie standen, ähnelte vom Baustil her dem in Sindelfingen: ein modernes, mit großen Fenstern ausgestattetes Gebäude, drei Stockwerke hoch, für jede Etage ein eigenes Namensschild an der Eingangstür. Sie fanden den Namen *Herzog* in doppelter Ausführung, einmal mit einem *E*, ein Stockwerk höher mit einem *K* versehen. Braig drückte auf die unterste Glocke, hörte die Stimme einer älteren Frau aus dem Lautsprecher. »Ja, bitte?«

»Frau Herzog, wir sind Polizeibeamte. Dürfen wir bitte mit Ihnen sprechen?«

»Polizei? Was wollen Sie?«

»Es geht um Ihren Sohn.«

»Karl?«

»Ja.«

»Was ist mit ihm?«

»Frau Herzog, das würden wir Ihnen gern persönlich erklären. Dürfen wir zu Ihnen kommen?«

Er hörte einen lauten Seufzer, bevor der Lautsprecher verstummte, vernahm das Summen des Türöffners. Braig hielt Neundorf die Türe auf. Sie standen in einem hellen, mit vielen Blumenstöcken geschmückten Treppenhaus. Zur Wohnung im Erdgeschoss führten nur eine Hand voll Stufen nach oben.

Die Frau, die ihnen aufmachte, reichte Braig kaum bis zur Brust, er schätzte sie auf höchstens 1,60 Meter. Sie hatte kurze graue Haare, ein bleiches, von vielen Falten geprägtes Gesicht, schien um die siebzig. Ihre Augen blickten neugierig zu ihm hoch. »Polizei?«, fragte sie.

Braig zog seinen Ausweis, streckte ihn ihr entgegen, stellte sich und seine Kollegin vor. »Karl Herzog lebt bei Ihnen?«, fragte er. »Sie sind seine Mutter?«

»Emilie Herzog«, bestätigte sie, »mein Sohn wohnt oben.« Sie deutete zur nächsten Etage.

»Dürfen wir reinkommen?«

Emilie Herzog studierte ausführlich die Ausweise der Beamten, trat dann von der Tür zurück. »Weshalb wollen Sie mich sprechen?«

Braig und Neundorf folgten ihr in die Wohnung, bewunderten die Orient-Teppiche, die in mehreren Exemplaren und vielerlei Variationen Böden und Wände des Flurs und des Zimmers schmückten, in das die Frau sie führte. Braig spürte den weichen Belag angenehm unter seinen Füßen; er bremste seinen Schritt, versuchte, vorsichtig aufzutreten, um die Teppiche zu schonen.

»Hier, bitte.« Emilie Herzog bot ihnen Platz auf einem voluminösen, mit samtrotem Stoff überzogenen Ecksofa vor einem niedrigen ovalen Glastisch an. Sie warteten, bis sich die Frau in einem breiten Sessel niedergelassen hatte, setzten sich ihr dann gegenüber.

»Schön haben Sie es hier«, eröffnete Neundorf das Gespräch, »sehr gemütlich.«

»Wir betrieben eine Importfirma für Orientteppiche«, erklärte ihre Gastgeberin, »mein Mann war mehrfach in Persien, wie man das Land früher nannte, und sah sich dort um. Er suchte sich die schönsten Muster selbst aus. Leider hatte Karl kein Interesse ...« Sie brach ab, betrachtete die Besucher. »Aber wozu soll ich Ihnen das erzählen? Das interessiert Sie sicher nicht. Darf ich fragen, was die Polizei von uns will?«

Neundorf wartete ein paar Sekunden mit ihrer Antwort. »Friedrich Zimmermann«, erklärte sie dann, »sagt Ihnen der Name etwas?«

Braig schaute zu seiner Kollegin, begriff, was sie bezweckte. Wenn sie ihrer Gastgeberin erst den – noch dazu so schrecklich herbeigeführten – Tod ihres Sohnes mitgeteilt hatten, würde sie als Informationsquelle für die nächste Zeit wahrscheinlich ausfallen. Dabei war sie vielleicht die einzige Person, die sie auf der Suche nach dem Mörder entscheidend weiterbringen konnte. Er sah, wie Emilie Herzog unruhig vom einen zum anderen blickte, dazu voller Nervosität in ihrem Sessel hin und her rutschte. Ihr Gesicht verlor den letzten Rest an Farbe. »Sie meinen doch nicht etwa ...« Sie hatte Mühe zu sprechen, presste die Worte kaum verständlich hervor.

»Ein ehemaliger Patient Ihres Sohnes«, fügte Neundorf hinzu.

»Bitte, ich möchte Sie bitten ...« Die Frau verstummte mitten im Satz, schüttelte den Kopf. Eine Träne floss die linke Wange hinab.

»Sie haben schlechte Erfahrungen mit dem Mann gemacht?«, fragte Neundorf.

Emilie Herzog nickte. Sie schluckte, fuhr sich mit der Hand über die Stirn, erhob sich von ihrem Platz. Sie lief am Tisch vorbei auf eine schmale dunkle Kommode zu, die an der Wand des Zimmers lehnte, zog eine Schublade vor, entnahm ihr ein weißes Stofftaschentuch. Als sie sich damit übers Gesicht fuhr, sah Braig, dass es nass von Tränen wurde. Der Mann musste ihrem Sohn, vielleicht gar der ganzen Familie übel mitgespielt haben.

Sie wischte sich die Augen trocken, schnäuzte dann in das Tuch, zog ein zweites aus der Schublade. Mit zitternden Händen kam sie zu ihnen zurück.

»Sie möchten nicht über diesen Mann sprechen«, sagte Braig.

Sie drehte sich zur Seite, schaute ihm in die Augen, schüttelte den Kopf. »Das ging mehrere Jahre lang«, hauchte sie, nahm dann wieder Platz.

Der Kommissar nickte verständnisvoll. »Gut, dann lassen wir das sein.« Er wartete, bis sie sich etwas beruhigt hatte, schaute sich währenddessen im Zimmer um. Über der dunklen Kommode hing eine runde, vergoldete Wanduhr, deren Ticken deutlich zu hören war, links und rechts daneben zwei schmale Teppiche mit dunkelroten Schlaufen. Sie mussten sich um diesen Zimmermann kümmern, soviel war klar, der Mann schien enger mit der Angelegenheit verflochten, als sie es bisher gedacht hatten. »Das tut uns Leid«, sagte Braig, »wir wussten nicht ...« Er brach ab, sah, wie sie ihm mit dem Kopf nickend Verständnis signalisierte. Der Name des Mannes hatte bei der Frau alte Wunden bloßgelegt. Wie sollten sie jetzt die schlimme Botschaft vom Tod ihres Sohnes überbringen, ohne sie vollends aus dem Gleis zu werfen?

»Haben Sie außer Ihrem Sohn noch eine vertraute Person in Ihrer Nähe?«, fragte Neundorf. Braig merkte, dass seine Kollegin von denselben Überlegungen wie er selbst geleitet wurde.

»Mein Sohn wohnt hier im Haus«, antwortete Emilie Herzog.

»Ist noch jemand da?«

Sie schüttelte den Kopf, schaute die Kommissarin fragend an.

»Ein anderer Verwandter oder eine Freundin?«

»Meine Freundin Olga, ja.«

»Sie wohnt in der Nähe?«

Emilie Herzog zeigte aufs Fenster. »Zwei Häuser weiter. Was wollen Sie von ihr?«

»Wissen Sie, ob sie jetzt zu Hause ist? Wir würden sie gerne rufen, damit sie Ihnen Gesellschaft leisten kann.«

»Weshalb?« Ihre Stimme hatte den zittrigen Unterton verloren. Sie schien langsam wieder an Kraft zu gewinnen.

Braig spürte, dass Neundorf Hilfe suchend zu ihm hersah. Jenes unangenehme Gefühl ergriff von ihm Besitz, das ihn fast immer heimsuchte, wenn es eine Hiobsbotschaft zu verkünden gab. Weshalb nur hatte er diesen Beruf ergriffen?

»Ist Ihre Freundin zu Hause?«, wiederholte Neundorf ihre Frage.

Emilie Herzog nickte. »Natürlich. Wir haben vor wenigen Minuten miteinander telefoniert.«

»Dann sollten wir sie rufen.«

Braig sah die Miene der Frau, in der sich mehr und mehr wieder Besorgnis breitmachte.

Sie nannte die Telefonnummer, beobachtete die Kommissarin, wie sie die Ziffern notierte.

»Wir haben eine schlechte Nachricht für Sie.«

Braig bemerkte wieder Neundorfs um Hilfe heischenden Blick. Sie litten beide unter der Hilflosigkeit der alten Frau. Er nickte ihr freundlich zu, übernahm dann den schlimmsten Part ihres Gesprächs. »Ihr Sohn Karl wohnt über Ihnen«, sagte er.

Ihre Gastgeberin zeigte in die Höhe. »Seit zwei Jahren wieder«, erklärte sie. »Ich bin froh, dass er in meiner Nähe ist. Er kümmert sich viel um mich. Karl ist ein guter Junge.«

Braig spürte den Kloß in seinem Hals, schluckte. »Sie sehen ihn jeden Tag?« Er hatte Schwierigkeiten, den Satz ordentlich zu formulieren.

»Wenn ihn die Arbeit nicht zu sehr beansprucht. Karl ist Psychologe. Manchmal ist er wochenlang unterwegs. Das ist weniger schön.«

Er nickte, deutete nach oben. »Wann haben Sie ihn zum letzten Mal gesehen?«

»Gestern Abend«, sagte sie. »Er hat fast den ganzen Tag geschlafen, weil er heute Nacht mit einem Freund in ein Konzert wollte. Mozart. Karl schwärmt von ihm. Mozart ist sein Ein und Alles.«

»Mozart«, nahm Braig ihre Worte auf. »Ihr Sohn hat einen erlesenen Geschmack. Wo war das Konzert? In Stuttgart?«

»In Ludwigsburg. Im Forum am Schloßpark.«

»Wissen Sie, wann er von dort zurückkam?«

Emilie Herzog schüttelte den Kopf. »Das dürfen Sie mich nicht fragen. Karl ist kein kleines Kind mehr. Es wird aber spät geworden sein. Er wollte sich mit einem Freund treffen.«

»Mit einem Freund? Kennen Sie den Mann?»

Die Frau betrachtete ihn mit zweifelnder Miene. »Warum wollen Sie das alles wissen?«

»Der Mann, mit dem sich Ihr Sohn gestern Abend treffen wollte, kennen Sie seinen Namen?«

»Nein, um Gottes willen. Karl hat viele Freunde. Er ist ein erwachsener Mensch.«

»Trotzdem. Der Name dieses Mannes wäre sehr wichtig für uns!« Sie mussten wissen, um wen es sich handelte. Hatte der Unbekannte mit dem Tod Karl Herzogs zu tun, war er gar sein Mörder?

Emilie Herzog streckte ihre Hände von sich, zog die Schulter hoch. »Ich weiß es nicht«, wiederholte sie, »darüber haben wir nicht gesprochen.« Sie schaute ihm verzweifelt ins Gesicht. »Was wollen Sie von dem Mann? Weshalb sind Sie hier?«

Braig seufzte leise, spürte, dass er sie nun nicht länger hinhalten durfte. Vielleicht konnten sie im Ludwigsburger Forum ermitteln, wer gestern Abend das Konzert mit Karl Herzog besucht hatte. »Es geht um Ihren Sohn«, sagte er langsam, Wort für Wort genau überlegend, »er wurde heute Nacht ... Er war in Stuttgart unterwegs und hatte einen Unfall.«

Die Frau erbleichte zusehends, starrte voller Angst von Braig zu Neundorf, dann wieder zu dem Kommissar. »Was für einen Unfall?«, hauchte sie.

»Ihr Sohn wurde getötet. Er lebt nicht mehr.«

Braig sah, wie sie seine Worte lautmalerisch, ohne einen Ton von sich zu geben, wiederholte, so als müsse sie sich selbst davon überzeugen, seine Aussage richtig verstanden zu haben, wie dann – von einer Sekunde zur anderen – ihr ganzer Körper von einem heftigen Zittern erfasst wurde und sie mit leisem Stöhnen in sich zusammensackte. Sie rutschte im Sessel zurück, schlug mit dem Kopf an die Lehne, kämpfte laut keuchend um Luft.

Braig und Neundorf federten gleichzeitig von ihren Plätzen, eilten der Frau zu Hilfe, hielten sie an der Schulter fest.

»Karl«, flüsterte sie fast unhörbar, »Karl.« Die Augen ohne konkretes Ziel in die Ferne gerichtet, nahm sie ihre Umgebung nicht mehr wahr.

»Soll ich einen Arzt rufen?«, fragte Braig.

Neundorf wies auf ihren Notizblock. »Ich versuche es zuerst bei ihrer Freundin, einverstanden?« Sie lief zur Tür, neben der auf einer kleinen Anrichte der Telefonapparat stand, wählte die Nummer, die ihr Emilie Herzog vor wenigen Minuten genannt hatte.

Braig hörte, wie sich seine Kollegin kurz vorstellte, dann erklärte, von wo sie anrief, und dann darum bat, rasch herüberzukommen. Neundorf nickte ihm zu, beendete das Gespräch. »Sie kommt«, sagte sie, »sie hat sich sofort bereiterklärt.«

Emilie Herzog lehnte schwer atmend in ihrem Sessel, die vorher noch sorgsam geordneten Haare jetzt in wirren Strähnen ins Gesicht fallend. Braig hörte, dass sie leise vor sich hin plapperte, merkte erst nach einer Weile, dass es sich um immer wieder die gleichen Worte handelte. »Aber mein Karl macht so etwas doch nicht, aber mein Karl macht so etwas doch nicht ...« Er beugte sich zu ihr hinunter, legte ihr die Hand auf die linke Wange, streichelte ihr sanft über die Haut. »Wir sind bei Ihnen«, sagte er langsam, »wir lassen Sie nicht ...« Er verstummte mitten im Satz, weil die Türglocke läutete, sah, wie Frau Herzog aus ihrer Trance erwachte.

»Ist das Karl?«, fragte sie laut, »will er mich holen?«

Neundorf verschwand im Flur, lief zur Tür. Braig hörte, wie seine Kollegin öffnete, erschrak über heftiges Hundegebell. Ein kleiner weißer Spitz schoss kläffend in den Raum, direkt auf ihre Gastgeberin zu, tänzelte, heftig mit dem Schwanz wedelnd, vor dieser hin und her, richtete sich auf, stupfte ihre Beine mit seiner Schnauze. Braig trat einen Schritt zur Seite, sah, wie Emilie Herzog vollends zu sich kam, dem Tier beide Hände entgegenstreckte und sich buchstäblich jeden einzelnen Finger von der Zunge des Hundes ablecken ließ. Das Tier bellte und schleckte, wusste vor lauter Begeisterung nicht aus noch ein. Binnen Sekunden verwandelte sich die Miene der Frau in ein strahlendes Lächeln. Scheinbar glückselig fuhr sie dem Kleinen über den Kopf, beugte sich zu ihm nieder, ließ sich Nase und Stirn von ihm befeuchten.

»Ist das nicht die beste Medizin?« Die Frau, die durch die Tür trat, betrachtete das Geschehen mit leuchtenden Augen. Sie kam auf Braig zu, reichte ihm die Hand. »Olga Fischer«, sagte sie. »Ihre Kollegin hat mich gerufen.«

Braig stellte sich vor, bedankte sich für ihr schnelles Erscheinen.

»Erwin wirkt Wunder«, erklärte Olga Fischer und zeigte auf ihren Begleiter. »Vor allem dann, wenn es uns schlecht geht.« Sie war Mitte Sechzig, trug einen dunkelgrünen Hosenanzug, hatte rabenschwarze, zu kleinen Locken gedrehte Haare.

Braig fühlte sich erleichtert, atmete tief durch. Das Tier hatte der leidgeprüften Frau mehr geholfen als jede ärztliche Untersuchung. »Sie wohnen nebenan?«

Olga Fischer nickte. »Zwei Häuser weiter. Wir sehen uns jeden Tag. Emi geht regelmäßig mit Erwin spazieren. Sie lieben sich heiß und innig.« Sie wandte sich Neundorf zu, dämpfte ihre Stimme. »Sie sagten, mit Karl gebe es wieder Probleme?«

Die Kommissarin betrachtete sie überrascht. »Wieder?«, fragte sie.

»Na ja, was soll ich sagen«, die Situation war der Frau sichtbar peinlich, »wir sind gut befreundet, da bleibt nicht alles in der Familie, zwangsweise.«

»Welcher Art waren die Probleme Karl Herzogs, die sie mitbekamen?«

Olga Fischer legte den Kopf zur Seite, massierte sich am Hals. »Beruflicher Natur, meistens«, antwortete sie.

»Meistens.«

»Ja, dazu noch der Streit mit seiner Frau.« Sie sah Braigs große Augen, beeilte sich, »sie sind ja so gut wie geschieden«, hinzuzufügen.

»Dennoch hatte er Streit mit seiner Frau?«

»Na ja, die Herzogs sind reich, da geht es um viel Geld. Aber Sie dürfen meine Worte nicht auf die Goldwaage legen. Wenn eine Ehe auseinander geht, gibt es eine Zeit lang böse Worte. Das war bei mir genauso.« Sie bückte sich, tätschelte dem Spitz, der vor lauter Begeisterung zu ihr gerannt war, den Rücken, wartete, bis er sich wieder mit ihrer Freundin beschäftigte. »Die meisten Probleme waren beruflicher Art«, ergänzte sie dann.

Neundorf wartete, bis sie selbst zu einer Erklärung ansetzte. »Er arbeitet noch nicht lange für Daimler«, sagte Olga Fischer, »Karl war als Gutachter tätig, viele Jahre. Er ist Psychologe, Sie wissen Bescheid?«

Sie sah das zustimmende Nicken ihrer Gesprächspartner, lachte laut, als der Hund auf den Schoss ihrer Freundin sprang und es sich dort gemütlich machte. »Jedenfalls hatte er da öfter Probleme mit Leuten, die sich von ihm falsch beurteilt fühlten.«

»Sie kennen einen Friedrich Zimmermann?«

Olga Fischer starrte Braig erschrocken an. »Um Gottes willen, doch nicht der schon wieder!«

»Sie kennen den Mann?«

»Dem Namen nach, klar. Das geht wohl nicht anders – bei allem, was der sich schon erlaubt hat.«

Der Kommissar wartete auf weitere erklärende Worte, erhielt stattdessen aber nur eine Frage: »Was ist mit Karl? Wird er schon wieder von Zimmermann bedroht? Ich dachte, da ist jetzt endlich Ruhe?«

»Karl ist tot«, sagte Emilie Herzog mit ihrer zittrigen Stimme, den Hund auf dem Schoß.

Braig sah, wie Olga Fischer überrascht zu ihrer Freundin hinunterstarrte, sich dann fragend ihm und seiner Kollegin zuwandte. »Wie bitte?«, fragte sie.

»Herr Herzog ist tot«, bestätigte der Kommissar. »Seit heute Nacht.«

»Nein, das kann doch nicht sein!« Die Nachbarin verlor jede Farbe, schüttelte ihren Kopf. Sie fuhr sich mit beiden Händen durch die Haare, massierte dann ihre Wangen, stemmte die Arme in die Hüfte. »Heute Nacht?«

»Ja.«

»Ein Unfall?«

Braig zögerte mit seiner Antwort. »Sozusagen. Allerdings von fremder Hand.« Er wollte die Mutter des Toten nicht aufs Neue beunruhigen, ihren Zustand, der sich deutlich gebessert zu haben schien, nicht schon wieder destabilisieren.

»Um Gottes willen!« Olga Fischer schrie die Worte aus sich heraus. »Zimmermann?«

»Wir wissen es nicht«, antwortete Braig, »wir wissen bisher überhaupt sehr wenig.« Er beobachtete die Frau, die Mühe hatte, die Nachricht zu begreifen, sah, wie sie unruhig im Zimmer hin und her lief. Der Hund schien die Besorgnis seiner Herrin zu spüren, richtete sich auf dem Schoss Emilie Herzogs auf, spitzte seine Ohren.

»Wann haben Sie Karl Herzog zum letzten Mal gesehen?«, wollte der Kommissar wissen.

Olga Fischer blieb mitten im Zimmer stehen, starrte Braig an. »Wann? Gestern. Irgendwann am Mittag.«

»Hier?«

Die Frau nickte zuerst, schüttelte dann jedoch den Kopf. »Ja, das heißt, nein. Nicht hier in der Wohnung. Draußen im Treppenhaus.«

»Sie sprachen mit ihm?«

Olga Fischer nahm die Arme aus den Hüften, seufzte laut. »Das war leider nicht möglich.«

»Weshalb nicht?«

»Karl war nicht dazu aufgelegt.«

Braig betrachtete die Frau mit in Falten gelegter Stirn, wartete auf eine Ergänzung ihrer Antwort. »Wie soll ich das verstehen?«

Olga Fischer streckte ihre Arme von sich, hatte Schwierigkeiten, Worte zu finden. »Er war ... außer sich, will ich mal sagen.«

»Aufgeregt?«, fragte Braig.

Sie zuckte mit der Schulter. »Was weiß ich«, sagte sie, »total aufgeregt, wenn Sie so wollen.«

»Vor Wut oder aus Angst?«

»Vor Wut? Ich glaube eher, weil ihn etwas beunruhigte.«

»Was könnte das gewesen sein?«

»Keine Ahnung. Ich sagte Ihnen doch, wir sprachen nicht miteinander.«

»Sie gingen grußlos aneinander vorbei?«

»Nein. Wir winkten einander zu. Ich kenne Karl seit ...«, sie verstummte für einen Moment, überlegte. »Seit fast zwanzig Jahren. Kurz nachdem ich hierher gezogen bin, habe ich Kontakt zu den Herzogs bekommen.«

»Um wie viel Uhr war das, als Sie ihn gestern Mittag trafen?«

»Ich weiß es nicht mehr genau. Vielleicht um ...«

»Ja?«

»Drei oder vier. Vielleicht ein, zwei Stunden nach dem Mittagsschlaf.«

Drei oder vier Uhr, überlegte Braig. Dann wurde der Mann also schon am Nachmittag bedroht. »Wissen Sie, was Herr Herzog anschließend plante? Hat Ihnen seine Mutter etwas darüber erzählt?«

Olga Fischer schüttelte den Kopf. »Tut mir Leid. Wir sprachen nicht über ihn. Emi ging es nicht gut. Wir unterhielten uns über ihre Herzbeschwerden. Sie konnte sich kaum bewegen vor Schmerzen.«

»Sie erwähnte nicht, dass er sich am Abend zum Konzert verabredet hatte? Auch nicht, mit wem?«

»Nein, wirklich nicht. Wir kamen nicht dazu, uns mit ...« Sie stockte mitten im Satz, schaute Braig überrascht an, weil dessen Handy läutete. Er ärgerte sich, dass er es nicht abgestellt hatte, entschuldigte sich bei Frau Fischer. Sie nickte mit dem Kopf, wartete seine Reaktion ab.

Braig begab sich zum Fenster, zog das Handy aus der Tasche. Gerhard Stöhrs aufgeregte Stimme war in der Leitung.

»Ich dachte, dass ich Sie sofort informieren muss. Die Meldung kam erst vor wenigen Minuten.«

»Um was geht es?« Der Kommissar starrte mit angespannter Miene nach draußen. Auf der nahen Bahnlinie glitt eine S-Bahn vorbei, beschleunigte ihr Tempo.

»Zimmermann«, erklärte der Kollege, »dieser Mann, nach dem Sie sich erkundigt haben.«

»Ja, was ist mit ihm?«

»Er stand auf der Fahndungsliste. Nach dem Tankstellenüberfall gestern Abend in Ludwigsburg.«

»Jaja, ich weiß, um was es geht«, drängte Braig, »gibt es neue Informationen über ihn?«

»Deswegen rufe ich an. Zimmermann versuchte heute Morgen, ein Auto zu stehlen.«

»Wo?«

»In Ramtel, einem Ortsteil von Leonberg. Dabei wurde er von dem Besitzer des Autos überrascht.«

»Ja und?«, rief Braig mit lauter Stimme. »Lassen Sie sich doch nicht alles aus der Nase ziehen!«

Olga Fischer warf ihm einen erstaunten Blick zu.

»Der Mann verständigte unsere Kollegen. Es kam zu einer Verfolgungsjagd auf der A 81. Kurz vor der Ausfahrt Ludwigsburg Nord verlor Zimmermann die Kontrolle über seinen Wagen und raste gegen die Leitplanke. Jetzt liegt er im Ludwigsburger Klinikum. Er sei wieder bei Bewusstsein und ansprechbar, heißt es hier.«

»Wann ist das passiert?«

»Die Nachricht ging um elf Uhr zwanzig ein«, erklärte Stöhr, »vor wenigen Minuten erst.«

Braig schaute auf seine Uhr. Fünf nach halb zwölf. Die Information war in der Tat brandaktuell.

Er sagte Stöhr zu, sich sofort um den Mann zu kümmern, ließ sich die Nummer des Krankenzimmers geben, in dem er im Krankenhaus zu finden war.

»Zimmermann?«, fragte Neundorf. Sie sah sein zustimmendes Nicken, ließ sich von ihm erklären, was er erfahren hatte. »Ist es okay, wenn du allein gehst? Vielleicht fällt Frau Fischer noch etwas ein. Ich nehme später die Bahn für die Rückfahrt.«

Braig hatte nichts einzuwenden, schaute aus dem Fenster, sah die Gleise der Bahnlinie. Er verabschiedete sich, beobachtete die leicht entspannten Gesichtszüge Emilie Herzogs. Sie saß wieder fast aufrecht im Sessel, streichelte den Hund auf ihrem Schoß. Das Tier war eifrig damit beschäftigt, ihr die Hand zu lecken. Es schien, als habe sie den schlimmsten Schock fürs Erste überwunden.

Braig trat auf die Straße, nahm überrascht die warme Luft draußen wahr. Er lief die paar Schritte zum Dienstwagen, kam schon nach kurzer Zeit ins Schwitzen. Er seufzte laut, streifte seine Jacke von der Schulter. Schweißtropfen perlten ihm den Rücken hinunter. Er zog sein Hemd zurecht, atmete tief durch. Jetzt also nach Ludwigsburg ins Klinikum. Er überlegte, ob er nicht kurz nach Hause fahren und bei Ann-Katrin in seiner Wohnung eine kurze Mittagspause einlegen sollte, entschied sich dann aber für einen Anruf, um den Besuch im Krankenhaus nicht zu lange hinauszuzögern, wählte seine eigene Nummer. Ann-Katrin nahm nach kurzem Warten ab.

»Wie geht es dir?«, fragte er.

»Wie im Märchen«, antwortete sie, »ich habe einen wunderschönen Urlaub in einer bezaubernden Stadt mit einem charmanten Mann an meiner Seite verbracht, heute Morgen bis kurz vor zehn geschlafen und jetzt gerade ein opulentes Frühstück genossen. Was will ich mehr? Was machst du?«

»Der Alltag ist wieder da, Venedig leider in weite Ferne gerückt«, sagte er, berichtete ihr dann von seinen Ermittlungen.

»Erschossen und dann in einem Auto in den Bärensee gestürzt?« Ihre Verwunderung war nicht zu überhören.

»Genau so. Wir wollten es zuerst auch nicht glauben.«

»Aber wer macht so etwas Verrücktes?«, fragte sie. »Ist ein Tod zu wenig?«

»Wir wissen noch nicht viel. Es gibt verschiedene Spuren.«

»Hass. Da ist viel Hass im Spiel. Der Mörder wollte einen Menschen nicht nur töten, er wollte ihn vernichten.«

»In diese Richtung zielen auch unsere Überlegungen.«

»Und dann noch im Bärensee«, sagte sie, »in dieser idyllischen Landschaft. Ist es nicht einer der reizvollsten Orte von ganz Stuttgart? Ein Toter in einem Auto. Das passt wie die Faust aufs Auge.«

»Ein Platz, an dem der Tod nichts zu suchen hat«, bestätigte Braig. »Jedenfalls unseren romantisierenden Gedanken nach.«

»Das wird großes Aufsehen geben. Der Wald um den See wird jeden Tag von Tausenden besucht. War dies das Ziel des Mörders?«

»Öffentliche Aufmerksamkeit erregen?«

»Ja. Warum sonst machte sich der Täter die Mühe, sein Opfer auch noch in den See zu werfen? Der Mann war doch bereits tot.«

»Eine Demonstration seiner Macht. Sichtbar für alle. Er wollte nicht nur töten, es ging ihm um eine öffentliche Hinrichtung. Wir müssen in diese Richtung ermitteln.«

»Wie kam das Auto zum See? Die Umgebung ist für Autos gesperrt. Zum Glück. Der Park ist wie eine Oase.«

»Wir haben noch keine Ahnung. Die Techniker sind bei der Arbeit.«

»Du tust mir Leid«, sagte sie. »Muss es gleich wieder so losgehen!«

Braig wischte sich den Schweiß von der Stirn, holte tief Luft. »Vielleicht hätte ich doch einen anderen Beruf wählen sollen.« Er verabschiedete sich von Ann-Katrin, fuhr über Oeffingen und Neckarrems nach Ludwigsburg. Die Siedlungen gingen fast ineinander über, nur wenige Flächen wurden noch landwirtschaftlich genutzt. Er kam über die Friedrichstraße in die

Barockstadt, folgte der Oststraße, stellte das Auto auf dem Parkplatz des Krankenhauses ab.

Braig kannte das Klinikum gut, hatte dort in den letzten Jahren mehrfach Patienten besucht, allen voran Ann-Katrin in den Wochen nach ihrer Schussverletzung. Doch so freundlich und kompetent die Schwestern und Ärzte auch sein mochten, seine Erinnerungen waren keineswegs erfreulicher Natur. Bernhard Söhnle, einer seiner engsten Mitarbeiter, war hier seinem Krebsleiden erlegen. Braig wusste noch genau, wie niedergeschlagen Neundorf und er die Mitteilung aufgenommen hatten, der Kollege sei ins Ludwigsburger Klinikum eingeliefert worden. Obwohl sie sofort zu einem Besuch Söhnles hergekommen waren, hatten sie ihn nicht mehr sprechen können: Er war bereits bewusstlos auf die Intensivstation verlegt worden.

Braig hatte Mühe, sich aus seinen Erinnerungen zu reißen, trat durch den Eingang in die Vorhalle, strebte an der Cafeteria vorbei den Aufzügen zu. Er wartete mit zwei anderen Besuchern, bis ein sanfter Gong die Ankunft eines Fahrstuhls signalisierte, fuhr dann ins dritte Stockwerk hoch. Den uniformierten Beamten, der vor der Tür des verhafteten Straftäters Wache stand, sah er schon von weitem. Der Mann saß auf einem unbequemen Metallstuhl, blickte den Gang auf und ab. Braig eilte auf ihn zu, streckte ihm seinen Ausweis entgegen.

»Sie wurden angekündigt«, erklärte der Beamte, »hoffentlich können Sie sich mit dem Kerl verständigen. Er sieht übel aus.« Er lief zur Tür, klopfte dreimal in kurzem Abstand, öffnete. »Damit mein Kollege Bescheid weiß«, erklärte er.

Der Kommissar bedankte sich, betrat den Raum. Er sah den aufmerksamen Blick eines jungen Beamten, der am Fenster lehnte und das Zimmer überwachte. »Braig«, sagte er laut, den Ausweis sichtbar in der Hand, »vom LKA.«

Die Gesichtszüge des Wachhabenden entspannten sich sichtbar. »Kommen Sie rein. Ich bin informiert.« Er war um die dreißig, hatte kurze blonde Haare, kam ihm entgegen, drückte ihm die Hand. »Ich hatte nur keine Ahnung, dass Sie so schnell Zeit finden.«

»Ich habe mich beeilt«, sagte Braig. Er drehte sich zur Seite, betrachtete die über und über vermummte Gestalt, die an der Längsseite des Raumes im Bett lag. Der Mann schien schwer verwundet, selbst Teile des Gesichts waren bandagiert. Nur die Partien um Augen und Mund lagen frei.

»Wollen Sie sich setzen?«, fragte der junge Beamte. Er wies auf einen schmalen Metallstuhl am Fußende des Bettes, hob ihn in die Höhe.

Braig nahm ihn entgegen, bedankte sich. Der Stuhl war schwerer als er gedacht hatte; er rutschte ihm aus der Hand, schlug an die Metallleiste des Bettes. Es gab ein schrilles, kreischendes Geräusch, das in den Ohren schmerzte. Der Kommissar entschuldigte sich, wurde mitten im Satz unterbrochen.

»Sind Sie immer so rabiat?« Der Mann im Bett hatte die Augen offen, warf ihm einen stechenden Blick zu. Seine Worte klangen seltsam unnatürlich, wie Stakkato.

»Tut mir Leid«, wiederholte Braig. »Er ist mir aus der Hand gerutscht.« Er setzte sich, betrachtete das Gesicht des Mannes. Über der Nase ragte der Ansatz einer Wunde aus der Bandage hervor, ein schmaler roter Streifen, der mitten in all dem Weiß seltsam deplaziert wirkte. »Friedrich Zimmermann?«, fragte er.

Der Verletzte reagierte nicht.

Braig sah, dass er seine Augen geschlossen hatte. »Sie scheinen ordentlich was abbekommen zu haben«, versuchte er es von neuem, »ich weiß nicht, inwieweit wir miteinander reden können oder ob Sie große Schmerzen haben.«

»Schmerzen? Was glauben Sie wohl?« Zimmermann hatte Schwierigkeiten, einen normalen Tonfall anzunehmen. Seine Worte kamen wieder in dem unnatürlichen Stakkato. »Wissen Sie, was mir passiert ist?«

»Ich glaube, Sie haben viel Glück gehabt«, antwortete Braig. Er sah, wie der Mann zu ihm her starrte.

»Sie sind gut«, stotterte Zimmermann, »ich bin dem Tod von der Schippe gesprungen. Dass ich noch lebe ...« Er verstummte, verzichtete darauf, den Satz zu vervollständigen.

Braig sah, wie sein linkes Augenlid fast ununterbrochen auf und nieder flatterte, ob von dem Unfall verursacht oder infolge einer nervösen Angewohnheit, wusste er nicht. Es war unmöglich, die Gefühlsregungen des Mannes zu erkennen, die Bandagen verbargen fast alles. »Sie hielten sich gestern Abend in Zuffenhausen auf«, erklärte Braig, »so gegen zwanzig Uhr. An einer Tankstelle.« Er vermied jeden vorwurfsvollen, moralisierenden Ton, erhielt als Antwort dennoch nur einen kräftigen Fluch. »Heute Morgen waren Sie dann in Ramtel unterwegs. Sie benötigten ein Auto.«

Trotz der Bandage war die Wut in Zimmermanns Augen deutlich zu erkennen. »Ihr wisst doch alles«, keuchte er in seinem seltsamen Stakkato, »ihr habt das Geld, den Karren«, er verfiel in ein fistelndes, feminin klingendes Gelächter, kam nur langsam wieder davon frei, »was wollt ihr jetzt noch?«

Braig gab ihm die Auskunft, die er wünschte. Er starrte dem Mann in die Augen, versuchte seine Reaktion zu erkennen. »Der Tote im Bärensee«, sagte er laut und deutlich, »weshalb?«

Zimmermann schien seine Schmerzen zu vergessen. »Was?«, schrie er. Er warf seinen Körper zur Seite so weit es ging, starrte zu Braig hoch, stöhnte. »Was für ein Toter?«

»Karl Herzog«, sagte Braig. Er sah das Erstaunen in Zimmermanns Augen.

»Der Psycho?«

»Er war Psychologe, hatte eine Praxis in Esslingen.«

»Tot?«

»Mord«, erklärte Braig, »heute Nacht.«

»Nein«, keuchte der Mann, »nein.« Er warf sich trotz seiner Schmerzen im Bett hin und her, stöhnte vor sich hin. »Das könnt ihr mir nicht in die Schuhe schieben.«

»Sie stehen unter Verdacht, ihn ermordet zu haben. Ihre Drohungen gegen Karl Herzog werden von mehreren Zeugen bestätigt.«

»Ermordet?« Zimmermanns Stimme überschlug sich. Er hatte Mühe, weitere Worte zu formulieren. »Das sind doch ...« Er stockte, rang um Atem. »Jahre«, stieß er hervor, »das ist Jahre her.«

Braig gab keine Antwort, beobachtete die Reaktion des verunglückten Straftäters.

»Das könnt ihr mir nicht anhängen. Herzog habe ich längst vergessen.«

»Davon war heute Nacht nichts zu bemerken.«

»Ich doch nicht«, brüllte Zimmermann, »damit habe ich nichts ...« Seine Stimme versagte, ließ ihn mitten im Satz verstummen.

»Heute Morgen wurden Sie in Ramtel, einem Vorort von Leonberg, beobachtet. Das ist gerade mal fünf, sechs Kilometer vom Ort des Verbrechens entfernt.«

»Aber ich war es nicht«, presste er hervor, »ich habe nichts damit zu tun. Ich weiß nicht mal, von was Sie reden. Gut, ich war in Ramtel, ich habe den Karren geklaut, das ist euch alles bekannt, aber von Herzog weiß ich nichts, der Typ kam mir seit Jahren nicht mehr unter.«

»Trotz Ihrer vielen Drohungen wollen Sie mit seinem Tod nichts zu tun haben?«

»So wahr ich hier liege. Herzog, meine Leute! Warum soll ich ihm denn was tun? Glaubt ihr, ich habe sonst keine Sorgen?«

»Im Moment schon«, erwiderte Braig. »Aber heute Nacht ging es Ihnen wesentlich besser.«

»Aber Herzog doch nicht! Die Tankstelle, ja. Der Karren auch. Aber sonst nichts. Mord, sagen Sie. Das doch nicht. Ich bin doch kein Killer!«

»Gegen zwanzig Uhr waren Sie in Zuffenhausen. Was lief vorher und was danach?«

»Vorher?«

»Bevor Sie die Tankstelle überfielen. Wo waren Sie gestern Mittag?«

Der Mann gab keine Antwort.

»Was ist los? Haben Sie kein Alibi?«

Zimmermann stöhnte leise vor sich hin.

»Darf ich Ihre Äußerung als Geständnis interpretieren? Dann bitte ich nur noch um die Unterschrift.«

»Quatsch. Ich habe einen Zeugen, der meine Anwesenheit bestätigen kann. Fast den ganzen Tag über.«

Braig zog einen Notizblock und einen Kugelschreiber aus seiner Jackentasche. »Ja?«

»Thomas Feldner. In Leonberg.« Er nannte ihm die Telefonnummer und die genaue Adresse.

»Sie waren mit ihm allein?«

»Zwangsweise, ja.«

»Wie soll ich das verstehen?«

Zimmermann zögerte, rang sich dann doch zu einer Antwort durch. »Wir haben gearbeitet.«

»Wie gearbeitet? Gestern war Sonntag.«

»Ja und? Thomas hat einen Autohandel. Das Gelände liegt in einem Gewerbegebiet. Da stört es nicht, wenn sonntags gearbeitet wird.«

»Was haben Sie getan?«

»Alte Karren repariert, was sonst? Geschweißt, Rost entfernt, die Mühlen wieder aufgemöbelt. Was halt so anfällt.«

»Schwarz.«

»Na und?«, schimpfte Zimmermann. »Wir haben gearbeitet, nicht Ihren Psycho ermordet.«

»Dieser Herr Feldner ist heute zu sprechen?«

»Ich wüsste nicht, was dagegen spricht, wenn das unbedingt sein muss.«

»Von wann bis wann waren Sie mit ihm zusammen?«, fragte Braig. Er musste mit Feldner reden, Zimmermanns Alibi überprüfen.

»Ich weiß es nicht mehr genau. Vielleicht zehn Uhr morgens bis achtzehn Uhr. Anschließend aßen wir noch eine Pizza zusammen.«

»Wo?«

»In Thomas' Büro. Was er halt so sein Büro nennt.«

»Wann trennten Sie sich?«

»Vielleicht gegen sieben.«

»Und dann überfielen Sie die Tankstelle? Einfach so?«

Zimmermann gab ein missmutiges Knurren von sich. »Ich dachte, ich könnte Thomas als Alibi benutzen.«

»Sie drehten die Sache also gemeinsam?«

»Nein«, zischte der Mann, »Thomas ahnte nicht einmal etwas davon.«

Braig machte eine abweisende Handbewegung. Sollten sich die Kollegen darum bemühen herauszufinden, wer alles hinter dem Tankstellenüberfall steckte. Er hatte den Mord an Karl Herzog aufzuklären. »Und anschließend? Was unternahmen Sie nach neunzehn Uhr?«

»Das wissen Sie doch!«

»Bis zum Überfall auf die Tankstelle bleibt da noch eine ganze Stunde.«

»Sind Sie wahnsinnig?« Zimmermann versuchte, sich aufzurichten, fiel aber stöhnend vor Schmerzen wieder zurück. »Was soll ich in der kurzen Zeit denn noch alles ...« Er keuchte laut, rang um Luft. »Ich weiß doch nicht mal genau, wie spät es war, als ich von Thomas wegfuhr. Gegen sieben. Vielleicht war es auch schon viertel acht?« Er lag ermattet in seinem Bett, starrte feindselig zu Braig hoch. »Ich kam nach Hause, duschte, zog mich frisch an.«

»Und dann fuhren Sie nach Zuffenhausen zu der Tankstelle.«

Zimmermann brauchte ein paar Sekunden, bis er sich zu einem mühsam hervorgepressten »Ja« bereit fand.

»Und dann? Was unternahmen Sie nach dem Überfall?«

»Ich stellte den Karren, mit dem ich an der Tankstelle war, wieder bei Thomas unter. Er hatte keine Nummernschilder und ich wollte ihn heute neu lackieren, damit ... Jedenfalls fuhr ich von dort sofort mit dem Bus zu Manni, einem anderen Kumpel. Wir saßen den ganzen Abend und die halbe Nacht zusammen, tranken, glotzten Videos. Erst heute Morgen, als Manni zur Arbeit musste, verließen wir seine Wohnung.«

»Sie waren die ganze Nacht bei ihm?«

»Ich pennte auf seiner Couch. Gegen zwei, halb drei schalteten wir die Kiste aus.«

»Woher wollen Sie das so genau wissen?«

»Weil wir im Fernsehen noch einen Spätfilm schauten, der kurz nach zwei zu Ende war.«

»Wo wohnt dieser Manni? Hat er auch einen Familiennamen und eine Adresse?«

»Manfred Kimmle. Er wohnt in Ramtel.«

Braig notierte sich die Adresse des Mannes, erfuhr, dass er in einer Firma in Weilimdorf als Hausmeister arbeitete. »Und um von Ramtel wegzukommen, stahlen Sie heute Morgen dort ein Auto«, sagte er mit vernehmbar spöttischem Unterton.

Zimmermann stieß wütend Luft aus. »Verdammt noch mal, ja. Wenn ich geahnt hätte, was passiert ...« Er verzichtete darauf, den Satz zu vervollständigen, riss seinen Kopf ein paar Zentimeter hoch. »Aber mit Herzog habe ich nichts zu tun, bei meiner Ehre! Das können Sie mir nicht in die Schuhe schieben.«

»Wir werden es überprüfen. Ihren Drohungen nach zu urteilen, stecken Sie jedenfalls ganz schön in der Tinte.«

»Meinen Drohungen nach? Gut, das gebe ich zu. Ich hatte eine wahnsinnige Wut damals, weil er mir meinen Führerschein nicht zurückgeben wollte. Aber deswegen bringe ich doch keinen Menschen um! Warum schauen Sie nicht bei anderen nach, die Herzog wirklich auf der Abschussliste hatten? Dieser Wangbiehler zum Beispiel ... Ist ein zu heikles Kaliber, wie? Mit Verbindungen bis in die höchsten Ränge, da liegt der Haken, ja? Steinreiches Unternehmersöhnchen, verwöhnt und protegiert, deshalb bleibt der Herr außen vor, ich verstehe.

Dabei fährt er ständig besoffen mit einer seiner Karren durch die Gegend, hat gute *Freunde*, die alles aus dem Weg räumen, was stören könnte – an den wagen Sie sich nicht, nein!«

»Sie kennen den Mann?«

Zimmermann stöhnte laut auf. »Sie sind gut. Nein, in diesen Kreisen bewege ich mich nicht. Auf die Bekanntschaft verzichte ich aber auch gern.«

»Woher wollen Sie wissen, dass er Herzog bedrohte?«

»Woher? Dass Herzog auf seiner Abschussliste steht, ist ein offenes Geheimnis. Das weiß jeder. Kommen Sie mir nicht damit, ausgerechnet Sie hätten noch nichts davon gehört. Wangbiehlers Schläger schreckten doch nicht einmal vor einer Auseinandersetzung mit Ihren Kollegen zurück.«

Braig erinnerte sich, denselben Sachverhalt auch schon von Stefanie Herzog gehört zu haben, beschloss, sich genauer darüber zu informieren. Zimmermann noch länger zu befragen schien ihm wenig sinnvoll, wichtiger war es, sein Alibi so schnell als möglich zu überprüfen. »Ihre beiden Freunde, diese Feldner und Kimmle, wo sind sie um diese Zeit zu erreichen? Bei der Arbeit?«

Der Mann starrte ihn misstrauisch an. »Sie glauben mir immer noch nicht, wie?«

»Wir werden Ihre Angaben überprüfen«, antwortete er. »Also?«

Zimmermann wiederholte die Aussagen, die er vorher schon gemacht hatte, beschrieb die Lage der Firma in Weilimdorf und des Autohändlers in Leonberg. Braig beschloss, die beiden Männer sofort aufzusuchen. Er nickte dem Verunglückten kurz zu, verabschiedete sich von den beiden Beamten, verließ das Krankenhaus. Als er den Eingang passiert hatte, setzte er sich auf eine Bank im Windschatten einer schmalen Hecke, zog sein Handy vor, gab Neundorfs Nummer ein. Aber sie reagierte nicht.

Er wartete mehrere Sekunden, ließ sich dann mit dem LKA verbinden. Gerhard Stöhr war am Apparat.

»Hier ist Braig. Dieser Johannes Wangbiehler, nach dem ich Sie vorhin schon fragte – haben Sie die Daten bereits ermittelt?«

»Sie befinden sich nicht in Ihrem Büro? Ich habe Ihnen alles zukommen lassen.«

»Tut mir Leid, ich bin schon den ganzen Morgen unterwegs. Können Sie mir bitte die Adresse des Mannes mitteilen?«

Stöhr räusperte sich, hatte Schwierigkeiten, zu einer Antwort zu finden. »Das steht alles in dem Material, das ich Ihnen zugefaxt habe. Ich finde keinen Hinweis, wo er sich aufhalten könnte.«

»Wie – keinen Hinweis?«, fragte Braig verblüfft.

»Wir haben keine aktuellen Informationen über den Mann.«

»Das kann doch nicht sein. Irgendwo müssen wir ihn finden.« Braig bekam keine Antwort, bat den Kollegen, sich noch einmal darum zu bemühen. »Das ist dringend. Ich muss den Mann sprechen.«

Der Kriminalobermeister sagte zu, sich darum zu kümmern.

Braig steckte sein Handy weg, spürte seinen hungrigen Magen. Er schaute auf die Uhr. Zehn nach eins. So eilig er es hatte, Zimmermanns Alibi zu überprüfen, ein kleiner Imbiss musste möglich sein. Er lief zurück in die Vorhalle des Klinikums, betrat die Cafeteria. Sie war gut besucht, fast alle Tische besetzt. Braig nahm sich ein Tablett, zog zwei belegte Brötchen aus der Vitrine, schenkte sich einen Kaffee ein, bezahlte. Er suchte einen freien Platz an einem Tisch nahe am Fenster, grüßte die beiden Männer, die dort schweigend beieinander saßen, aß die Brötchen. Irgendwo hinter ihm erzählte eine Frau von ihrer Operation. Braig versuchte, sich auf sein Essen zu konzentrieren, erfuhr dennoch alle Einzelheiten über die Unterleibsprobleme der unbekannten Zeitgenossin. Er hoffte, dass die Operation erfolgreich verlaufen war, trank den Rest seines Kaffees, machte sich dann schnell auf den Weg.

Die Luft vor dem Krankenhaus schien zu stehen. Er schwitzte schon nach wenigen Metern, knöpfte sein Hemd weiter auf. Die Leute, die ihm entgegenkamen, trugen sommerlich-kurzärmelige Kleidung oder hatten wie er selbst ihre Jacken über dem Arm.

Die Fahrt nach Weilimdorf dauerte eine knappe Viertelstunde, führte ohne Unterbrechung durch Wohnsiedlungen, Industrie- und Gewerbegebiete und immer neue Über- und Unterführungen mehrspuriger Schnellstraßen. Selbst der Übergang zwischen den Stuttgarter Vororten und der Gemeinde Korntal war nicht mehr festzustellen, Beton fügte sich an Beton.

Das erst vor wenigen Jahren hochgezogene Gewerbegebiet Weilimdorfs erstreckte sich mit eher gesichtslosen als futuristischen Gebäudetrakten scheinbar uferlos in alle Richtungen. Die Firma, in der Manfred Kimmle der Aussage Zimmermanns nach als Hausmeister arbeitete, entdeckte Braig schon von weitem. Ihr Signum prangte in dicken Lettern vor der Fassade eines mehrstöckigen Gebäudes mit viel Glas und hellen Stahlstreben. Braig parkte in der Nähe, wies sich bei der Empfangsdame aus, fragte nach Manfred Kimmle.

Keine zehn Minuten später hatte er die Aussage des Mannes protokolliert. Kimmle, ein kräftiger, mit einem Pferdeschwanz geschmückter Mann Mitte dreißig, bestätigte die Behauptung Zimmermanns, bis weit in die Nacht hinein gemeinsam Videos und Fernsehen geschaut und dabei etliche Biere und Obstler getrunken zu haben. »Fritz war bis heute Morgen, als wir gemeinsam die Wohnung verließen, bei mir.« Er war sofort bereit, seine Aussage vor Gericht zu beeiden.

Braig seufzte laut, als er sich auf den Weg zu seinem Fahrzeug machte. Zimmermanns Alibi schien wasserdicht, ihr Verdacht, er stehe mit Herzogs Tod in Verbindung, wurde immer deutlicher als Schimäre entlarvt. Wahrscheinlich, so fürchtete er, konnte er sich den Weg nach Leonberg sparen.

Braig hatte die Firma gerade verlassen, als ein Anruf avisiert wurde. Er bekam Stöhr ans Ohr.

»Johannes Wangbiehler. Das ist schwieriger, als Sie glauben.«

»Sie hatten keinen Erfolg?«

»Wir haben mehrere Einträge zu seiner Person: Trunkenheit am Steuer mit Totalschaden, wieder Trunkenheit am Steuer, diesmal mit schwerer Körperverletzung eines unbeteiligten Fußgängers. Dann schwere Körperverletzung in alkoholisiertem Zustand in Esslingen, Schlägereien mit Asylbewerbern in Stuttgart, Schlägerei im Drogenmilieu, Randale im Bohnenviertel in Stuttgart, tätlicher Angriff auf eine Prostituierte, wieder Trunkenheit am Steuer, dann angebliche, aber vor Gericht nicht erwiesene Bandenkriminalität, tätlicher Angriff auf zwei Polizeibeamte in Schorndorf. Zuletzt wohnhaft in der Reutlinger Straße in Degerloch. Aktueller Aufenthalt nicht bekannt.«

»Das kann doch nicht sein«, insistierte Braig, »ein Mann mit einem solchen Vorstrafenregister – und wir wissen nicht, wo er lebt?«

»Es gibt keinen Hinweis, ich habe alles versucht.«

»Ich benötige seine Adresse – wir müssen ihn wegen Karl Herzogs Tod überprüfen, daran führt kein Weg vorbei!«

Stöhr zögerte einen Moment, präsentierte Braig dann einen Vorschlag. »Ich denke, wir sollten es über seinen Vater versuchen. Der weiß vielleicht, wo wir den Sohn finden. Eine Suchmeldung liegt jedenfalls nicht vor.«

»Sie meinen diesen Industriellen?«

»Genau. Ich habe hier die Nummer seines Büros. Wollen Sie selbst anrufen oder soll ich es erledigen?«

»Ich kümmere mich selbst darum. Geben Sie mir bitte die Durchwahl.« Braig notierte sich die Nummer, bedankte sich bei seinem Kollegen.

Johannes Wangbiehler, nirgends aufzufinden, überlegte er. Was hatte das zu bedeuten? War der Mann wirklich so gefährlich, wie die Einträge ins Strafregister vermuten ließen und wie es ihm von allen, mit denen er über ihn gesprochen hatte, geschildert wurde? Hatte sein Verschwinden mit Karl Herzogs Tod zu tun, war er zum Mörder des Mannes geworden, der es gewagt hatte, ihm den Führerschein über längere Zeit hinweg zu entziehen?

Braig atmete tief durch, massierte seine Schläfen. Er musste es über Wangbiehlers Vater versuchen, musste mit dem Unternehmer sprechen, ihn danach fragen, wo sein Sohn anzutreffen sei, auch wenn es dem Mann vielleicht nicht gelegen kam.

Braig folgte der Feuerbacher Straße nach Leonberg, hatte einige Mühe, Thomas Feldner zu finden. Das Areal des Gebrauchtwagenhändlers lag etwas versteckt am Rand der Stadt, es kostete ihn mehr als zwanzig Minuten. Er parkte vor dem Eingang, lief an Autowracks vorbei auf eine nur schwer erkennbare Holzbaracke zu, hinter der Geräusche zu hören waren. Der Kommissar machte sich durch lautes Rufen bemerkbar, sah eine kleine, mit einem sommerlich anmutenden Muskel-T-Shirt gekleidete Gestalt auf sich zukommen. Der Mann machte einen ziemlich schmuddeligen Eindruck. Seine Hände waren mit fettigen, dunklen Schlieren überzogen, die Hosen von Öl- und Schmutzflecken übersät. Braig hielt Abstand, versuchte dem Geruch aus Schweiß und beißenden Chemikalien, der von dem Mann ausging, zu entgehen. Die Aussage Feldners jedoch ließ nichts an Deutlichkeit zu wünschen übrig.

»Fritz war gestern den ganzen Tag bei mir bis gegen sieben. Was der blöde Hund anschließend vorhatte, habe ich erst aus den Nachrichten erfahren. Sie können mir nichts anhängen. Ich habe nichts damit zu tun. Wir haben den ganzen Tag über gemeinsam einen alten Karren repariert. Dort vorne steht er.«

Braig verzichtete auf eine genauere Besichtigung des Fahrzeugs, ersparte es sich auch, den Mann ins Kreuzfeuer zu nehmen. Zimmermanns Alibi anzuzweifeln schien ihm wenig sinnvoll; der Mann hatte die Tankstelle überfallen, aber wohl kaum den Psychologen ermordet.

Braig ließ Feldner stehen, ohne ihm die Hand zu reichen, verließ das bis in die letzte Ecke mit verbeulten Unfallfahrzeugen voll geparkte Grundstück des Autohändlers. Er fühlte sich müde und erschöpft, spürte aufkommende Kopfschmerzen. Gestern noch die entspannende Rückfahrt von Venedig, heute völlig übergangslos den aufreibenden Wiedereinstieg in seine Arbeit. Er hätte sich das weiß Gott weniger aufreibend gewünscht.

Braig atmete kräftig durch, blieb vor dem durch einen hohen Maschendrahtzaun begrenzten Gelände Feldners stehen, zog sein Notizbuch mit der Telefonnummer Wangbiehlers aus der Tasche, wählte. Kurz darauf war er mit der Sekretärin des Unternehmers verbunden. Er nannte seine berufliche Funktion, äußerte den dringenden Wunsch, den Chef zu sprechen. Wenige Sekunden später hatte er ihn in der Leitung.

»Hier ist Braig vom Landeskriminalamt. Herr Wangbiehler, entschuldigen Sie bitte die Störung«, formulierte er vorsichtig, »wir arbeiten an einer weitläufigen Ermittlung, in deren Zusammenhang wir auf den Namen Ihres Sohnes stießen. Wir hätten ihn gerne befragt, weil wir auf seine Aussage angewiesen sind. Leider können wir aber seinen Aufenthaltsort nicht feststellen. Deshalb wende ich mich an Sie: Würden Sie mir bitte verraten, wo ich Ihren Sohn finde?«

»Sie sind vom LKA?« Die Stimme Wangbiehlers klang laut und kräftig, verriet Selbstbewusstsein und Tatkraft. »Darf ich fragen, in welcher Angelegenheit Sie ermitteln?«

»Darüber möchte ich mit Ihrem Sohn sprechen«, antwortete Braig. »Wie Sie sicher wissen, bin ich nicht befugt ...«

»Jajaja«, dröhnte es aus dem Apparat, »Sie müssen mich nicht belehren, ich bin kein Analphabet.« Der Mann klang gereizt.

Braig wartete, bis sich sein Gesprächspartner wieder etwas beruhigt hatte, wiederholte sein Anliegen. »Ich bitte Sie nur um die Adresse Ihres Sohnes.«

»Jetzt sofort?«

»Wenn möglich, ja.«

Wangbiehlers Antwort erfolgte prompt. »Nicht am Telefon. Johannes braucht seine Ruhe. Er darf nicht gerade so überfahren werden.« Er machte eine kurze Pause, setzte dann hinzu: »Können wir uns irgendwo treffen?«

Braig wunderte sich über den seltsamen Wunsch, trat zur Seite, weil eine Gruppe Jugendlicher auf Mopeds und Motorrädern die Straße entlangpreschte. »Weshalb?«

»Weil ich mich persönlich mit Ihnen unterhalten möchte.«

Er zögerte, wusste mit Wangbiehlers Anliegen nicht recht umzugehen. Was war los mit dem Sohn? Warum konnte er ihm nicht einfach dessen Telefonnummer und Adresse mitteilen? Er überlegte, wie er reagieren sollte, sah den Jugendlichen nach, die am Ende der Straße um die Ecke bogen. Wangbiehler war einer jener erfolgreichen Unternehmer, die es mit unermüdlicher Energie und dem Einsatz all ihrer Kräfte geschafft hatten, im Verlauf ihres Lebens aus einem kleinen Familienbetrieb eine Firma aufzubauen, die heute mehreren hundert Menschen Arbeit gab. Ob dabei wirklich nur unglaublicher Fleiß und besondere Geschäftstüchtigkeit im Spiel gewesen waren oder eine große Menge an Glück, vielleicht auch aggressiver Ellenbogeneinsatz, gepaart mit rücksichtsloser Skrupellosigkeit oder gar ausgesprochen kriminellen Methoden zum Ausschalten unliebsamer Konkurrenz – Braig sah sich außerstande, die Leistung des Unternehmers objektiv zu beurteilen. Tatsache war, dass Wangbiehler aufgrund seiner wirtschaftlichen Position über Macht und Einfluss verfügte, welche die eines normalen Bürgers bei weitem überstiegen. Die Folgen lagen auf der Hand: Vorsicht im Umgang mit Leuten dieses Standes genoss oberste Priorität. Angesichts dieser Tatsache schien es Braig geboten, sich zu einem deutlichen Zugeständnis an den erfolgreichen Unternehmer durchzuringen. »Wo finde ich Sie?«

»Um sechzehn Uhr habe ich einen Termin im Landtag«, antwortete Wangbiehler. »Das wird bis gegen neunzehn Uhr dauern. Sprechen wir anschließend miteinander?«

Braig schaute auf seine Uhr. »Geht es auch vorher noch – so gegen halb vier?«, fragte er.

Er hörte nur ein kurzes, unverständliches Knurren, interpretierte es als Zustimmung. »In der Innenstadt?«, setzte er hinzu.

»Von mir aus«, brummte Wangbiehler, »fünfzehn Uhr dreißig in der Alten Kanzlei.«

Braig wusste, dass das Lokal am Alten Schloss nicht weit vom Landtag entfernt lag, sagte zu. Er eilte zu seinem Wagen, überlegte, was hinter dem ungewöhnlichen Verhalten des Mannes stecken mochte. Hatte er seinen Sohn aus dem Verkehr gezogen, weil er sich durch dessen unaufhörliche kriminelle Eskapaden in der Öffentlichkeit blamiert fühlte? So erfolgreich er mit seiner Firma auch agierte – musste er sich auf Dauer nicht vor einer Schädigung seines Rufes fürchten, wenn immer neue negative Schlagzeilen über das Treiben seines Sohnes in den Medien auftauchten? Auf lange Sicht konnte es sich ein Unternehmer wohl kaum leisten, ein Familienmitglied sein eigen zu nennen, das ständig mit dem Gesetz in Konflikt kam – irgendwann würde der schlechte Ruf auch auf die Produkte seiner Firma abfärben und den Verkauf beeinträchtigen. Sein Sohn führte einen aus den normalen Gleisen geratenen, in Teilen kriminellen Lebensstil – hatte der Vater jetzt die Notbremse gezogen und ihn für eine bestimmte Zeit an einen der Öffentlichkeit unbekannten Ort verbannt?

Braig schrak auf, als sein Handy läutete. Er schaltete die Freisprechanlage ein, hatte Ann-Katrin in der Leitung. Sie fragte, wo er gerade sei, hörte sich seinen Bericht an.

»Dieser Zimmermann ist also endgültig außen vor?«

»Ich denke schon, ja.«

»Aber weshalb will Wangbiehler dich persönlich sprechen, wenn es doch nur um seinen Sohn geht?«

»Keine Ahnung. Klingt auf jeden Fall seltsam, oder?«

»Mehr als das. Du weißt, wie sehr ich Leuten dieser Couleur misstraue.«

»Das geht mir nicht anders. Unkontrollierte Machtausübung lässt auf Dauer viele Menschen über die Stränge schlagen, das liegt in unserer Natur. Ich bin gespannt, was er mir über seinen Sohn mitteilen will. Ich werde auf jeden Fall darauf drängen, ihn zu sprechen.« Er machte eine kurze Pause, fragte dann nach dem Grund ihres Anrufes.

Ann-Katrin Räuber seufzte laut. »Mein Urlaub ist ebenfalls vorbei.«

»Morgen früh«, korrigierte er sie.

»Nein, nicht morgen früh – heute Nachmittag. In wenigen Minuten muss ich aus dem Haus.«

»Wieso das?«, fragte er. »Ein Noteinsatz?« Ann-Katrin war vor wenigen Monaten ans Waiblinger Polizeirevier gewechselt, übte ihren Dienst als Hauptwachtmeisterin der dortigen Schutzpolizei aus.

»Anscheinend«, antwortete sie. »Vor zehn Minuten kam der Anruf. Irgendeine große Demonstration in Backnang. Am Krankenhaus. Ich habe keine Ahnung, um was es geht. Sie suchen händeringend nach Leuten, also riefen sie an, ob ich schon aus dem Urlaub zurück sei. Ich konnte schlecht nein sagen.«

»In Backnang am Krankenhaus? Dort, wo ...« Er sprach den Satz nicht zu Ende, wollte sie nicht an die schlimme Zeit erinnern.

»Genau dort«, antwortete sie.

Drei Jahre war es jetzt her. Ann-Katrin und er waren auf den Spuren eines mehrfachen Mörders in die Backnanger Innenstadt beordert worden, dort auf den Mann und seinen Komplizen gestoßen. Mitten in ihrem Versuch, ihn festzunehmen, hatte der Verbrecher eine Pistole gezogen und aus nächster Nähe auf Ann-Katrin geschossen, war dann aber von Braig niedergestreckt worden. Nur der sofortige Transport ins nahe gelegene Backnanger Krankenhaus und der vorbildliche Einsatz der Ärzte und Schwestern hatten Ann-Katrins Leben gerettet. Nie und nimmer würde Braig die Stunden vergessen, die er dort voller Angst um das Leben seiner jungen Kollegin zugebracht hatte. Wochenlang war er nach Dienstschluss nach Backnang gefahren und hatte sie an ihrem Krankenbett besucht – der Anfang ihres gemeinsamen Lebens.

»Um was geht es bei der Demonstration?«, fragte er.

»Ich weiß es nicht«, sagte sie, »ich wollte dir nur Bescheid geben, damit du dir keine Sorgen machst.«

Sie beendeten das Gespräch, weil sie sich beeilen musste, versprachen, bald wieder von sich hören zu lassen.

Braig stellte sein Fahrzeug im Breuninger-Parkhaus ab, passierte die Markthalle. Menschen in luftiger Kleidung flanierten durch die Fußgängerzone, Jugendliche flitzten auf Inlineskatern dem Schlossplatz zu. Er trug seine Jacke über dem Arm, lief am Schillerdenkmal vorbei direkt auf die Alte Kanzlei zu.

Das Restaurant war wie immer gut besetzt. Braig nahm an einem der Tische unweit des Haupteingangs Platz, den Blick auf die ankommenden Gäste gerichtet. Er musste nicht lange warten, erkannte den Unternehmer sofort. Sein Bild war oft genug in der Zeitung zu sehen. Wangbiehler war Mitte fünfzig, trug einen anthrazitfarbenen Anzug, dazu ein weißes Hemd mit dezent bordeaux-getönter Krawatte. Braig erhob sich, winkte ihm zu, sah, dass er sofort reagierte.

»Sie sind pünktlich«, eröffnete Wangbiehler das Gespräch. Er war von mittelgroßer Statur, hatte kurze, rabenschwarze Haare.

Braig gab ihm die Hand, wies auf den Tisch. »Sind Sie mit meiner Platzwahl einverstanden?«

Der Unternehmer winkte jovial ab. »Ich bin mit allem einverstanden, wenn es nur schnell geht. Sie wissen, ich habe einen wichtigen Termin.« Er zog sich einen Stuhl heran, setzte sich, lockerte seinen Kragen, strich die Krawatte zurecht. Bevor Braig zu einer Frage ansetzen konnte, nahm er das Wort. »Mein Sohn Johannes«, erklärte er, schaute dem Kommissar direkt in die Augen, »hat seinen Weg noch nicht gefunden.« Wangbiehler sprach langsam und deutlich, formulierte seine Aussage so wohlüberlegt, als präsentiere er sich einem großen Publikum.

Braig konnte nicht umhin festzustellen, dass seine Stimme von einem sonoren wohlklingenden Grundton geprägt war, der ihm eine angenehme, fast sympathische Ausstrahlung verlieh. Er betrachtete die Körperhaltung, ließ seine Blicke über die trotz der hochsommerlichen Temperaturen akkurat sitzende Kleidung des Mannes schweifen, wartete auf weitere Erklärungen. Sein Schweigen schien Wangbiehler einen Augenblick lang zu irritieren.

»Sie kommen wegen Johannes, das ist der Punkt?«

Braig ließ sich Zeit mit einer Antwort, nickte nur andeutungsweise mit dem Kopf.

»Man hat, so sehr man sich bemüht, nicht immer alles im Griff«, fuhr der Unternehmer fort.

Die Bedienung trat an den Tisch, nahm Wangbiehlers Wunsch, ein stilles Wasser, entgegen. Braig bestellte einen Kaffee.

»Würden Sie mir das bitte genauer erklären?«, fragte er.

»Kinder sind individuelle Persönlichkeiten wie Sie und ich«, erklärte der Mann, »keine Maschinen oder Roboter, wie wir das manchmal gerne hätten.«

Braig beobachtete sein Gegenüber, wartete auf eine Fortsetzung.

»Individuen lassen sich nicht so einfach steuern oder programmieren.« Wangbiehler beugte sich zur Seite, machte der Bedienung Platz, die ein Glas Wasser vor ihm auf einer Unterlage abstellte und dann Braig den Kaffee zuschob.

»So ist das auch mit meinem Sohn«, ergänzte der Mann, blickte Verständnis-heischend über den Tisch, »eine eigenständige Person. In jeder Beziehung.«

Braig spürte, dass seine Abneigung gegen seinen Gesprächspartner die anfängliche Sympathie langsam, aber stetig verdrängte. Ihm kam es vor, als plappere der Mann ohne Unterlass auswendig gelernte Floskeln vor sich hin, ähnlich einem

Papagei, der menschliche Stimmen zwar nachahmen, nicht jedoch ihren Sinn begreifen konnte. Im Grunde hatte Wangbiehler bis jetzt nichts als hohle Sprüche, aber nicht einen einzigen sinnvollen Gedanken von sich gegeben. Der Mann hatte die Spielregeln der modernen von Massenmedien geprägten Gesellschaft offensichtlich perfekt verinnerlicht: sich mit vielen stilistisch wohl formulierten und charmant vorgebrachten Worten bedeutungsvoll in Szene zu setzen, um damit über die Inhaltsleere seiner Aussagen hinweg zu täuschen; Das Nonplusultra der Erfolgreichen aus Politik, Wirtschaft und Showbusiness, die sich Tag für Tag im Licht der Öffentlichkeit suhlten.

Doch so einflussreich und unantastbar sein Gegenüber aufgrund seines Besitzes und seiner Beziehungen auch sein mochte, Braig wollte sich nicht länger durch Schaumschlägerei vorführen lassen. »So eigenständig, dass er auch im betrunkenen Zustand über die Straßen rast, dabei das Leben von unschuldigen Menschen riskiert und je nach Lust und Laune mal Asylbewerber, mal Polizeibeamte angreift und attackiert«, sagte er. »Ich kenne die Akte Ihres Sohnes.«

Wangbiehlers Haltung veränderte sich binnen einer Sekunde. Er verlor seinen jovialen Ausdruck, richtete sich in seinem Stuhl auf, starrte mit vor Zorn blitzenden Augen über den Tisch. »Was wollen Sie damit sagen?«

»Ich kenne die Akte Ihres Sohnes«, wiederholte Braig. »Wir können zur Sache kommen: Wo hält er sich auf, wo kann ich ihn im Verlauf der nächsten Stunden noch sprechen?« Er gab Milch in den Kaffee, nippte an seiner Tasse, wunderte sich über den bitteren Geschmack.

Der Unternehmer schien von der unnachgiebigen Haltung Braigs beeindruckt, verzichtete auf jede Drohgebärde. »Er hat sich in der Tat indiskutabel verhalten, da gibt es nichts zu beschönigen.« Er griff nach seinem Glas, überlegte, stellte es unberührt wieder zurück. »Dennoch verlange ich eine faire Behandlung für ihn. Ich lasse es nicht zu, dass das Leben meines Sohnes zerstört wird, nur weil er einen so erfolgreichen Vater hat. Neid auf meine wirtschaftliche Position ist nicht angebracht. Ich habe mir meine Stellung hart erarbeitet.«

»Meine Bitte hat nichts mit Neid oder einer anderen unberechtigten Emotion zu tun«, verwahrte sich Braig. »Wir ermitteln in einem laufenden Verfahren und müssen daher auch mit Ihrem Sohn sprechen. Neben vielen anderen Personen.«

»Er ist nicht verdächtig?«

»Ihr Sohn ist volljährig. Der Inhalt meiner Fragen geht nur ihn etwas an.«

Wangbiehler warf ihm einen wütenden Blick zu, hatte offenkundig Mühe, an sich zu halten, die bisher gezeigte Contenance zu wahren. Statt erneut zu einer seiner nichts sagenden Formeln anzusetzen, griff er nach seiner Jackentasche, zog ein handbeschriebenes Blatt in der Größe eines kleinen Notizkalenders hervor, reichte es dem Kommissar. »Das ist seine Anschrift. Seit sechs Wochen.«

Braig überflog die Zeilen, sah, dass es sich um eine Adresse in Tübingen handelte. »Er ist heute noch zu erreichen?«

Wangbiehler deutete auf das Papier. »Wenn es unbedingt sein muss.« Er wollte zu einer weiteren Bemerkung ansetzen, ließ es aber sein. Erst als Braig seine nächste Frage formulierte, fiel er ihm mitten ins Wort.

»Ihr Sohn ...«

»Genau das ist es, was Johannes jetzt nicht brauchen kann. Leute, die ihn an seine schlechten Jahre erinnern. Schnüffler, die ihm keine Ruhe lassen. Er lebt in einer Spezialklinik, wird von Therapeuten betreut. Unter Ausschluss der Öffentlichkeit. Ich lasse mich das eine Stange Geld kosten. Er muss endlich auf eine richtige Bahn kommen. Aber es ist wichtig, dass sie dort in Ruhe mit ihm arbeiten können. Abgeschirmt von all dem, was früher um ihn herum ablief. Jede Unterbrechung dieser Therapie bedroht das gesamte Projekt. Es darf nicht scheitern! Was wollen Sie von ihm?«

Braig hatte seinem Gegenüber aufmerksam zugehört, hielt das Blatt mit der Tübinger Adresse in der Hand. »Vielleicht reicht es, wenn ich mit dem Leiter dieser Klinik spreche. Vorausgesetzt, er garantiert mir, dass Ihr Sohn sich seit mehreren Wochen wirklich in der Obhut seiner Mitarbeiter befindet und das Haus in dieser Zeit nicht verlassen hat!«

»Das wird er«, beeilte sich Wangbiehler zu antworten. »Wofür kassieren die so viel Geld?«

»Mit der Nummer erreiche ich das Sekretariat der Klinik?«

»Den Klinikchef persönlich.«

»Dann werde ich es vorerst dabei belassen. Vorausgesetzt, er bestätigt mir ...«

»Er wird es tun«, unterbrach ihn Wangbiehler. »Ich kann mich auf Ihr Wort verlassen?«

Braig nickte, nahm das Notizblatt an sich.

»Es ist wichtig, dass Johannes diese Therapie ungestört durchzieht. Er muss es schaffen, verstehen Sie?« Wangbiehler blickte auf seine Uhr, sprang erschrocken von seinem Stuhl auf. »Sie müssen mich entschuldigen«, erklärte er dann, »mein Termin im Landtag. Ich bin es gewohnt, pünktlich zu erscheinen.« Er drehte sich um, winkte der Bedienung, drückte ihr einen Zehn-Euro-Schein in die Hand.

Braig wollte protestieren, seine Rechnung selbst bezahlen, um jeden Ansatz einer Abhängigkeit von dem Mann zu vermeiden, wurde von Wangbiehlers schneller Reaktion überrascht.

»Ich verlasse mich voll und ganz auf Ihre Einsicht«, erklärte der Unternehmer mit eisigem Lächeln, drückte ihm die Hand, lief dann schnurstracks zum Ausgang. Das Glas Wasser stand unberührt auf dem Tisch.

Braig sah ihm nach, überlegte, was im Landtag zu erledigen sei. Abgeordnete der beiden seit unzähligen Jahren herrschenden Parteien neu auf seine Interessen einschwören, ihnen die von ihm und seinen Unternehmerfreunden ausgeklüngelten wirtschaftspolitischen Ziele noch deutlicher vor Augen halten? Der Kommissar wusste um die bedenklichen Folgen der immer unverblümter von einer Hand voll Industriekapitänen dominierten Regierungspolitik, war sich bewusst, dass der Übergang von der Demokratie zur Lobbykratie voll im Gange war. Was nützten die Einwände politisch engagierter Bürger, wenn deren Inhalt den Interessen einflussreicher Wirtschaftsunternehmen widersprach? Viele Politiker in diesem Land waren längst zu willfährigen Statisten der Konzerne verkommen.

Braig trank den Rest seines Kaffees, schaute auf die Uhr. Fünf vor vier. Er verließ das Lokal. Draußen herrschte reger Betrieb. Mit Taschen bepackte Fußgänger überquerten den Vorplatz, eine Gruppe Jugendlicher lärmte laut diskutierend vorbei. Braig spürte die warme Luft, wischte sich den Schweiß von der Stirn. Er lief am Alten Schloss vorbei, erreichte den Karlsplatz, blieb am Rand der Markthalle stehen. Kinder spielten im Schatten des Gebäudes, Scharen von Tauben flatterten auf. Braig zog sein Handy vor, wählte die Nummer in Tübingen. Es dauerte mehrere Sekunden, bis sich eine Frauenstimme meldete.

»Klinik Dr. Stock, Edith von Welser.«

Er stellte sich vor, fragte nach Johannes Wangbiehler.

»Über Patienten kann ich Ihnen keine Auskunft erteilen«, antwortete die Frau.

»Dann geben Sie mir bitte den behandelnden Arzt oder Therapeuten.«

»Der wird Ihnen auch nichts anderes sagen können«, beharrte sie. »Die Arbeit unseres Hauses ist für Außenstehende absolut tabu.«

»Trotzdem. Ich muss den Arzt sprechen, der Johannes Wangbiehler betreut.«

»Das wird schwierig. Unsere Mitarbeiter sind stark beansprucht.«

Braig stöhnte laut auf, versuchte freundlich zu bleiben. Eine Gruppe Jugendlicher schlenderte vorbei, kickte kleine Steine vor sich her. Ein Kiesel prallte Braig ans Bein, ließ ihn erschrocken zusammenfahren. Er starrte den jungen Leuten mit bösen Augen hinterher. »Hören Sie, langsam habe ich genug von Ihrem Theater. Ich arbeite beim Landeskriminalamt, wie ich Ihnen bereits mitgeteilt habe, und stecke in schwierigen Ermittlungen. Wer immer in Ihrer Klinik für den Patienten Johannes Wangbiehler zuständig ist, ich muss ihn jetzt sofort sprechen. Jetzt sofort! Wenn Sie niemanden finden, geben Sie mir Ihren Chef persönlich.« Er hörte die Frau irgendwelche unverständlichen Ausdrücke vor sich hin murmeln, hatte plötzlich schmetternde Trompeten und laut dröhnende Pauken im Ohr – ein postmodernes Musikstück, dessen allen Harmonien widersprechende Melodie ihm irgendwoher bekannt vorkam. Er überlegte, wer als Komponist infrage käme, wusste keine Antwort. Nach ungewöhnlich langem Warten meldete sich eine männliche Stimme.

»Conrad hier. Sie wünschen Informationen zu einem unserer Patienten.«

Braig stellte sich noch einmal vor, wiederholte sein Anliegen.

»Sie wissen um unsere Schweigepflicht«, antwortete der Mann.

»Selbstverständlich bin ich darüber informiert. Die Brisanz unserer Ermittlungen gebietet es mir dennoch, nach Herrn Wangbiehler zu fragen. Wir müssen wissen, wo er sich gestern Mittag und heute Nacht aufgehalten hat.«

»Das tut mir Leid. Darüber kann ich Ihnen keine Auskunft geben. Wir sind eine private Klinik mit ausgewählten Patienten, deren Intimsphäre wir ohne jede Einschränkung achten. Telefonische Auskünfte sind uns grundsätzlich untersagt.«

Braig stampfte vor Wut mit dem Fuß auf den Boden, kickte den Kieselstein zur Seite. Formal hatte der Mann Recht, daran gab es nichts zu zweifeln, in der Praxis aber fanden sich die meisten Mediziner in ähnlichen Fällen zu einer Auskunft oder wenigstens einem eindeutigen Hinweis bereit, vor allem wenn

Braig auf das Landeskriminalamt als seinen Auftraggeber verwies. Im aktuellen Fall fürchtete er dennoch auf Granit zu beißen, handelte es sich doch um ein bewusst elitäres Haus, das nur Kunden besonderer Zahlungskraft zur Verfügung stand. Vertreter dieser Zunft zu einer Auskunft zu bewegen war oft nur mit richterlicher Anweisung möglich. Braig hatte großes Interesse, diese Zeit verschlingende Prozedur zu umgehen. Er erklärte dem Mann, von Wangbiehlers Vater über den Aufenthalt seines Sohnes in der Klinik informiert worden zu sein, und drängte auf eine schnellstmögliche Antwort auf seine Frage.

»Dann kommen Sie persönlich bei uns vorbei«, antwortete sein Gesprächspartner, »mein Name ist Conrad. Ich bin der Ärztliche Leiter des Hauses.«

Braig überlegte nicht lange, verabredete einen Termin gegen achtzehn Uhr, ließ sich die Lage der Klinik beschreiben. Er notierte sich die Angaben des Mannes, verabschiedete sich. Tübingen, am Rand der Innenstadt Richtung Waldhäuser Ost. Der Tag würde sich in die Länge ziehen, soviel war jetzt schon abzusehen. Er spürte Hunger, schaute auf seine Uhr. Zehn nach vier. Wenn er den Termin in Tübingen rechtzeitig wahrnehmen wollte, musste er sich beeilen.

Braig folgte dem lang gestreckten Gebäude des Innenministeriums, bog in die Karlstraße ein. Scharen von Passanten kamen ihm entgegen, Einkaufstaschen oder Aktenmappen in der Hand. Wenige Meter neben ihm bellte ein Hund; er drehte sich um, sah ein zähnefletschendes Tier, eine ältere Frau an einer Leine hinter sich her zerrend, vergeblich einer Taube nachjagen. Mehrere Leute blieben stehen, betrachteten laut lachend das skurrile Geschehen. Der Vogel hob sich in die Luft, ließ den Mischling vor Wut geifernd und seine Herrin quer über den Gehweg schleifend zurück. Braig wandte den Blick nach vorn, hörte sein Handy läuten, blieb stehen, nahm das Gespräch an.

»Endlich«, sagte Neundorf, »ich dachte schon, ich komme überhaupt nicht mehr dazu, mit dir zu reden.«

»Du hattest viel zu tun?«

»Keine ruhige Minute.« Ihre Stimme klang müde. Den Hintergrundgeräuschen nach befand sie sich in ihrem Büro.

»Frau Fischer hat dir Neues erzählt?«

»Leider nicht«, antwortete sie. »Wir kamen kaum noch zum Reden, weil sie sich um Frau Herzog kümmern musste. Deren Zustand verschlechterte sich wieder.«

»Das ist verständlich. Ihr einziger Sohn wurde ermordet und sie, in dem Alter ...«

»Ja«, seufzte seine Kollegin, »das ist richtig. Ich bin deshalb nicht lange geblieben. Wenn ich allerdings geahnt hätte, was mich hier wieder erwartet ...«

»Koch?«

»Wer sonst? Er ließ mich zu sich zitieren, warf mir vor, ihm wichtige Informationen vorenthalten zu haben.«

»Was soll das sein?«

»Herzog. Unser Toter vom Bärensee.«

»Wieso? Wir hätten heute Nachmittag doch alles an die Staatsanwaltschaft weitergegeben.«

»Heute Nachmittag. Eben. Darum geht es. Wenn Terroristen zuschlagen, die die halbe Welt ins Unheil stürzen, muss die Staatsanwaltschaft *umgehend* informiert werden.«

»Terroristen? Wer soll das sein?« Braig hörte den Hund wieder bellen, sah auf.

»Karl Herzogs Mörder.«

»Wie bitte?« Er drückte das Handy fest auf sein Ohr, wich einer Gruppe von Jugendlichen aus, die lärmend die Straße entlangstürmte. Der Mischling starrte ihnen bellend nach. »Karl Herzogs Mörder, habe ich richtig verstanden?«

»Auch wenn du mir nicht glauben willst, es ist korrekt. Koch ist überzeugt davon, dass Herzog von den Leuten ermordet wurde, die hinter der Erpressung Big Brothers und des Flughafens stehen. Sie hätten den Mann ermordet, um auf die Unnachgiebigkeit ihrer Forderungen aufmerksam zu machen. Alles, was wir bisher ermittelt haben, spreche dafür: Zum einen die Tatsache, dass es sich bei dem Fahrzeug vom Bärensee um einen Daimler handle, zum anderen die Person Herzogs selbst. Er sei bei dem erpressten Konzern in gehobener Position beschäftigt.«

»Aber das stimmt so doch nicht«, erwiderte Braig, »der Mann war selbstständiger Psychologe. Nur in den letzten Jahren war er beratend für den Konzern tätig.«

»Nach den Aussagen seiner Frau allerdings ausschließlich für den Konzern«, meinte Neundorf, »das macht ihn für Koch zu einer Art Vertreter dieser Firma.«

»Das klingt nicht gerade überzeugend.«

»Nein«, bestätigte seine Kollegin, »das scheint mir auch nicht besonders plausibel. Ein Argument Kochs hat mich trotzdem zum Nachdenken gebracht.«

»Was meinst du?«

»Die auffällige Art von Herzogs Tod. Wenn das nicht die öffentliche Demonstration einer Hinrichtung sei, wisse er nicht mehr weiter, meint er. Den Mann zu erschießen und dann in einem Auto nicht in einem See zu versenken, sondern das Fahrzeug daraus hervorragen zu lassen – wenn das keine öffentlichkeitsheischende Show sei, was dann? Er hat sofort ein Team von Psychologen beauftragt, sich der Sache anzunehmen.«

Braig wusste nicht, was er antworten sollte, musste erst über ihre Aussagen nachdenken.

»So absurd mir Kochs Überlegungen am Anfang erschienen«, meinte Neundorf, »ganz zur Seite schieben will ich sie nicht. Vor allem den letzten Punkt.«

»Das Auto im See.«

»Nicht versenkt, sondern plakativ aus dem Wasser ragend. Ein See, zu dem Autos keinen Zugang haben, mit einem Opfer, das vorher bereits ermordet wurde. Eine außergewöhnliche und wahrhaft demonstrative Hinrichtung. Und dann kommt da noch was hinzu. Die Techniker haben es in der Gesäßtasche des Toten entdeckt.«

»Um was geht es?«

»Ein handbeschriebenes Blatt. Es war feucht und die Schrift leicht verwischt, aber dennoch gut zu erkennen. Ein einziger Satz: *Ich bin das erste Schwein, das büßen muss.*«

»Das erste Schwein?«

»Genau so«, erklärte seine Kollegin, »du verstehst, was das bedeuten kann?«

»Du meinst ...« Er brach ab, schaute einem älteren Paar nach, das heftig miteinander schimpfend an ihm vorbeilief.

»Vielleicht liegt Koch doch nicht so daneben. Und wenn das Geld nicht bald bezahlt wird ...«

»Gibt es weitere Opfer? Mein Gott, doch nicht noch mehr Tote!« Braig schrie so laut, dass eine Frau überrascht zu ihm hersah. Er beachtete sie nicht weiter, überlegte fieberhaft: Karl Herzog nur als Erster einer ganzen Reihe ermordeter Menschen? Der Tote im Bärensee nur als Auftakt einer Serie spektakulär hingerichteter Opfer?

Er spürte, wie seine Beine zitterten, trat einen Schritt zur Seite, hielt sich an der Hauswand fest.

»Du bist noch da?«

»Allerdings. Ich beginne zu begreifen, in welche Dimensionen dieses Verbrechen reichen kann.« Er holte tief Luft, versuchte einen klaren Kopf zu bekommen. »Ein handbeschriebenes Blatt. Ihr kennt die Schrift?«

»Wir sind dabei, sie zu überprüfen.«

»Haben seine Mörder ihn gezwungen, den Satz zu notieren, bevor ...«

»Ich weiß es nicht. Wir müssen abwarten, ob wir die Schrift identifizieren können.«

Braig spürte seine innere Unruhe, löste sich von der Hauswand, lief ein paar Schritte, blieb dann wieder stehen.

»In der Gesäßtasche Herzogs fanden sie außerdem den Teil einer vergoldeten Kette«, fuhr Neundorf fort. »Einer gewaltsam zerrissenen Kette, wie Rössle meint. Ich werde Stefanie Herzog und die Mutter des Toten fragen, ob sie sie kennen.«

»In seiner Gesäßtasche?«

»Bei dem Blatt, ja.«

»Wie sieht die Kette aus?«

»Sie besteht aus schmalen, etwa zehn Zentimeter langen, vergoldeten Metallplättchen. Die Techniker arbeiten noch daran, ich habe nur Fotos. Billiges Material laut Rössle.«

»Was bedeutet das für unsere Ermittlungen?«

»Wir führen sie weiter wie bisher. Sollten wir tatsächlich auf Zusammenhänge mit der Erpressung stoßen, müssen wir die entsprechenden Konsequenzen ziehen. Koch will allerdings über jeden unserer Schritte minutiös unterrichtet werden. Aber ich glaube, du hast Erfahrung genug, zu wissen, wie wir mit ihm umgehen müssen.«

Braig seufzte laut, wusste, was Neundorfs Information bedeutete. Mit dem Oberstaatsanwalt zusammenzuarbeiten, erschwerte die Ermittlungen erheblich. Jedes Vorgehen genau abzuwägen, jeden Schritt exakt vorauszuplanen, alle Tätigkeiten abzusprechen, obwohl meist flexibles Arbeiten und schnelles Reagieren auf neue, unvorhergesehene Entwicklungen notwendig war, beeinträchtigte in eklatanter Weise die Effizienz ihrer Arbeit. Hinzu kamen Kochs sattsam bekannte Vorurteile, sein politisch bedingtes, einseitig geprägtes Weltbild, in dem Gute und Böse von vornherein wenn nicht festgelegt, so doch verdächtig waren – Braig hatte genug mit Charakteren wie dem Oberstaatsanwalt zu tun gehabt, um zu wissen, welche zusätzliche Belastung damit auf sie zukam. Allein der Gedanke an ihren früheren Vorgesetzten Kriminalrat Gotthold Gübler ließ ihn frösteln. Zum Glück hatte er jedoch aus dem jahrelangen Umgang mit solch verqueren, unausgeglichenen Personen gelernt: So etwa die Fähigkeit, Methoden zu entwickeln, mittels derer man den größten Stolpersteinen aus dem Weg gehen konnte. Es schien, als müsse er sich wieder neu auf diese Fähigkeit besinnen.

Er hörte Neundorfs Worte, die ihm von der Pressekonferenz erzählte, die sie unter der Leitung des Oberstaatsanwaltes gerade hinter sich gebracht hatte und in der die Ermordung Herzogs wenn nicht als von den Erpressern durchgeführt, so doch in einen möglichen, ja wahrscheinlichen Zusammenhang gestellt worden war.

»Wenn der Herr Oberstaatsanwalt sich seiner Sache so sicher ist, kann ich mir den Weg nach Tübingen ja sparen«, schimpfte er.

»Was hast du vor?«

Er trat an die Hauswand des Ministeriums zurück, um eine ältere, gehbehinderte Frau passieren zu lassen, schilderte seiner Kollegin den Ablauf und die Ergebnisse seiner Bemühungen.

»Dann willst du jetzt noch nach Tübingen?«

»Ich bin gerade auf dem Sprung.«

»Nur um zu erfahren, dass Wangbiehler die letzten Tage und Nächte in der Klinik kaserniert war.«

»Dann wissen wir wenigstens, dass er ebenso wie Zimmermann nicht für den Mord infrage kommt.«

»Und Koch hat mit seiner Auffassung, die Erpresser hätten Herzog ermordet, endgültig die richtige Karte gezogen.«

»Nicht ganz«, erwiderte Braig, »zum einen gibt es eine ganze Menge anderer Leute, die auf Karl Herzog wütend waren, weil er ihnen den Führerschein nicht sofort wieder zur Verfügung stellen wollte. Und dann ist da noch seine Frau. Oder hast du ihre Reaktion heute Morgen vergessen?«

7. Kapitel

Braig wusste nicht, was er von der Theorie des Oberstaatsanwaltes halten sollte. Natürlich war er sich darüber im Klaren, dass Terroristen zum Erreichen ihrer Ziele im wahrsten Sinn des Wortes über Leichen gingen – das berichteten die Medien schließlich fast jeden Tag aus den verschiedensten Regionen dieser Erde. Aber war Karl Herzog wirklich nur deswegen ermordet worden, weil kriminelle Erpresser ihre Entschlossenheit um jeden Preis demonstrieren wollten? Das Leben eines Mannes endgültig, unwiderruflich zerstört, nur um damit zu unterstreichen, dass es keine Alternative zur Zahlung der geforderten Summe gab? Ich bin das erste Schwein, das büßen muss. Und wenn die erpressten Firmen dann immer noch zögerten, Geld bereitzustellen, das nächste Opfer, der zweite Mord, ein weiteres Verbrechen, so lange bis endlich ...

Braig war zu seinem Fahrzeug geeilt, hatte sich dann in den Verkehr Richtung Tübingen eingefädelt. Er spürte seinen hungrigen Magen, litt unter zunehmenden Kopfschmerzen, fühlte sich müde und ausgelaugt. Wie viele Tage lag der Urlaub bereits wieder zurück? Er hatte Mühe, die korrekten zeitlichen Zusammenhänge herzustellen, wollte nicht glauben, dass sie Venedig erst am Vortag verlassen hatten. Die traumhaft schönen Stunden in den ruhigen Gassen der Lagunenstadt schienen ihm Äonen entfernt. Nicht einmal einen Tag im Dienst, hatte ihn der alte, nervenaufreibende Trott schon wieder voll im Griff. Entstellte, eines unnatürlichen Todes gestorbene Menschen begutachten, Spuren identifizieren, verdächtige Personen und ihre Alibis überprüfen – und dabei wie ein seelenloser Roboter funktionieren, der nur auf Effizienz und Leistung getrimmt war. Die eigene Psyche, das eigene Befinden interessierten niemanden. Auf sich selbst Rücksicht zu nehmen, war in diesem Beruf nicht möglich, es wirkte nur hemmend, verhinderte eine schnelle und Erfolg versprechende Bearbeitung des aktuellen Falles. Die seelische und körperliche Gesundheit der Ermittler selbst blieben auf der Strecke – was zählte, war allein Erfolg. Und bis der sich einstellte, vergingen zumeist Wochen Kräfte zehrender Untersuchungen.

Braig spürte das Hämmern hinter seinen Schläfen, griff sich mit der Linken an den Kopf, massierte die schmerzende Stelle. Was ihn heute noch erwartete, war jetzt schon absehbar: Der Tag, so unerfreulich er mit dem Ruf zu Herzogs Leiche begonnen hatte, würde trotz all seiner Bemühungen so unergiebig enden wie unzählige andere zuvor: Zimmermann und Wangbiehler, die Hauptverdächtigen, mit kaum zu widerlegendem Alibi, die gesamte rastlose Hektik der vergangenen Stunden ohne sinnvollen Hinweis auf die Identität des oder der Täter. Er hämmerte mit der geballten Faust auf seinen Schädel.

Eine knappe Stunde später hatte er Tübingen erreicht. Er benötigte fast fünfzehn Minuten, die Klinik zu finden, stellte fest, dass er bereits zweimal aus Versehen an dem Gebäude vorbeigefahren war. Das Haus lag an einer stark frequentierten Straße, hatte eine mehrstöckige, weiß getünchte Fassade. Braig ging zur Eingangstür, einem schmalen, oben abgerundeten Portal, drückte den einzigen Knopf, der neben der dick gebalkten Aufschrift *Klinik Dr. Stock* zu finden war. Es dauerte fast eine Minute, bis sich eine krächzende Lautsprecher-Stimme meldete. Der Kommissar stellte sich vor, bat um Einlass.

»Einen Moment bitte«, kam die Antwort.

Auto auf Auto fuhr vorbei. Braigs Stimmung strebte einem neuen Tiefpunkt zu, als die Tür endlich nach innen schwang. Ein älterer Mann im weißen Kittel eines Mediziners öffnete.

»Conrad«, stellte er sich vor, »ich bin der Ärztliche Leiter des Hauses. Wir sprachen am Telefon miteinander. Entschuldigen Sie bitte, dass Sie so lange warten mussten.«

Braig nahm das unüberhörbare Friedensangebot an, reichte dem Arzt die Hand und folgte ihm die Treppe hoch ins erste

Obergeschoss. Ein schmaler, mit einem dicken Teppich ausgelegter Gang führte in beide Richtungen. Großformatige Gemälde hingen an den Wänden. Die Einrichtung strömte Wärme und Wohlbefinden aus – alles, nur nicht die sterile Heimatlosigkeit einer gewöhnlichen Klinik. Sie schwenkten nach rechts, stoppten vor der ersten Tür.

»Wir gehen in mein Büro. Dort haben wir Ruhe«, erklärte Conrad.

»Herr Wangbiehler kommt dazu?«

Der Arzt gab keine Antwort, öffnete die Tür, ließ Braig eintreten. Das Zimmer war überraschend klein; ein schmaler Schreibtisch, ein breites Fenster, ein Zweisitzer-Sofa, drei bequeme Stühle.

Conrad wies auf das Sofa. »Bitte.«

Braig nahm Platz, zog seinen Ausweis vor, reichte ihn dem Arzt, der sich auf einen der Stühle setzte.

»Wir haben mit Herrn Wangbiehler senior, also dem Vater gesprochen«, erklärte Conrad. »Vor einer guten Stunde etwa. Das war wenig erfreulich; er befand sich mitten in einer wichtigen Konferenz.« Er betrachtete den Ausweis, nahm einen dicken Block vom Schreibtisch, notierte sich den Namen seines Besuchers. »Vorher hat mein Kollege Ihre Identität überprüft.«

»Wie bitte?«

Conrad lächelte, legte den Kopf zur Seite. »Durch einen Anruf bei einem befreundeten Herrn in der Leitung des Landeskriminalamtes. Wir sind ein privates Haus; nicht jeder erhält Zutritt.«

»Mit wem haben Sie gesprochen?«

»Wir pflegen Beziehungen«, erwiderte der Arzt. »Zu allen führenden Gremien dieses Bundeslandes.«

Braig fühlte sich vom elitären Jargon seines Gegenübers genervt, musste an sich halten, nicht aggressiv zu werden. »Und? Was haben Sie erfahren?«

»Es ging um Ihre Identität. Schließlich bestehen wir nicht auf einer richterlichen Anordnung.«

Braig wusste, dass er sich das Entgegenkommen des Mannes nicht verscherzen durfte, blieb freundlich. »Wir wollen Zeit sparen«, sagte er, »ohne bürokratischen Aufwand gelangen wir wesentlich schneller zum Ziel.«

Der Arzt nickte verständnisvoll, räusperte sich. »Sie interessieren sich für Herrn Wangbiehlers Aufenthalt gestern Mittag und heute Nacht, wie Sie mir am Telefon erklärten. Habe ich das richtig in Erinnerung?«

»Genau. Wenn ich ihn kurz unter vier Augen sprechen könnte ...«

Conrad fiel ihm ins Wort. »Leider nicht. Das ist nicht möglich.«

»Es dauert nicht lange. Ich habe kein Interesse, ihn lange ...«

»Leider«, der Arzt schüttelte seinen Kopf, »wie gesagt, das ist nicht möglich.«

»Dann benötige ich Zeugen«, erklärte Braig, »die genau bestätigen, dass sich Herr Wangbiehler gestern Mittag und heute Nacht nachweislich in Ihrer Klinik aufgehalten hat. Ich brauche Zeugenaussagen möglichst über den gesamten Zeitraum hinweg. Ihr Haus ist verschlossen? Oder können Ihre Patienten jederzeit nach draußen?«

Conrad reagierte wie in Zeitlupe. Er benötigte mehrere Sekunden, bis er endlich eine Antwort formuliert hatte. »Nein, wir sind kein offenes Haus. Unsere Patienten bleiben in unserer Obhut. Tag und Nacht.«

»Gut. Dann sollte ich zumindest mit den Leuten sprechen, die gestern und heute Nacht Dienst hatten. Wenn die bezeugen können ...«

»Das ist ohne Belang«, meinte der Arzt. »Herr Wangbiehler junior hat unser Haus am Samstag, also vorgestern, ohne unser Einverständnis und unser Wissen verlassen.«

»Wie bitte?« Braig sprang von seinem Platz hoch, starrte den Mann entsetzt an. »Er ist weg? Wohin?«

Conrad wiederholte seine Aussage fast genauso langatmig und umständlich wie vorher, wies nur in einem Nebensatz darauf hin, dass niemand im Haus wisse, wo Wangbiehler sich aufhalte. Die Peinlichkeit der Situation stand ihm ins Gesicht geschrieben.

»Mein Gott«, schimpfte der Kommissar, »um mir das mitzuteilen, lassen Sie mich extra hierher kommen?« Er schüttelte den Kopf, wusste nicht, wohin mit seiner Wut. »Ein feines Haus«, polterte er, »Sie führen wahrlich ein feines Haus.« Er wusste, was der Vorfall für ihre Untersuchungen bedeutete, war sich darüber im Klaren, welcher Berg an zusätzlicher Arbeit auf ihn zukam.

»Sie glauben nicht, wie unendlich Leid mir das tut.« Conrad fuhr sich mit der Hand über die Stirn, wischte sich Schweißperlen weg. Ob er vor Aufregung oder der warmen Luft wegen schwitzte, wusste Braig nicht zu beurteilen.

»Ist das zum ersten Mal passiert?«

Der Arzt schaute nur fragend zu ihm hoch.

Braig konnte nicht länger darüber hinwegsehen, wie verlegen der Mann war. »Mit Wangbiehler, meine ich.«

Conrad nickte mit dem Kopf. »Ja. Es ist auch nicht einfach so zu bewerkstelligen. Herr Wangbiehler muss uns einen Schlüssel entwendet haben.«

»Die Tür ist auch von innen verschlossen?«

»Immer, ja. Ebenso die Fenster.«

»Wie viele Schlüssel gibt es?«

»Zwölf. Jedem Mitarbeiter steht einer zur Verfügung.«

»Und wessen Schlüssel fehlt?«

Conrad schaute ihm betroffen in die Augen. Braig ahnte die Erklärung, bevor der Mann sie formuliert hatte.

»Mein eigener. Hier aus dem Schreibtisch.« Der Arzt wies auf das schlanke Mobiliar vor ihnen, starrte auf dessen Rückfront, als wolle er das Möbelstück für den Vorfall verantwortlich machen.

»Sie haben unsere Kollegen über das Geschehen informiert?«

»Das entspricht nicht dem Stil unseres Hauses. Wir arbeiten diskret.«

»Wann haben Sie seinem Vater Bescheid gegeben?«

»Vor einer guten Stunde etwa, ich erwähnte es bereits.«

Braig nahm die Information überrascht zur Kenntnis, ahnte, wie sehr das Verschwinden Wangbiehlers die Mitarbeiter und speziell die Leitung der Klinik getroffen haben musste. Das Haus, mit einem so hervorragenden Ruf, dass auch ein steinreicher Unternehmer wie Wangbiehler bereit war, ihm seinen Sohn anzuvertrauen – gegen sehr viel Geld, wie der Kommissar schätzte – musste gegen Vorfälle wie diesen prinzipiell gefeit sein, das durfte einfach nicht passieren. Was tun, jetzt, wo das Unmögliche doch Realität geworden war?

Der Leiter der Klinik war auf die einfachste Methode verfallen, die sich ihm bot, hatte auf den Faktor Zeit gesetzt. Man war ruhig geblieben, hatte das Verschwinden des Mannes verschwiegen, in der Hoffnung, er würde bald wieder zurückkehren und das Problem damit von selbst lösen, überlegte Braig. Man hatte einfach darauf gewartet, dass Wangbiehler wieder auftauchen würde. Vielleicht hätte das auch funktioniert. Jetzt aber war er, Braig, hier erschienen und hatte diesen Plan zerstört. »Sie dachten, er kommt bald wieder freiwillig zurück?«

Conrad nickte wortlos.

»Und seinen Vater wollten Sie erst gar nicht informieren?«

Die Miene des Arztes war Antwort genug.

»Wo kann er jetzt sein? Haben Sie irgendeinen Anhaltspunkt?«

»Nein, leider, nichts. Wir hätten alles versucht ...« Er brach ab, zuckte verlegen mit der Schulter.

»Hat er Freunde? Leute, bei denen er untergetaucht sein kann?«

»Wir wissen es nicht.«

»Was meinte sein Vater dazu?«

»Sein Sohn sei längst volljährig, er müsse selbst für die Folgen gerade stehen.«

»Das war seine Reaktion?« Braig zeigte sich überrascht. Er hatte eher an einen Tobsuchtsanfall des einflussreichen Mannes gedacht, wunderte sich zudem darüber, dass ihm der Arzt auf diese Frage überhaupt antwortete.

»Wir haben vor einer Stunde darüber gesprochen, ich erwähnte es schon.«

Braig nickte, überlegte, was jetzt zu tun sei. »Wangbiehler hat Ihr Haus am Samstag verlassen. Wissen Sie, zu welcher Zeit?«

Conrad fasste sich an den Hals, lockerte den Kragen seines Hemdes. »Wir haben ausführlich darüber nachgedacht«, antwortete er. »Es muss kurz vor achtzehn Uhr gewesen sein.«

»Sind Sie sich sicher?«

»Absolut. Zehn Minuten vorher war ich persönlich noch bei ihm in seinem Zimmer. Anschließend beschäftigte ich mich mit einem anderen Patienten. Punkt achtzehn Uhr wird bei uns das Abendessen serviert. Unsere Mitarbeiterin glaubte, Wangbiehler sei noch auf der Toilette, kam wenige Minuten später nochmals in sein Zimmer. Als er immer noch fehlte, fragte sie einen Kollegen. Niemand wusste Bescheid. Er blieb verschwunden.«

»Ihr Zimmer steht immer offen? Ich meine, wegen der Schlüssel?«

Conrad schaute verlegen auf den Boden. »Das Zimmer ist nie verschlossen. Aber mein Schreibtisch.« Er erhob sich von seinem Stuhl, lief um das Mobiliar, zog die Schublade vor.

Braig stand auf, sah es sofort. Das Schloss war mit Brachialgewalt aufgehebelt worden. »Sie haben Strafanzeige gestellt?«

Der Arzt streckte beide Hände von sich, wehrte das Ansinnen ab. »Um Gottes willen, nein. Wir wollen nicht an den Pranger der Öffentlichkeit.«

Braig nickte, gab Conrad seine Karte. »Wären Sie so freundlich, uns sofort zu unterrichten, falls Wangbiehler bei Ihnen auftaucht?« Er erhielt die Zustimmung des Arztes, wusste wirklich nicht, was er ihn noch fragen könnte.

Conrad begleitete ihn zur Tür, steckte einen Schlüssel ins Schloss, öffnete. »Es bleibt einem wirklich nichts erspart.« Der Mann schien einen großen Teil seines Selbstvertrauens verloren zu haben.

Braig verzichtete darauf, ihm mit aus reiner Höflichkeit formulierten, belanglosen Worten Mut zuzusprechen, trat auf die Straße. Die Luft war immer noch ungewöhnlich warm; er zog seine Jacke wieder aus. Auffallend viele junge Leute auf Fahrrädern waren unterwegs, Studentinnen und Studenten, die von der Uni nach Hause fuhren. Braig spürte das Pochen hinter seinen Schläfen, dazu den Hunger, sehnte sich nach einer kräftigen Mahlzeit und einem bequemen Bett, auf dem er sich ausstrecken und die ganze Mühsal seiner Ermittlungen vergessen konnte.

Was hatte der Besuch in der Klinik gebracht? Er wollte nicht darüber nachdenken, wollte sich die Konsequenzen nicht ausmalen. Arbeit, einen riesigen Berg an zusätzlicher Arbeit. Wangbiehler war unterwegs, irgendwo an einem unbekannten Ort, und ob er Karl Herzog ermordet, seine alten Drohungen wahr gemacht hatte, war so ungewiss wie viele Stunden zuvor. Der Mann kam weiterhin als potentieller Täter infrage, geradeso, als hätten sie sich bisher überhaupt nicht um die Feststellung seines Aufenthaltsorts zur Tatzeit bemüht. Im Vergleich zum Mittag war Braig nur um eine Frage reicher: War Wangbiehler aus der Klinik weggelaufen, um Karl Herzog zu ermorden? Hatte er sich seiner alten, unbefriedigten Rachegelüste erinnert und sie – ob von langer Hand geplant oder in einem spontanen Akt – in die Tat umgesetzt?

Der Kommissar stampfte vor Wut über den unnötig vertanen Nachmittag auf, sah die erstaunten Augen einer jungen Frau, die seinen Gefühlsausbruch beobachtet hatte. Er nickte ihr freundlich zu, erhielt jedoch keine weitere Reaktion, blieb am Rand des Gehwegs stehen. Was jetzt? Nach Wangbiehler fahnden, den Polizeiapparat aktivieren, um den Mann aufzuspüren? Mit welcher Begründung wollte er ihn zur Fahndung ausschreiben? Allein der Aussagen Frau Herzogs wegen? Er dachte an Wangbiehlers Vater, glaubte jetzt schon die Antwort des Oberstaatsanwalts zu kennen, sollte er es tatsächlich wagen, ihn darum anzugehen. Wangbiehler, den Sohn dieses Mannes? Nein, das war aussichtslos.

Braig schaute auf seine Uhr, atmete tief durch. Kurz nach sieben: Hunger und hämmernde Kopfschmerzen. Er lief zu seinem Wagen. Eine Gruppe junger Frauen und Männer schlenderte an ihm vorbei, lachend, scherzend, Hand in Hand. Er schaute ihnen nach, nahm ihre ungezwungene Lebensfreude voller Neid wahr. Warum fand er so selten Gelegenheit, die angenehmen Momente des Daseins zu genießen?

Sein Handy läutete, riss ihn aus seinen Gedanken.

»Du bist immer noch unterwegs?«, fragte Neundorf.

Braig setzte sich in seinen Wagen, berichtete seiner Kollegin, was er gerade erfahren hatte.

»Dann sind wir so weit wie heute Mittag«, brachte sie das Ergebnis auf den Punkt.

»Was diesen Wangbiehler betrifft, ja«, erklärte er, »es sei denn, du hast bessere Neuigkeiten.«

»Der Satz auf dem Blatt aus Herzogs Gesäßtasche. Er hat ihn wohl selbst geschrieben.«

»Ihr habt es bereits überprüft?«

»Ich war bei Frau Fischer, weil ich Stefanie Herzog nicht erreichen konnte. Sie gab mir einen Brief mit, den er geschrieben hat. Das Schriftbild ist verblüffend ähnlich. Die Techniker arbeiten daran. Außerdem haben sie das Auto aus dem See gezogen und sind dabei, es zu untersuchen.«

»Und? Irgendwelche auffällige Spuren?«

»Bis jetzt nicht. Dafür haben sie entdeckt, auf welchem Weg es in den Wildpark kam.«

»Den steilen Weg vom Schattengrund aus, wo wir heute Morgen die graue Farbe an der Schranke entdeckten?«

»Markus Schöffler war eigens dort und hat die Stelle überprüft. Fehlanzeige. Da muss vor längerer Zeit einmal ein Fahrzeug entlanggeschrammt sein, meint er. Dafür wurde er am

Bruderhaus fündig. Er untersuchte die Schranke, die direkt neben den Stufen zu einer Straßenunterführung angebracht ist. Sie zeigte deutliche Lackspuren vom Tatfahrzeug. Außerdem war die Böschung auf der anderen Seite des Wegs von Reifenspuren durchpflügt. Herzogs Auto muss die Stelle in bedenklicher Schieflage passiert haben. Über den Wildwiesenweg kam der Wagen dann direkt zu der Stelle am Bärensee, von der aus er ins Wasser katapultiert wurde.«

»Gibt es Hoffnung auf Zeugen?«

»Wohl kaum. Auf der anderen Seite der Zufahrt steht zwar das große Gebäude des ehemaligen Bruderhauses, aber es ist zur Zeit nicht bewohnt. Und dass sich in dieser Gegend mitten in der Nacht jemand aufhält, kann ich mir nicht vorstellen. Wir müssen in den Medien danach fragen, das ist die einzige Chance.«

»Was ist mit der Waffe, mit der Herzog getötet wurde?«

»Er wurde im Auto erschossen, sie haben Blut an der Decke festgestellt. Mit einer Walther PPK 7.65.«

»Eine Allerweltswaffe. Die Techniker kümmern sich um den Abgleich mit angeblich vermissten oder gestohlenen Exemplaren?«

»Rauleder hat die Sache übernommen. Er gibt sofort Bescheid, wenn er Neues weiß«, sagte Neundorf. Sie machte eine kurze Pause, setzte dann hinzu: »Ich bin noch auf einen anderen ungeklärten Punkt gestoßen.«

»Ja?«

»Ich weiß nicht, ob es von Belang ist«, meinte sie, »es sieht so aus, als habe Herzog seiner Mutter nicht die Wahrheit gesagt.«

»Inwiefern?«

»Gestern Abend gab es im Ludwigsburger Schlosspark kein Mozart-Konzert.«

»Sondern?«

»Eine Hardrock-Nacht. Das war wohl kaum nach seinem Geschmack. Ich erkundigte mich vorhin bei Frau Fischer, ob sie sich vorstellen könne, dass er ein Rock-Konzert besucht habe. Die war nicht zu bremsen in ihrer Ablehnung. Unmöglich. Karl Herzog liebte Mozart, er war ein viel zu feinfühliger Mensch, um sich so etwas wie Rock anzutun. Nie und nimmer. Moderne Musik passe nicht zu seiner sanftmütigen Art. Sie ließ sich nicht davon abbringen. Ein Rock-Konzert? Nie. Sie kenne Herzog seit zwanzig Jahren, lege die Hand ins Feuer, dass er keine moderne Musik höre.«

»Wahrscheinlich wurde Mozart nicht in Ludwigsburg, sondern in Stuttgart geboten. Frau Herzog hat nur den Ort der Aufführung falsch verstanden.«

»Das dachte ich zuerst auch«, antwortete Neundorf, »deshalb überprüfte ich die Veranstaltungskalender der Umgebung. *Kleines Haus, Schleyerhalle, Liederhalle* in Stuttgart, *Schwabenlandhalle* in Fellbach und so fort. Ich informierte mich in Esslingen, Böblingen, Reutlingen, Tübingen, rief bei verschiedenen Kirchen und privaten Veranstaltern an, ob irgendwo in einem ihrer Säle Mozart ... Immer dieselbe Antwort: Nein. Ich befragte die halbe Musikszene der Region, niemand wusste etwas von einem Mozart-Konzert.«

»Dann haben wir auch keine Chance, den Mann zu finden, mit dem er sich dort treffen wollte.«

»Genau das ist der Punkt. Es sei denn, wir finden heraus, wo er stattdessen war.«

»Wer könnte uns da weiterhelfen?«

»Seine Mutter. Wir müssen sie noch mal danach fragen, sobald es ihr besser geht. Frau Fischer hat keine Ahnung, ich habe mich ausführlich mit ihr unterhalten.«

»Seine Frau?«

»Wohl kaum. Unsere Kollegin Anja Wintterlin begleitete sie heute Mittag zur Identifikation der Leiche. Sie war auffallend gefasst, meinte Anja, hatte sich ihrem Ex offensichtlich schon längst entfremdet.«

»Sofern sie uns nicht Kostproben ihrer exzellenten schauspielerischen Fähigkeit liefert.«

»Wir werden sie uns noch mal vornehmen. Ich fürchte aber, dass wir von ihr nichts über den Mann erfahren.«

»Dann sollten wir Herzogs Foto an die Presse geben und mit der entsprechenden Frage um Veröffentlichung bitten.«

»Das will ich gerade in die Wege leiten.«

»Wenn wir Glück haben und sich jemand an ihn erinnern kann, finden wir vielleicht auch die Person, mit der er sich treffen wollte.«

»Und damit haben wir vielleicht den Mörder.«

»Ich weiß nicht, ob es wirklich so einfach ist.« Er bedankte sich für ihren Anruf, erklärte, für heute Schluss zu machen und auf direktem Weg nach Hause zu fahren.

»Du hast Venedig schon vergessen?«, fragte sie noch.

»Ich kann mich kaum noch daran erinnern«, antwortete er, »es muss Monate zurückliegen, dass wir dort waren.«

Er wollte das Handy weglegen und losfahren, als ihm Ann-Katrins vorzeitiger Einsatz in Backnang einfiel. Er gab ihre Nummer ein, musste eine Weile warten, bis er sie in der Leitung hatte. »Wo bist du?«, fragte er.

»Die Demonstration geht langsam zu Ende.«

Er hatte Schwierigkeiten sie zu verstehen, hörte das Stimmengewirr im Hintergrund. Es musste sich um einen gewaltigen Menschenauflauf handeln. »Habt ihr Schwierigkeiten?«, fragte er.

Ann-Katrin beruhigte ihn sofort. »Nein, im Gegenteil. Hier ist alles friedlich. Die Leute sind total traurig.«

»Weshalb?«

Sie reagierte nicht sofort auf seine Frage, wurde offenbar von jemand abgelenkt. Erst mehrere Sekunden später war sie wieder am Apparat. »Ich bin wieder da«, erklärte sie. »Es ging um eine Fackel. Jetzt, wo es langsam dämmrig wird, zünden die Leute ihre Fackeln an. Fast jeder hat eine in der Hand.«

»Wie viele Menschen sind da?«

»Wir schätzen sieben- bis achttausend.«

»Wie bitte? So viele?«

»Sie kämpfen um ihr Krankenhaus. Es soll geschlossen werden.«

»Das Krankenhaus, in dem du ...?«

»Ja«, sagte sie. »Das Krankenhaus, dem ich mein Leben zu verdanken habe. Dir und diesem Krankenhaus.«

Braig wollte nicht daran denken, die schlimmen Stunden und Tage nicht noch einmal durchleben. »Weshalb soll es geschlossen werden? Hat es keinen guten Ruf? Die Ärzte und Schwestern haben sich doch vorbildlich um dich gekümmert.«

»Nicht nur um mich«, erklärte sie. »Mit wem immer ich mich hier unterhalte, jeder lobt das Krankenhaus in den höchsten Tönen. Sie wollen es abreißen, die Klinik in Waiblingen ebenso und zehn Kilometer entfernt in Winnenden ein neues großes Zentralkrankenhaus bauen.«

»Eine dieser großen unmenschlich-sterilen Anlagen, vor der jedem Menschen graut?«

»Niemand versteht die Entscheidung. Die Leute reden von einem undurchsichtigen Schmierengeschäft, um das es in Wirklichkeit gehe.«

»Unternehmen, die von einem Neubau profitieren?«

»Anscheinend. Ich kann aber noch nichts Konkretes dazu sagen.«

»Wie lange musst du noch bleiben?«

»Ich denke, dass ich bald gehen kann. Der Einsatzleiter spricht selbst davon, dass er nicht alle Leute benötigt. Es gibt keinen Grund anzunehmen, dass die Demonstration nicht friedlich bleibt. Vielleicht sollte ich aber noch bleiben. Allein schon aus Dankbarkeit für das Krankenhaus.«

Braig bemerkte auf dem Display seines Handys, dass die Bereitschaft des LKA ihn anzurufen versuchte, wünschte Ann-Katrin alles Gute, beendete das Gespräch. Sekunden später hatte er Weisshaar am Ohr.

»Wir haben eine dringende Mitteilung für dich«, erklärte der Kollege, »es tut mir Leid, aber der Mann verlangt, dass du auf der Stelle zurückrufst.«

»Auf der Stelle?«

»Das ist ein wortwörtliches Zitat.«

»Um wen handelt es sich?« Er runzelte die Stirn, spürte seine Nervosität. Gab es neue Erkenntnisse bezüglich Karl Herzogs Tod?

»Wangbiehler heißt der Mann. Kann ich dir seine Rufnummer geben?«

Braig fuhr sich überrascht über die Stirn, suchte nach seinem Stift. »Senior oder Junior?«

»Keine Ahnung. Der Stimme nach eher der Senior. Auf jeden Fall eine dominante Person. Der Mann scheint es gewohnt, Befehle zu erteilen.«

Braig notierte sich die Nummer, merkte sofort, dass es sich nicht um den Anschluss handelte, unter dem er den Unternehmer am Mittag erreicht hatte. Er bedankte sich bei Weisshaar für die Information, versprach, die Sache schnell zu erledigen. Vielleicht gab es Neuigkeiten über den Aufenthalt Johannes Wangbiehlers zur Tatzeit.

Er tippte die Ziffern, musste nicht lange warten. Die kräftige Stimme des Unternehmers ließ keinen Zweifel, mit wem er verbunden war.

»Endlich! Ich habe lange genug auf Ihren Anruf gewartet,« erklärte der Mann.

Braig spürte einen kalten Schauer über seinen Rücken jagen, versuchte, freundlich zu bleiben. Er musste seine neu entfachten Aggressionen unterdrücken, die anmaßende Haltung seines Gesprächspartners überhören. »Darf ich fragen, um was es geht?«, presste er hervor.

»Mein Sohn Johannes, was sonst?«

Er wusste nicht, ob Wangbiehler sich überhaupt noch bewusst war, welche Arroganz seine Wortwahl zum Ausdruck brachte. Macht verändert jeden Menschen, dessen war Braig sich im Klaren, den einen mehr, den anderen weniger – fast immer aber im negativen Sinn. Gab es wirklich niemanden, der einem wirtschaftlich erfolgreichen Emporkömmling Einhalt zu gebieten wagte? »Und? Was wollen Sie mir mitteilen?«

»Sie interessieren sich, wo er sich gestern Mittag und heute Nacht aufhielt, richtig?«

»Wir sprachen heute Mittag darüber, ja.«

Wangbiehler kam direkt zur Sache. »Ich habe zwei Zeugen.«

»Wofür?«

»Sie waren im gesamten Zeitraum mit meinem Sohn zusammen.«

»In der Klinik in Tübingen?«

Wangbiehler gab keine Antwort.

»Wer sind die Leute?«, fragte Braig.

»Sie möchten mit ihnen reden?«

»Wenn es sich um seriöse, glaubwürdige Personen handelt, ja.«

»Ich hätte Sie wohl kaum informiert, wenn es nicht so wäre.«

»Ihr Sohn ist ebenfalls zu sprechen?«

»Sie werden erhalten, wonach Sie suchen.«

Braig wusste, dass es keine Alternative gab. Er musste sich auf den Vorschlag einlassen, um das Alibi auf diese Weise zu überprüfen. »Dann geben Sie mir die Namen und die Adresse.« Er nahm ein Stück Papier, notierte sich Wangbiehlers Angaben.

»Sven Demski und Nils Markert. Geislingerstraße in Göppingen.«

»Das ist ja der nächste Weg«, brummte Braig. Mindestens fünfzig Kilometer von Tübingen entfernt, überlegte er, Richtung Nordosten, Stuttgart genau entgegengesetzt.

»Sie werden dafür bezahlt«, erwiderte Wangbiehler. »Aus den Steuergeldern, die ich mit meinem Unternehmen mühsam erwirtschafte.«

Er musste an sich halten, ruhig zu bleiben, schrieb mit zitternder Hand die Adresse und Telefonnummer der Männer auf. »Und die Herren sind garantiert zu sprechen? Heute noch?«, fragte er.

»Sie erwarten Ihren Besuch. Allerdings nicht den ganzen Abend. Sie sollten sich beeilen.«

Der Kommissar beendete das Gespräch ohne ein einziges weiteres Wort, lehnte sich zurück, holte tief Luft. Er spürte die Wut in sich wie ein schmerzendes Geschwür, hoffte darauf, von weiteren Kontakten mit dem Mann verschont zu bleiben. Die Arroganz der Macht. Musste er sich wirklich so behandeln lassen?

Braig schaute auf die Uhr. Halb acht. Wenn er jetzt noch nach Göppingen wollte, musste er sich beeilen. Er griff nach dem Zettel, gab die vor wenigen Minuten notierten Ziffern ein.

Laute Rockmusik war das Erste, was er hörte. Nach einer Weile wurde der Lärm etwas leiser und eine männliche Stimme fragte, wer in der Leitung sei.

»Braig«, sagte er, machte dann eine kurze Pause, weil er gähnen musste, »vom Landeskriminalamt.«

Die Musik spielte weiter, dann hörte er etwas gedämpft dieselbe Stimme: »Der Bulle.« Aus dem Hintergrund antwortete ein anderer Mann. Was dieser sagte, war nicht zu verstehen.

»Und?«

»Sie wissen, weshalb ich mich melde?«, fragte Braig.

»Wangbiehler«, antwortete der Mann, »richtig?«

Natürlich hatte der Unternehmer seinen Anruf angekündigt, die Männer auf etwaige Fragen vorbereitet, sie vielleicht sogar instruiert, was sie antworten sollten – hatte er es anders erwartet? Es war wohl nichts als ein abgekartetes Spiel, was da geboten wurde. Ob es überhaupt Sinn machte weiterzusprechen, den Weg nach Göppingen auf sich zu nehmen?

»Was wollen Sie wissen?«, fragte der Mann.

»Sie kennen Johannes Wangbiehler?«

Die Antwort kam wie aus der Pistole geschossen. »Wir sind gute alte Kumpel.«

»Wann haben Sie ihn zuletzt gesehen?«

»Heute Morgen. Er war den ganzen Sonntag bei mir, ebenso heute Nacht.«

»Aha. Das können Sie vor Gericht beschwören, ja?«

»Na klar. Er war bei mir und Sven. Den ganzen Sonntag und heute Nacht.«

»Und jetzt? Wo ist er jetzt?«

»Keine Ahnung. Heute Morgen, so gegen acht, machte er sich auf die Socken.«

»Wie ist Ihr Name?«

»Nils Markert.«

»Sie sind zu Hause?« Braig ließ sich den Namen der Straße und die Hausnummer geben, verglich sie mit seinen Aufzeichnungen. Sie waren identisch. »Ich würde gerne heute noch bei Ihnen vorbeischauen. Ist das möglich?«

Der Mann am anderen Ende grummelte etwas vor sich hin, das Braig wegen der lauten Musik nicht verstand, fragte dann, bis wann er denn mit seinem Besuch rechnen könne.

»Ich bin gerade in Tübingen«, erklärte der Kommissar, »mache mich jetzt aber sofort auf den Weg. Wenn es gut geht, in dreißig, vierzig Minuten etwa, wenn nicht, dauert es eben etwas länger. Ihren Freund, Herrn Demski, sollte ich ebenfalls sprechen. Kann er bitte solange warten?«

Markert signalisierte Zustimmung, trug Braig auf, sich zu beeilen.

Er legte das Handy endgültig zur Seite, startete den Wagen. Das Hungergefühl in seinem Magen machte ihm fast genauso zu schaffen wie die Schmerzen in seinem Kopf. Er fühlte sich müde, kraftlos und ausgelaugt, nahm die Tour nach Göppingen nur mit äußerstem Widerwillen auf sich. Wenn die nächsten Tage ähnlich anstrengend verliefen, konnte er die erholsame Wirkung der kurzen Urlaubswoche in den Wind schreiben.

Während er noch überlegte, wie er am besten nach Göppingen fahren sollte, erkannte er eine junge Frau draußen am Rand der Straße: Theresa Räuber, Ann-Katrins Schwester. Sie lebte seit ein paar Jahren in Tübingen, hatte ihre viel versprechende Karriere als Managerin des Daimler-Konzerns überraschend beendet, um hierher zu ziehen und Theologie zu studieren. Es war mehrere Wochen her, dass er sie zum letzten Mal getroffen hatte.

Er schaute in den Rückspiegel, sah, dass kein Fahrzeug folgte, bremste, stellte den Wagen ab. Theresa stand im Schatten einer breiten Hecke, unterhielt sich mit einer anderen Frau. Braig stieg aus, lief auf sie zu. Sie waren angestrengt in ihr Gespräch vertieft, nahmen ihn erst wahr, als er vor ihnen stand und sie laut grüßte.

»Tut mir Leid, wenn ich störe. Aber wenn ich schon mal in Tübingen bin und dich zufällig sehe ...« Er bemerkte Theresa Räubers überraschten Gesichtsausdruck, gab ihr die Hand.

»Welch seltener Besuch«, lachte sie, »du hast hier zu tun?«

Er nickte, trat einen Schritt näher, sah die Umrisse der anderen Frau, die sich in den Schatten der Hecke zurückgezogen hatte.

»Darf ich vorstellen«, erklärte Theresa Räuber, »Steffen, der Freund meiner Schwester, und das ist Nicole.«

Braig brauchte ein paar Sekunden, bis sich seine Augen an das dämmrige Licht im Schatten der Hecke gewöhnt hatten, sah dann, wie hübsch die junge Frau war. Kurze dunkle Haare, ein schmales, melancholisch wirkendes Gesicht, über dem rechten Auge ein winziges Muttermal. Er reichte ihr die Hand, hatte Mühe, seinen Blick von ihr abzuwenden und sich auf Theresa Räuber zu konzentrieren. »Ich will euer Gespräch nicht unterbrechen«, sagte er, » ich muss sofort weiter. Du weißt, wie es bei uns zugeht.«

»Kein Problem. Wir können später weiterreden.« Auf der Straße röhrte ein lauter Motor, machte für Sekunden jede Unterhaltung unmöglich. Theresa Räuber unterbrach sich, wartete, bis das Auto verschwunden war. »Weshalb bist du in Tübingen?«, fragte sie dann.

»Der spektakuläre Mord im Wasser«, antwortete er. »Du hast davon gehört?«

»Im Bärensee in Stuttgart?«

»Genau.«

»Die Spuren führen nach Tübingen?«

»Ich kann noch nichts sagen. Wir sind erst am Anfang.« Er sah den kritischen Blick der jungen Frau, konnte ihr dem Schatten zugewandtes Gesicht wieder nur annähernd erkennen.

»Sie sind Journalist?«, fragte sie.

Theresa Räuber lachte. »Du bist gut, Nicole. Nein, mein Herr Schwager arbeitet bei der Mordkommission. Beim LKA.«

Braig musste grinsen, als er ihren süffisanten Ton hörte. Leute seiner Profession waren nicht gerade der alltägliche Umgang in Tübinger Studentenkreisen.

»Mit den Forderungen an Flughafen und Co. hast du nichts zu tun?«

Braig seufzte laut. »Einiges spricht dafür, dass der Mord auf deren Konto geht.« Er bemerkte eine heftige Reaktion bei der jungen Frau. Sie trat einen halben Schritt vor, starrte ihn verwundert an.

»Der Mord im Bärensee?« Theresa Räuber schüttelte den Kopf, lachte laut. »Das ist doch absurd. Mord ist durch nichts zu rechtfertigen.«

»Glaubst du etwa die Erpressung?«

»Erpressung?« Ein Auto hupte hinter ihnen, ließ sie unwillkürlich zur Straße schauen. Der Fahrer, ein tief gebräunter Mittvierziger, winkte einer jungen Frau auf dem Gehweg. »Was ich in der Zeitung gelesen habe, klingt anders. Es geht um die Veränderung unseres Klimas.«

»Mit der Verbrecher viel Geld machen wollen.«

»Richtig. Fluglinien und Autokonzerne. Sie sorgen dafür, dass sich die Erde in ein Treibhaus verwandelt und verdienen Milliarden damit.«

Braig sah Theresas aufrechte Körperhaltung, bemerkte ihren streitlustigen Blick. Er wusste, dass sie in verschiedenen Öko-Initiativen engagiert war, hatte weder die Lust noch die Kraft, sich ernsthaft mit ihr auseinander zu setzen.

»Ich hoffe, die Konzerne müssen zahlen«, fuhr sie fort. »Seit ich mich im Zusammenhang meiner Examensarbeit mit dem Thema beschäftige, lässt es mir keine Ruhe mehr. Hast du die neusten Erkenntnisse der Wissenschaftler schon einmal studiert?«

Er wusste nicht, was er antworten sollte, brachte nur ein dürftiges »flüchtig« hervor.

»Du solltest es tun«, sagte sie, klopfte ihm mit einer versöhnenden Geste sanft auf den Rücken, »auch wenn dir dein Beruf kaum Zeit lässt.«

Er nickte, atmete tief durch. Sein Besuch in Göppingen fiel ihm ein; unwillkürlich warf er einen Blick auf seine Uhr.

Sie hatte es bemerkt, reagierte sofort. »Okay, du bist wieder in Eile. Ich will dich nicht aufhalten.« Sie reichte ihm die Hand, verabschiedete ihn. »Bis bald. Und viele Grüße an Ann-Katrin.«

Braig nickte, drückte auch die Hand ihrer Gesprächspartnerin, lief dann zu seinem Fahrzeug zurück. Er öffnete die Tür, ließ sich auf den Fahrersitz fallen. Die Kopfschmerzen nahmen einen neuen Anlauf, steigerten sich zu neuer Intensität. Sein Magen knurrte, er fühlte sich hungrig, müde und ausgelaugt. Er überlegte wieder, wie er nach Göppingen fahren sollte, nahm den Weg nach Osten, um die Tübinger Innenstadt zu umgehen. Vielleicht ergab sich unterwegs die Gelegenheit, an einem Schnellrestaurant Halt zu machen, um sich einen kleinen Imbiss zu genehmigen.

Braig nahm überrascht wahr, wie schnell die Dämmerung von der Umgebung Besitz ergriff, sah die Rücklichter der Wagen vor sich. Er bremste, stellte fest, dass sich der Verkehr weit vor der Einmündung des Nordrings in die Wilhelmstraße staute. Ungeduldiges Hupen war zu hören. Er starrte angestrengt durch die Scheibe, sah, dass ein ganzer Fahrzeugpulk zum Stillstand gekommen war. Braig schaute auf seine Uhr, stöhnte laut auf: Zwanzig vor acht. Stau war das Letzte, was er jetzt gebrauchen konnte. Er überflog die rote Lichtparade vor sich, stellte keinerlei Bewegung fest. Ob er wenden und einen anderen Weg einschlagen sollte?

Er schaute zur Seite, sah, dass die Gegenfahrbahn frei war. Auch hinter ihm kein anderes Fahrzeug. Er griff zum Lenkrad, wollte gerade losfahren, als er die kleine Katze mitten auf dem Asphalt bemerkte. Er nahm den Fuß vom Gaspedal, wartete, dass das Tier verschwand, sah, wie es ängstlich auf der Fahrbahn verharrte. Wenn es sich nicht beeilte, hatte es keine Chance, die Straße unversehrt zu überqueren.

Braig überlegte nicht lange, stellte fest, dass von hinten kein Auto kam, trat auf die Straße. Leise pfeifend bewegte er sich auf das Tier zu. Die Katze sah zu ihm auf, drehte sich zur Seite, wich zurück. Er verstärkte sein Pfeifen, beugte sich nieder, streckte ihr die Hand entgegen – vergeblich. Sie schenkte ihm kein Vertrauen, spurtete zurück, verschwand im Gebüsch am Rand der Straße. Braig schaute ihr enttäuscht nach, richtete sich wieder auf. Er sah die Umrisse ihrer Augen, mit denen sie ihn aus dem Unterholz der Sträucher fixierte, hörte ein Auto hinter sich näher kommen.

Was in den nächsten Sekunden geschah, erlebte er wie in Trance. Er stand am Rand der Straße, drehte sich um, sah, wie sich ein Lieferwagen mit hohem Tempo näherte. Das Fahrzeug raste auf die Autoschlange zu, bremste abrupt, schleuderte, prallte mit der rechten Seite auf seinen Dienstwagen. Braig hörte das schrille Kreischen der Bremsen, starrte auf das torkelnde Fahrzeug, verfolgte aus wenigen Metern Abstand, wie es vollends die Balance verlor und wie von einer mächtigen unsichtbaren Hand emporgehoben zur Seite kippte, unter ohrenbetäubendem Krachen und Knirschen seinen Pkw unter sich begrub und ihn mit seinem mehrere Tonnen schweren Gewicht zerquetschte.

Es war ihm unmöglich, in vollem Umfang zu begreifen, was vor ihm ablief; er stierte mit irrem Blick auf die Überreste seines Dienstwagens, den er der Katze wegen gerade erst verlassen hatte, sah Metallteile und Glassplitter rings um sich durch die Luft jagen, spürte einen kräftigen schmerzhaften Schlag an seiner Schläfe. Er schnappte nach Luft, merkte, wie ihm die Beine versagten, hörte aufgeregte Stimmen und lautes Geschrei, fühlte sich wie auf einem Karussell. Die zertrümmerten Autos, die von Blech und Glas übersäte Fahrbahn, wild durcheinander springende Menschen – alles drehte sich vor seinen Augen im Kreis.

Braig spürte, wie er das Gleichgewicht verlor, versuchte, sich irgendwo festzuklammern, griff mit der Hand ins Leere. Mit einem Mal waren die Schmerzen verflogen.

8. Kapitel

Das weit entfernte Heulen einer Sirene war das Erste, das er wahrnahm. Er lag auf einer harten, alle paar Sekunden von kräftigen Schlägen erschütterten Unterlage, fühlte sich mal nach links, dann wieder nach rechts gezerrt, spürte die Fesseln, die seinen Leib einschnürten, dazu ein Stechen in seinem linken Arm. Sein Kopf schien wie betäubt, hinter seiner rechten Schläfe tobten alle paar Minuten aufs Neue heftig anschwellende Schmerzen.

Die Stimme des Mannes über ihm bekam einen deutlich erleichterten Tonfall, als er seine Augen aufschlug und, von einem gedämpften Licht geblendet, um sich schaute.

»Erkennen Sie mich?«

Braig blinzelte, versuchte, den Schleier vor seinen Augen zu durchbrechen, merkte, wie sich alles um ihn drehte: Zwei hell leuchtende Röhren, Schläuche, Kanülen, Apparate, die schlanke Gestalt eines seltsam uniformierten Mannes.

»Können Sie mich sehen?«

Er wusste nicht, mit wem sich der Weißgewandete unterhielt, begriff erst nach einer Weile, dass er ihn meinte. »Sprechen Sie mit mir?«, fragte er. Das Karussell war zum Stillstand gekommen, der Mann stand vor ihm, starrte kopfnickend auf ihn nieder.

»Sie können mich sehen?« Er ruderte mit seiner Hand durch die Luft, verfolgte Braigs Blick, der seinen Bewegungen folgte.

»Natürlich kann ich Sie sehen«, erklärte er. »Was soll das? Wo bin ich?« Er versuchte, sich aufzurichten, spürte, dass es nicht möglich war. Die Schmerzen hinter seiner Schläfe gewannen unvermittelt an Intensität, raubten ihm fast das Bewusstsein. »Warum kann ich nicht ...«

»Sie sollten ruhig bleiben«, mahnte sein Gesprächspartner, »wir sind auf dem Weg ins Krankenhaus. Sie werden untersucht.« Er zog einen Beutel vor, entnahm ihm eine Ausweisähnliche Karte. »Wie ist Ihr Name?«

»Mein Name?«

Der Mann nickte.

»Braig«, sagte er.

»Ihr Beruf?«

»Hauptkommissar. Beim LKA.« Braig starrte auf das Dokument in den Händen des Mannes. »Was soll das? Sie haben meinen Dienstausweis. Wozu die Fragen?« Er spürte die harten Schläge, die seinen gesamten Körper erschütterten, hörte eine Sirene. Wie Schuppen fiel es ihm von den Augen, während er endlich begriff, wo er sich befand und was geschehen war. Er starrte zur Seite, sah jetzt erst richtig die dünnen Schläuche, die geradewegs in seinen Arm führten. »Bin ich verletzt?«, fragte er.

Der Mann wog seinen Kopf überlegend hin und her. »Es scheint, als hätten Sie viel Glück gehabt. Irrsinnig viel Glück.« Er sah Braigs fragenden Blick, deutete auf seinen Kopf. »Irgendein Metallteil muss Ihnen an die Schläfe geprallt sein, Sie haben eine Wunde. Außerdem wohl einen Kreislaufkollaps. Sie müssen etwa«, er schaute auf seine Uhr, überlegte, sprach dann weiter, »etwa zehn, fünfzehn Minuten bewusstlos gewesen sein. Wenn Sie mich jetzt aber wieder voll wahrnehmen und sich sogar mit mir unterhalten können, scheint es nicht so schlimm zu sein. Ich fürchtete schon, es wäre eine Gehirnerschütterung.« Er griff ihm an die Augen, zog die Oberlider hoch. »Ihre Pupillen scheinen normal zu reagieren. Vielleicht haben wir wirklich Glück.«

Braig drehte seinen Kopf zur Seite, um sich den Händen des Arztes zu entziehen, wies auf die Schläuche an seiner Seite. »Was ist damit?«, erkundigte er sich.

»Sie erhalten eine Infusion. Das Beste, was wir für Sie tun können.«

Er rang nach Luft, versuchte, sich zu entspannen. »Der Lieferwagen«, erinnerte er sich jetzt, »er raste auf mein Auto, ja?«

»Sie müssen Sekunden vorher ausgestiegen sein. Eine Frau hat es zufällig beobachtet. Wegen einer Katze, ist das richtig?«

Braig sah die Szene vor sich, nickte.

»Dann fallen Sie auf die Knie, sobald Sie wieder fit sind und bedanken sich bei dem Tier. Es hat Ihnen das Leben gerettet. Von Ihrem Wagen blieb nicht viel übrig.«

Er sah das gesamte Geschehen vor sich ablaufen, den heranrasenden Lieferwagen, sein heftiges, viel zu spätes Bremsen, den Aufprall, das zur Seite torkelnde Gefährt, den Augenblick, in dem die große Karosse sein Dienstfahrzeug unter sich begrub, hörte die Schläge, das Krachen, die durch die Luft schwirrenden Metallteile.

»Danken Sie der Katze«, wiederholte der Mann. »Sie hätten keine Chance gehabt.«

Braig spürte, wie der Krankenwagen abbremste, vermisste das Heulen der Sirene. Die Schmerzen in seinem Kopf meldeten sich jäh zurück, trieben ihm Tränen ins Gesicht. Vor ihm schien sich erneut alles zu drehen.

»Wir sind da«, erklärte sein Begleiter. »Meine Kollegen werden sich Ihren Kopf und die Wunde anschauen. Ich wünsche Ihnen gute Besserung.«

Braig hörte, wie die Tür des Autos geöffnet und seine Trage aus der Verankerung gelöst wurde. Ein junger Sanitäter zog sie samt der daran befestigten Apparatur aus dem Wagen, fixierte sie auf einem fahrbaren Untersatz. Er tauschte mit dem Notarzt ein paar Worte, rollte Braig ins Innere des Krankenhauses. »Haben Sie Schmerzen?«, fragte er.

Braig fühlte sich wie betäubt vom Toben hinter seiner Schläfe, war unfähig, zu antworten. Die Fahrt ging einen langen Gang entlang an mehreren Türen vorbei, endete in einem hell erleuchteten, nach Desinfektionsmitteln riechenden Raum. Der Sanitäter dockte den Wagen an einen breiten Tisch an, schob die Bahre auf den stabilen Unterbau. »Jetzt müssen Sie nur noch auf den Bereitschaftsarzt warten«, sagte er, »das wird nicht lange dauern.«

Der Arzt, der fast im selben Moment auf sie zutrat, kam Braig bekannt vor. Er kniff seine Augen zusammen, weil er von den hellen Lichtröhren an der Decke geblendet wurde, musterte das Gesicht mit prüfendem Blick. Im gleichen Augenblick begann sich alles wieder um ihn zu drehen. Er versuchte darüber nachzudenken, woher er ihn denn kenne, schaffte es nicht. Die Schmerzen raubten ihm jede Chance.

Er holte tief Luft, hörte eine Stimme über sich. Was sie sagte, verstand er nicht. Finger tasteten seinen Körper ab, fuhren über seinen Kopf, prüften die Wangen, dann die Schläfe. Er spürte, wie sich jemand an seinem Haaransatz zu schaffen machte, hörte weitere Stimmen, fühlte dann einen sanften Stich. Irgendetwas piekste an seiner Haut, dann war es ruhig.

Als er langsam wieder zu sich kam, schaute er dem Mann direkt ins Gesicht. Er stand vor ihm, betrachtete ihn aufmerksam. »Mein Name ist Schäffler. Sie sind hier in der chirurgischen Ambulanz der CRONA in Tübingen, ich bin der untersuchende Arzt«, hörte er. »Können Sie mich jetzt verstehen?«

Braig machte vorsichtige Anzeichen eines Kopfnickens, spürte das Ziehen über seiner Wange.

»Sie werden Schmerzen haben im Bereich der rechten Schläfe, ja?«

Er wiederholte sein Zeichen der Zustimmung, sah, wie der Arzt ihn aufmerksam betrachtete.

»Sie hatten eine Platzwunde unterhalb des Haaransatzes, wir haben sie genäht. Das wird schnell heilen, denke ich. Mehr Sorgen macht mir Ihr Kreislauf, ich hoffe, er stabilisiert sich langsam. Wir gaben Ihnen zusätzliche Infusionen, damit Sie wieder in normale Bahnen kommen. Sie standen unter Schock aufgrund des Unfalls, Sie erinnern sich?«

Braig hatte keine Schwierigkeiten, sah die Szene sofort wieder vor sich.

»Das ist aber kein Wunder; ich habe gehört, was passiert ist. Wir müssen froh und dankbar sein, dass es so glimpflich ablief.

Wenn es Ihnen jetzt langsam besser geht, heißt das aber nicht, dass alle Folgen des Unfalls überwunden sind. Ich kann eine Gehirnerschütterung inzwischen zwar ausschließen, möchte Sie aber trotzdem genauer untersuchen. Nicht dass Sie sich eine innere Blutung zugezogen haben, deren Folgen Sie erst später spüren, die dann aber irreparabel sind. Damit ist nicht zu spaßen, deshalb dürfen wir das nicht auf die leichte Schulter nehmen. Einverstanden?«

»Was wollen Sie tun?«

»Ich schlage eine Magnetresonanztomografie vor. Wir haben das Glück, dass wir in unserer Klinik über einen Kernspintomografen verfügen. Damit können wir überprüfen, ob in Ihrem Kopf alles in Ordnung ist. Sie brauchen keine Angst zu haben, es entsteht keine Strahlung. Es dauert gerade mal zehn Minuten und ist völlig schmerzlos. Okay?«

»Wenn Sie es für notwendig halten.« Braig wusste nicht, was er antworten sollte, überließ dem Arzt die Entscheidung.

»Die Gefahr einer inneren Verletzung scheint mir zu groß. Wir sollten die Chance nutzen und dieses Risiko ausschließen.« Er nickte ihm freundlich zu, richtete sich wieder auf. »Ich denke, als Kriminalbeamter sind Sie gründliches Arbeiten gewohnt.«

»Wir kennen uns?«, fragte Braig.

»Vor zwei Jahren etwa. Ich entdeckte die Leiche auf der Neckarinsel. Von meinem Zimmer im Stift aus. Den mit Blausäure vergifteten Mann. Fehr hieß er, glaube ich. Sie erinnern sich?«

Braig begriff sofort, wovon der junge Arzt sprach. Die Serie der mit Kaliumcyanid getöteten Männer im Sommer vor zwei Jahren. Das erste Opfer im Weinberg unter der Grabkapelle des Württembergs in Stuttgart-Rotenberg, das zweite in der evangelischen Juliana-Kirche in Großaspach und das dritte in Tübingen auf der Neckarinsel. Einer schlimmer anzusehen als der andere. Er erinnerte sich an seinen Schwächeanfall mitten im Herzen Tübingens, als er über die Wurzel einer der zahlreichen Platanen gestolpert war, sah die Szene deutlich vor sich. Der junge Mann war von seinem Zimmer aus auf die Leiche aufmerksam geworden, hatte ihm bei seinem Besuch im Stift den Blick auf die Insel gezeigt. »Ein grauenvoller Anblick«, sagte Braig, »ich bin heilfroh, dass wir die Sache bald in den Griff bekamen. Damals waren Sie noch Student?«

»Im vorletzten Semester. Seit einem halben Jahr bin ich hier als Assistenzarzt tätig. Vielleicht sehen wir uns in Zukunft öfter. Beruflich, meine ich. Ich arbeite nebenbei an meinem Facharzt für Gerichtsmedizin.«

Der Kommissar stöhnte laut auf. »Das wollen Sie sich antun?«

»Viel schlimmer als hier in der chirurgischen Ambulanz kann es wohl kaum werden. Unfallopfer haben wir hier alle paar Minuten. Ich nehme an, Sie wissen selbst, in welchem Zustand die uns frisch von den Straßen geliefert werden.«

»Mir bereitet der Anblick heute noch Schwierigkeiten. Nach über fünfzehn Jahren Berufserfahrung.«

Dr. Schäffler nickte. »Das kann ich gut nachvollziehen. Letzte Nacht bekam ich kaum ein Auge zu. Anja, ein siebenjähriges Mädchen. Samstagabend, kurz nach achtzehn Uhr, wurde sie eingeliefert. Sie war auf dem Fahrrad unterwegs, ordnungsgemäß auf dem Gehweg. Von irgendeinem Verrückten hier an der Waldhäuser Straße erfasst. Der Anblick geht mir nicht aus dem Sinn.«

»Sie hat überlebt?«

»Fragt sich nur, in welchem Zustand. Ob das Kind je wieder laufen kann? Ich weiß es nicht. Die Kollegen versuchen alles.«

»Der Kerl wurde erwischt?«

Dr. Schäffler schüttelte den Kopf. »Fahrerflucht. Wie ich heute gehört habe, mit einem gestohlenen Auto. Augenzeugen haben das Kennzeichen notiert.«

Braig spürte, wie der Arzt seinen Arm von der Kanüle befreite, ihn dann mit einem Pflaster versah und die Apparatur mit den Infusionsschläuchen zur Seite schob. Dr. Schäffler winkte einem Krankenpfleger, verabschiedete sich für die nächsten Minuten.

Der Weg vorbei an den verschiedenen Abteilungen des Klinikums erschien Braig wie eine nicht enden wollende Odyssee durch ein unbekanntes Labyrinth. Der Krankenpfleger schob ihn zu einem Fahrstuhl, begleitete ihn mehrere Stockwerke aufwärts, bugsierte ihn dann durch verwinkelte Gänge in einen hell erleuchteten, intensiv riechenden Raum. Der Kommissar wurde von einer Ärztin instruiert, krabbelte in eine enge, bedrohlich schmal wirkende Röhre, sah sich von einem laut rumpelnden Metallmonstrum eingezwängt, verfluchte den Augenblick, in dem er dem Vorschlag des jungen Mediziners zugestimmt hatte, sich dieser Untersuchung auszusetzen.

Auf den Zusammenhang zwischen Dr. Schäfflers Aussagen und seinen aktuellen Ermittlungen kam er erst später, als er auf eigene Verantwortung aus dem CRONA-Zentrum entlassen, im Zug nach Stuttgart saß. Samstagabend, kurz nach achtzehn Uhr, hatte der junge Arzt erzählt, Waldhäuser Straße. Von irgendeinem Verrückten erfasst. Fahrerflucht mit einem gestohlenen Auto. Gab es die Verbindung oder bildete er es sich nur ein? Die Straße kam ihm bekannt vor, genauso der Tag und die Uhrzeit. Alles passte wie die Faust aufs Auge. Hatte Johannes Wangbiehler schon wieder ein neues Opfer zu verantworten?

9. Kapitel

Als Katrin Neundorf am Dienstagmorgen in Braigs Büro trat, studierte er gerade die ausgedruckte Mail der Tübinger Kollegen. Sie blieb stehen, musterte ihn mit kritischem Blick. »Habe ich richtig gehört? Du hattest einen Unfall?« Sie sah den Verband an seiner rechten Schläfe, betrachtete ihn mit unverhohlener Neugier.

»Es klingt wahrscheinlich verrückt«, antwortete er, »aber dass ich hier vor dir sitze, habe ich wohl nur einer kleinen gescheckten Katze zu verdanken, die es gestern Abend für notwendig befand, mitten auf einer verkehrsreichen Tübinger Straße spazieren zu gehen.« Er winkte ihr, auf seinem Schreibtisch Platz zu nehmen, schob einen Stapel Papiere zur Seite. »Hier«, sagte er, »da steht es schwarz auf weiß. Außerdem aufschlussreich bebildert.« Er reichte ihr den Bericht der Tübinger Polizei, zeigte auf die Fotos.

Neundorf setzte sich neben seine Akten, überflog den Text. Er sah, wie sie die Bilder betrachtete, hörte sie tief Luftholen. »Steffen! – Das ist der Dienstwagen?« Sie deutete auf die völlig demolierten Überreste des Fahrzeugs.

»Gestern Morgen fuhren wir mit ihm nach Sindelfingen und Fellbach«, feixte er verlegen, »du erinnerst dich?« Er schilderte ihr den Hergang, soweit ihm der selber bewusst war, berichtete von seinem Aufenthalt in der Tübinger Klinik.

»Du bist dir sicher, dass du keine Folgen davongetragen hast?«

»Die Untersuchung mit dem Kernspintomografen hat nichts ergeben. Die Ärzte haben mir das ausdrücklich bestätigt.«

»Und dann bist du in der Nacht noch mit dem Zug nach Hause gefahren?«

Braig nahm den Ausdruck des Unfallberichts wieder entgegen, nickte. »Die Infusionen haben gewirkt. Mein Kreislauf hatte sich wieder stabilisiert.«

»Sie haben dich ohne Bedenken entlassen?«

»Mit der Auflage, den Karren in Zukunft stehen zu lassen und zu Fuß zu gehen. Aber das erzählt mir mein Hausarzt auch schon seit Jahren.«

Sie müssen dringend mehr für Ihre Gesundheit tun, hatte ihn Dr. Schäffler ermahnt, so wie bisher dürfen Sie nicht weitermachen. Er war dem jungen Arzt nach der unangenehmen, Panikattacken von Platzangst auslösenden Prozedur der Magnetresonanztomografie nochmals begegnet, hatte sich mit ihm unterhalten. Ihr Kreislaufkollaps ist nicht allein Folge des durch den Unfall verursachten Schocks, war Dr. Schäffler deutlich geworden, Sie sind überarbeitet, treiben Raubbau an Ihrem Körper. Wenn Sie schon keine Zeit für sportliche Betätigungen finden, sollten Sie möglichst viele Wege zu Fuß zurücklegen. Denken Sie an das, was mit Ihrem Auto passierte. Sie haben nur *ein* Leben.

Das Bild des zerstörten Fahrzeugs vor Augen hatte er sich kurz vor zweiundzwanzig Uhr auf den Weg nach Hause gemacht, bohrende Kopfschmerzen und allumfassende Erschöpfung, aber auch den festen Willen im Gepäck, den Rat des Arztes zu beherzigen.

»Wie hat Ann-Katrin reagiert?«, fragte Neundorf. »Du hast sie vorher informiert?«

»Erst in dem Moment, als ich das Krankenhaus verließ. Mein Handy lag im Auto, es ist ebenfalls hinüber. Was passiert war, habe ich ihr erst erzählt, als ich zu Hause war. Ich wollte sie nicht unnötig aufregen.«

»Und, was meinte sie? Einen Tag nach eurem Urlaub?«

»Sie hat die Bilder nicht gesehen«, antwortete er und deutete auf den Unfallbericht, »zum Glück. Und ich möchte auch, dass das so bleibt. Sonst ...« Er schwieg, dachte an den besorgten Ausdruck im Gesicht seiner Freundin, als sie seinen Verband bemerkt hatte. Sein Hinweis, die Verletzung sei harmlos, war ihr nicht besonders glaubwürdig vorgekommen, zu deutlich hatte er ihre Skepsis gespürt. Braig wusste von den vielen Monaten der Ängste und Schmerzen, die Ann-Katrin nach ihrer Schussverletzung durchgemacht hatte, wollte ihr neue Unannehmlichkeiten ersparen. »Ihr Dienst hat ebenfalls wieder begonnen«, sagte er, »ich hoffe, sie wird dadurch etwas abgelenkt.«

Neundorf sprang von seinem Schreibtisch, baute sich vor ihm auf. »Und du versuchst dasselbe, indem du dich ohne jede Pause wieder in die Ermittlungen stürzt.«

Er versuchte zu lächeln, merkte selbst, dass es ihm nicht recht gelang. »Wenn es hilft, den Schock zu überwinden, warum nicht?«

Sie zuckte mit der Schulter. »Du musst wissen, was du dir zumutest. Wenn du es packst, okay.«

Neundorf deutete auf den Aktenstapel, schaute ihren Kollegen fragend an. »Die Sache mit diesem Wangbiehler hast du endgültig geklärt?«

Braig schüttelte den Kopf. »Leider nicht.« Er berichtete, wie weit er gekommen war, wies auf seinen Verdacht hin, Johannes Wangbiehler habe mit der Fahrerflucht und der schweren Verletzung des Kindes in Tübingen zu tun. »Ich habe vorhin mit den Kollegen telefoniert«, sagte er. »Das gestohlene Auto wurde gestern Abend in Reutlingen entdeckt. Die Spurensicherung ist dabei, es nach Fingerabdrücken zu überprüfen. Sollten sie Wangbiehler identifizieren, geben sie sofort Bescheid. Ich will jetzt nach Göppingen, die beiden angeblichen Zeugen verhören. Ich warte nur noch auf den Anruf Stöhrs, der mir ein neues Handy und eine Netzkarte für die Bahn besorgt.«

»Göppingen?« warf Neundorf ein. »Kann das nicht Felsentretter übernehmen? Soviel ich weiß, hat er heute dort zu tun.«

»Und was hast du vor?«, fragte er.

»Hier«, sagte sie und deutete auf eine kleine durchsichtige Plastiktüte, die sie vorher auf seinem Schreibtisch abgelegt hatte, »du hast sie noch nicht im Original gesehen, oder?« Sie reichte ihm die Tüte und fuhr fort: »Ich habe mich mit Frau

Fischer verabredet«, sagte sie, »gegen neun Uhr. Ich will sie fragen, ob sie die Kette kennt. Vielleicht kann sie mich zu Herzogs Mutter begleiten, falls die sich etwas erholt hat.«

Er betrachtete den in der Gesäßtasche des Toten gefundenen Schmuck, spürte, wie leicht er war. Das Material bestand aus drei aneinander gehefteten, jeweils etwa zehn Zentimeter langen, vergoldeten Metallplättchen, die gewaltsam – an den aufgerissenen, schmalen Ringen an jedem Ende deutlich zu erkennen – vom Rest der Kette abgetrennt worden waren. Dem Gewicht und dem Aussehen nach handelte es sich um nicht besonders wertvollen, vielleicht bei fliegenden Händlern, auf keinen Fall aber bei einem Juwelier erstandenen Tand. »Das ist billiges Zeug«, urteilte Braig, »nicht gerade von der Qualität, die ich bei einem Mann wie Herzog vermuten würde.«

Neundorf stimmte ihm zu. »Wir sind uns einig. Nach allem, was ich über den Lebensstil des Mannes weiß, passt das nicht zu ihm.«

»Noch dazu zerrissen und unvollständig. Als Folge einer Auseinandersetzung mit dem Täter?«

»Schwer zu sagen«, antwortete die Kommissarin, »sie fanden sie in seiner Gesäßtasche. Bei einem Kampf mit seinem Mörder wäre er wohl kaum dazu gekommen, die Kette einzustecken.«

Braig dachte über die Aussage seiner Kollegin nach, gab ihr insgeheim Recht. »Sie fanden sie zusammen mit dem Blatt, mit dem seltsamen Text?«

»*Ich bin das erste Schwein, das büßen muss*. Ja. Was aber nicht bedeutet, dass beide zur gleichen Zeit dorthin gekommen sein müssen.«

»Du meinst, er kann die Kette schon vorher bei sich getragen haben, sodass sie mit dem Verbrechen überhaupt nichts zu tun hat?« Er legte seine Stirn in Falten. Die Wunde an seiner Schläfe schmerzte. »Ist es nicht äußerst unbequem, ja sogar hinderlich, solche Gegenstände in der Tasche mit sich zu führen? Solange du läufst, mag das kein Problem sein, aber sobald du dich irgendwo hinsetzen willst ...« Er ließ den Rest des Satzes offen, wartete auf ihre Antwort.

»Du hast Recht«, stimmte sie ihm zu, »besonders angenehm fühlt sich das wohl kaum an, besonders nicht beim Sitzen. Aber trotzdem muss er es eine Weile bei sich getragen haben. Die Metallteile sind nämlich leicht verbogen, hier, siehst du?« Sie nahm die Plastiktüte auf, hielt sie hoch, wies auf den Schmuck.

Braig betrachtete die vergoldeten Plättchen, sah die ungleichmäßige Verformung.

»Vielleicht durch den Druck des Autositzes entstanden«, spekulierte sie, »das vermutet jedenfalls Rössle.«

»Haben sie die Kette auf Fingerabdrücke überprüft?«

»Vielleicht haben wir auf diesem Weg Glück. Sie fanden Herzogs eigene und die einer fremden, nicht gespeicherten Person.«

»Das ist immerhin ein Ansatz. Wir brauchen die Abdrücke von allen verdächtigen Personen. Vielleicht hat die Kette doch mit dem Mord zu tun.« Braig überlegte. »Wer trägt solchen Schmuck und wo kann man ihn kaufen?«

»Junge Leute«, erklärte seine Kollegin, »Mädchen. Wo du ihn kaufen kannst? Auf Flohmärkten, bei Kunsthandwerkern, fliegenden Händlern, was weiß ich.«

»Ist es Massenware?«

»Ich fürchte, ja. Obwohl es sicher auch viele Einzelanfertigungen gibt, aber das erscheint mir hier eher unwahrscheinlich.«

»Wir sollten uns trotzdem an die Presse wenden und ihnen ein Foto geben. Vielleicht kann jemand etwas damit anfangen.«

»Das habe ich bereits getan«, erklärte Neundorf, »in mehreren Zeitungen ist es heute schon abgebildet.«

»Was ist mit dem Text? Du nimmst ihn ernst?«

»Ich weiß nicht, was ich sagen soll. Besonders wohl ist mir nicht dabei. *Ich bin das erste Schwein, das büßen muss.* Wenn das wirklich als Drohung zu verstehen ist, müssten wir zuerst herausfinden, wofür Herzog büßen sollte. Was hat er getan? Weshalb will sich jemand an ihm rächen?«

»Das wissen wir doch. Er hat mehreren Leuten die Rückgabe des Führerscheins verweigert.«

»Das wäre Anlass genug, in der Tat. Bei dem Autowahn, der in unserer Gesellschaft kultiviert wird, und all den kranken Hirnen, die sich davon beeinflussen lassen, kann das manchen zu Verzweiflungsattacken treiben, das ist nachvollziehbar. Warum aber ist Herzog dann nur das *erste Schwein*?«

»Weil sich der Täter noch von einer anderen Person ungerecht behandelt fühlt. Wer seines Führerscheinentzugs wegen einen Menschen ermordet, läuft wegen jeder Nichtigkeit Amok – und sei es nur einer Fliege an der Wand wegen.«

»Dann müssen wir diese Fliege an der Wand möglichst schnell finden, sonst kann es bald ein nächstes Opfer geben. Ich fürchte, wir müssen wirklich mit dieser Drohung rechnen.« Sie sah auf ihre Uhr, schrak zusammen. »Kurz vor neun. Jetzt muss ich mich aber beeilen.« Sie nahm die Plastiktüte wieder an sich, zeigte zur Tür. »Frau Fischer wartet. Und dann will ich noch zu Meurer und Schilling.«

»Meurer und Schilling?« Braig runzelte die Stirn. »Die Namen sagen mir im Moment nichts.«

»Beide sollen wie Zimmermann und Wangbiehler Karl Herzog bedroht haben. Stefanie Herzog erwähnte sie gestern bei unserem Besuch.«

»Tut mir Leid. Ich hatte sie vergessen.«

»Du brauchst dich nicht zu entschuldigen, nach dem, was dir gestern passiert ist.«

»Du hast ihre Adressen?«

Neundorf nickte. »Beide wissen Bescheid, dass wir sie heute aufsuchen. Ich habe mich telefonisch mit jedem der Männer unterhalten.«

»Dann teilen wir uns die Sache. Du hast die Anschrift parat?«

»Auf meinem Schreibtisch. Kleinen Moment.« Sie verließ sein Büro, kehrte mit einem Blatt Papier zurück.

Er überflog die handschriftliche Notiz, hatte keine Mühe, sie zu entziffern. *Robert Meurer, Unterm Regenturm 5, Plochingen.*

»Er wohnt im Hundertwasserhaus. Du kennst es?«

Braig nickte, hatte den auffallenden Bau im Ortskern Plochingens schon oft vom Zug aus bewundert.

»Meurer ist heute zu Hause. Er erwartet unseren Besuch noch im Verlauf des Vormittags«, ergänzte seine Kollegin.

»Ich werde mich um ihn kümmern. Hast du überprüft, ob etwas über ihn vorliegt?«

»Fünf Monate auf Bewährung. Wegen Fahrerflucht.« Sie deutete auf den unteren Rand des Blattes. »Hier habe ich es notiert.«

Er las den Text, sah, dass das Delikt mehr als fünf Jahre zurücklag. »Sonst nichts?«

Neundorf schüttelte den Kopf. »Ist es nicht genug? Ich will nicht wissen, wessen Gesundheit oder gar Leben der Kerl ruiniert hat.« Sie lief zur Tür, verabschiedete sich. »Wir hören voneinander?«

»Sobald ich mein neues Handy habe.« Braig griff zum Telefon, wählte die Nummer Michael Felsentretters, hatte dessen kräftige Stimme fast augenblicklich am Ohr.

»Was ist los?«

»Braig hier.«

»Du lebst noch?«

Er nahm den Hörer vom Ohr, achtete auf gebührenden Abstand. Der volltönende Bass des Kollegen ließ sein Trommelfell vibrieren. Er schilderte kurz, was am Abend zuvor passiert war, ließ sich bestätigen, dass Felsentretter in Göppingen ermittelte.

»Drogenmilieu«, donnerte der Kollege, »Koch glaubt allen Ernstes, bei dem Pack seien Informationen über die Erpresser zu holen.«

Braig schilderte sein Anliegen, erhielt die Zusicherung des Kollegen, sich um die beiden angeblichen Zeugen Johannes Wangbiehlers zu kümmern.

»Sven Demski und Nils Markert, Geislingerstraße«, bestätigte Felsentretter, »ich werde die Herren auf Herz und Nieren überprüfen.«

Braig bedankte sich für seine Bereitschaft, legte den Hörer auf. Er spürte die Schmerzen an seiner Wunde, lief zum Kaffeeautomaten, füllte Pulver und Wasser ein, setzte die Maschine in Gang. Als die ersten Wassertropfen in den Filter rannen, läutete das Telefon.

Er atmete tief durch, versuchte, sich nicht schon wieder von Stress und Hektik treiben zu lassen. Die Stimme am anderen Ende war ihm unbekannt.

»Ich weiß nicht, ob ich bei Ihnen jetzt richtig bin«, sagte ein Mann etwas zögernd, »man hat mich weitergeleitet und ...«

»Um was geht es?«

»Karl Herzog. Der Name sagt Ihnen etwas?«

»Karl Herzog?« Braig war sofort hellwach. Er drückte die Aufnahmetaste, ließ das Gespräch aufzeichnen. »Wissen Sie etwas über ihn?«

»Dann bin ich bei Ihnen an der richtigen Stelle?«

»Allerdings«, erklärte der Kommissar, »mein Name ist Braig. – Landeskriminalamt.«

»Dann erzähle ich Ihnen alles noch einmal. Es ist sehr umständlich. Ich wusste nicht, an wen ich mich wenden kann. Ihre Kollegen hatten ebenfalls keine Ahnung. Und als ich vorhin voller Entsetzen von Karls Tod in der Zeitung las ...«

»Sie haben heute Morgen erst von seinem Tod erfahren?«

»Was glauben Sie denn? Woher soll ich sonst davon gehört haben? Wir hatten seit längerem keine näheren Kontakte mehr. Leider. Seit er sich dauernd im Ausland aufhält ...«

»Was wissen Sie über Karl Herzog?« Braig versuchte, das Gespräch auf den Punkt zu bringen. »Erzählen Sie bitte!«

»Wir wollten uns treffen. Am Sonntagabend. Karl und ich sind befreundet. Seit langem.« Der Mann sprach in kurzen, abgehackten Sätzen.

»Sie besuchten ein Mozart-Konzert?«

»Oh, Sie kennen unsere gemeinsame Passion?«

»Nur andeutungsweise«, antwortete Braig, »darf ich Ihren Namen wissen?«

»Roller«, sagte der Mann, »Tobias Roller. Das mit dem Konzert stimmt so aber nicht.«

»Sondern?« Der Kommissar nahm ein Blatt, notierte sich den Namen seines Gesprächspartners.

»Wir wollten uns einen schönen Abend machen. Bei mir zu Hause.«

»Bei ...« Braig wollte gerade zur nächsten Frage ansetzen, als Roller eine Erklärung nachschob.

»Ich habe mir eine neue Stereoanlage gekauft. Von Bose, ich weiß nicht, ob Ihnen der Name etwas sagt. Sie ist von besonderer Qualität. Fast so schön wie im Konzertsaal, je nach Sitzplatz. Teilweise vielleicht sogar besser.«

»Ich verstehe. Sie trafen sich also zu einem Mozart-Abend zu Hause bei Ihnen.« Deshalb hatten Neundorfs Nachforschungen nach dem Veranstaltungsort keinen Erfolg gehabt, überlegte er.

»Genau«, bestätigte Roller, »das war unser Plan. Karl kam aber nicht.«

»Er sagte Ihnen ab?«

»Nein. Ich hörte überhaupt nichts von ihm.«

»Sie hatten sich fest verabredet.«

»Allerdings«, bestätigte der Mann, »vor vierzehn Tagen. Wir freuten uns beide, weil wir uns schon lange nicht mehr gesehen hatten. Seit Karl ständig im Ausland unterwegs ist, haben wir leider nicht mehr viel Kontakt.«

»Und wie erklären Sie es sich, dass er nicht kam?«, fragte Braig. »Ich meine., ist Herr Herzog«, er bemerkte seinen Fehler, unterbrach seinen Satz, räusperte sich, »war er vielleicht nicht so zuverlässig?«

Die Antwort seines Gesprächspartners erfolgte sofort. »Im Gegenteil. Das hätte er nie getan – ohne Entschuldigung fernbleiben.« Rollers Stimme klang zornig, voller Protest. »Karl stand zu seinem Wort – immer!«

»Das heißt, irgendjemand oder irgendetwas muss ihn daran gehindert haben«, folgerte Braig, »nicht nur daran, zu Ihnen zu kommen, sondern auch, sich bei Ihnen zu entschuldigen.« Er bekam keine Antwort, hörte nur ein heftiges Schlucken. »Darf ich fragen, wo Sie wohnen?«

»In Ludwigsburg. In der Friedrich Ebert Straße.«

»Und da sind Sie jetzt zu erreichen?«

»Nein, ich bin an meinem Arbeitsplatz.«

»Wo ist das?«

»In Stuttgart. In der Sparda-Bank am Hauptbahnhof.«

»Sie stehen an einem Schalter?«

»Nein. Ich arbeite in der Wertpapierabteilung im Obergeschoss.«

»Ich würde gerne persönlich mit Ihnen sprechen. Ist das möglich?«

»Jetzt?«

»Heute Morgen oder im Verlauf des Tages. Sobald wie möglich.«

Roller zögerte einen Moment. »Ich verstehe Ihr Interesse. Aber hat es noch Zeit bis halb zwölf? Dann habe ich Mittagspause und kann mich für ein paar Minuten freimachen. Ich sollte vorher noch zwei Gespräche führen, die Termine liegen schon länger fest.«

»Elf Uhr dreißig«, bestätigte Braig. »Bei Ihnen in der Bank. Ich komme vorbei. Einverstanden?« Er sah auf, weil Gerhard Stöhr in sein Büro trat, zwei kleinere Gegenstände in der Hand. Der Kollege schaute ihn fragend an, kam erst auf sein Nicken hin zu seinem Schreibtisch. Braig ließ sich von Roller den Weg beschreiben, auf dem er in der Bank zu ihm finden würde, verabschiedete sich dann von dem Mann.

»Ich hoffe, ich habe nicht gestört«, entschuldigte sich Stöhr. Er streckte ihm ein Handy und eine kleine rechteckige Plastikkarte entgegen, blieb zögernd vor ihm stehen.

Braig kannte den Kollegen seit Jahren, wusste um seine umständliche Art. »Das neue Handy?«, fragte er, nahm beide Gegenstände an.

»Und die Netzkarte für Bus und Bahn. Ich habe beide überprüft. Sie sind in Ordnung.« Stöhr zog ein Blatt aus der Tasche, legte es auf den Schreibtisch, ließ sich die Übergabe quittieren.

Der Kommissar steckte die Fahrkarte in seine Tasche, betrachtete das Handy. Es war so klein, dass es ohne Probleme in die Innenfläche seiner Hand passte. Die einzelnen Nummern anzutippen war dafür nur mit den Fingerspitzen möglich. Er wusste nicht, wo diese Entwicklung noch hinführen sollte. Irgendwann musste man eine Stecknadel mit sich führen, um mit deren Spitze die Ziffern zu betätigen. Oder wählte der Apparat die gewünschte Verbindung in Zukunft auf bloßen Zuruf hin selbst?

»Sind Sie zufrieden?«, fragte Stöhr.

Braig nickte, bedankte sich für die schnelle Hilfe, sah dem Kollegen nach, der sein Büro verließ. Er gab Ann-Katrins Nummer ein, lief zum Kaffeeautomaten, schenkte eine Tasse voll. Der würzige Duft strich ihm Appetit anregend in die Nase, als sich seine Freundin meldete.

»Wo bist du?«, fragte er.

»Unterwegs«, antwortete sie, »mit Joachim zu einem Autounfall. In Hohenacker scheint es der Meldung nach ordentlich gekracht zu haben. Und du?«

Braig kannte den Kollegen Ann-Katrins, der fast doppelt so alt war wie sie und vier Töchter hatte, von deren neusten Eskapaden er ständig erzählte, wusste, wie gut sie sich mit dem Mann verstand. Er freute sich, dass sie zusammen eingeteilt waren.

»Ich führe gerade das erste Gespräch mit meinem neuen Handy«, antwortete er, »es scheint in Ordnung.«

»Das freut mich«, sagte sie, »und wie steht es mit deinen Schmerzen? Wärst du nicht besser zu Hause geblieben?«

»So schlimm ist es nicht. Ich hoffe, wir kommen vorwärts. Wenn ich es nicht durchhalte, melde ich mich ab. Bis jetzt sehe ich aber keinen Grund ...« Er hörte, dass sie laut aufschrie, stoppte mitten im Satz. Aus dem Hintergrund war eine männliche Stimme zu vernehmen, kurz darauf die Ann-Katrins. Sie schienen aufgeregt miteinander zu diskutieren, waren ganz auf das Geschehen um sie herum konzentriert. Plötzlich hatte er wieder die Stimme seiner Freundin am Ohr. »Ich muss aufhören«, sagte sie, »wir sind da. Es sieht grauenvoll aus.«

»Verletzte?«, fragte er.

Sie reagierte nicht gleich. Er hörte das Schlagen von Autotüren, lautes Rufen, dazu die verzweifelten Schreie verschiedener Menschen. »Mach's gut«, verabschiedete sie sich dann, »das ist ein wahres Blutbad. Ich weiß gar nicht, was wir zuerst tun sollen.« Die Verbindung war unterbrochen.

Braig sah die Tasse in seiner Hand, wusste nicht, was er damit sollte. Die Lust, einen Kaffee zu trinken, war ihm vergangen. Unwillkürlich befand er sich mitten im Geschehen des Vorabends: Er stand am Rand der Straße, sah den Lieferwagen mit hohem Tempo näher kommen, hörte das schrille Kreischen der Bremsen. Das Fahrzeug prallte auf seinen Dienstwagen, verlor die Balance und kippte zur Seite, begrub das Auto, das er wenige Sekunden zuvor verlassen hatte, unter sich. Ohrenbetäubendes Krachen und Knirschen tobte in seinem Kopf, er glaubte Metallteile und Glassplitter rings um sich durch die Luft fliegen zu sehen, spürte die Schwindel, die ihm sein Bewusstsein zu rauben drohten. Braig torkelte durch sein Büro, suchte am Waschbecken Halt. Er brauchte eine Weile, wieder zu sich zu finden, stellte seine Tasse auf dem Seitenbord des Beckens ab.

Nein, dachte er, Ann-Katrins Dienstbeginn schien unter keinem guten Stern zu stehen. Ein oder mehrere verletzte Menschen auf der Straße – er wusste aus eigener Erfahrung, wie das aussah, wie dieses Bild ins Bewusstsein des Betrachters eindrang und sich im Gedächtnis festfraß, so sehr man sich dagegen auch wehrte. Polizeibeamtinnen und -beamte, Sanitäter, Pfleger und Ärzte waren jeden Tag damit konfrontiert – in einem Ausmaß, das kein Außenstehender je begreifen konnte. Welche Folgen das für die berufsmäßig zur Hilfe verpflichteten Personen hatte, wie sich das Gift dieser Bilder in ihre Psyche implantierte, ihr seelisches Heil belastete, ja zerstörte, wussten nur die Betroffenen selbst zu beurteilen, deren stilles Leiden allen aufwändigen Therapien zum Trotz oft genug in Alkoholsucht, Beziehungsproblemen oder Suizid endete.

Das auffällige Fiepen des Faxgeräts riss Braig aus seinen Gedanken. Der Apparat tuckerte leise, warf zwei Blätter aus. Es handelte sich um die Mitteilung der Tübinger Kollegen, die Fingerabdrücke in dem am letzten Samstagabend gestohlenen Fahrzeug seien identifiziert und die ermittelte Person verhaftet worden: Hans Posch, ein fünfundzwanzigjähriger Mann aus Reutlingen, habe bereits gestanden, das Mädchen auf dem Fahrrad angefahren zu haben. Ein Johannes Wangbiehler sei in den Fall nicht involviert.

Braig nahm den Sachverhalt überrascht wahr, wusste nicht, ob er sich eher enttäuscht oder erleichtert fühlen sollte. Wangbiehler, etwa zu dem Zeitpunkt aus der Tübinger Privatklinik entflohen, als das Kind nur wenige Meter entfernt von einem rücksichtslosen Autorowdy schwer verletzt worden war, sollte mit dieser Gewalttat nicht in Verbindung stehen? Er konnte es nicht glauben, hatte bereits zu viele Horrorstorys über den verwahrlosten jungen Industriellenspross gehört, um die Information gerade so hinzunehmen. Lag es an einem Versehen der Tübinger Kollegen oder hatte sich Wangbiehler über seinen fast allmächtigen Vater von der Tat freigekauft, dass plötzlich ein anderer als Verbrecher präsentiert wurde? Dem Unternehmer, so wie er ihn kennen gelernt und erlebt hatte, traute er inzwischen sehr viel zu. Alles nur unberechtigte Vorurteile?

Braig packte seine Sachen zusammen, machte sich auf den Weg zur unweit vom Landeskriminalamt gelegenen Stadtbahn-Haltestelle *Kienbachstraße*, um Robert Meurer in Plochingen aufzusuchen. Auch er hatte nach Auskunft Stefanie Herzogs deren

Mann mehrfach bedroht, weil ihm auf die Empfehlung des ermordeten Psychologen hin der Führerschein entzogen worden war. Handelte es sich bei Meurer um einen Menschen ähnlich aggressiven Auftretens wie bei Wangbiehler?

Braig hatte die Haltstelle erreicht, schwitzte bereits nach wenigen Metern. Die Luft schien wie am Vortag wieder hochsommerlichen Temperaturen zuzustreben. Er sah die Stadtbahn kommen, suchte sich einen Platz, zog dann sein Handy vor. Kurz darauf hatte er den Mann in der Leitung. Er kündigte seinen unmittelbar bevorstehenden Besuch an, vernahm überrascht die freundlich vorgetragene Bereitschaft seines Gesprächspartners, ihm helfen zu wollen, soweit ihm dies möglich sei. Hatte Neundorf den Mann bereits bearbeitet oder war es pure Heuchelei, was er am Telefon abspulte?

Braig wechselte in Untertürkheim in die S-Bahn, fand in Plochingen in wenigen Minuten in die Fußgängerzone. Das Hundertwasser-Haus war mit seinen verspielten bunten Zinnen schon von weitem zu sehen. Mütter mit kleinen Kindern, ältere Frauen und Männer bevölkerten die leicht ansteigende Auto-freie Zone. Braig passierte die reich bestückten Schaufenster der Buchhandlung Linderer, entdeckte den unmittelbar dahinter abzweigenden Zugang zum Hundertwasser-Haus erst, als er schon ein paar Meter daran vorbeigelaufen war. Er kehrte um, stieg die Treppe hoch, hatte den weitläufigen Innenhof des eigenwillig gestalteten Bauwerks vor sich. Das Haus war als nicht komplett geschlossenes Rondell angelegt und beherbergte eine zweistellige Anzahl von Wohnungen. Geprägt von aufgelockert geformten Fassaden, verschnörkelten Vorsprüngen und bunt dekorierten Wandelementen bot es einen außergewöhnlichen Anblick. Sinnenfreude pur, schoss es Braig durch den Kopf, als er das Gebäude betrachtete.

Er wandte sich dem Klingelbord zu, fand den Namen, den er suchte, läutete. Der Türöffner wurde fast augenblicklich betätigt; Braig betrat das Treppenhaus, sah einen Mann in leicht gekrümmter Haltung im ersten Obergeschoss stehen. Er zeigte seinen Ausweis, nannte Namen und Beruf.

»Robert Meurer«, empfing ihn der Mann, reichte ihm die Hand, bat ihn dann in seine Wohnung. Sie war geschmackvoll eingerichtet; der Vorraum weiß gekachelt mit einem großen Spiegel in Form eines Fisches neben der Garderobe, das Wohnzimmer mit weißen Polstern, einer Glasvitrine und mehreren rahmenlosen Aquarellen an der Wand.

»Selbst gemalt?«, fragte Braig. Er deutete auf die Bilder, sah das Nicken Meurers.

»Meine Frau«, erklärte er, »es ist ihr Hobby.« Er bot ihm Platz auf einem Dreisitzer an, wies auf eine Wasserflasche, die auf dem runden Glastisch stand. »Möchten Sie gerne etwas trinken?«

Braig ließ sich ein Glas Wasser einschenken, beobachtete seinen Gastgeber, der das Gefäß abstellte und leicht hinkend zu dem gegenüber liegenden Sofa ging. »Sie wissen, weshalb ich komme?«

»Karl Herzog wurde ermordet«, antwortete Meurer. Er ließ sich etwas schwerfällig auf dem Polster nieder, drückte sein Bein zur Seite. »Ihre Kollegin hat mich gestern telefonisch darauf angesprochen.« Er hatte lange dunkle Haare, ein schmales, bleiches Gesicht, trug ein weißes Hemd und eine anthrazitfarbene Weste. Braig schätzte ihn auf Mitte dreißig.

»Sie haben ihn gekannt?«

Robert Meurer lachte. »Ich nehme an, Sie sind informiert, in welchem Verhältnis wir früher einmal zueinander standen.«

Braig nickte. »Sie wurden wegen Fahrerflucht verurteilt. Fünf Monate auf Bewährung. Anschließend ging es um Ihren Führerschein. Da kam Herzog ins Spiel. Aber Sie wissen das alles viel besser als ich. Sie können es mir genauer erzählen.«

»Das ist wahr.« Sein Gesprächspartner fuhr sich mit der Hand über sein linkes Bein, strich die Hose zurecht. »Sie kommen wegen meiner damaligen Drohungen gegen ihn. Richtig?«

Braig deutete ein leichtes Kopfnicken an, beobachtete sein Gegenüber.

Meurers Reaktion kam völlig überraschend. »Ich muss gestehen, ich habe eine schreckliche Vergangenheit hinter mir. Ich war ein widerlicher Mensch.«

Der Kommissar wusste nicht, wie er mit diesen Worten umgehen sollte, schaute ihn verwundert an. »In welcher Hinsicht?«

Die Antwort des Mannes ließ nicht lange auf sich warten. »In jeder.« Er schob sein Bein zur Seite, verzog sein Gesicht. »Zum Glück trat meine Frau in mein Leben. Sonst ...« Er ließ den Rest des Satzes offen, wartete ein paar Sekunden, bis er zu einer Erklärung ansetzte. »Herzog wagte es, mir den Mittelpunkt meines Lebens vorzuenthalten. So sah ich es jedenfalls damals. Deshalb geriet ich in heiligen Zorn und bedrohte ihn.«

»Sie hatten einen Unfall.«

»Unfall? Ja, so wird das heute heuchlerisch umschrieben. Ich fuhr eine Frau an, die die Straße überqueren wollte. So wie das jeden Tag in diesem Land mehrere hundert Mal geschieht. Mein Versuch, mich unerkannt davonzustehlen, schlug fehl. Dreihundert Meter weiter raste ich an einer automatischen Überwachungskamera vorbei und wurde geblitzt. Die genaue Uhrzeit, das deutlich lesbare Kennzeichen, mein in den Konturen erkennbares Gesicht: Ich war geliefert.«

»Sie erhielten fünf Monate auf Bewährung.«

»Ja«, bestätigte Meurer, »und die Frau lebenslänglich. Sie ist querschnittsgelähmt.«

Braig, der gerade zu seinem Glas hatte greifen wollen, hielt mitten in seiner Bewegung inne, starrte den Erzählenden überrascht an. »Durch Ihren ...« Er brach ab, sah das heftige Kopfnicken Meurers.

»Glauben Sie, das hätte mich zur Vernunft gebracht?« Er ließ ein bitteres Lachen vernehmen, bewegte sein linkes Bein ungelenk hin und her. »Ich hatte nur einen Gedanken: möglichst schnell wieder hinters Steuer zu kommen. Mein BMW stand schließlich vor dem Haus. Frisch repariert, von der kleinen Beule befreit.«

»Und dann verweigerte Herzog Ihnen diesen Wunsch.«

»Ich musste mich bei ihm melden zum Gespräch. Drei oder vier Mal. Und dann schrieb er sein Gutachten. ›Potenzieller Wiederholungstäter ohne jeden Ansatz von Reue und Bereitschaft zu einer Verhaltensänderung.‹ Er hatte die Sache vollkommen richtig erfasst. Besser hätte man meinen Zustand nicht beschreiben können.«

»Damals sahen Sie das aber nicht so«, wandte Braig ein.

»Wie auch?«, erwiderte Meurer. »Was sind die Ideale dieser Gesellschaft? Wozu werden Sie bei uns erzogen? Zu Rücksicht, Verantwortung, Anteilnahme am Schicksal anderer?« Er schaute fragend zu ihm hin. »Was dröhnt Tag und Nacht von allen Seiten auf uns ein? Selbstverwirklichung, Unabhängigkeit, Mobilität, optimale Ausbildung der eigenen Persönlichkeit, Realisierung aller Wünsche. Ich, ich, ich. Wie viele PS sind nötig für diese Egomanie? Der Wahn hatte mich ergriffen, der ganz normale Wahn dieser Gesellschaft.«

»Sie haben Karl Herzog bedroht, nachdem sein Gutachten negativ ausgefallen war.«

»Ich war ein widerlicher Mensch, ich erwähnte es schon. Wenn das nicht passiert wäre«, er deutete auf sein linkes Bein, »ich wäre es heute noch.«

Braig sah, wie er schwerfällig zur Seite rutschte, sein Bein mühsam hinter sich her bewegte. »Sie hatten einen Unfall?«

»Unfall«, schimpfte Robert Meurer, »schon wieder dieses unpassende Wort. Ein völlig normales Ereignis, das zu diesem System gehört wie unsere von Blech übersäten Städte. Diesmal war ich nicht einmal selbst schuld. Ein Lastwagen scherte aus seiner Spur aus, drückte mich auf die Seite.«

»Ein Lastwagen?«, fragte Braig, das Bild des vorigen Abends vor Augen.

»Der Fahrer hatte einen Herzanfall erlitten, wurde während der Fahrt ohnmächtig. Dass ich lebend davonkam, ist ein Wunder. Von meinem Fahrzeug blieb nicht viel übrig.«

»Wann war das?« Er hatte Mühe, sich zu konzentrieren, sah den sich nähernden Lieferwagen, hörte das schrille Kreischen der Bremsen ...

»Vor drei Jahren«, antwortete Meurer, »auf einem neuen, erst wenige Wochen vorher vierspurig ausgebauten Abschnitt der B 29. Ohne meine Frau hätte ich es nicht gepackt.«

Braig versuchte, sich vollends von seinen Erinnerungen zu lösen, das Gespräch auf den zentralen Punkt zu bringen. »Wann haben Sie Karl Herzog zum letzten Mal gesehen?« Er musterte sein Gegenüber, ließ Meurer nicht aus den Augen.

»Vor zwei Jahren etwa. Ich habe mich bei ihm und seiner Frau entschuldigt.«

»Entschuldigt?«

»Ja. Für mein Verhalten, meine Drohungen, die bösen Briefe, meine Verleumdungen.«

Braig starrte den Mann überrascht an. »Sie haben sich persönlich mit ihm getroffen?«

»Ich schrieb ihm einen langen Brief, schilderte ihm meinen Unfall, die Tatsache, dass ich mein Bein nie mehr richtig werde bewegen können und dass ich erst jetzt begriffen habe, was ich selbst verbrochen hatte, und bat ihn um eine Aussprache.«

»Herzog nahm an?«

»Er telefonierte sofort, nachdem er den Brief erhalten hatte. Er freute sich über meine Zeilen, wollte sehen, ob ich es wirklich ehrlich meinte. Wir trafen uns ein paar Tage später.«

Braig griff zu seinem Glas, trank von der kalten Flüssigkeit. Konnte er Meurer wirklich Glauben schenken? Wenn es stimmte, was der Mann erzählte, war jeder Verdacht gegen ihn überflüssig. »Dann brauche ich wohl kaum zu fragen, was Sie in der Nacht von Sonntag auf Montag getan haben?«

»Karl Herzog wurde in dieser Nacht getötet?«

Braig nickte, stellte das Glas zurück, behielt sein Gegenüber im Blick.

»Einen Moment«, antwortete der Mann, »das kann ich Ihnen erklären.« Er drückte sich schwerfällig vom Sofa hoch, ging zur Tür, kam kurz darauf wieder zurück, ein kleines Kuvert in der Hand. »Wir waren in Berlin«, erklärte er, legte das Papier neben Braig auf den Tisch, »meine Frau und ich. Freitag mit dem Nachtzug hin, Sonntag auf Montag wieder zurück. Ankunft am Montagmorgen gegen sieben in Stuttgart. Corinna musste arbeiten. Hier ist die Fahrkarte, das Datum für den Schlafwagen ist aufgedruckt. Sie können gerne meine Frau fragen, falls Sie mir nicht glauben.«

Der Kommissar studierte die Dokumente, sah, dass Meurer die Wahrheit gesagt hatte. Oben die Fahrkarten mit den Bettplätzen für die Hin- und Rückfahrt, dahinter das Duplikat des Hotel-Vouchers mit Datum und Namen der übernachtenden Personen: Robert und Corinna Meurer, Plochingen.

Natürlich war das kein hieb- und stichfester Beweis für die Unschuld des Mannes, schließlich konnten andere an seiner Stelle dort genächtigt haben – Braig glaubte ihm trotzdem, Robert Meurers Auftreten schien überzeugend genug. Es gab Situationen, in denen er seiner Intuition, basierend auf mehr als fünfzehn Jahren beruflicher Erfahrung, vertraute, wo er sich sicher war, einen Menschen korrekt zu beurteilen, auch wenn ihm die endgültigen Beweise dafür fehlten. »Dann haben Sie sich mit Karl Herzog regelrecht versöhnt«, sagte er.

»Nicht nur mit ihm, auch mit seiner Frau.«

Braig schaute überrascht zu seinem Gesprächspartner auf. »Sie kennen Frau Herzog?«

Meurer schwieg einen Moment, setzte sich wieder auf das Sofa. Er schob sein Bein ein Stück zur Seite, suchte mit den Händen Halt. »Ich wollte mich auch bei ihr entschuldigen. Ich fürchte, sie hat unter meinen Drohungen damals ebenfalls gelitten.«

»Und Sie wurden von beiden empfangen?«

»Ich hatte sie eingeladen in die Rosenau in Stuttgart. Wir verbrachten einen langen Abend miteinander. Ich glaube, Herzog hat mir meinen Sinneswandel abgenommen. Seine Frau – ich weiß es nicht. Ich fürchte, die Ehe war nicht mehr so gut.«

Braig wusste, wie nahe Meurer mit dieser Bemerkung der Realität kam, gab dennoch keinen Kommentar ab. Erst beim nächsten Satz des Mannes wurde er hellhörig.

»Herzog tat mir Leid. Ich glaube, sie machte ihm das Leben zur Hölle.«

»Von wem sprechen Sie?«, fragte er irritiert.

»Von seiner Frau, wem sonst? Sie saß den ganzen Abend dabei und provozierte ihn mit bissigen Bemerkungen. Eine ganze Reihe davon unterhalb der Gürtellinie, wenn Sie verstehen, was ich meine.«

»Herzogs Frau?«

»Der Mann tat mir Leid. Ich hatte den Eindruck, dass meine Drohungen direkt harmlos gewesen waren – im Vergleich zu dem, wie sie mit ihm umsprang. Vor mir, einem Fremden.«

10. Kapitel

Braig spürte Schweißperlen auf der Stirn und dem Rücken, kaum dass er ein paar Schritte gegangen war. Die Luft hatte jetzt, kurz vor elf Uhr, schon wieder hochsommerliche Temperaturen erreicht. Mit T-Shirts und kurzen Hosen bekleidete Jugendliche schlenderten lachend durch die Fußgängerzone, junge Mütter beobachteten eisschleckend das Spiel ihrer Kinder, eine Gruppe älterer Männer tauschte lauthals den neuesten Klatsch aus. Braig hatte den Plochinger Bahnhof fast erreicht, als er eine seltsam verzerrte Wiedergabe der Nationalhymne hörte. Er wusste nicht, woher das ungewohnte Geräusch kam, bemerkte erst nach zwei Wiederholungen, dass es sich um die Erkennungsmelodie seines neuen Handys handelte. Überrascht zog er das Gerät vor, gab das Gespräch frei.

»Störe ich dich?«, fragte Neundorf.

»Im Gegenteil«, antwortete er, »ich wollte dich auch anrufen, sobald ich im Zug sitze. Ich bin auf dem Weg nach Stuttgart.« Er berichtete ihr vom Anruf Tobias Rollers, erzählte von seinem Gespräch mit Robert Meurer.

»Stefanie Herzog war bei diesem Versöhnungsabend also selbst dabei?«, vergewisserte sich Neundorf.

»Mit unübersehbar aggressivem Verhalten gegen ihren Mann. Seine Drohungen seien harmlos gewesen im Vergleich zu dem, wie sie mit Herzog umsprang, behauptete mein Informant.«

»Wieso versuchte sie uns dann weiszumachen, Meurer stelle immer noch eine Bedrohung für Karl Herzog dar?«

»Sie wollte von sich ablenken.«

»Uns möglichst viele andere Spuren präsentieren, damit wir sie selbst aus den Augen verlieren?« Neundorfs Verbitterung war deutlich in ihrer Stimme zu vernehmen. »Das könnte durchaus zu Frau Fischers Darstellung passen.«

»Du hast dich mit ihr über Stefanie Herzog unterhalten?«

»Das blieb nicht aus. Sie kennt die Familie seit Jahren, sieht die Schuld des Scheiterns der Ehe Karl Herzogs eindeutig auf Seiten seiner Frau.«

»Dabei muss aber die Frage erlaubt sein, ob Außenstehende Beziehungsprobleme anderer wirklich korrekt beurteilen können?«, warf Braig ein. »Immerhin handelt es sich dabei um intime Vorgänge.« Er durchquerte die Empfangshalle des Plochinger Bahnhofs, folgte den Stufen in die Unterführung.

»Ich würde Frau Fischer nicht als Außenstehend bezeichnen. Wie sie erzählte, pflegte Karl Herzog sich vor seiner Mutter und ihr auszuheulen, wenn er mit den Nerven fertig war. Sie gehöre zur Familie wie eine Verwandte, betonte sie. Und niemand, nicht einmal Zimmermann oder Wangbiehler hätten Karl Herzog so zugesetzt wie seine eigene Frau. Die Dame hat nach Frau Fischer nur ein Thema: Geld. Dass sie von ihren Veröffentlichungen lebe, wie sie uns weismachen wollte, sei absurd. Sie habe bisher, jedenfalls nach dem Wissen meiner Gesprächspartnerin, erst einen einzigen Artikel in einer Zeitung untergebracht und das in einem kleinen Lokalblatt – Karl Herzog brachte das oft genug zur Sprache. Nein, um ihren aufwendigen Lebensstil zu finanzieren, muss sie auf andere Erträge zurückgreifen. Und da gebe es für sie nur eine Quelle: Die Einkünfte und das Erbe ihres Mannes.«

»Herzogs Eltern betrieben einen Teppichhandel, wenn ich mich richtig erinnere.«

»Genau. Sie mussten vor einigen Jahren aufgeben, hatten es bis dahin aber offenbar zu einem ansehnlichen Vermögen gebracht. Mehrere Wohnungen und Häuser sollen ihnen gehören.«

Braig hatte die Unterführung passiert, kletterte die Treppe hinauf nach oben auf den Bahnsteig. Er sah einen roten Doppelstockzug einfahren, spurtete zur nächsten Tür, suchte sich einen Platz im Obergeschoss. Mehrere Passanten drängten sich an ihm vorbei durch den Gang. Er hörte, dass Neundorf etwas sagte, verstand nur den Rest ihres Satzes: »... Bedürfnisse zu stillen.«

»Verzeihung«, entschuldigte er sich, »ich konnte deine letzten Worte nicht hören, weil ich gerade in den Zug eingestiegen bin.«

»Kein Problem«, antwortete Neundorf, »ich erwähnte nur noch, dass es seit Jahren heftigen Streit gab, weil die Herzogs in immer kürzeren Abständen Wohnungen verkaufen mussten, um die vielfältigen Wünsche der Schwiegertochter zu finanzieren.«

»Dann konnte Stefanie Herzog aber doch nicht daran gelegen sein, sich scheiden zu lassen.«

»In der Tat nicht, nein. Sie wehrte sich auch mit Händen und Füßen dagegen. Wenn es nach Karl Herzog gegangen wäre, so erzählte es mir jedenfalls Frau Fischer, wäre die Sache schon längst unterschrieben. Er sei aber viel zu anständig gewesen, um die Scheidung gegen den Willen seiner Frau durchzuziehen. Er bot ihr sogar ein ganzes Haus an, es war ihr aber zu wenig. Auf den größten Teil des Besitzes hat sie im Scheidungsfall keinen Anspruch, er existierte bereits, als sie in die Familie kam. Von Zuerwerb kann also keine Rede sein – im Gegenteil, ein Teil wurde in den letzten Jahren verscherbelt. Es gibt nur eine Chance für Stefanie Herzog, sich das gesamte Vermögen einzuverleiben.« Neundorf schwieg, ließ Braig Zeit, zu überlegen.

»Nämlich?«, fragte er, schaute aus dem Fenster. Der Zug war losgefahren, preschte in hohem Tempo am Kraftwerk Altbach vorbei.

»Den Fall seines Todes«, erklärte seine Kollegin, »und unter der Bedingung, dass sie zu diesem Zeitpunkt nicht geschieden waren. Verstehst du, was das bedeutet?«

Braig pfiff leise durch die Zähne, wog den Kopf hin und her. »Sobald Karl Herzogs Mutter stirbt, fällt der gesamte Besitz an die Schwiegertochter?«

»So ist es. Ich habe Frau Herzog äußerst vorsichtig darauf angesprochen, nachdem mir Frau Fischer dies mitgeteilt hatte. Sie bestätigte den Sachverhalt.«

»Ihre Lebenserwartung dürfte nicht mehr allzu hoch sein.«

»Nein«, bestätigte Neundorf. »sie ist fünfundsiebzig.«

Braig spürte, wie der Zug bremste, sah, dass sie Esslingen erreicht hatten. »Dann sollten wir uns schnell um einen Termin in Sindelfingen bemühen«, sagte er, »die Dame kam mir gestern schon etwas seltsam vor.«

»Das habe ich schon getan«, erklärte Neundorf, »unmittelbar bevor ich dich anrief. Um vierzehn Uhr steht Stefanie Herzog uns zurVerfügung – unter Protest, wie sie extra betonte. Was wir schon wieder wollten, ob ich mir nicht vorstellen könne, was eine Beerdigung alles an Mühe und Vorbereitung erfordere. Du gehst mit?«

Braig sagte zu, verabschiedete sich von seiner Kollegin. Stefanie Herzog, überlegte er, waren sie jetzt endlich auf der richtigen Spur? Er spürte das Hämmern hinter seiner Schläfe, hatte Mühe, sich zu konzentrieren. Die verwundete Stelle, dort, wo er von irgendeinem spitzen Gegenstand getroffen worden war.

Braig atmete tief durch, tastete mit seiner Rechten vorsichtig den Verband über seinem Haaransatz ab. Die Wunde schmerzte stärker als ihm lieb war; das Hämmern verbreitete sich fast überall in seinem Kopf. Er lehnte sich in seinem Sitz zurück, wartete, dass die Schmerzen abklängen. Vielleicht habe ich meinen gesundheitlichen Zustand doch überschätzt, warf er sich vor, die Warnungen Ann-Katrins und der Kollegen nicht ernst genug genommen. Er tastete die Partie um den Verband ab, massierte sie vorsichtig mit den Fingerspitzen. Langsam verlor das Hämmern an Intensität.

Braig sah, wie der Zug in den Stuttgarter Hauptbahnhof einfuhr, richtete sich langsam auf. Ein kurzes Stechen hinter der Schläfe, ein leichtes Schwindelgefühl, dann hatte er sich wieder im Griff. Er betrat den Bahnsteig, sah auf einer Uhr, dass es zwanzig nach elf war, lief zur Nordseite des Bahnhofs, überquerte den Vorplatz. Die Luft schien zu stehen, die Sonnenstrahlen prallten ungehindert auf den heißen Asphalt. Schweißperlen krochen ihm über den Rücken, flossen über die Stirn. Er benötigte keine drei Minuten bis zur Bank, nahm erleichtert die klimatisierte Atmosphäre im Inneren des Gebäudes wahr.

Tobias Roller war leicht zu finden. Es handelte sich um einen freundlichen älteren Mann mit langen, angegrauten Haaren, einer breiten, etwas altmodisch anmutenden Brille und einem schmalen Gesicht mit roten Backen, also in keiner Weise der Typ des Bankers, den Braig insgeheim erwartet hatte. Er trug trotz der Hitze einen hellgrauen Anzug samt Jacke, dazu ein weißes Hemd und eine bunte Krawatte, hieß seinen Besucher willkommen, bot ihm einen Platz in einer Sitzecke an. »Ich bin völlig aufgeregt«, erklärte er, »seit ich das heute Morgen von Karl in der Zeitung las, ist es mit meiner inneren Ruhe vorbei. Wer kann das getan haben – Karl ist«, er schüttelte nervös seinen Kopf, »nein, er war so ein guter Mensch. Er konnte keiner Fliege auch nur ein Haar krümmen.«

»Sie kannten ihn gut?« Braig setzte sich auf einen der Stühle, sah, wie Roller fragend auf eine Wasserflasche zeigte, nickte bestätigend mit dem Kopf. Die Hitze veranlasste den Körper, jeden aufgenommenen Tropfen sofort zu transpirieren, ließ ein unablässiges Durstgefühl entstehen.

Roller schenkte zwei Gläser ein. »So gut jedenfalls, dass er mir manchmal, wie sagt man so schön, sein Herz ausschüttete. Ja, ich glaube, das ist der richtige Ausdruck.«

»Dann müssen Sie ihn wirklich gut gekannt haben«, folgerte Braig, »das macht man normalerweise nur bei ausgewählten Menschen.« Er nahm das Glas entgegen, bedankte sich.

»Ja, das ist richtig. Ich denke, wir hatten beide genau denselben Ruhepol im Leben. Das verband uns über alle Unterschiede hinweg.«

Braig erinnerte sich an das kurze Telefonat mit dem Mann, wusste, was er meinte. »Sie reden von der Musik.«

»Mozart«, betonte Roller, »Wolfgang Amadeus Mozart. Das ist unsere Passion, die Quelle, aus der wir neue Kraft schöpfen.«

»Sie besuchten gemeinsam Konzerte.«

»Wann immer es möglich war, ja. Ich bin verwitwet, wissen Sie, meine Frau starb vor fünf Jahren und ich habe wenige Menschen, mit denen ich meiner Leidenschaft frönen kann. Karl Herzog ist, entschuldigen Sie, er war einer der ganz wenigen. Er wird mir fehlen. Mozarts Kompositionen gemeinsam genießen zu dürfen ist ein besonderes Geschenk des Schicksals.«

»Was sagte Herzogs Frau dazu, dass Sie ihren Mann ins Konzert begleiteten? Ich meine, normalerweise geht man doch mit seinem Partner, vor allem, wenn es sich um so ein besonderes Erlebnis handelt.«

Roller strich sich über die Haare, ließ sich für seine Antwort Zeit. »Mir fällt nicht leicht, das zu sagen, was mir auf den Lippen liegt.« Er trank von seinem Glas, stellte es dann auf den Tisch.

Braig tat es ihm nach, winkte ab, als sein Gastgeber auf die Flasche zeigte. »Aber genau darum würde ich Sie bitten«, sagte er.

Der Mann wog seinen Kopf bedächtig hin und her. »Ich gebe Ihnen Recht. Normalerweise gönnt man sich dieses Erlebnis mit seinem Partner. Aber da«, er schaute an Braig vorbei, sprach seine Worte nur zögernd aus, »hatte Karl wohl nicht so viel Glück.«

»Sie meinen, seine Frau hatte kein Interesse an der Musik. Oder war die Ehe nicht so gut?«

Rollers Antwort ließ auf sich warten. »Ich weiß nicht, ob ich befugt bin, mich in die Beziehungen anderer Menschen einzumischen. Aber bei Karl ...«

»Ja? Sie sind befugt, glauben Sie mir!«

»Sie hatten viel Streit. Es gab keine harmonische Partnerschaft mehr. Seine Frau brauchte ständig Geld.«

»Er sprach oft davon?«

»Sehr oft, ja. So oft, dass es mir schon peinlich war. Es ging um große Summen. Karl musste im Verlauf der letzten Jahre mehrere Wohnungen verkaufen, um die teueren Autos und Reisen seiner Frau bezahlen zu können.«

»Sie kennen Frau Herzog persönlich?«

»Weniger vom Sehen, als vielmehr aus Karls Berichten.« Roller erhob sich von seinem Platz, trat ans Fenster, schaute nach draußen. »Sie war schließlich auch der Grund, warum er seine Praxis in Esslingen aufgab und als Firmenberater tätig wurde«, sagte er dann.

Braig schaute zu ihm hoch. »Woher wollen Sie das wissen?«

»Wir sprachen oft darüber«, erklärte der Banker. »Karl suchte eine Gelegenheit, sich von ihr zu lösen. Die Tätigkeit als Firmenberater versprach lange Aufenthalte im Ausland oder anderen Städten.«

»Warum ließ er sich nicht scheiden?«

Tobias Roller lief zu seinem Stuhl zurück. »Dazu war Karl zu anständig«, sagte er.

»Zu anständig?«

»Sie haben ihn nicht gekannt«, erklärte sein Gegenüber, »sonst würden Sie mich verstehen. Karl Herzog war zu gut für diese Welt. Er ließ sich nicht scheiden, weil seine Frau ihm deutlich zu verstehen gab, dass sie die Scheidung nicht wollte. Also verzichtete er darauf. Er wollte ihr nicht weh tun.«

»Sie wüssten also keinen Grund, warum jemand Karl Herzog als *Schwein* bezeichnen sollte?«

»Um Gottes willen, nein!«

Braig hatte immer noch Schwierigkeiten, das Bild, das Tobias Roller von Karl Herzog zeichnete, zu akzeptieren, obwohl die Beschreibung genau dem entsprach, was er zuvor von Robert Meurer und über Neundorf von Olga Fischer erfahren hatte. Karl Herzog, ein in jedem Sinne guter Mensch, der für alle nur das Beste wollte? Eine vollkommen gutherzige Person, die keine Schattenseiten aufzuweisen hatte?

»Ich weiß, wie weit entfernt von jeder Realität das klingt«, setzte Roller hinzu, »aber Karl Herzog war wirklich ein sanftmütiger, weitgehend von Aggressionen freier Mensch.«

Fehlt nur noch, dass er ihn zum Heiligen ernennt, überlegte Braig. Die Schmerzen in seinem Kopf machten ihm wieder stärker zu schaffen; das Hämmern und Stechen hinter seiner Schläfe gewann bedrohlich an Intensität.

»Aber wie es aussieht, hat ihn genau diese Sanftmütigkeit jetzt das Leben gekostet.«

Braig hörte die Worte Rollers, sah auf. »Was wollen Sie damit sagen?«

»Ich weiß nicht, wie man ihn getötet hat, aber ich nehme an, er hatte die Waffe seiner Frau nicht bei sich, um sich zu wehren, oder?«

»Die Waffe seiner Frau? Was für eine Waffe?«

»Die Pistole, die sie damals organisierte, als er von verschiedenen Leuten bedroht wurde.«

»Herzogs Frau besorgte eine Pistole?« Braig starrte überrascht zu seinem Gesprächspartner. »Woher wollen Sie das wissen?«

»Von Karl natürlich, von wem sonst? Er wehrte sich mit Händen und Füßen dagegen, wollte die Waffe nicht haben.«

»Aber sie gab keine Ruhe?«

»Keine Sekunde«, erklärte Roller, »sie meinte, angesichts der ständigen Drohungen sei es besser, eine Waffe im Haus zu wissen.«

»Kennen Sie zufällig die Herstellerfirma?«

Braigs Gegenüber schüttelte den Kopf. »Es tut mir Leid, aber das ist nicht mein Metier. Von Waffen habe ich keine Ahnung. Ich hätte die Sache mit der Pistole auch völlig vergessen, wenn Karl nicht vor ein paar Wochen erst wieder darauf zu sprechen gekommen wäre.«

»In welchem Zusammenhang?« Der Kommissar hing gebannt an Rollers Lippen.

»Wir berieten die fast unerträgliche Situation zwischen seiner Frau und ihm. Seit sie die Pistole besorgt habe, äußerte er da so halb im Scherz, fürchte er sich nicht mehr vor verrückten ehemaligen Patienten. Die einzige Angst, die ihn jetzt noch bewege, sei, von seiner eigenen Frau erschossen zu werden, so aggressiv wie die sich zeitweise gebärde. Aber zu seinem Glück sei er jetzt ja fast ständig weit weg im Ausland unterwegs, so dass diese Gefahr auf die wenigen Wochenenden zu Hause und zufällige Begegnungen dort beschränkt bleibe.«

11. Kapitel

Es war kurz vor eins, als Braig das Gebäude verließ und auf die Straße trat. Die warme Luft überfiel ihn schon beim ersten Schritt, ließ ihn die klimatisierten Räume der Bank schmerzhaft vermissen. Er spürte, wie ihm der Schweiß aus den Poren schoss.

Die Information über die von Stefanie Herzog besorgte Waffe und die Aussage Rollers, die Auseinandersetzungen zwischen den beiden Partnern hätten in der letzten Zeit eine solche Schärfe erreicht, dass sich der Ermordete von seiner eigenen Frau bedroht fühlte, erschien Braig so brisant, dass er direkt vor dem Eingang der Bank stehen blieb und Neundorf anrief, um sie davon in Kenntnis zu setzen. Er erreichte jedoch nur ihre Mailbox, bat sie, möglichst bald zurückzurufen. Stefanie Herzog war durch die Aussage Tobias Rollers weit stärker in Tatverdacht geraten als jede andere Person – Wangbiehlers undurchsichtige Eskapaden hin oder her. Die Ehefrau des Ermordeten hatte zudem auch das gewichtigste Motiv, ihren Mann zu beseitigen: Sein Tod war *die* Chance, an sein Vermögen zu gelangen, das eine Scheidung ihr ein für allemal vorenthalten hätte.

Er hatte sich für die freundliche Auskunft des Bankers bedankt, ihn dann noch um seine berufliche und private Telefonnummer für den Fall weiterer Fragen gebeten. Wer immer Karl Herzog ermordet hatte, er war lange vor dem eigentlichen Todeszeitpunkt bei seinem Opfer aufgetaucht und hatte es in seinen Gewahrsam gebracht – spätestens im Zeitraum zwischen neunzehn und zwanzig Uhr, anders war das ungewohnte Verhalten Herzogs nicht zu erklären. Schenkte man dann noch den Beobachtungen Olga Fischers Glauben, Karl Herzog habe schon mittags gegen fünfzehn Uhr aufgeregt und beunruhigt gewirkt, so musste man darauf schließen, dass er bereits zu diesem Termin bedroht wurde. War es seine eigene Frau, die ihm die Pistole an die Brust gesetzt hatte? War sie in Rage geraten, vielleicht weil er darauf gedrängt hatte, sich doch scheiden zu lassen, und hatte ihm mit der eigenen Waffe gedroht?

Braig blieb mitten auf der Brücke im Innenhof der Bank stehen, starrte auf die das Sonnenlicht reflektierenden Glasfronten über sich. Und wenn er sich täuschte, wenn die Drohungen nicht von der eigenen Frau stammten, auf welchem Weg hatte Herzog dann die beunruhigende Botschaft erreicht? Ein Anruf, überlegte er, ein Brief, der Besuch der ihn bedrohenden Person? Er wusste nicht, inwieweit Neundorf diese Möglichkeiten überprüft hatte, beschloss, seine Kollegin zu fragen, sobald sie einander trafen.

Eine Gruppe junger Männer, weiße Hemden, Krawatten, helle Sommerjacken lässig über dem Arm, kam ihm entgegen, schob sich an ihm vorbei die Fußgängerbrücke hoch. Braig spürte ein flaues Gefühl in seinem Magen, lief weiter. Er schaute auf die Uhr, sah, dass es zu einem kleinen Imbiss reichen würde, steuerte den nahen Hauptbahnhof an.

Die große Halle war gut besucht; Passanten eilten zu den Zügen, andere zum Ausgang oder zu den Geschäften, wieder andere standen wartend und die Umgebung beobachtend irgendwo in dem weitläufigen Areal. Braig lief zum Bäcker am Anfang der Markthalle, kaufte zwei mit Käse belegte Brötchen, einen Kaffee und eine Flasche Wasser, aß und trank im Stehen. Er spürte die Schmerzen hinter seiner Schläfe, fühlte das anschwellende Pochen unter dem Verband. Allzu lange konnte er diesen Zustand nicht mehr ertragen.

Er wischte seine Hände sauber, suchte eine Toilette, fuhr dann mit der S-Bahn nach Goldberg. Zehn Minuten vor zwei, er hatte das Haus Stefanie Herzogs fast erreicht, hörte er die verzerrte Melodie der Nationalhymne. Er beschloss, das Erkennungssignal des neuen Handy auszutauschen, sobald er die Zeit dazu fand, zog das Gerät hervor.

»Du wolltest mich anrufen«, sagte Neundorf, »gibt es Neuigkeiten?«

Braig blieb im Schatten eines Baumes stehen, berichtete seiner Kollegin, was er erfahren hatte.

Sie wirkte sofort elektrisiert. »Stefanie Herzog besorgte eine Pistole?« Er hörte, wie sie durch die Zähne pfiff. »Und du meinst, der Mann sagt die Wahrheit?«

»Warum sollte er lügen?«, entgegnete er. »Mir erschien er vertrauenswürdig.«

»Wir müssen die Frau genau überprüfen«, erklärte sie, »vielleicht haben wir uns gestern von ihr täuschen lassen.« Sie entschuldigte sich, weil sie in einen Stau geraten war, wies darauf hin, dass er sich noch einige Minuten gedulden müsse. »Ich hätte besser auch den Zug genommen.«

»Was hast du erfahren?«, fragte er.

»Dieser Schilling scheidet meines Erachtens aus. Der Mann sieht seine Vergangenheit recht kritisch, betrachtet sein Verhalten als Jugendsünde. Inzwischen hat er geheiratet und zwei kleine Kinder. Ja, er hat Karl Herzog beschimpft und bedroht, aber er bittet, dies zu entschuldigen. Was die Nacht von Sonntag auf Montag anbetrifft, hat er ein Alibi: Er arbeitet Schicht im Kraftwerk in Altbach. Ich habe dort angerufen, seine Angaben sind korrekt, er war in dieser Nacht wirklich im Dienst. Abgehakt. Dafür habe ich von Frau Fischer eine interessante Neuigkeit. Ich habe mit ihr telefoniert.«

»Nämlich?«

»Es passt zu dem, was du erzählt hast: Stefanie Herzog hat ihrer Aussage nach nie als Lehrerin gearbeitet. Sie hat zwar studiert und ein Referendariat absolviert, bekam aber nie eine feste Anstellung, sondern lebte von Anfang an vom Geld Karl Herzogs. Wenn das stimmt, hat sie uns gestern auch damit belogen.«

»Wahrscheinlich, um uns über ihre finanzielle Abhängigkeit von ihrem Mann hinwegzutäuschen«, folgerte Braig. »Damit wir nicht bemerken, wie sehr sie auf sein Vermögen fixiert ist.«

»Das könnte sein, ja.«

»Was ist mit dem Schmuck? Hat ihn Frau Fischer heute Morgen erkannt?«

»Nein, damit hatte ich keinen Erfolg. Weder Frau Fischer noch Herzogs Mutter, der ich ihn ebenfalls kurz zeigte. Sie können sich beide nicht erklären, woher er stammt und wie er in seine Tasche geraten ist.«

Sie beendeten ihr Gespräch, weil Neundorf sich auf den Verkehr konzentrieren musste, trafen sich mehrere Minuten später unweit der Wohnung Stefanie Herzogs. »Die Hitze ist kaum mehr zu ertragen«, sagte Neundorf. Braig sah, dass es Zwanzig nach zwei war, wischte sich den Schweiß von der Stirn und aus dem Nacken.

Sie begaben sich zu Stefanie Herzogs Haus, läuteten. Es dauerte fast zwei Minuten, ehe die Frau reagierte. Sie folgten dem hellen Treppenhaus ins erste Obergeschoss, sahen sie an der Wohnungstür stehen.

Frau Herzogs Miene brachte deutlich zum Ausdruck, was sie vom Besuch der beiden Polizeibeamten hielt. »Besonders viel Verständnis für die nächsten Angehörigen eines Mordopfers scheint Ihnen nicht angeboren«, schimpfte sie zum Empfang.

Braig und Neundorf blieben freundlich, betraten die Wohnung. Sie nahmen auf demselben Sofa in dem von Büchern und Zeitungen übersäten Raum Platz wie am Tag zuvor. Die überall im Zimmer verstreuten Literatur-Stapel schienen unverändert.

»Die nächste Angehörige?«, fragte Braig, ohne Anteilnahme erkennen zu lassen. »Gestern stellten Sie Ihre Beziehung zu dem Ermordeten anders dar. Sie betonten ausdrücklich die Entfremdung, die sie längst voneinander entfernt habe.«

»Das war im Schock der Todesnachricht.« Stefanie Herzogs Augen funkelten aggressiv. »Was man in solchen Momenten von sich gibt, zeichnet sich nicht immer durch rationales Verhalten aus. Das sollten Sie in Ihrem Beruf wissen.«

»Immerhin lebten Sie getrennt. Bei allem Respekt vor dem Verlust Ihres Partners, Ihre Verbindung war doch wohl deutlich lockerer Natur.«

»Was interessieren Sie sich überhaupt für unsere Beziehung? Fühlen Sie sich wohl in der Rolle des Sittenwächters?«

»Darum geht es nicht«, sagte Neundorf. Sie versuchte, dem Gespräch die Schärfe zu nehmen. »Wir haben eine Reihe offener Fragen. Wenn Sie die bitte beantworten würden. Ihr Mann ist ermordet worden. Gleichgültig wie Sie zu ihm standen, es muss doch auch in Ihrem Interesse liegen, seinen Mörder zu finden.«

Stefanie Herzogs straffe Körperhaltung entspannte sich sichtbar. Sie verließ ihre Position hinter einem der Bücherstapel, lief zu der Polstergarnitur, setzte sich ans andere Ende. »Bitte«, sagte sie, winkte großzügig mit der ausgestreckten Hand. »Stellen Sie Ihre Fragen.«

Braig schaute auf den Tisch, sah, dass dort dieselben Bücher wie am Tag zuvor lagen. Stefanie Herzog schien in den letzten vierundzwanzig Stunden nicht dazu gekommen zu sein, sich mit der gewohnten Literatur zu befassen.

»Ein Problem für uns ist Ihre angebliche finanzielle Unabhängigkeit, die Sie gestern so betonten«, begann Neundorf. »Sie erklärten, von der Veröffentlichung Ihrer Zeitungsartikel leben zu können. Das scheint offenkundig nicht zu stimmen.«

»Und? Was geht Sie das an?« Die Miene der Frau verfinsterte sich augenblicklich. Sie starrte die Kommissarin wütend an, unternahm jedoch keinen Versuch, ihre Aussage vom Vortag aufrecht zu erhalten.

»Sie arbeiteten auch nicht als Gymnasiallehrerin«, fuhr Neundorf fort, »sondern lebten praktisch seit Beginn Ihrer Ehe vom Einkommen und Vermögen Ihres Mannes.«

»Ja und?«, wiederholte Stefanie Herzog. »Sagen Sie mir, was Sie das angeht.« Sie war aufgesprungen, starrte mit vor Zorn gerötetem Gesicht zu den beiden Beamten. »Wo leben wir denn, dass die privaten Verhältnisse einer Familie ins Licht der Öffentlichkeit gezerrt werden?«

»Beruhigen Sie sich«, forderte Braig sie auf, »das alles interessiert uns nur deswegen, weil Sie das doch recht ansehnliche Vermögen Ihres Mannes erben.«

»Ach so, daher weht der Wind!«, rief die Frau. Sie schüttelte den Kopf, blies verächtlich durch die Zähne, blieb neben dem Sofa mit hoch aufgerichtetem Körper stehen.

»Sie lebten getrennt, sind aber nicht geschieden.« Braig ließ sich nicht beirren. »Ein kleiner, aber feiner Unterschied. Klein insofern, als Sie mit Ihrem ehemaligen Mann nach Ihrer eigenen Aussage ja kaum noch Verbindung hatten, fein, weil sie jetzt dennoch das gesamte Vermögen der Herzogs erben.«

»Das stimmt nicht«, erwiderte ihre Gesprächspartnerin, »Sie vergessen, dass Karls Mutter noch lebt.«

»Das ist nur eine Frage der Zeit«, hakte er sofort nach, »Frau Herzog ist fünfundsiebzig, da können Sie es sich an Ihren Fingern abzählen, wie lange Sie noch ...«

»Sie sind die Unverschämtheit in Person!« Stefanie Herzogs Stimme drohte sich zu überschlagen. Sie war hinter das Sofa getreten, warf Braig einen hasserfüllten Blick zu. »Mein Mann wurde ermordet und Sie werfen mir solche infamen Unterstellungen an den Kopf, das ist unfassbar! Haben Sie denn keinerlei Anstand? Sie sollten sich schämen!« Sie wischte vor Zorn eines der Kissen, die auf der Lehne des Sofas lagen, beiseite. »Sind Sie sich überhaupt bewusst, wessen Sie mich beschuldigen?« Das Kissen flog auf den Teppich, landete direkt neben einem der Zeitungsstapel.

»Wir beschuldigen Sie in keiner Weise«, mischte sich Neundorf ins Gespräch, »wir müssen nur einige Sachverhalte klären, ich erwähnte es schon.« Sie blieb ruhig, sah freundlich zu der Frau auf.

»Sachverhalte klären? Sie machen wohl Witze!« Stefanie Herzog schlug mit der flachen Hand auf die Lehne des Sofas. »Sie beschuldigen mich, meinen Mann ermordet zu haben!«

»Was ist mit der Pistole?«, bohrte Braig, ohne auf die Entrüstung ihrer Gastgeberin einzugehen. »Haben Sie sie hier in Ihrer Wohnung?«

Die Frau schien vollends die Beherrschung zu verlieren. Sie starrte den Kommissar entgeistert an, schob ihre Unterlippe vor. »Was reden Sie da? Eine Pistole?« Sie ballte beide Hände zu Fäusten, trat am Sofa vorbei einen Schritt auf Braig zu. »Was soll diese ...«

Neundorf fiel ihr mitten ins Wort. »Sie forderten Ihren Mann auf, sich eine Waffe zu besorgen, weil er von mehreren Leuten bedroht wurde. Zimmermann, Wangbiehler und andere. Sie haben uns die Männer gestern selbst genannt.«

Stefanie Herzog benötigte mehrere Sekunden, um zu begreifen. Sie stand mit offenem Mund neben dem Sofa, betrachtete abwechselnd ihre beiden Besucher. Nach einer Weile schien sie zu verstehen. »Die Pistole damals? Natürlich habe ich Karl dazu gedrängt, sich darum zu kümmern, na klar. Wissen Sie, wie verängstigt wir zeitweise waren? Dieser Wangbiehler erschien mit einer ganzen Truppe von Leuten; Schläger waren das, haben Sie eine Ahnung, was das bedeutet?« Sie schwieg einen Moment, schüttelte dann wie abwesend den Kopf. »Karl erhielt Drohungen, alle paar Tage. Anrufe, Briefe, an die Hauswand geschmierte Parolen. Können Sie sich nicht vorstellen, welche Angst wir hatten? Er hatte sich erlaubt, ihnen den Führerschein vorzuenthalten, gibt es denn etwas Schlimmeres in dieser kranken Gesellschaft?«

»Wo ist die Waffe? Ihr Mann hat sich doch eine besorgt!«

Die Frau schüttelte den Kopf. »Nein, das heißt – ja. Er brauchte sich keine zu besorgen, sie hatten doch längst eine.«

»Wie – sie hatten eine?«

»Seine Familie, sein Vater. Er war Jäger und hatte mehrere Waffen. Nach seinem Tod gab Karl die Gewehre ab, nur die Pistole behielt er.«

»Ist die Waffe registriert?«

»Das dürfen Sie mich nicht fragen«, giftete Stefanie Herzog. Sie hatte sich zusehends beruhigt, trat einen Schritt vor, setzte sich wieder. »Ich habe das Ding zwei- oder dreimal von weitem gesehen, das ist alles. Karl brachte sie eines Tages aus Fellbach mit nach Esslingen, als ich ihn bestürmte, er solle etwas zu unserer Sicherheit tun.«

»Sie haben sie nie in der Hand gehabt?«

»Ich? Um Gottes willen!« Sie streckte beide Hände abwehrend von sich. »Waffen? Nein, das ist nicht mein Ding!«

»Obwohl Sie über Freiheitsbewegungen schreiben?« Braig deutete auf die Bücher auf dem Tisch, sah, dass sich das Gesicht der Frau wieder leicht verfärbte. »Das haben Sie uns gestern selbst erzählt«, fügte er hinzu, um sie zu besänftigen.

»Ich *schreibe* darüber«, antwortete sie gehässig, das Verb deutlich betonend, »ich schreibe darüber, ja. Mit Bleistift, Kugelschreiber und Computer, nicht mit Pistolen oder anderen Waffen.«

»Wo ist die Pistole jetzt?«, fragte Neundorf.

Stefanie Herzog streckte ihre Arme von sich, schaute die Kommissarin ratlos an. »Das dürfen Sie mich nicht fragen. Karl hatte sie, nicht ich. Wahrscheinlich in Fellbach, wo sonst?«

»Seine Mutter weiß von der Waffe?«

»Ich habe keine Ahnung. Ob Karl ihr davon erzählte? Sie ist eine ängstliche Person. Vielleicht verschwieg er es, um sie nicht unnötig zu beunruhigen.«

Neundorf nickte mit dem Kopf. »Gut, wir werden das klären.« Sie zog die Tüte mit dem vergoldeten Schmuck aus der Tasche, reichte sie ihrer Gesprächspartnerin. »Eines hätten wir noch gerne von Ihnen gewusst: Kennen Sie diese Kette?«

Stefanie Herzog betrachtete die bei dem Toten gefundenen Teile, schaute dann ratlos zu den beiden Beamten. »Was soll das sein?«

»Sie kenne die Stücke nicht?«

»Irgendein billiger Schmuck, ja?« Sie schüttelte den Kopf. »Tut mir Leid. Aber solchen Ramsch werden Sie bei uns nicht finden. Weder bei mir noch bei meinem Mann.«

12. Kapitel

Du glaubst ihr, was die Pistole angeht?«, fragte Braig, als sie Stefanie Herzog verlassen hatten.

Neundorf wischte sich den Schweiß von der Stirn, trat zur Seite, um einem Hund auszuweichen, der mit weit heraushängender Zunge hinter seinem Herrn hertrottete. Sie verfolgte das Tier mit ihrem Blick, wandte sich wieder ihrem Kollegen zu. »Ich weiß es nicht«, sagte sie. »Obwohl ich zugeben muss, dass mir ihre Erklärungen recht plausibel schienen.«

»Wenn die Waffe wirklich im Besitz der Familie war, müsste ihre Schwiegermutter davon wissen.«

»Wir müssen sie danach fragen, außerdem das Register überprüfen. Vielleicht ist sie doch registriert.«

»Am besten, wir fahren sofort nach Fellbach. Die Angelegenheit muss schnell geklärt werden.«

Neundorf nickte zustimmend. »Okay. Ich muss mich aber beeilen. Koch hat um siebzehn Uhr eine Pressekonferenz angesetzt. Er möchte, dass ich ihn begleite. Wir haben noch nicht abgesprochen, was wir bekannt geben.«

»Du willst die Sache mit der Pistole vorbringen?«

Sie brauchte nicht lange zu überlegen. »Nein, das ist mir zu vage. Wir wissen ja noch nicht definitiv, ob sie sich im Besitz der Familie befindet.«

Braig kam nicht mehr dazu, auf ihr Argument einzugehen, weil die verzerrte Melodie der Nationalhymne ertönte. Er zog sein Handy aus der Tasche, sah das Grinsen seiner Kollegin. »Ist das der neuste Hitparaden-Feger?«

»Ich kann nichts dafür«, entschuldigte er sich, »Stöhr hat es mir heute Morgen besorgt.« Er nahm das Gespräch an, hatte Felsentretters polternde Stimme am Ohr.

»Das Schwein lügt«, erklärte der Kollege, »der Halunke war nicht hier.«

Braig hatte Schwierigkeiten, zu verstehen. »Von wem sprichst du?«

»Demski«, donnerte Felsentretter, »der Kerl hier vor mir.«

Braig hörte die protestierenden Worte eines Mannes im Hintergrund, hatte sofort wieder die Stimme des Kollegen in der Leitung.

»Die elende Ratte glaubte tatsächlich, uns für dumm verkaufen zu können.«

»Du bist in Göppingen?«

»In der Wohnung eines verkommenen Schweins.« Der Protest des Mannes im Hintergrund wurde lauter, kam dem Handy Felsentretters offenkundig näher. »Dehnt se endlich Ihre Hand vo meim Arm!«

Braig erinnerte sich an die Bereitschaft des Kollegen, Wangbiehlers Alibi zu überprüfen, konnte sich die Szene gut vorstellen. Wenn Felsentretter sich getäuscht fühlte, noch dazu auf plumpe, hanebüchene Art, konnte er rabiat werden und einem Verdächtigen gegenüber die beruflich notwendige Zurückhaltung verlieren – mehrfach schon hatte es deswegen Schwierigkeiten gegeben. Sein cholerischer Charakter, die bestimmten Vorurteilen gegenüber nicht sonderlich kritische Einstellung sowie die physische Potenz seines massigen Körpers waren oft genug Ursache für massive Beschwerden von ihm angeblich nicht korrekt behandelter Personen gewesen. Bisher war es ihm jedoch immer gelungen, von Kollegen und Vorgesetzten unterstützt, den Kopf aus der Schlinge zu ziehen.

»Dieses Schwein hier wollte mir weismachen, sein Saufkumpan Wangbiehler habe den Sonntagabend mit ihm und einem anderen Nichtsnutz verbracht«, polterte der Kollege.

»Und? Stimmt es nicht?«

Felsentretters Antwort ließ nicht lange auf sich warten. »Hier, der Herr steht zur Verfügung.« Für wenige Sekunden herrschte Ruhe, dann war er erneut zu vernehmen. »Los, wird´s bald!«

Die Stimme eines anderen Mannes ergänzte seine Worte. »Noi, er isch net mehr do gwä«, erklärte er im breitesten Schwäbisch. »Mittags gege ois oder zwoi isch er weg.«

»Gegen dreizehn oder vierzehn Uhr?«, fragte Braig. Er wusste, was diese Aussage bedeuten konnte. Den Worten Olga Fischers zufolge fühlte sich Karl Herzog schon am Nachmittag des Sonntag bedroht.

»Ja, so um die Zeit«, bestätigte der Mann.

»Und wo ging er hin?«

»Des woiß i net. Er hot mei Auto gnomme ond isch verschwunde.«

»Wie lange blieb er weg?«

»Wie lang? Hano, seit Sonntagmittag han i den nemme gsehe.«

»Wie bitte?«, fragte Braig. »Wangbiehler ist mittags bei Ihnen verschwunden und hat sich seither nicht mehr gemeldet? Und was ist mit Ihrem Auto?«

»Ach, des isch koi Problem«, antwortete der Mann, »irgendwann taucht des wieder auf ond no kriag i a Hand voll Scheine dazu.«

»Geld?«

»Was denn sonscht? Der Wangbiehler isch reich, sei Vater zahlt alles.«

Braig hatte genug gehört, um zu begreifen, wie wichtig die Aussagen des Mannes für ihre Ermittlungen sein konnten. Er bat Felsentretter, auf ihn zu warten, versprach, so schnell wie möglich nach Göppingen zu kommen. Wenn Wangbiehler entgegen ihrer bisherigen Annahme dort schon am Sonntagmittag verschwunden war, veränderte das den Sachverhalt beträchtlich: Er kam wieder als Täter infrage.

Braig ließ sich von Neundorf am Stuttgarter Hauptbahnhof absetzen, nahm den nächsten der im Dreißig-Minuten-Takt verkehrenden Züge. Er spürte die zunehmenden Kopfschmerzen, massierte vorsichtig seine Schläfen. Lange konnte er diesen

Zustand nicht mehr ertragen. Er lehnte sich in seinen Sitz zurück, atmete tief durch. Das Toben in seinem Kopf nahm kein Ende. Die Folgen des Unfalls ließen sich nicht länger ignorieren. Braig machte sich Vorwürfe, nicht auf die Warnungen des Arztes gehört zu haben. Er musste sich schonen, durfte seine Gesundheit nicht weiter vernachlässigen. Der Vorfall in Tübingen und die Belastung durch das fast unerträgliche Klima forderten einen zu hohen Preis. Er massierte seine Stirn, wischte sich den Schweiß von der Haut. Die verzerrte Nationalhymne ertönte. Diesmal bekam er seine Mutter ans Ohr.

»Denkst du an den Freitagnachmittag?«, fragte sie.

»Freitagnachmittag?«

»Frau Dr. Ohlrogges Geburtstagsfeier.«

Er hatte den Termin vollkommen vergessen, obwohl sie ihm mehrfach davon erzählt hatte. Am Tag, bevor sie nach Venedig gefahren waren, hatte sie extra noch einmal angerufen, um ihm das Datum einzubläuen. Er wusste genau, was Dr. Ohlrogge seiner Mutter bedeutete. Die Ärztin hatte ihr vor ein paar Jahren das Leben gerettet, später dann mit ihren Forschungen über Sterbeerlebnisse wieder zu Bewusstsein gekommener Patienten einen neuen Lebensinhalt vermittelt. Seither war seine Mutter unablässig damit beschäftigt, Dr. Ohlrogge in ihrer Arbeit zu unterstützen, ein Tatbestand, der, wie Braig aus eigener Erfahrung wusste, gar nicht hoch genug einzuschätzen war. Die neue Aufgabe hatte dazu beigetragen, dem Dasein seiner Mutter wieder einen Sinn zu geben. Sie hatte sich mit Haut und Haaren auf die Forschungen der Ärztin gestürzt und dabei endlich begriffen, dass es mehr gab, als sich nur auf das einzige ihr verbliebene Kind, Braig, zu konzentrieren. Ihre Eifersucht, ihr krampfhaftes Bemühen, den Alltag ihres längst erwachsenen Sohnes minutiös zu kontrollieren und mitzugestalten, ihm weiterhin ihre volle mütterliche Zuwendung zukommen zu lassen, waren im Verlauf dieser Zeit einem normalen, für beide Seiten erträglichen Verhalten gewichen. Er wusste, wie mit ihr umzugehen war, wie Streit und größere Auseinandersetzungen vermieden werden konnten, versuchte auch jetzt, erst gar keine Ungereimtheiten entstehen zu lassen. »Du weißt doch, dass ich mich auf Frau Dr. Ohlrogges Geburtstag freue«, versicherte er deshalb.

»Auf die Feier«, korrigierte sie. »Ihr Geburtstag ist schon längst vorbei. Sie hatte am 28. März. Leider war damals zu viel zu tun, ich habe es dir erklärt.«

Er erinnerte sich nicht mehr daran, gab es aber nicht zu erkennen. »Du hast es erzählt, ja. Ihr seid mitten in den Vorbereitungen?«

»Das kannst du laut sagen. Wir erwarten über hundert Gäste.«

Braig holte tief Luft, versuchte, auf ein anderes Thema zu kommen. »Venedig ist wunderschön. Nächstes Jahr fährst du mit uns.« Er hatte sie am Abend der Rückfahrt noch angerufen, ihr außerdem eine Ansichtskarte geschickt. »Du hast unsere Grüße schon erhalten?«

»Du hast geschrieben?«

»Nur an dich.«

»Du kannst dir doch denken, wie langsam die Italiener sind.«

»Hauptsache, die Karte kommt an.« Er berichtete ihr von den Ausflügen, die sie unternommen hatten, versuchte, seinen Unfall vom Vorabend außen vor zu lassen.

Sie hörte eine Weile zu, erinnerte dann an ihre Arbeit. »Ich muss noch zwei Berichte zusammenstellen. Dr. Ohlrogge will sie drucken lassen. Bis Freitag.«

Braig verabschiedete sich, sicherte ihr nochmals zu, an der Feier teilzunehmen. Was auch immer an gesundheitlichen Problemen oder beruflicher Belastung in den nächsten Tagen auf ihn zukommen mochte; die Zeit musste er sich nehmen. Allein des Verhältnisses zu seiner Mutter wegen.

Er verließ den Zug in Göppingen, lief die paar Schritte zur Geislinger Straße, deren Lage ihm Felsentretter erklärt hatte.

Die Luft hatte weder an Temperatur noch an drückender Schwüle verloren; schon nach wenigen Metern lief ihm wieder der Schweiß von Stirn und Nacken. Er spürte die Schmerzen in seinem Kopf, kam von einem Schwindelanfall verursacht ins Taumeln, klammerte sich an der nächsten Hauswand fest. Sein Herz hämmerte, die Umgebung schien sich vor ihm zu drehen. Braig atmete tief durch, wartete, bis sich sein Kreislauf wieder beruhigt hatte. Es half alles nichts, er musste nach Hause, die Folgen des Unfalls auskurieren.

Als er das Haus in der Geislinger Straße fast erreicht hatte, hörte er den heftigen Donnerschlag. Er schaute in die Höhe, sah eine dunkle Wolkenwand am westlichen Himmel. Höchste Zeit, überlegte er, vielleicht bringt das Gewitter Abkühlung.

Braig betrachtete das Klingelbord des mehrstöckigen Hauses, fand den Namen *Demski*, drückte den entsprechenden Knopf. Der Türöffner wurde umgehend betätigt. Er stieg ins erste Obergeschoss, sah Felsentretter an der geöffneten Wohnungstür stehen.

»Alles paletti«, empfing ihn der hoch aufgeschossene Kollege. Er streckte den Kopf leicht gebückt nach vorne, hatte Schwierigkeiten, unversehrt durch die Tür zu gelangen. »Beide haben unterschrieben.«

Er klopfte Braig zur Begrüßung auf den Rücken, führte ihn in einen kleinen Raum, der von einem massigen halbrunden Sofa und einem überdimensionierten Fernseher fast vollkommen ausgefüllt wurde. Zwei etwa dreißigjährige Männer in knallbunten T-Shirts und kurzen Hosen lehnten auf dem Polster. Sie hatten das Zimmer noch nicht betreten, als der eine der beiden Männer, eine etwas klein gewachsene, auffallend dünne Gestalt, aufsprang und Braig im breitesten Schwäbisch begrüßte: »Mir hent nix mit dere Sache zu do.«

Er verzichtete darauf, sich vorzustellen, da Felsentretter ihn offensichtlich angekündigt hatte, fragte stattdessen: »Mit welcher Sache?«

»Hano, was der Wangbiehler wieder verbroche hat.«
»Könnten Sie das bitte genauer erklären?«
»Erkläre? Was soll i erkläre? I sag Ihne doch, i woiß nix davo.«
Braig betrachtete den Mann skeptisch, hatte Mühe, den Geruch nach Schweiß, Bier und ungewaschenen Füßen, der mit stechender Schärfe in dem Zimmer lag, zu ertragen. »Was hat Wangbiehler getan?«, fragte er.
»Mir wisset nix davo«, bekräftigte der Mann, aufgeregt mit den Händen durch die Luft wedelnd, »mir hent koi Ahnung, was Sie von dem wellet.«
Braig erinnerte sich, die Stimme schon beim Anruf Felsentretters gehört zu haben, gab sich nicht zufrieden. »Wangbiehler war am Sonntag bei Ihnen. Was hatte er anschließend vor?«
»Mir wisset´s net«, kreischte der Mann, »wie oft soll i des wiederhole?«
Felsentretter schob sich an Braig vorbei, reichte ihm ein handbeschriebenes Blatt. Er nahm es in die Hand, überflog den Text.

Erklärung
Ich, Sven Demski, erkläre in Übereinstimmung mit meinem Freund Nils Markert: Johannes Wangbiehler tauchte am Samstagabend, dem 8. Mai, in der Bahnhofskneipe, unserem Stammlokal, auf und blieb dann wie Nils Markert über Nacht bei mir in der Geislinger Straße. Wir tranken bis in den Morgen, schauten Videos, schliefen dann bis gegen 12 Uhr. Wangbiehler blieb bis gegen 13.30 Uhr, fuhr dann mit meinem Auto, einem Ford Escort, weg. Sein Ziel ist weder mir noch Nils Markert bekannt. Er versprach nur, in ein paar Tagen wieder von sich hören zu lassen. Weil Wangbiehler schon mehrfach bei uns auftauchte und uns später reichlich Geld dafür gab, hielten wir diesen Vorgang für völlig normal. Wir wissen wirklich nicht, was er anschließend plante. Sein Vater ist steinreich, er zahlt ihm alles.

Göppingen, 11. Mai *Sven Demski* *Nils Markert*

Braig reichte seinem Kollegen das Blatt zurück, musterte die dünne Gestalt Demskis, der aufgeregt vor ihm hin und her lief. »Das soll ich glauben?«, fragte er. Er spürte seine Kopfschmerzen, hatte Schwierigkeiten, sich auf das Gespräch zu konzentrieren.

»Es ist so, Herr Kommissar«, erklärte der andere Mann. Er trug ein grellgelbes T-Shirt, dazu giftgrüne Bermuda-Shorts, drückte sich leicht von der Lehne des Sofas weg, starrte zu Braig hoch. »Wir haben nichts zu verbergen. Warum sollten wir Sie anlügen?«

»Um Ihren Freund Wangbiehler zu schützen. Sie geben doch zu, dass er sie gut bezahlt.«

»Aber nicht dafür, dass wir etwas verschweigen. Dazu wären wir nicht fähig.« Er hob seinen Kopf, wies auf seinen Begleiter. »Oder glauben Sie im Ernst, der könnte auch nur eine Sekunde das Maul halten?«

»Ich kenne weder Sie noch Ihren Freund. Vielleicht sind Sie gute Schauspieler?«

»Wir?« Der Mann lachte laut auf, schüttelte den Kopf. »Danke für das Kompliment. Aber da liegen Sie völlig daneben. Nein, es stimmt wirklich. Wangbiehler war bis gegen eins, halb zwei am Sonntag hier, fuhr dann weg. Wohin, wissen wir nicht. Wir sprachen nicht einmal darüber, was er plante.«

»Karl Herzog«, fragte Braig, »sagt Ihnen der Name etwas?«

»Er wurde ermordet, in Stuttgart, oder?«

»Woher wissen Sie das?«

»Aus den Nachrichten im Fernsehen, woher wohl?«

»Wangbiehler sprach nicht davon, sich rächen zu wollen?«

»Rächen? Wofür?«

»Weil ihm der Führerschein entzogen worden war. Vor ein paar Jahren.«

»So lange kennen wir ihn nicht. Seine Vergangenheit ist uns nicht bekannt, mir jedenfalls nicht.«

»Wie kamen Sie zusammen?«, fragte Braig.

»Wir waren total besoffen«, antwortete Nils Markert, »Demski und ich. Vorletzten Herbst, in Cannstatt auf dem Volksfest. Wangbiehler ebenfalls. Er nahm uns mit seinem dicken Schlitten mit, schlief dann hier seinen Rausch aus. Wie er es schaffte, hierher zu gelangen, ist mir bis heute nicht klar.«

»Er fuhr selbst?«

Der Mann schwieg einen Moment, winkte dann mit der Hand ab. »Mein Gott, das wissen Sie doch sowieso. Der kann sich alles erlauben, sein Alter kauft ihn doch ständig frei. Aber dass er sich rächen will, er selbst, das kann ich mir nicht vorstellen. Der doch nicht. Dazu ist er viel zu feige.«

»Wangbiehler?«

»Der macht sich selbst die Hände nicht schmutzig, garantiert nicht. Große Töne spucken, ja, das Maul aufreißen – okay, wie kein anderer. Aber jemandem etwas antun, selbst, mit eigenen Händen, dazu ist er nicht fähig.«

Braig sah erstaunt zu seinem Gesprächspartner hinunter, der etwas steif auf dem Sofa saß.

»Der kauft sich alles mit dem Geld seines Vaters«, fuhr Markert fort. »Aber selbst was unternehmen, nein! So gut kenne ich ihn ...« Ein gewaltiger Donnerschlag ließ ihn mitten im Satz abbrechen. Die Scheiben des Fensters vibrierten, der Horizont hatte sich mit grauem Dämmer überzogen.

Braig starrte überrascht nach draußen, spürte das heftige Pochen hinter seinen Schläfen. Ein leichter Schwindel machte ihm zu schaffen. Er hatte Schwierigkeiten, ruhig stehen zu bleiben, trat ein paar Schritte zurück, suchte Halt am Türrahmen. Der Raum schien sich im Kreis um ihn zu bewegen. Er massierte seine Schläfen, atmete tief durch. Draußen verhallte das Grollen des Donners.

»Auch das noch«, schimpfte Felsentretter, »ein Gewitter.«

Braig fühlte sich außerstande, die Vernehmung weiterzuführen, erinnerte sich an das Protokoll des Kollegen. Felsentretter schien den Aussagen der Männer Glauben zu schenken. »Wann haben Sie das letzte Mal von Wangbiehler gehört?«, fragte er.

Markert lehnte sich auf dem Sofa zurück, wischte sich die Haare aus der Stirn. »Am Sonntagmittag«, sagte er langsam, mit deutlich genervtem Unterton, »wie oft soll ich ...« Er verstummte augenblicklich, weil ein Blitz das Zimmer in gleißendes Licht tauchte, verzog sein Gesicht, als der darauf folgende Donnerschlag die Fenster klirren ließ.

Braig verfolgte seine Mimik, glaubte, dass er die Wahrheit sagte. »Und Sie, was ist mit Ihnen?« Er drehte sich zur Seite, schaute auf die dünne Gestalt Demskis, der immer noch vor dem Sofa stand und ihr Gespräch mit Interesse verfolgte.

»I? Was soll i sage?« Seine Arme flatterten nervös durch die Luft, brachten seine Unsicherheit deutlich zum Ausdruck.

»Wohin wollte Wangbiehler am Sonntagmittag?«

Sven Demski wusste nicht, wie er reagieren sollte. Er trat auf der Stelle, hob seine Arme, griff dann wieder nach seinem T-Shirt, warf den Kopf hin und her. Intensiver Schweißgeruch ging von ihm aus.

»I woiß nix, i han´s doch oft genug scho gsait.«

13. Kapitel

Das Telefon läutete wenige Minuten vor sieben. Braig, der nach einer langen, fast schlaflosen Nacht, in der er seiner Empfindung nach alle halbe Stunde von den beißenden Schmerzen an seiner Kopfwunde wach geworden war, am Morgen endlich in eine tiefere Schlafphase gefunden hatte, schreckte hoch, griff nach dem Hörer. »Ja?«

»Weisshaar hier. Tut mir Leid. Guten Morgen. Es ist wieder passiert.«

»Was ist passiert?« Braig sah, wie Ann-Katrin neben ihm zu sich kam, ihr Gesicht in seine Richtung wandte und die Augen aufschlug.

»Dasselbe wie am Bärensee. Nur diesmal in Ludwigsburg. Am Schloss Monrepos.«

»Wie bitte?« Er glaubte, nicht richtig gehört zu haben, sah Ann-Katrins müden Blick. »Was ist mit Schloss Monrepos?«

»Ein Auto mit einem Toten«, antwortete Weisshaar. »Im See vor dem Schloss. Du kümmerst dich darum?«

Braig, dem langsam dämmerte, was der Kollege da erzählte, sagte zu, legte den Hörer wieder auf.

»Was ist los?«, hauchte Ann-Katrin.

Braig richtete sich vorsichtig auf, schlug das Federbett zurück. »Ein Auto mit einem Toten im See von Schloss Monrepos«, sagte er.

»Genau wie im Bärensee?«

Er sah ihren fragenden Blick, wusste nicht, was er antworten sollte. »Anscheinend.« Er trottete ins Bad, betrachtete im Spiegel den Verband an der Schläfe, rasierte sich, stellte sich dann unter die Dusche. Die bohrenden Schmerzen verflogen unter dem schnellen Wechsel von warmem und kaltem Wasser.

Er trocknete sich ab, zog sich an. Lange Leinenhosen, ein weißes Hemd mit kurzen Ärmeln, eine helle Sommerjacke. Er öffnete einen Flügel des Küchenfensters, spürte nur warme Luft. Trotz des heftigen Gewitters am gestrigen Abend schienen die heißen Temperaturen nicht weichen zu wollen. Braig erinnerte sich, wie er von der Wohnung Demskis zum Göppinger Bahnhof gerannt war. Sekunden, bevor die große Sintflut eingesetzt hatte. Unterwegs im Zug war er besorgt, mitsamt den Gleisen weggeschwemmt zu werden. Alle Schleusen des Himmels hatten sich geöffnet, was wochenlang zuvor an Niederschlag gefehlt hatte, war jetzt in wenigen Minuten nachgeholt worden. Fontänen hatten die Fenster verhüllt, orkanartige Windböen Bäume entwurzelt und Dächer abgedeckt.

Mitten in dem Toben war sein Blick auf eine Zeitung gefallen, die jemand im Zug hatte liegen lassen. *Mehr Kriminalität durch die EU- Osterweiterung vom 1. Mai?* Er hatte nur den Kopf geschüttelt ob dieser dick gebalkten populistischen Überschrift, hatte die Zeilen darunter nicht gelesen. Erst bei einer anderen Meldung, etwa auf der Mitte der Seite, war er neugierig geworden. *Wangbiehler droht mit Verlagerung seiner Arbeitsplätze nach Tschechien.*

Überrascht hatte er die Zeitung an sich genommen, den Text aufmerksam studiert. Wangbiehler, so war zu lesen, kündigte die Schließung seiner Werke in Backnang und Aalen an, falls die Bundesstraße nicht bald durch den Neubau einer vier Spuren umfassenden Schnellstraße ergänzt werde. Es sei seinen Geschäftskunden nicht zuzumuten, auf dem Weg vom Flughafen zu seiner Firma im Stau zu stehen. Wenn die Straße nicht bald gebaut würde, sehe er sich gezwungen ... Alle einhundertzwanzig Arbeitsplätze stünden zur Disposition, seine Verhandlungen in Tschechien seien kurz vor dem Abschluss, der Verlagerung stehe nichts mehr im Weg.

Braig wäre vor Wut fast aufgesprungen, hatte die Zeitung von sich geschleudert, dann durch die von den Gewitterschauern fast undurchsichtige Scheibe nach draußen gestarrt. Wangbiehler schien vor nichts zurückzuschrecken. Bei seiner

Drohung, die Firma zu verlagern, handelte es sich um nichts anderes als eine Erpressung des eigenen Landes. Er hatte es zu Wohlstand und Vermögen gebracht, weil dieser Staat ihm soziale Bedingungen und eine marktgerechte Infrastruktur zur Verfügung stellte, was ihm die Errichtung und die Prosperität seiner Firma erst ermöglicht hatte. Zudem waren seit Jahren unzählige Menschen bereit, mit ihrer Arbeitskraft die Herstellung seiner Produkte und damit auch das Wachstum seines persönlichen Wohlstands zu ermöglichen. Ohne Zweifel war ein Teil seines Erfolges auch seinem Engagement und seiner Geschäftstüchtigkeit zuzuschreiben, doch was hätte ihm dies alles genutzt, hätten ihm dieser Staat und diese Gesellschaft nicht die Grundlagen dafür geboten?

Nein, seine Drohung war eine Erpressung! Was war dies anderes als ein krimineller Akt?

Braig hatte aus dem Fenster des Zuges gestarrt, die unter den Schauern der Sintflut ertrinkende Umgebung betrachtet. Es gab keine Gesetze, gegen Verbrecher dieser Kategorie vorzugehen. Diebe und Betrüger wurden verfolgt und hinter Gitter gesteckt. Kriminelle, die die gesamte Bevölkerung schädigten, blieben auf freiem Fuß. Wozu übte er diesen Beruf noch länger aus, wenn das gesamte Fundament nicht stimmte?

»Frühstücken wir gemeinsam oder hast du es eilig?« Ann-Katrin stand mit verschlafenen Augen vor ihm, zeigte auf den Tisch.

Braig Schloss das Fenster, drückte seine Freundin an sich. »Du hast es doch gehört«, sagte er. »Monrepos.«

»Was ist mit deiner Wunde?« Sie deutete auf seine Schläfe.

Er spürte das leichte Pochen, hoffte, dass es nicht stärker wurde. »Im Moment ist es auszuhalten.«

Sie küsste ihn auf die Stirn, verschwand im Bad. Braig richtete sich zwei Brote mit Marmelade, trank zwei Tassen Kaffee, verabschiedete sich von seiner Freundin.

Die Luft draußen hatte sich tatsächlich kaum abgekühlt. Er schwitzte schon nach wenigen Metern, war froh, als er die Treppen zur S-Bahn erreicht hatte. Die Leute waren hochsommerlich gekleidet, Frauen und Männer mit langen Ärmeln die Ausnahme. Braig zog seine Jacke aus, warf sie über die Schulter, nahm die Bahn nach Ludwigsburg. Er fuhr bis zur Station *Favoritepark,* folgte der Seeschloßallee, die kerzengerade zum Schloss Monrepos führte. Braig kannte den Weg, hatte die anmutige Parkanlage schon mehrfach besucht. Studentinnen der nahe gelegenen Pädagogischen Hochschule kamen ihm joggend entgegen oder überholten ihn, andere strampelten auf Rädern an ihm vorbei. Die Luft hier draußen schien frischer, nicht ganz so drückend wie im Stuttgarter Talkessel. Er unterquerte die stark befahrene Landstraße nach Heutingsheim, hatte Monrepos unmittelbar vor sich: Rechts die von einem mächtigen Zaun umgebenen Anlagen des Schlosses und der Verwaltungsgebäude, links den See mit den dicht bewaldeten kleinen Inseln. Dass sich etwas Ungewöhnliches ereignet hatte, war nicht zu übersehen: Polizisten in Uniform bewachten den Zugang zum Wasser, Männer in hohen Gummistiefeln machten sich am Rand des Sees zu schaffen. Als Braig vor dem Zaun links abbog und die Brücke über den schmalen Kanal überquerte, konnte er erkennen, was das geschäftige Treiben verursachte: Der Kofferraum eines Autos ragte, gerade noch die Kante des Uferwegs berührend, aus dem Wasser.

Augenblicklich hatte er die Szene vom Bärensee wieder vor Augen, jenes Ereignis, das ihn seit zwei Tagen beschäftigte. Nicht schon wieder ein Toter, flehte er insgeheim, nicht schon wieder dasselbe unmenschliche Verbrechen, obwohl er seit Weisshaars Telefonanruf genau wusste, wie vergeblich sein Wunsch war.

Er näherte sich der Stelle, wo das Auto aus dem Wasser ragte, streckte dem uniformierten Beamten, der hier den Beginn des Weges überwachte, seinen Ausweis entgegen und grüßte den Mann. Wären die auffälligen Absperrungen der Polizei nicht gewesen, man hätte die Szene idyllisch nennen können: Vor ihm der ruhige Wasserspiegel des Sees, eingerahmt von den üppig grünen Inseln und dem anmutigen Bau des Schlosses. Rechterhand, nur wenige Meter entfernt, der Auslauf des kleinen Kanals. Auf der anderen Seite der schmalen Wasserzunge in Reih und Glied festgezurrte Tret- und Ruderboote eines Bootsverleihs, über eine Holztreppe und einen Steg vom etwas höher gelegenen Ufer aus zu erreichen. Hinter dem Bootshaus erstreckte sich der Trakt des Verwaltungsgebäudes.

Braig drückte sich an einer Absperrung vorbei, den Grassaum entlang des Weges zum See, passierte einen dicht belaubten Baum, dessen mächtiger Stamm unmittelbar neben dem Wasser in die Höhe wuchs. Keinen Meter dahinter ragte die Rückfront des Fahrzeugs aus dem See.

Hier blieb er stehen, winkte Rössle und Schöffler zu, die, Gummistiefel an den Füßen, im flachen Wasser standen und das Auto von allen Seiten fotografierten. Braig grüßte, sah die mürrische Miene Rössles, der sich vorsichtig aufrichtete und zu ihm ans Ufer stapfte.

»Alle Idiote von Sindelfinge, wenn ihr den Halunke net bald krieget, no guat Nacht!« Er winkte dem Kommissar, wies auf das Fahrzeug. »Dieselbe Handschrift.«

»Ein Toter?«, fragte Braig. Er beugte sich über das rot-weiße Band, versuchte vergeblich, einen Blick ins Innere des Autos zu werfen. Die Scheiben reflektierten gleißend die Strahlen der Sonne, machten jeden Einblick unmöglich.

Rössle wies hinter sich, nickte. »Kopfschuss. Wie im Bärensee.«

»Kopfschuss?«, wiederholte Braig. Er spürte den Schock, den die Information in ihm auslöste, schnappte nach Luft. Was immer er befürchtet hatte, diese Botschaft übertraf alles. Kopfschuss – derselbe Wahnsinn wie gehabt. Der Täter, wer immer es auch war, hatte sich nicht damit begnügt, seine Opfer mittels dieser Aufsehen erregenden Methode zu demütigen, er hatte sie vorher schon mit seiner Pistole ins Jenseits befördert. Was war der Hintergrund? Hatte er sichergehen wollen, dass seine Attacken auf jeden Fall tödliche Wirkung hatten? Oder war es sein Ziel, mit diesem Vorgehen auch in einer von Sensationen und demonstrativ zur Schau gestellten Perversionen übersättigten Gesellschaft große Aufmerksamkeit zu erregen? Wie auch immer die Motivation aussehen mochte – sie hatten es nicht mit einem gewöhnlichen Mörder, sondern mit einem seine Verbrechen akribisch genau realisierenden Täter zu tun.

»Lassen Sie mich durch! Das ist mein Recht!«

Braig hörte das Schreien, tauchte aus seinen Gedanken auf. Er drehte sich um, sah wenige Meter entfernt zwei mit Kameras bewaffnete Männer mit dem uniformierten Kollegen streiten. Braig kannte beide, wusste, dass sie für das schmutzige Boulevardblatt arbeiteten, das mit seinen alltäglichen Appellen an die niedrigsten Instinkte immer neue Gift- und Dreckspuren durchs ganze Land legte. Er sah, dass es dem Kräftigeren der beiden Männer gelang, sich an dem Beamten vorbeizuschieben, wandte Rössle den Rücken zu, eilte dem Journalisten mit hoch erhobenen Händen entgegen. Der Mann streckte seine Kamera zur Seite, versuchte, die Szene am See auf einen Chip zu bannen. Braig stellte sich ihm mitten in den Weg, riss ihm den Fotoapparat weg.

»Bayer, sind Sie des Wahnsinns?«, rief er. »Sie zerstören Spuren. Das ist ein Tatort.«

Sein Gegenüber grinste höhnisch, hob seine Hände in die Höhe. »Weshalb so aufgeregt, Herr Kommissar? Doch nicht dasselbe Spiel wie im Bärensee?« Er schnalzte genüsslich mit der Zunge, trat einen Schritt zurück. »Wieder ein Toter?«

Braig spürte die Wut in sich, stieß den Mann zurück, bis sie bei dem uniformierten Kollegen angelangt waren.

»Das gibt Schlagzeilen«, erklärte der Reporter und pfiff durch die Zähne, »wau, das reicht für mehrere Tage.«

Braig warf ihm die Kamera mit einem solchen Schwung zu, dass sie ihm ans Kinn prallte, drehte sich angewidert von dem

Mann weg. Er hörte die aufgeregten Entschuldigungen des Beamten, bat ihn, niemanden passieren zu lassen, lief wieder zum Wasser zurück. Warum nur mussten sie hinnehmen, überlegte er, sich alle paar Tage von immer denselben schmierigen Typen wieder in ihre Arbeit pfuschen zu lassen? Er hatte im Verlauf der letzten Jahre so viele aufgeschlossene und wagemutige Journalisten kennen und schätzen gelernt, die Tag für Tag ihrer oftmals sehr schwierigen Arbeit nachgingen und im Kleinen wie im Großen dafür sorgten, demokratischen Prinzipien auch gegen vielerlei Widerstände zum Recht zu verhelfen – Helden des Alltags, denen zu einem großen Teil die geistige Freiheit dieses Landes zu verdanken war –, dass er sich immer häufiger fragte, warum es nicht gelang, den Deckmantel des Journalismus missbrauchenden Gestalten wie Bayer endgültig einen Riegel vorzuschieben.

»Den dät i am liebschte persönlich dotschlage«, empfing ihn Rössle mit lauter Stimme. »Warum hent die heut Nacht net den Kerl erschosse ond do neigworfe?« Er stapfte an der Rückfront des Autos vorbei auf die Fahrerseite, winkte den Kommissar zu sich. »Von hier aus müsst die Leich zu sehe sei, oder?«

Braig streckte seinen Kopf über die Absperrung, soweit es ging, sah den Körper eines Mannes angewinkelt auf den Vordersitzen des Fahrzeugs liegen. Der Tote streckte ihm den Hinterkopf zu, zeigte eine völlig deformierte Partie unterhalb der rechten Schläfe. »Wie am Bärensee«, murmelte Braig kaum hörbar vor sich hin, sah Rössles zustimmendes Nicken.

»Den müsset ihr kriege, des isch derselbe.«

Braig atmete tief durch, sah Rössles Fingerzeig. »Das Kennzeiche. Willsch du es überprüfe?«

Er nickte, trat ein paar Schritte zur Seite, studierte die Buchstaben und Ziffern. Es handelte sich um einen roten 3er BMW, der in Ludwigsburg gemeldet war. Braig wählte die Nummer des Amtes, bat Weisshaar um die Identifikation des Kennzeichens. Es dauerte keine Minute, bis der Name und die

Anschrift samt Telefonnummer auf seinem Display erschienen. *Christoph Wulf, Friedrichstraße, Ludwigsburg, 38 Jahre alt.*

»Ein Arzt ist unterwegs?«, fragte Braig.

»I han sofort telefoniert.«

»Wer hat das Auto entdeckt?«

»Zwei Studentinnen«, antwortete Markus Schöffler, der die nur wenige Zentimeter aus dem Wasser herausragenden Türgriffe auf Fingerspuren untersuchte, »sie warten dort drüben bei den Kollegen.« Er deutete auf das Verwaltungsgebäude auf der anderen Seite der Seezunge.

Braig bedankte sich, musterte die Uferkante des Weges, sah die Spuren der Autoreifen. »Wie das Fahrzeug ins Wasser kam, ist klar?«

Rössle zeigte zurück auf den Vorplatz der Schlossanlage, wo sich am Ende der Zufahrtsstraße eine Steinpyramide erhob. »Dort obe nebe dene Poller isch der Karre uf den Weg eiboge, den du herkomme bisch. An der Laterne hent mir Lackspure entdeckt.«

Braig folgte seinen Hinweisen, konnte das Geschehen leicht nachvollziehen. Der eigentlich nur Fußgängern vorbehaltene Weg war breit genug für Autos, lediglich die scharfe Rechtskurve gleich nach der Brücke über den Kanal konnte Schwierigkeiten verursacht haben. »Und wie ist es mit Fußspuren hier am Ufer?«

»Genau wie am Bärensee«, erklärte der Techniker. »Nur noch besser zu erkenne.« Er zeigte auf den Boden unmittelbar neben sich, eine Stelle, die mit weißen Kreppstreifen markiert war. »Gestern hat es fescht geregnet. A schweres Gewitter.«

Braig dachte an das sintflutartige Geschehen, das er vom Zug aus beobachtet hatte, nickte.

»Deswege hent mir Glück. Au wenn die zwoi Mädle, die des Auto gfunde hent, au no ihre Abdrück hinterlasse hent.« Rössle wies auf den aufgeschürften Boden wenige Zentimeter entfernt. »Aber wie gsagt, des lässt sich gut unterscheide.«

Jetzt, wo Braig dem Fingerzeig des Kollegen folgte, konnte er die Spur tatsächlich erkennen. Ein schmaler, mittelgroßer Fußabdruck mit ausgeprägtem Rillenprofil. Zuerst Richtung See, dann im leichten Bogen landeinwärts. »Genau wie in Stuttgart«, sagte er.

»Genau so«, bestätigte Rössle, »und au die Schuhgröße stimmet überein.«

»Du hast sie schon verglichen?«

Der Techniker deutete auf seinen Laptop, der hinter der Absperrung am Ufer auf einem Metallkoffer lag. »Mit dere moderne Technik goht des schnell. Größe 41.«

»Identisches Profil?«

Rössle nickte. »Eikerbunge von Sportschuh. Die Rille han i sofort erkannt. Genau wie am Bärensee.«

»Dann ist es wirklich derselbe Täter.« Braig seufzte laut, fühlte die Bestätigung des Verdachts wie ein tonnenschweres Gewicht auf sich lasten.

»I fürcht, ja. Und was des bedeutet, muss i dir wohl net sage.«

»Nein, wirklich nicht.« Bayers Auftauchen, seine hämischen Bemerkungen waren Hinweis genug. Der schmierige Schnüffler hatte Lunte gerochen, die fette Beute der nächsten Tage schon erspürt. Zwei Männer auf die gleiche brutale Art, mit der gleichen Aufsehen erregenden Methode hingerichtet. Plakativ, damit ja niemand das grauenvolle Werk übersah. Ein Doppelmord, im Abstand von zwei Tagen.

»Ihr müsset den kriege«, mahnte Rössle, »sonscht ...« Er ließ den Rest des Satzes offen, lief wieder ins Wasser, machte sich an der Fahrertür des Autos zu schaffen.

Braig nickte, gab keine Antwort. Rössle brauchte seine Schlussfolgerungen nicht auszusprechen, sie lagen auf der Hand. Wenn sie diesem skrupellosen Täter nicht bald auf die Schliche kamen, mussten sie mit allem rechnen. Wer wollte seine Hand dafür ins Feuer legen, dass er mit zwei Toten genug hatte? Wer konnte wissen, ob sein abartiges Bedürfnis nach

Rache schon gestillt war? Musste er, Braig, nicht befürchten, bald wieder frühmorgens aus dem Bett geholt zu werden – zum nächsten Opfer? »Wir müssen die Verbindung herstellen«, stellte Braig fest, »wenn es derselbe Mörder ist, muss es ein gemeinsames Band zwischen seinen Opfern geben. Wenn wir den Zusammenhang finden, können wir ihn vielleicht identifizieren.«

Er verabschiedete sich von Rössle und Schöffler, bat sie, ihn sofort über eventuelle Neuigkeiten zu informieren, lief den Weg zurück, dann auf die Verwaltungsgebäude auf der anderen Seite der Landzunge zu. Er hatte den Zaun, der die Schlossanlagen abschirmte, fast erreicht, als sein Handy läutete. Die verzerrte Hymne nervte ihn dermaßen, dass er es hastig aus seiner Tasche riss und die Verbindung herstellte.

Neundorf war in der Leitung. »Du bist in Monrepos?«, fragte sie.

Braig bestätigte ihre Vermutung, erzählte, was er bisher erfahren hatte.

Ihr lautes Fluchen war deutlich zu hören. »Und es gibt keinen Zweifel?«

»Rössle ist sich sicher«, antwortete er. »Du weißt, was das heißt.«

»Ja, ja.« Sie seufzte, holte tief Luft. »Wurde er mit derselben Waffe wie Herzog getötet?«

»So weit sind sie noch nicht.«

»Karl Herzogs Mutter weiß übrigens nichts von der Waffe ihres Mannes. Ich habe sie gestern danach gefragt.«

»Du glaubst ihr?«

»Vielleicht fällt ihr später noch etwas dazu ein. Im Moment ist sie einfach noch zu sehr erschüttert. Sie war immer noch völlig außer sich gestern Abend.« Sie machte eine kurze Pause, fragte dann nach der Identität des Toten.

Er nannte ihr den Namen und die Anschrift, erklärte, dass er kurz bei den beiden Studentinnen vorbeischauen wolle, die das

Auto entdeckt hatte, um dann zur Wohnung des Ermordeten zu fahren.

»Dann treffen wir uns dort«, sagte Neundorf. »Ich werde in der Zwischenzeit versuchen herauszufinden, ob wir etwas über den Mann haben.« Er glaubte schon, sie habe das Gespräch beendet, als sie noch einmal ansetzte. »Danke, dass du mich gestern Abend noch über die Aussagen von Wangbiehlers Freunden informiert hast. Ich habe mir das Band nach der Pressekonferenz angehört. Koch lehnt es aber ab, gegen Wangbiehler vorzugehen. Der Zusammenhang sei ihm zu vage. Aber war das wirklich anders zu erwarten?«

Braig gab keine Antwort.

»Wir haben eben immer noch nicht begriffen, dass es bei uns zwei verschiedene Sorten von Menschen gibt: Normalsterbliche wie du und ich und Auserwählte, die über den Gesetzen stehen. Aber irgendwann werden auch wir das noch lernen.«

Er beendete das Gespräch, zeigte dem uniformierten Beamten, der den Eingang zum Schlosspark bewachte, seinen Ausweis. »Braig, guten Morgen. Ich suche die Studentinnen, die das Auto entdeckt haben.«

Der Kollege wies auf das nahe Verwaltungsgebäude, vor dessen Front zwei junge Frauen unruhig hin und her liefen. »Ich glaube, die sind ziemlich fertig.«

Braig bedankte sich, näherte sich den beiden Frauen, stellte sich vor. Er schätzte sie auf Anfang zwanzig, sah ihre schlanken, durchtrainierten Körper. Sie erteilten ihm bereitwillig Auskunft.

»Mein Name ist Martina Merkle und das ist meine Freundin Christina Seibert. Wir studieren an der PH.« Sie wies auf die Anhöhe Richtung Favoritepark, wo einige der Hochschul-Gebäude lagen. »Wir waren heute Morgen wieder joggen, hierher nach Monrepos wie immer, wenn das Wetter mitspielt.«

»Die Seeschlossallee entlang?«

Martina Merkle nickte. »Wir nehmen sie jeden Tag, weil da keine Autos fahren. An der Steinsäule bogen wir ab zum See.«

Sie zeigte in die Richtung, aus der Braig gekommen war. »Christina sah das Auto als Erste. Kurz hinter der Brücke.«

»Die Brücke, die über den schmalen Kanal führt?«

Christina Seibert antwortete selbst. Sie hatte dunkelblonde, zu einem Pferdeschwanz gebundene Haare, ein schmales, vom Sport und der Aufregung gerötetes Gesicht. »Ich wollte es zuerst nicht glauben, es war so, ich weiß nicht, wie ich sagen soll, so unwirklich. Das konnte doch gar nicht sein, dass dort am See, im Wasser, meine ich, ein Auto ...« Sie sprach zu schnell, verhaspelte sich, begann einen neuen Satz. »Ich meine, wir kommen jeden Tag hierher, fast jeden Tag, und wir kennen die Gegend und den See, aber das Auto, das war einfach ...«

Braig merkte ihre Anspannung, versuchte, sie zu beruhigen. »Wissen Sie, um wie viel Uhr das war?«

Die junge Frau überlegte nicht lange. »Kurz nach halb sieben. Fünf bis zehn Minuten etwa. Wir liefen fünf vor halb los. Lange dauert es nicht bis hierher.«

Er nickte zustimmend, machte sich Notizen. »Sie liefen bis ans Wasser vor?«

Martina Merkle mischte sich wieder ins Gespräch. »Es ist meine Schuld. Ich dachte mit keiner Faser daran, dass wir Spuren zerstören. Wer konnte auch ahnen, dass da ein Toter drin sitzt. Ihre Kollegen haben die Abdrücke unserer Schuhe aufgenommen. Ich hoffe, sie haben keine zu großen Probleme damit.«

Braig erinnerte sich an die Bemerkung Rössles, schüttelte den Kopf. »Das geht in Ordnung. Die Techniker können Ihre Spuren deutlich von denen des Täters unterscheiden.«

»Es gibt einen Täter?«, fragte Christina Seibert aufgeregt. »Es handelt sich tatsächlich um Mord?«

»Wahrscheinlich. Genau wissen wir es noch nicht.« Er bemühte sich, dem Gespräch eine andere Richtung zu geben. »Sie liefen bis zu dem Auto vor?«

»Wir glaubten, es handele sich um einen Unfall«, erklärte Martina Merkle. »Obwohl Autos hier nicht fahren dürfen.

Darüber dachten wir in dem Moment nicht nach. Wir liefen ans Wasser, bemerkten plötzlich den Toten. Da wurde uns ganz anders.«

»War sonst niemand unterwegs? Andere Sportler, irgendeine auffällige Person?«

Beide Frauen schüttelten den Kopf. »Tut mir Leid«, antwortete Martina Merkle, »aber das können wir nicht genau sagen. Ihr Kollege hat uns auch danach gefragt. Wir achteten nicht darauf, waren zu aufgeregt. In dem Moment, als wir den toten Mann in dem Auto sahen ...« Sie hielt inne, wies mit den Armen von sich. »Wir spurteten von dem Auto weg bis zur Brücke. Das war wie ein Reflex. Dann nahm ich mein Handy und wählte den Notruf. Kurze Zeit später kamen Ihre Kollegen.«

»Wie war es vorher? Ich meine, auf dem Weg hierher? Kam Ihnen niemand entgegen?« Braig sah die nachdenklichen Mienen der Studentinnen, spürte ihre Bemühungen, ihm zu helfen.

»Ein alter Mann mit seinem Hund«, sagte Christina Seibert, »aber der geht jeden Morgen spazieren. Wir kennen ihn. Der wohnt gleich neben unserem Wohnheim.«

»Glauben Sie, dass er hier am See war?«

»Bestimmt nicht. Der läuft oben zu den Gartenhäusern. Der kommt nicht einmal bis zur Landstraße.«

Braig nickte, wiederholte seine Frage nach weiteren Passanten, wurde abschlägig beschieden. Er merkte, dass er den beiden jungen Frauen Zeit geben musste, darüber nachzudenken, reichte ihnen seine Visitenkarte und bat, ihn zu informieren, sobald ihnen etwas einfiele. Er verabschiedete sich, sah ihnen nach, wie sie zum Zaun liefen und dann den Weg Richtung Favoritepark hoch sprinteten. Sie schienen erleichtert, den Ort, der ihnen eine solch schreckliche Überraschung beschert hatte, verlassen zu können.

Braig folgte ihnen, bog bei der Steinpyramide noch einmal zum Fundort ab. Markus Schöffler sah ihn von weitem, winkte ihm aufgeregt zu.

»Wir haben etwas gefunden«, rief er mit lauter Stimme, »es wird dich interessieren.« Er hielt eine durchsichtige Plastiktüte in die Höhe, gab sie dem Kommissar.

Braig erkannte sofort, um was es sich handelte. Er spürte den Schock wie einen Messerstich in seinen Körper dringen. Hatte es bisher auch nur den Hauch eines Zweifels gegeben, ob es einen Zusammenhang mit Karl Herzogs Tod gab, war es jetzt endgültig damit vorbei. Es handelte sich um denselben Mörder wie am Bärensee. »Wo habt ihr es her?«, fragte er.

»Aus der Hosentasche des Toten«, sagte Schöffler.

»Ist es die gleiche Kette?«

»Das müssen wir erst noch überprüfen. Es sieht aber danach aus.«

Braig nahm die Plastiktüte in die Hand, betrachtete den Schmuck, wunderte sich wieder, wie wenig er wog. Es war die Kette, zumindest das gleiche Material wie das, was sie in Karl Herzogs Hosentasche gefunden hatten: Drei aneinander geheftete, je etwa zehn Zentimeter lange, vergoldete Metallplättchen, die gewaltsam vom Rest der Kette abgetrennt worden waren. Billiger, fast wertloser Tand.

»Und das hier steckte auch in der Tasche«, fügte der Techniker hinzu. »Leider ist es ziemlich nass.« Er reichte Braig eine weitere Plastiktüte, sah zu, wie der Kommissar den Inhalt betrachtete. »Jetzt ist der Zusammenhang endgültig da«, erklärte Schöffler, »oder hast du noch Zweifel?«

»Nein«, antwortete Braig, »Nein.«

Er starrte auf das kleine, an zwei Rändern eingerissene Blatt, dessen Beschriftung von Feuchtigkeit beeinträchtigt, leicht zerflossen war. Der einzige Satz, den es enthielt, war dennoch gut zu lesen.

Noch ein Schwein, das büßen muss.

14. Kapitel

Sie trafen fast gleichzeitig in der Ludwigsburger Friedrichstraße ein. Christoph Wulfs Wohnung lag in einem Mehrfamilienhaus mit frisch getünchter Fassade, das mit dicken Fenstern vor dem Lärm der stark befahrenen Piste geschützt war.

»Er lebt allein«, eröffnete Neundorf das Gespräch, »deshalb ist Rauli dabei.« Sie zeigte auf Lars Rauleder, der Braig kurz zuwinkte, dann mit einem Schlüsselbund an der Haustür laborierte.

»Woher weißt du das?«

»Wir haben ihn im Computer«, erklärte die Kommissarin.

»Ein alter Kunde?«, fragte Braig.

Sie schüttelte den Kopf. »Nichts dergleichen. Der Eintrag stammt erst von heute Morgen.«

Rauleder hatte die Tür geöffnet, eilte ihnen voran die Treppe hoch.

»Er wurde als vermisst gemeldet«, setzte sie hinzu.

»Von wem?«

»Sein Arbeitgeber. Die Firma ist offensichtlich dringend auf ihn angewiesen.«

Eine junge Frau in heller Bluse und kurzem Rock kam ihnen von oben entgegen, musterte sie mit kritischem Blick. Braig grüßte, sah die Verwunderung in den Augen der Frau. Eine Vielzahl von Besuchern war man in diesem Haus wohl nicht gewöhnt, jedenfalls nicht zu dieser frühen Tageszeit. Er wartete, bis die junge Frau aus ihrem Blickfeld verschwunden war, nahm das unterbrochene Thema wieder auf. »Bei welcher Firma arbeitet er?«

»Fly cheap.«

»Wie bitte?«

Sie hatten das zweite Obergeschoss erreicht, sahen das Namensschild an einer der beiden Türen. *C. Wulf.*

Lars Rauleder ging darauf zu, beugte sich nieder, untersuchte das Schloss. »Das wird eine kurze Affäre«, erklärte er dann, machte sich mit seinem Schlüsselbund daran zu schaffen.

»Wie heißt die Firma? Ich habe den Namen nicht verstanden«, fragte Braig.

»Fly cheap«, antwortete Neundorf. »Eine Billigfluglinie.«

Er sah ihren prüfenden Blick. »Eine Billigfluglinie!«, wiederholte er.

»Genau«, erklärte seine Kollegin, »verstehst du, worauf das hinauszulaufen scheint?«

Braig spürte wieder anschwellende Schmerzen hinter seiner Schläfe. Mit dieser Entwicklung hatte er nicht gerechnet. Er fühlte sich um Jahre gealtert, hatte Mühe, die Fassung zu bewahren. Vor zwei Tagen der Beauftragte eines Autogiganten. Heute der Mitarbeiter einer Fluggesellschaft. Gab es noch irgendeinen Zweifel, in welche Richtung ihre Ermittlungen zielen mussten?

Er atmete tief durch, verfolgte Rauleders Bemühungen, das Schloss zu öffnen. »Und ich wollte dich noch bitten, nach einer Verbindung zwischen Karl Herzog und Christoph Wulf zu suchen, um auf die Hintergründe der Morde zu stoßen«, presste er hervor.

Neundorf nickte mit dem Kopf. »Ich fürchte, wir haben die Verbindung. Und die Hintergründe. Und Koch hat wieder einmal Recht behalten.«

Rauleder hatte das Schloss überwunden, schob die Tür nach innen. Er steckte seinen Schlüsselbund wieder ein, wies auf die Wohnung. »Wer will zuerst?«

Braig riss sich aus seiner Erstarrung, klopfte kräftig, betrat dann die schmale Diele, von der drei Türen wegführten. »Hier ist die Polizei«, sagte er laut, »bitte nicht erschrecken.« Er wartete auf eine Reaktion, hörte nur die Motoren der Autos draußen auf der Straße. Die Wohnung schien leer. »Dann gehen wir rein«, sagte er. Er zog sich Plastikhandschuhe über, blickte sich um, sah die typische Einrichtung des Eingangsbereichs einer Wohnung vor sich: Garderobe mit Haken und Kleiderbügeln, ein kleiner Teppich zur Ablage der Schuhe, ein schmales Schränkchen mit mehreren Schubladen, die Schals, Handschuhe und Pantoffeln enthielten. Er überflog den Inhalt mit kurzen Blicken, wandte sich der offen stehenden Tür zu, aus der Tageslicht in die Diele drang.

»Die Küche«, sagte er. Es handelte sich um eine moderne, sehr gepflegte und auffallend saubere Einrichtung in glänzendem Metallic mit allen Schikanen. Geschirrspüler, Mikrowelle, Espresso- Maschine, nichts fehlte.

»Wohnt hier jemand?«, staunte Neundorf. »So sauber war es bei mir noch nie.«

Braig stimmte ihr zu, auch was seinen eigenen Haushalt anbetraf, überlegte, was der Zustand des Raumes über den Charakter des Wohnungsinhabers aussagen mochte. »Ein Putzteufel«, sagte er, »oder ein überspannter Pedant, bei dem jede Staubflocke Tobsuchtsanfälle auslöst.« Er öffnete die Schränke, drückte mehrere Schiebetüren zur Seite, fand überall ordentlich aufbewahrte Lebensmittel, Teller, Tassen und Töpfe. Nur im Spülbecken ein benutzter Teller, dazu ein mit Fett verschmiertes Messer und zwei Gläser mit Schmutzrändern. Braig nahm sie vorsichtig hoch, bat Rauleder, sich darum zu kümmern. »Zwei Gläser«, sagte der, »vielleicht hatte er Besuch von seinem Mörder. Wir müssen sie auf jeden Fall untersuchen.« Der Techniker packte sie sorgfältig in Plastik.

»Seit wann wird der Mann vermisst?«, fragte Braig.

Neundorfs Antwort kam aus einem der anderen Räume. »Gestern Abend hätte er fliegen sollen. Sie versuchten, ihn per Handy und Festnetz zu erreichen, nichts.«

»Er ist Pilot?«

»Chefpilot, wenn ich es richtig verstanden habe. Auf jeden Fall ein ziemlich wichtiger Mann für die Firma.«

»Und wann hätte er seinen Dienst antreten sollen?«

»Danach müssen wir noch fragen, das weiß ich nicht.«

Braig verließ die Küche, schaute in das Schlafzimmers, sah, dass hier dieselbe penible Ordnung herrschte. Ein mit einem bunten Tuch abgedecktes Doppelbett, ein breiter, weißer Spiegelschrank, unter dem Fenster eine schmale Kommode.

Braig kam ans Ende der Diele, betrat den größten Raum der Wohnung, der von einer weißen Ledergarnitur dominiert wurde. Mitten im Zimmer ein niedriger Glastisch, von einer sich nach vorne beugenden nackten Frauenstatue gehalten, an der Rückwand ein großes Fernsehgerät mit Video und HiFi-Anlage, dazu ein Computer samt Monitor auf einem breiten, weißen Schrankbord. Alles war sauber aufgeräumt, nirgendwo ein Hinweis, dass hier jemand zu Hause war.

»Was war das für ein Mensch?«, fragte Neundorf. »Wer kann so leben?«

»Vielleicht war er selten hier«, überlegte Rauleder. »Als Pilot?«

»So hinterlässt man keine Wohnung«, erwiderte sie. »Auch wenn du selten zu Hause bist, irgendwelche Gebrauchsgegenstände lässt du liegen.«

Braig stimmte ihr zu, konnte sich nicht erinnern, bewohnte Räume jemals in einem solchen Zustand gesehen zu haben.

»Steril«, sagte Neundorf, »in jedem Leichenschauhaus geht es lebendiger zu.«

Er fand den Vergleich nicht ganz passend, widersprach ihr trotzdem nicht. »Könnte es sein, dass die Wohnung so hergerichtet wurde? Nach seinem Tod?«

Neundorf schaute ihn ratlos an. »Weshalb?«

»Vielleicht war sein Mörder auf der Suche nach etwas Bestimmtem und wollte durch die penible Ordnung davon ablenken.«

»Und deshalb gibt er sich solche Mühe?« Sie schüttelte zweifelnd den Kopf, öffnete die Schubladen des Bords unter dem Computer. »Das glaubst du nicht wirklich.«

»Ich weiß es nicht. Dürfen wir eine Theorie von vornherein ausschließen?«

»Nein, natürlich nicht. Aber ich neige immer mehr der Auffassung zu, dass es sich tatsächlich um die Erpresser handelt. Erst der Beauftragte des Autokonzerns, dann ein Pilot. Hundertmillionen sind irre viel Geld. Mit den Morden an den beiden Männern zeigen die Erpresser, dass sie keinen Spaß verstehen. Kann man seine horrenden Geld-Forderungen besser bekräftigen?« Sie zog einen Stapel Landkarten, Hefte und Bilder aus der Schublade, betrachtete sie.

»Am besten, ihr rührt jetzt nicht viel an«, mischte sich Rauleder ins Gespräch, »wir untersuchen alles. Vielleicht stoßen wir auf verdächtige Spuren.« Er machte sich am Computer zu schaffen, überprüfte den Inhalt der Festplatte.

»Krakau, wo liegt das?«, fragte Neundorf, gab sich selbst die Antwort. »In Polen, ja?«

»Im Süden von Polen«, sagte Braig, »was ist damit?«

»Er scheint ein Faible dafür gehabt zu haben«, erklärte sie, »ein halber Schrank voller Bilder, Hefte, Bücher, alle über Krakau und Umgebung.«

»Vielleicht war er im Urlaub dort.«

Sie nickte, legte die Hefte zurück, schloss die Schubladen.

»Hier habe ich ein Adressbuch mit mehreren Einträgen«. Braig hatte es in einem schmalen Fach neben dem Computer entdeckt, blätterte es durch. Es enthielt in alphabetischer Reihenfolge verschiedene Namen mit Adressen und Telefonnummern, den Ortsnamen nach über ganz Europa verstreut. »Der Mann war wirklich viel unterwegs«, ergänzte er, »die Adressen stammen aus mehreren Ländern.«

»Wahrscheinlich haben das Piloten so an sich«, meinte Neundorf. »Wie sieht es aus mit Verwandten oder Bekannten in der Nähe?«

Er sah die Seiten vollends durch, fand nur zwei Einträge, die dafür infrage zu kommen schienen. »Wulf gibt es nur einmal, Henriette und Wolfgang, beide in Hannover unter derselben Anschrift. Vielleicht seine Eltern. Und hier in der Nähe? Bisher habe ich nur einen Namen aus unserer Gegend entdeckt: C. Hund in Asperg.«

»Dann kümmern wir uns zuerst um seine Firma. Vielleicht können die uns weiterhelfen«, schlug Neundorf vor. »Ich habe unseren Besuch dort bereits angemeldet. Gehst du mit?«

»Sie haben ein Büro in Stuttgart?«

»In der Innenstadt. Zweihundert Meter vom Rotebühlplatz.«

Braig nickte, packte das Adressbuch in Plastikfolie, reichte es seiner Kollegin. »Du kommst allein zurecht?«, fragte er, an Rauleder gewandt.

Der Techniker nickte. »Viel verspreche ich mir nicht«, sagte er. »Die Wohnung scheint wirklich so steril wie die Sektionsräume der Pathologie.«

15. Kapitel

Das Büro der Fluggesellschaft bestand aus einem einzigen, der Größe eines mittleren Wohnzimmers entsprechenden Raum. Ein smarter, frisch gegelter und mit einer zitronengelben Jacke gekleideter Mann Mitte zwanzig empfing sie, von einer Wolke intensiv duftendem Rasierwasser umgeben. Er erwartete sie vor dem Fahrstuhl im vierten Stock mit strahlender, sonst nur im Werbefernsehen präsenter Miene, stellte sich als Kevin Lauter, Fly-Cheap-Manager vor und führte sie in sein über und über mit bunten Postern geschmücktes Büro. Der Raum enthielt kaum Mobiliar, nur einen großen Schreibtisch samt Computer, Bildschirm und Telefon, dazu fünf schlanke, um einen winzigen Tisch gruppierte Metallstühle. Braig zögerte, sich auf einem der Stühle niederzulassen, weil er um dessen Belastbarkeit fürchtete, tat es dann aber doch seiner Kollegin nach und akzeptierte das freundliche Angebot ihres Gastgebers, sie mit Mineralwasser zu versorgen. Der junge Mann verschwand hinter einer schmalen Tür am Ende des Zimmers, kehrte mit drei Gläsern und zwei Wasserflaschen zurück. Neundorf wartete, bis er die Gläser verteilt und das Wasser ausgeschenkt hatte, fragte dann nach Christoph Wulf.

»Natürlich kennen wir uns«, erklärte Lauter, zog einen Stuhl her, setzte sich zwischen die beiden Kommissare, »er fliegt schon seit fast zwei Jahren für uns.«

»Sie haben persönlich Kontakt mit ihm?«

»Ab und an, wenn es sich ergibt. Der größte Teil unseres Austauschs erfolgt per Telefon.«

»Dann ist Ihnen sein Privatleben weniger bekannt.«

Lauter milderte sein Strahlemann-Lächeln etwas ab. »Das ist richtig, ja. Sie dürfen nicht vergessen, dass unser Flugpersonal fast ständig unterwegs ist. Privatleben am Wohnort findet da nur in beschränktem Ausmaß statt.«

»Seit wann wird Wulf vermisst?«

»Sie wissen immer noch nicht, wo er sich aufhält?«

Neundorf ging nicht auf Lauters Frage ein, wartete auf seine Antwort.

»Gestern Abend kam er nicht zum Dienst.«

»Wann gestern Abend? Könnten Sie mir bitte die genaue Uhrzeit sagen, wann er hätte antreten sollen?«

Kevin Lauter sprang von seinem Stuhl auf, eilte zum Computer, holte die gewünschten Daten auf den Bildschirm. »Um achtzehn Uhr hätte er sich melden sollen«, erklärte er dann.

»Er hatte den Mittag frei?«

Der junge Mann starrte auf den Monitor, hatte die Antwort parat. »Gestern, ja. Er war aber erst spät in der Nacht zurück.«

»Dann nutzte er den Morgen, um sich auszuschlafen«, sagte Braig, trank von seinem Wasser.

Lauter schaute ihn nachdenkend an. »Wahrscheinlich. Ich weiß es nicht.«

»Wo sollte er gestern Abend hinfliegen?«

»Krakau und zurück. Und dann heute Morgen nach Budapest und heute Mittag wieder retour.«

»Deshalb die vielen Hefte und Karten«, sagte Neundorf. »Wulf fliegt öfter nach Krakau?«

Lauter verließ den Platz am Bildschirm, nickte. »Das ist einer unserer Standardflüge.« Er griff nach seinem Glas, trank. »Krakau, Budapest, diese Touren sind fest in Wulfs Hand. Mal am Tag, manchmal auch über Nacht. Nach Italien, unserem zweiten Schwerpunkt, fliegt er nur selten.«

»Er hat eine wichtige Position in Ihrem Unternehmen?«

Der junge Mann nickte. »Er ist unser Chefpilot. Deshalb ist es umso unverständlicher, dass er nichts von sich hören lässt.«

»Was heißt das: Ihr Chefpilot?«, insistierte Braig. »Herr Wulf hat in Ihrem Unternehmen eine Führungsposition inne?«

»Allerdings. Er ist der Chef unseres Flugpersonals. Herr Wulf bestimmt, wer wann wohin fliegt und welche Maschine dabei

16. Kapitel

Braig und Neundorf waren auf dem schnellsten Weg ins Landeskriminalamt zurückgekehrt. Sie mussten ungeachtet aller persönlichen Animositäten den Oberstaatsanwalt über die berufliche Position Wulfs informieren, hatte dieser Sachverhalt doch wohl entscheidende Bedeutung für die Zielrichtung ihrer Ermittlungen.

»Natürlich dürfen wir Wangbiehler nicht völlig außen vor lassen«, meinte Neundorf, als sie den Aufzug betraten, um zu ihrem Stockwerk hochzufahren, »aber wir dürfen uns auch der Einsicht nicht verschließen, dass das einzige gemeinsame Merkmal, das wir zur Zeit haben, auf die Erpresser als für die beiden Morde Verantwortliche weist, ob uns das passt oder nicht.«

»Was ist mit der Kette?«

»Ein weiterer Hinweis an uns: Diese beiden Opfer gehen wirklich auf denselben Täter zurück.«

»Genau wie die ›Schweine, die büßen müssen‹?«

»Stellvertretend für die von ihnen repräsentierten Unternehmen. Das passt, oder nicht?«

Braig sah keinen Grund zu widersprechen, wischte sich den Schweiß von der Stirn. Die hohe Luftfeuchtigkeit und die fast unerträglich heißen Temperaturen machten ihm wieder zu schaffen. Er spürte die Schmerzen in seinem Kopf, hatte Probleme mit seinem Kreislauf. »Du übernimmst die Sache mit Koch?«, bat er.

Neundorf nickte. »Ich denke, wir halten es wie in den letzten Tagen. Ich spreche mit ihm. Vielleicht kannst du bei Frau Herzog anrufen und sie danach fragen, ob sie Wulfs Namen schon einmal gehört hat.« Sie hielt inne, betrachtete ihren Kollegen. »Wie steht es mit deiner Gesundheit?«

»Noch nicht ganz okay«, antwortete er. »Ich hoffe, es wird besser.«

Sie verließen den Fahrstuhl, eilten zu ihren Büros. Braig legte seine Notizen ab, sah die Papiere auf seinem Schreibtisch durch. Mitten auf seiner Computer-Tastatur hatte jemand eine Kopie des Erpresser-Schreibens hinterlassen. Er lief zum Waschbecken, wusch seine Hände und klatschte sich Wasser ins Gesicht, um sich zu erfrischen, setzte dann Kaffee auf. Als er seinen Schreibtisch wieder erreicht hatte und das Schreiben zur Hand nehmen wollte, läutete das Telefon. Er nahm den Hörer ab, meldete sich.

Markus Schöffler war am Apparat. »Ich denke, dich interessiert der Befund der Ärztin«, sagte er.

»Sie hat die Leiche untersucht?«

»Es dauerte nicht lange. Wulf wurde gegen Mitternacht getötet, meint sie.«

»Gegen Mitternacht?«

»Plus minus eine Stunde, nicht viel mehr. Sie legte sich relativ genau fest.«

»Wie heißt die Frau?«

»Dr. Schlotterbeck. Sie scheint mir sehr kompetent. Du kennst sie?«

Braig erinnerte sich an die unheimliche Mordserie des letzten Herbstes, als in Waiblingen und auf dem Arsenalplatz in Ludwigsburg zwei junge Frauen brutal erwürgt worden waren. Tagelang hatten sie nach dem Zusammenhang zwischen den beiden Opfern gesucht, waren von einer falschen Spur zur nächsten geirrt. Erst der Hinweis einer Ludwigsburger Buchhändlerin, die einen der Täter zufällig beobachtet hatte, war zum entscheidenden Impuls geworden, den Mann doch noch aufzuspüren. Braig sah die gespenstische Szene auf dem von dichtem Nebel verhüllten Arsenalplatz vor sich, die junge, übel zugerichtete Frau auf dem kalten Boden, als er auf Dr. Schlotterbeck gestoßen war.

Markus Schöfflers Worte rissen ihn aus seinen Gedanken. »Wir haben noch etwas entdeckt. Der Mord wurde in dem am See aufgefundenen Fahrzeug verübt.«

»In Wulfs eigenem Auto?«

»Wir haben Blutflecken entdeckt. An der Decke zwischen den beiden Vordersitzen. Es ist Wulfs Blut, das haben wir bereits überprüft. Er wurde also von seinem Beifahrer erschossen, in die rechte Schläfe, wie du selbst gesehen hast.«

»Ihr wisst schon etwas über das Kaliber?«

»Tut mir Leid. Die Leiche wurde bereits abgeholt. Du musst den Pathologen fragen.«

Braig bedankte sich für die schnelle Information, legte den Hörer zurück. Der Kaffee tropfte blubbernd in die Kanne, ließ seinen Duft durchs ganze Zimmer streichen. Er lief zur Maschine, spürte wie ihm plötzlich schwindlig wurde, klammerte sich am Waschbecken fest.

Der Anfall war nur von kurzer Dauer, Sekunden später hatte er sich wieder im Griff.

Ich muss es langsamer angehen lassen, überlegte er, daran führt kein Weg vorbei. Die Verletzung in Verbindung mit dem extremen Klima verlangt mir zu viel ab.

Er löste sich vom Waschbecken, nahm die Kaffeekanne, schenkte sich eine Tasse ein. Vielleicht half das koffeinhaltige Getränk.

Er setzte sich, trank langsam. Der Kaffee war stärker, als er erwartet hatte, überraschte mit kräftigem Geschmack. Braig griff nach der Kopie des Erpresser-Schreibens. Es umfasste zwei Seiten, war in kleiner Schrift gedruckt.

Die Erde war in Urzeiten glühend heiß und lebensfeindlich. Erst nach Hunderten von Jahrmillionen wurde sie von Pflanzen, Menschen und Tieren besiedelt.

Dies war nur möglich, weil allmählich ein genau stimmiges Verhältnis der von Mensch und Tier erzeugten Menge von Kohlendioxyd von den Pflanzen wieder in Sauerstoff umgewandelt wurde. Der in der Atmosphäre vorhandene Anteil an Kohlendioxyd blieb weitgehend gleich und sorgte für nahezu konstante Temperaturen über Jahrhunderte hinweg.

Dass dies nicht selbstverständlich ist, beweist die Eiszeit vor ca. 20.000 Jahren. Ursache war ein Absinken der Temperatur um etwa 3 Grad Celsius. Naturkatastrophen führten daraufhin zu riesigen Vereisungen, Überschwemmungen und Vernichtung menschlichen und tierischen Lebens.

Nach dem Ende der letzten Eiszeit veränderte sich die durchschnittliche Temperatur auf der Erde höchstens um 1 Grad Celsius. Dies genügte jedoch schon in dieser Zeit, um Völkerwanderungen auszulösen wegen riesiger Überschwemmungen, sowie Vernichtung tierischen und pflanzlichen Lebens. Die Nahrungsgrundlagen wurden in neuen Gebieten auf der Erde gesucht und erobert.

Die industrielle Revolution führte zum endgültigen Ende der Epoche nur geringfügig veränderter Temperaturverhältnisse. Die Ausbeutung und Nutzung fossiler Energieträger durch Industrie, Kraftwerke, Flugzeuge, Autos, Heizung bewirkten ein langsames, aber stetiges Anwachsen der Mengen an Kohlendioxyd in der Atmosphäre. In den letzten Jahren ufert der Ausstoß dieses lebensfeindlichen Gases geradezu bedrohlich aus.

Die Folgen sind nicht zu übersehen: steigende Temperatur-Durchschnittswerte, Stürme, Gewitter, intensive Regenfälle verwüsten Teile unserer Erde. Polare Eismassen und Gletscher schmelzen und lassen die Meeresspiegel ansteigen. Inseln werden überflutet, Flüsse überschwemmen weite Gebiete. Die höhere Temperatur verdunstet mehr Wasser und bewirkt Wetterkapriolen: Hitzeperioden im Winter, Kälteeinfälle im Sommer. Regionen versteppen, Wüsten breiten sich aus.

Wissenschaftler warnen, Klimakonferenzen werden einberufen. Uneinsichtige Regierungen, Industrie-Lobby behindern vernünftige Beschlüsse sowie weiterführende Restriktionen des Kohlendioxydanstiegs. Die Weichen für eine verantwortbare Zukunft müssen dringendst gestellt werden. Wir trudeln kriminell und verantwortungslos in eine gefährliche Zukunft.

Unser Gewissen, unsere Verantwortung für das Leben unserer Nachkommen verbietet es uns, diesem Wahn noch länger tatenlos zuzusehen: Wenn wir dem verbrecherischen Treiben auch nicht Einhalt gebieten können, so sehen wir es dennoch als unsere Aufgabe an, die Hauptverantwortlichen zu – in Relation zu ihren Gewinnen – geringen Ausgleichszahlungen zu zwingen. Wir werden das Geld solchen Maßnahmen zur Verfügung stellen, die der Erhaltung des Lebens dienen!

Braig sah auf, weil das Telefon läutete. Er überflog die letzten Zeilen des Schreibens, las, dass die Erpresser Hundertmillionen Euro von dem Autokonzern und verschiedenen Fluggesellschaften forderten, sah die Drohung am Ende des Textes.

Sollten Sie unseren Ausführungen nicht nachkommen, werden Sie die Konsequenzen für die schlimmen Folgen übernehmen müssen. Wir lassen nicht mit uns spaßen!

Er legte das Schreiben zur Seite, nahm den Hörer ab.

»Endlich!« Das war Felsentretter.

»Um was geht es?«, sagte Braig.

Der Kollege hatte es eilig. »Ich komme«, antwortete er.

Braig legte den Hörer zurück, griff nach seiner Tasse. Sie war leer. Er stand auf, schenkte sich den Rest ein. Die dunkle Flüssigkeit reichte fast bis zum Rand. Er roch den würzigen Duft, trank einen Schluck, ging dann langsam zum Schreibtisch zurück. Er wusste nicht, was er von dem Text halten sollte. Was da stand, war wohl fasst korrekt; er hatte mehrfach von den Besorgnis erregenden Erkenntnissen der Wissenschaftler gelesen, oft auch mit Ann-Katrin und ihrer Schwester darüber diskutiert. Theresa Räuber engagierte sich in verschiedenen Öko-Initiativen, setzte sich vehement dafür ein, politische Maßnahmen zur Beschränkung des Auto- und Flugverkehrs einzuführen. Die Fakten lagen sichtbar für alle auf dem Tisch, kein ernsthafter Wissenschaftler – außer einigen wenigen von der Öl- und Autoindustrie bezahlten Marionetten – bezweifelte die katastrophale Entwicklung, welcher der ganze Globus entgegenging. Die im Wohlstand lebenden Reichen schaufelten das Grab für die gesamte Menschheit und nirgendwo zeigte sich eine rettende Macht, die sich dem irrsinnigen Treiben Einhalt gebietend in den Weg stellte.

Oder doch? Wollten die Erpresser vielleicht doch dazu beitragen, die rasante Fahrt in den Abgrund abzubremsen – oder handelte es sich bei ihnen, wie der Oberstaatsanwalt vermutete, um Terroristen, die die Zerstörung der natürlichen Lebensbedingungen nur als Vorwand benutzten, um an Geld für ihre kriminellen Machenschaften zu kommen? Die Morde an Karl Herzog und Christoph Wulf wiesen eindeutig auf einen terroristischen Hintergrund – Menschen zu töten, um die Ernsthaftigkeit der eigenen Drohungen zu unterstreichen, war durch kein noch so bedeutendes Ziel zu rechtfertigen. Diese barbarischen Verbrechen stellten die Täter doch auf die gleiche Stufe wie die rücksichtslos ihre Profit- und Machtinteressen verfolgenden Konzernbosse und Politiker. Aber, so sehr es auch danach aussehen mochte, noch hatten sie keine endgültigen Beweise dafür, dass die Mörder der beiden Männer wirklich mit den Verfassern dieses Schreibens identisch waren.

Felsentretter stürmte mit Riesenschritten ins Zimmer, riss Braig aus seinen Überlegungen. Er schien wirklich in Eile, blieb mitten im Raum stehen, wedelte mit einem Blatt hin und her. »Ein roter Ford Escort, amtliches Kennzeichen GP ...«, er warf

Braig die Buchstaben und Ziffern so schnell entgegen, dass der sie nicht nachvollziehen konnte, wandte sich dann mit laut dröhnender Stimme direkt an den Kollegen. »Sagt dir das etwas?«

Braig stellte seine Tasse ab, bat Felsentretter, das Kennzeichen zu wiederholen.

»Vergiss es«, maulte der schwergewichtige Kollege, »du kommst doch nicht drauf.« Er warf das Papier auf den Schreibtisch, trat einen Schritt vor. »Es ist Zufall, purer Zufall, dass ich es entdeckt habe.«

»Um was geht es?«

»Letzten Sonntag kurz vor vierzehn Uhr wurde in der Lorcher Straße in Wäschenbeuren ein Kind, das mit seiner Familie unterwegs war, auf seinem Fahrrad von einem Auto angefahren. Das elf Jahre alte Mädchen wurde schwer verletzt.«

Braig betrachtete die angespannte Miene des Kollegen, verstand nicht, in welchem Zusammenhang der Vorfall mit ihren Ermittlungen stehen sollte. Auf deutschen Straßen, so hatte er einem neuen Bericht entnommen, wurde alle fünfzehn Sekunden ein Kind von einem Auto angefahren und schwer verletzt das war alltägliche Praxis. Er blieb ruhig, wartete auf weitere Erklärungen.

»Nachforschungen der örtlichen Beamten führten heute Morgen zum Fahrzeug des flüchtigen Täters: Ein roter Ford Escort mit Göppinger Kennzeichen. Hier stehen die gesamten Ziffern, wenn es dich interessiert.« Felsentretter deutete auf das Blatt, das er auf den Schreibtisch gelegt hatte. »Bei einem zufälligen Datenvergleich bekam ich es vorhin auf den Bildschirm.«

»Ein roter Ford Escort?«

»Demski«, donnerte Felsentretter, »so heißt der Besitzer des Karrens.«

»Demski?«, vergewisserte sich Braig. »Sven Demski?«

»Genau der. Die Kollegen haben ihn vorhin verhaftet.«

Braig erinnerte sich an die schmuddelige, klein gewachsene Gestalt des Mannes, hatte sofort wieder den stechenden Geruch nach Schweiß, Bier und ungewaschenen Füßen in der Nase, der von dem Mann ausgegangen war. Dass Demski ohne jedes Verantwortungsbewusstsein über die Straßen bretterte, traute er ihm sofort ohne jeden Vorbehalt zu.

Felsentretter hatte beide Hände zu Fäusten geballt, fuchtelte aufgeregt vor ihm durch die Luft. Er war offensichtlich noch nicht am Ende seiner Mitteilungen angelangt. »Sonntag, gegen vierzehn Uhr. Ist der Groschen gefallen?«

»Demskis Auto?« Braig sprang von seinem Stuhl auf, starrte den Kollegen an.

Felsentretter nickte stumm.

»Wangbiehler«, sagte Braig, »ja?«

»Genau der«, donnerte der Kollege.

Gegen halb zwei, so hatten Demski und Markert erklärt, habe Johannes Wangbiehler an diesem Sonntag mit Demskis Ford Escort die Wohnung in Göppingen mit unbekanntem Ziel verlassen. Etwa dreißig Minuten später war das Kind, wie er gerade erfahren hatte, von genau diesem Fahrzeug erfasst worden. »Wäschenbeuren, wie weit liegt es von Göppingen entfernt?»

»Acht bis zehn Kilometer.«

»Das passt genau. Gegen dreizehn Uhr dreißig soll er sich verabschiedet haben, kurz darauf wird das Kind angefahren.« Braig überlegte. »Oder die beiden Herren haben uns belogen, weil sie selbst ein Alibi benötigten.«

»Das glaubst du doch selbst nicht«, polterte Felsentretter.

»Ein Kind wurde angefahren, schwer verletzt. Vielleicht wollen sie sich auf diese Tour aus der Verantwortung stehlen.«

»Demski und Markert? Nein!«

Braig dachte an die Männer zurück, spürte selbst, wie unwahrscheinlich seine Vermutung war

»Ich hatte den Dünnen in der Mangel, bevor du aufgetaucht bist. Ich denke, du verstehst.«

Er verstand in der Tat, konnte sich Felsentretters unorthodoxe Methoden gut vorstellen. Wie er Demski erlebt hatte, gehörte der Mann ohne Zweifel zu den Leuten, die sich von solchem Vorgehen einschüchtern ließen. In Felsentretters Hände geraten, war er sicher bereit, sein Innenleben komplett bloßzulegen. Mit rechtsstaatlichen Methoden hatte das allerdings nichts mehr zu tun. Es war Teil eines Verhaltens, das Braig verabscheute. In welcher Situation auch immer, es war nicht gerechtfertigt. Nie und nimmer. Er gab keinen Kommentar dazu ab, hörte denVorschlag des anderen.

»Wir müssen es den Kollegen mitteilen.«

Braig nickte. »Ich übernehme die Sache. Einverstanden?«

Felsentretter signalisierte seine Zustimmung, wies auf das Blatt, das er auf dem Schreibtisch abgelegt hatte. »Hier steht die Nummer der ermittelnden Kollegen.« Er winkte kurz, verließ den Raum.

Braig trank den Rest des Kaffees, säuberte die Tasse im Waschbecken, gab dann die Nummer der Göppinger Dienststelle ein. Er ließ es lange läuten, hatte endlich eine Kollegin am Apparat, die in einer völlig anderen Abteilung saß. Braig entschuldigte sich, benötigte fast zwanzig Minuten, zum zuständigen Ermittlungsbeamten durchzukommen. Kriminalhauptkommissar Frank bestätigte ihm die Verhaftung Demskis, war aber von der Geiselnahme in einer nahen Bank dermaßen in Beschlag genommen, dass er erst eine halbe Stunde später Zeit fand, sich Braigs Bericht über seine und Felsentretters Vernehmung des Mannes anzuhören

»Sie haben keine Zweifel, was Demskis Aussagen anbelangt?«, fragte Frank.

Braig versuchte, seine Antwort vorsichtig zu formulieren. »Wir waren zu zweit, als wir Demski und Markert verhörten. Ich denke, sie hatten keine Chance, uns zu belügen.«

»Das klingt nicht gut«, erklärte Frank, »dann müssen wir uns um diesen Wangner, oder wie heißt er wieder, kümmern.«

»Wangbiehler, Johannes.«

»Genau den, ja.«

»Ich maile Ihnen unser Vernehmungs-Protokoll.«

»Das ist gut. Wir werden Demski jetzt verhören, mal sehen, was sich ergibt. Bis jetzt sind wir noch nicht dazu gekommen.«

Braig bat den Kollegen, ihn über den Stand ihrer Ermittlungen zu informieren, nannte ihm die Telefonnummern von Wangbiehlers Vater, verabschiedete sich dann. Er schaltete seinen Computer ein, suchte nach dem Vernehmungs-Protokoll, übermittelte es an die Göppinger Beamten.

Stand der Unfall in Wäschenbeuren in irgendeinem Zusammenhang mit ihren Ermittlungen? Dass Wangbiehler der Verantwortliche war, stand wohl außer Zweifel, Demski war eine zu labile Person, als dass er ihn und Felsentretter belogen haben sollte. Sich aus der Verantwortung zu stehlen, indem er die Schuld Wangbiehler in die Schuhe schob – ausgerechnet dem Mann, dessen finanzielle Macht und skrupelloses Vorgehen zur Durchsetzung der eigenen Interessen er zur Genüge kannte –, das kam dem Selbstmord gleich. Nein, hätte Demski nach einer Person gesucht, der er das eigene Versagen anhängen konnte, alle wären in Frage gekommen, nur Wangbiehler nicht. Es gab keinen Grund, an seiner und seines Freundes Aussage zu zweifeln: Er hatte sein Fahrzeug am Sonntagmittag Johannes Wangbiehler überlassen.

Somit blieb nur die Frage, ob dieser wirklich hinter dem Steuer saß, als das Kind angefahren wurde. Was sprach dagegen? Acht bis zehn Kilometer von Göppingen entfernt war es passiert, wenige Minuten, nachdem der Mann sich das Auto ausgeliehen hatte.

Braig schreckte aus seinen Überlegungen auf, weil das Telefon läutete. Eine unbekannte weibliche Stimme war in der Leitung.

»Nied ist mein Name. Es geht um den Schmuck.«

»Welchen Schmuck?«

»Die Kette, nach der Sie suchen. Im Zusammenhang mit dem Erpresser-Mord. Bin ich bei Ihnen richtig?«

»Die Kette?« Braig horchte auf. »Ja, Sie sind richtig. Wer sind Sie? Kennen Sie diesen Schmuck?«

»Petra Nied ist mein Name. Ja, ich glaube, ich kenne die Kette.«

»Wie bitte? Sie glauben ...« Braig spürte die Erregung in sich, hielt den Atem an.

»Naja, jedenfalls genau diese Art von Schmuck. Ich habe das gleiche Exemplar hier bei mir.«

»Was meinen Sie mit ›das gleiche Exemplar‹?«

Die Frau am anderen Ende lachte. »Na, genau das, was ich sage. Die Kette, die hier vor mir liegt, gleicht der aus der Zeitung wie ein Haar dem anderen. Dieselbe Machart, derselbe Künstler, denke ich.«

»Wo haben Sie sie her?«

»Ich bekam sie geschenkt. Von einem früheren Freund.«

»Einem früheren Freund? Hmm. Wie heißt der Mann? Wissen Sie, wo er jetzt lebt?«

Petra Nied lachte erneut. »Das tut wohl nichts zur Sache. Roger bleibt aus der Sache draußen.«

Braig versuchte, seine Aufregung zu dämpfen. »Sie haben keine Ahnung, wo Ihr Freund die Kette gekauft hat?«

»Doch, allerdings habe ich eine Ahnung. Wir suchten sie schließlich gemeinsam aus.«

»Und, wo war das?«

»In Krakau, auf dem Markt.«

»In Krakau?«, fragte Braig. Er spürte, wie sich sein Puls beschleunigte, hatte sofort Neundorfs Frage vom Morgen im Ohr. Wo Krakau liege, hatte sie in Wulfs Wohnung gefragt, einen ganzen Stapel Hefte und Bilder aus einem der kleinen Schränke des Mannes in der Hand. War es ein Zufall oder hatte das etwas zu bedeuten?

»Sie haben genau das gleiche Exemplar einer Kette bei sich wie in der Zeitung abgebildet?«, vergewisserte er sich noch einmal.

»Ich müsste mich schon schwer täuschen«, antwortete Petra Nied, »wenn das nicht genau dieselbe Machart wäre. Ich habe ein Auge für Schmuck. Diese Art von Ketten kommt aus der Ukraine. Sie werden dort und in Südpolen verkauft. Ich habe sie jedenfalls sonst noch nirgends gesehen.«

»Darf ich fragen, wo Sie wohnen?«

»In Schorndorf«, sagte die Frau, »Kirchgasse in der Altstadt.«

»Kann ich mir die Kette bei Ihnen ansehen und sie vielleicht auch ausleihen?«, fragte er.

»Wenn es Ihnen hilft, jederzeit. Sie finden den Weg?«

Braig benötigte keine Erklärung, kannte die Altstadt Schorndorfs. Vor wenigen Jahren, bei der Aufklärung des Todes eines Rundfunkjournalisten, hatte er schon einmal dort zu tun gehabt. »Kein Problem. Sie sind jetzt zu Hause?«

»Um sechzehn Uhr beginnt mein Dienst. Ich arbeite bei der Deutschen Bahn. Wenn Sie bis halb vier hier sein könnten?«

Braig schaute auf seine Uhr, sah, dass es kurz vor zwölf war. »In ein bis zwei Stunden. Okay?« Er ließ sich die genaue Anschrift geben, bedankte sich für die Hilfe, läutete bei Helmut Rössle an. An den Hintergrundgeräuschen merkte er, dass er den Techniker über dessen Handy erreichte. »Ihr seid noch in Monrepos?«, fragte er.

»Alle achtzig Deifel von Sindelfinge, mir schaffet in der Tat noch an dem Karre. Isch scho wieder was im Busch?«

»Die Kette«, sagte Braig, »ich habe ein ähnliches Exemplar.« Er berichtete von dem Anruf, erhielt von Rössle die Zusage, sich am Nachmittag um einen Vergleich der beiden Exemplare zu kümmern. »Sobald ich von Schorndorf zurück bin, schicke ich sie rüber.« Er beendete das Gespräch, atmete tief durch. War das endlich ein Schritt in die richtige Richtung? Diese Art von Ketten gibt es nur in Südpolen, hatte Petra Nied erklärt – waren sie auf eine erste Spur zur Identifizierung der Täter gestoßen?

Braig spürte seinen hungrigen Magen, überlegte, ob er sich ein kurzes Mittagessen gönnen konnte. Das Telefon läutete. Unentschlossen nahm er ab, hatte Ann-Katrins Stimme am Ohr.

»Wie geht es dir?«, fragte sie.

Er versuchte, so gelassen wie möglich zu klingen, wandte seine Aufmerksamkeit seiner Freundin zu. »Besser«, sagte er, »ich denke, ich bin bald wieder voll auf dem Damm.«

»Wirklich?«

Er spürte instinktiv, dass sie ihm nicht glaubte, versuchte zaghaft, sie vom Gegenteil zu überzeugen. »Du brauchst dir keine Gedanken zu machen.«

»Ihr habt viel zu tun, ja? Im Radio haben sie nur noch ein Thema: den zweiten Mord der Erpresser.«

»Wir wissen noch nicht genau, ob er wirklich auf sie zurückgeht. Fakt ist nur, dass es sich um denselben Täter handelt.«

»Ihr habt noch keine Hinweise?«

»Gerade eben. Ein Anruf aus Schorndorf. Ich fahre gleich hin.«

»Hoffentlich bringt es euch weiter.«

»Wir müssen mit dem Schlimmsten rechnen. Wenn wir nicht bald vorwärtskommen, stoßen wir auf das nächste Opfer.«

»Glaubst du?«

»Ich weiß es nicht«, sagte er. »Wir haben noch keinen Durchblick. Wie geht es dir?«

Ann-Katrin Räuber ließ einen lauten Seufzer hören. »Ich fürchte, ich muss wieder Überstunden machen. Heute Abend in Backnang. Sie wollen wieder demonstrieren.«

»Für ihr Krankenhaus?«

»Für seinen Erhalt, ja. Nächsten Freitag ist eine Abstimmung im Kreistag, pro oder contra. Deshalb wollen sie heute Abend wieder auf die Straße gehen. Angeblich ist wieder mit mehreren Tausend Leuten zu rechnen. Es kann spät werden.«

»Die können doch nicht das Krankenhaus schließen, wenn sich so viele für seinen Erhalt engagieren.«

»Ich kann es mir auch nicht vorstellen. Aber du weißt selbst, wie weit die Einflüsse bestimmter Lobbyisten reichen. Wenn etwas Neues gebaut wird und sei es auch noch so unnötig, gibt es viel zu verdienen. Und was kümmert dann noch der Wille der Bevölkerung?«

Braig wusste aus eigener Erfahrung, wie Recht sie hatte, bat sie, auf sich aufzupassen, und versprach, bald wieder von sich hören zu lassen. Er verabschiedete sich, beschloss, sofort nach Schorndorf zu fahren. Hunger hin oder her, die Frau mit der Kette hatte seine Neugier geweckt. Zumindest, was die Herkunft des Schmucks anbetraf.

17. Kapitel

Die Fachwerkhäuser rund um den weitläufigen Marktplatz von Schorndorf gelten genau wie die sie umgebenden schmalen Gassen als eine der reizvollsten städtebaulichen Szenerien ganz Württembergs. Braig genoss den kurzen Fußweg vom Bahnhof durch die stimmungsvolle autofreie Zone, hatte die angegebene Hausnummer schnell erreicht. Er war in Cannstatt bei einem Bäcker eingekehrt, hatte mit zwei Brezeln den schlimmsten Hunger gestillt.

Petra Nied reagierte sofort, als er auf die Klingel drückte. Sie wohnte im obersten Stockwerk eines alten Mehrfamilienhauses, starrte überrascht auf den Besucher, der um Luft ringend die knarzenden Treppen hochkeuchte. »Sie sind schon da? Die Kette scheint Sie tatsächlich zu interessieren.«

Braig wartete, bis sich sein Puls beruhigt hatte, betrachtete die propere junge Frau, die ihre Tür weit geöffnet hatte. Leuchtend blaue Augen blickten aus ihrem von kräftigen roten Wangen geprägten Gesicht. Die weiten Schlabberhosen und das großzügig geschnittene T-Shirt konnten nicht verbergen, wie gut genährt sie war.

Braig wischte sich den Schweiß von der Stirn, richtete sich vorsichtig gerade auf. Die Decke war nur noch wenige Hand breit von seinen Haaren entfernt. »Was haben Sie gedacht?«, fragte er. »Dass ich erst auftauche, wenn Ihr Dienst bereits begonnen hat?«

Petra Nied lachte laut. »Genauso habe ich es mir vorgestellt«, erklärte sie, »ich sitze in meinem Zug und Sie stehen hier vor der Tür.«

Er betrachtete sie prüfend. »Schlechte Erfahrungen mit der Polizei?«

Sie schüttelte den Kopf. »Keine Angst«, erwiderte sie grinsend, »ich stehe nicht in Ihrer Kartei.« Sie trat einen Schritt zurück, winkte ab, als er ihr seinen Ausweis entgegenstreckte, ließ ihn eintreten.

Ihre Wohnung bestand, soweit Braig das überblickte, aus einem einzigen großen Raum, der auf drei Seiten schiefe Wände hatte. Blumenarrangements in unübersehbarer Fülle säumten die beiden Fenster, die links und rechts in der Form schmaler Erker die Schräge durchbrachen. Braig schaute nach draußen, sah, dass der Himmel von dicken Gewitterwolken überzogen war.

»Hier, deswegen sind Sie doch gekommen.« Petra Nied zeigte auf den runden Tisch im hinteren Bereich des Zimmers, um den drei Stühle gruppiert waren.

Braig folgte ihr, erkannte die Kette sofort. Sie war, soweit er es beurteilen konnte, von genau derselben Form wie die, deren Teile sie bei den ermordeten Männern gefunden hatten. Er trat an den Tisch, nahm den Schmuck in die Hand, wunderte sich wieder, wie leicht er war.

»Und?«, fragte die junge Frau, »Erkennen Sie sie wieder?«

Er nickte, betrachtete die einzelnen Teile, war verblüfft über die Ähnlichkeit der Ausführung. »Ja«, bestätigte er, »Sie haben Recht.«

Ihre Augen leuchteten wie die eines kleinen Kindes, das von seinen Eltern ein außergewöhnliches Lob empfangen hat. »Ich habe den Schmuck in der Zeitung sofort erkannt.« Sie setzte sich auf einen der Stühle, schob ihm einen anderen zu.

Braig bedankte sich, zog eine kleine Plastiktüte vor. »Darf ich ihn mitnehmen? Unsere Techniker würden ihn gerne überprüfen.«

»Wenn Sie ihn wieder zurückbringen.« Ein verschmitztes Lächeln überzog ihr Gesicht.

»Keine Angst. Ich unterschreibe Ihnen eine Überlassungs-Erklärung.« Er riss ein Blatt aus seinem Notizblock, bestätigte mit kurzen Worten, dass er die Kette im Auftrag des LKA an sich genommen habe, unterschrieb mit deutlich lesbarer Schrift.

»Heißt das, ich habe dazu beigetragen, einen Mörder festzunehmen?« Sie nahm das Papier an sich, schob es nervös auf dem Tisch hin und her.

»Wenn wir viel Glück haben, vielleicht. Ich fürchte aber, dass es noch eine Weile dauert, bis wir soweit sind.« Er packte den Schmuck in die Plastiktüte, legte sie neben seinen Notizblock. »Sie haben die Kette in Krakau gekauft. Erinnern Sie sich noch, wo das war?«

»Natürlich weiß ich das«, erklärte sie, »meinen letzten großen Urlaub habe ich noch nicht vergessen.« Sie strich sich die Haare aus der Stirn, schob die Zeitung auf dem Tisch zur Seite. »Wir kauften sie bei einer der ukrainischen Frauen am Rand des Marktplatzes. Sie kennen Krakau?«

Braig schüttelte den Kopf.

»Eine wunderschöne Stadt mit irrem Flair. Liebevoll restaurierte Fassaden, viele junge Leute und eine Atmosphäre wie im 19. Jahrhundert. Teilweise aber auch schon auf Touristen eingestellt, überhöhte Preise, Nepp und so. Roger wollte mir zum Abschluss unseres Urlaubs etwas schenken. Am Rand des Marktplatzes standen Frauen mit Stickereien, Schmuck und Bildern. Sie verlangten viel weniger als die anderen Händler. Da sah ich diese Kette. Wir zahlten keine fünf Euro dafür.«

»Wann war das?«

»Letztes Jahr im August.«

»Die Frau kam aus der Ukraine?«

Petra Nied nickte. »Wir verstanden ein paar Brocken Polnisch, unterhielten uns mit ihr. Der Schmuck stammt aus ihrem Heimatdorf, gleich hinter der Grenze. Die Leute sind bettelarm, kaum einer hat Arbeit. Die Frauen verstehen sich auf Kunstfertigkeiten; im Winter stellen sie die her, im Sommer versuchen sie die zu verkaufen. Das ist ihre einzige Chance, zu Geld zu kommen.«

»Sie haben keinen Kontakt zu Händlern im Westen?«

»Ich weiß es nicht.« Die junge Frau schaute ihn ratlos an. »Es würde mich aber sehr wundern. Diese Art von Schmuck habe ich bei uns noch nirgends gesehen.«

Ein lautes Donnergrollen ließ sie verstummen. Braig schrak zusammen, hatte Mühe, sich das Ergebnis seines Gesprächs zu notieren, weil die Unwetterfront draußen den Raum mehr und mehr in Dämmerlicht tauchte. »Dann kommen diese Ketten also über Touristen, die in Polen oder der Ukraine Urlaub machen, zu uns.«

»Ich denke, ja. Aber besonders viele werden das wohl kaum sein.«

»Wieso?«

Petra Nied begab sich zur Tür, schaltete einen dreistrahligen Leuchter über dem Tisch ein. »Na ja«, sagte sie, »wer fährt schon nach Polen in Urlaub?«

Braig nickte. »Wahrscheinlich ist das die Erklärung, weshalb außer Ihnen noch niemand auf die Fotos in den Medien reagierte.« Er spürte wieder heftiges Pochen hinter seinen Schläfen, wusste nicht, was er noch fragen sollte, steckte seinen Block weg. »Ich danke für Ihre Informationen«, sagte er und erhob sich. »Wenn ich noch Fragen habe, melde ich mich.« Er nahm die Plastiktüte, hielt sie in die Höhe. »In zwei, drei Tagen schicken wir sie Ihnen zurück.«

»Sie glauben wirklich, sie führt Sie auf die Spur des Mörders?«, fragte Petra Nied.

Braig nahm seine kleine Tasche auf, die er an der Türe abgestellt hatte, verstaute die Plastiktüte. Als er sich wieder aufrichtete, erfasste ihn ein leichter Schwindel. Er hielt sich am Türrahmen fest, versuchte, sich zu konzentrieren. Langsam gewann er wieder Halt. »Manchmal helfen uns Kleinigkeiten weiter«, stöhnte er, »aber oft führen sie uns auch auf eine völlig falsche Spur.« Er bemerkte ihren verblüfften Gesichtsausdruck, gab ihr die Hand, lief die knarzenden Stufen abwärts. Als er das untere Stockwerk erreicht hatte und kurz in die Höhe blickte, sah er sie durch die Lücken im Geländer immer noch vor ihrer Tür stehen. Seine Antwort schien ihr die Sprache verschlagen zu haben.

Er trat auf die Straße, sah die dunkle Wolkenwand über sich. Die ersten Tropfen fielen, Windböen wirbelten Laub und Unrat durch die Luft, ein Blitz zuckte quer über den Himmel. Die Besitzer kleiner Läden waren damit beschäftigt, ihre Auslagen in Sicherheit zu bringen. Es handelte sich wohl nur noch um Minuten, bevor die neue Sintflut losbrach.

Braig drückte seine Tasche an sich, eilte die Kirchgasse entlang, wich mehreren Fußgängern aus, die ihm entgegenkamen. Er brauchte keine drei Minuten, bis er den Bahnhofsvorplatz erreicht hatte, war dennoch durchgeschwitzt, als er das Gebäude betrat. Schweißtropfen perlten ihm aus den Achseln, über den Rücken, von der Stirn. Er atmete tief durch, wischte sich übers Gesicht, hörte die verzerrten Töne der Nationalhymne. Zwei Jugendliche sahen auf, starrten ihn kritisch an. Er ärgerte sich, dass er immer noch nicht dazu gekommen war, eine andere Melodie einzuprogrammieren, lief auf den Bahnsteig, nahm das Gespräch an.

Neundorf war in der Leitung. »Die Pressekonferenz ist überstanden. Es war grauenvoll.«

»Koch war anwesend?«

»Was denkst du? Der erfolgreiche Verbrecherjäger sonnte sich im Licht der Kamera-Scheinwerfer. *Der zweite Mord der Erpresser.* Die Meute wollte nur wissen, wann endlich die Hundertmillionen gezahlt werden.«

Braig sah wenige Meter entfernt eine S-Bahn abfahrbereit am Bahnsteig stehen, eilte dort hin. Er hatte Mühe, seine Kollegin korrekt zu verstehen, weil der Himmel von einer Sekunde auf die andere alle Schleusen öffnete. Der Regen trommelte in lautem Stakkato auf die Bahnsteigdächer, ließ alle anderen Geräusche verstummen.

»Was ist das für ein Lärm?«, fragte Neundorf.

»Die Sintflut«, sagte er, »es ist nur eine Frage der Zeit, bis sie die halbe Stadt wegspült.«

»Du bist draußen?«

»In Schorndorf. Ich steige gerade in den Zug.« Er berichtete von dem Anruf, ging auf die Herkunft der verblüffend ähnlich gefertigten Kette ein.

»Krakau«, überlegte Neundorf, »ist das wirklich nur ein Zufall?«

»Wir müssen genau recherchieren, wie oft Wulf dort war. Am besten, ich rufe Lauter an, der müsste es wissen.«

»Tu das. Ich habe vorhin noch diesen Christian Hund in Asperg erreicht, dessen Nummer wir in Wulfs Adressbuch fanden. Ein alter Freund von Wulf. Er hatte allerdings seit über einem halben Jahr keinen Kontakt mehr zu ihm, behauptet er.«

»Sollen wir ihn überprüfen?« Er betrat den zweiten Wagen des Zuges, suchte sich einen Platz.

»Habe ich schon erledigt. Nichts, ein unbescholtenes Blatt. Er war früher ebenfalls Pilot, ist seit einem Unfall aber krankgeschrieben.«

»Was für ein Unfall?«

»Mit einem Flugzeug. Genaueres weiß ich nicht.«

»Vielleicht sollten wir ihn uns doch noch genauer ansehen. Wer weiß, ob nicht Wulf mit dem Unfall zu tun hat.«

Neundorf schien überrascht, ließ mit ihrer Antwort auf sich warten. »Daran habe ich nicht gedacht. Aber das muss ich dir überlassen. Ich bin auf dem Weg nach Hause. Johannes hat sich ein paar Mal erbrochen, meine Mutter ist halb hysterisch.«

»Er ist krank?«

»Nein, sie riefen aus dem Kindergarten an. Sie holte ihn ab und legte ihn ins Bett. Aber er hat immer noch keine Ruhe.«

»Ihr braucht einen Arzt.«

»Ich kümmere mich darum«, sagte sie, »und ich melde mich, sobald ich kann.« Er wollte die Verbindung gerade unterbrechen, als er noch einmal ihre Stimme hörte. »Du hast Frau Herzog gefragt, ob die beiden Männer sich kannten?«

»Tut mir Leid. Das habe ich vergessen.« Er versprach, es sofort nachzuholen, beendete das Gespräch, suchte nach der Nummer Stefanie Herzogs.

Eine Frau betrat den Zug, triefend vor Nässe, schüttelte die Feuchtigkeit von sich ab. »Soichwetter, elendiges!«, schimpfte sie, als sie seinen Blick bemerkte.

Braig nickte ihr zu, hörte den kräftigen Donnerschlag, der alle anderen Geräusche übertönte. Mit lautem Dröhnen brach er sich an der nahen Bergkette, lief erst nach mehrfachem Grollen langsam aus. Braig gab die gesuchte Telefonnummer ein, hatte nach kurzem Läuten Stefanie Herzog am Ohr. Ihre Stimme klang leicht gereizt, als er sich vorstellte.

»Was kann ich für Sie tun?«, fragte sie.

»Wir haben einen zweiten Mord«, sagte er, »Sie wissen es vielleicht schon!«

»Das bleibt nicht aus, auch wenn es noch nicht in der Zeitung steht. Journalisten haben mich angerufen. Sie wollten wissen, ob ich den Toten kenne.«

»Journalisten?«

»Allerdings. Die familiären Verhältnisse meines ehemaligen Mannes machten offensichtlich schnell die Runde.«

»Ist Ihnen das neue Opfer bekannt?« Braig sah auf, weil er die Ansage des Zugführers hörte, der die Abfahrt bekannt gab. »Christoph Wulf«, setzte er hinzu.

»Nie gehört, den Namen. Ob mein Mann zu ihm Kontakt hatte? Ich weiß es nicht. Ich habe Sie neulich schon darauf hingewiesen, dass wir getrennt lebten. Wenn ich den Mann nicht kenne, bedeutet das noch lange nicht ...«

»Ja, ich verstehe«, fiel Braig ihr ins Wort. Er sah nach draußen, weil der Zug sich in Bewegung setzte, konnte kaum etwas erkennen. Der Regen stürzte in dichten Kaskaden nieder. »Wulf war Pilot bei einer Billigfluglinie namens Fly cheap«, fuhr er fort, »der Name sagt Ihnen nichts?«

»Ich weiß Bescheid. Die Journalisten. Nein, ich kann Ihnen nicht helfen.«

Er seufzte laut, sah, dass die Frau zwei Sitzgruppen weiter vorne sich nach ihm umdrehte. Sie hatte ihre nasse Jacke ausgezogen. Er schaute nach draußen, sah immer noch Wassermassen wie eine undurchdringliche Wand niedergehen. »Dann gibt es überhaupt keine Verbindung zwischen den beiden Männern?«

»Woher soll ich das wissen?« Die Aggressivität in Stefanie Herzogs Stimme war nicht zu überhören. »Das herauszufinden ist Ihre Aufgabe, nicht meine.«

Er hörte die Ansage des Zugführers: »Weiler!«, überlegte, ob er noch etwas fragen müsste. »Kennen Sie Krakau?«

Stefanie Herzog zischte verächtlich. »Muss ich das?«

»Christoph Wulf flog mehrfach in die Stadt.«

Der Zug bremste, kam zum Stehen. Braig stellte überrascht fest, dass es heller wurde, der Regen deutlich nachließ.

»Dann haben Sie es doch«, sagte seine Gesprächspartnerin.

Die Tür ging auf, zwei Männer stiegen ein. Sie falteten ihre Schirme zusammen, nahmen weiter vorne Platz.

»Was habe ich?«, fragte Braig.

»Na, Ihre Verbindung. Karl arbeitete seit fast zwei Jahren in Krakau. Vielleicht haben sie sich dort getroffen.«

18. Kapitel

War das die Gemeinsamkeit, nach der sie suchten, der Punkt, an dem die Fäden der beiden Verbrechen zusammenliefen? Karl Herzog und Christoph Wulf, beide beruflich mit Krakau verbunden – der eine durch einen längeren, mehrere Monate währenden Aufenthalt, der andere durch ständige Zwischenstopps in der Stadt. Waren sie dort – oder unterwegs – aufeinander getroffen, hatten sie sich in der polnischen Stadt kennen gelernt?

Braig hatte das Gespräch mit Stefanie Herzog beendet, in Gedanken versunken nach draußen in die nach dem heftigen Gewitterregen frisch gewaschene Landschaft gestarrt. Je weiter sich der Zug nach Westen bewegt hatte, je näher er Stuttgart gekommen war, desto stärker hatte sich der Horizont aufgehellt. Kurz nach Beutelsbach waren die dicken Wolken vom Himmel verschwunden, hatte sich die Sonne endgültig durchgesetzt – mit gleißend hellen Strahlen, welche die üppig grüne Vegetation der das Remstal begrenzenden Berge in sommerlich warme Farben tauchten und in die Höhen darüber einen bunt schillernden Regenbogen zauberten.

Braig hatte erfolglos versucht, Kevin Lauter im Büro der Fluglinie zu erreichen, war dann an der Nürnberger Straße ausgestiegen und die kurze Strecke zum LKA marschiert. Die Luft war spürbar kühler geworden; er hatte es erfreut wahrgenommen und kräftig durchgeatmet. Sie mussten genau untersuchen, was die beiden Männer in Krakau unternommen hatten, ob sie dort aufeinander getroffen waren, was die Kette mit ihrem gewaltsamen Tod zu tun hatte.

Er grüßte den Kollegen an der Pforte, suchte die Räume der Techniker auf. Rössle hockte vor einem Computer-Bildschirm, war mit einer Schriftanalyse beschäftigt. Braig legte den Schmuck vor dem Kollegen ab, bat ihn um einen Vergleich.

Rössle wies mit seiner Rechten auf den Monitor. »Alle Idiote von Sindelfinge, i brauch koin Graphologe, um zu begreife, dass der Kerl des selber gschriebe hat.«

Braig sah die beiden von Hand geschriebenen Zeilen, begriff sofort, was er vor sich hatte.

Noch ein Schwein, das büßen muss.

Unmittelbar darunter der Ausriss aus einem Brief:

Liebe Grüße von Christoph

»Der Zettel bei Wulf?«

Rössle nickte. »Wie bei Herzog. Der Mörder hat den zwunge, den Satz selber zu schreibe. Kurz bevor er ihn erschosse hat.«

»Also doch die Erpresser?«

»Was weiß i?«

Braig verabschiedete sich von dem Kollegen, lief in sein Büro, spürte seinen hungrigen Magen. Er schaute auf die Uhr, sah, dass es kurz nach drei war. Fünfzehn Uhr vorbei und wieder keine normale Mahlzeit. Er beschloss, die eingetroffenen Informationen durchzusehen und sich dann bei einem Bäcker etwas zum Essen zu besorgen.

Die Faxablage enthielt nur die offiziellen Verlautbarungen der mittäglichen Pressekonferenz sowie die ersten Veröffentlichungen verschiedener Agenturen und Verlage zum Mord an Christoph Wulf. Braig überflog die meist sensationsheischend über Terroristen als Täter spekulierenden Texte, warf einen nach dem anderen in den Papierkorb. Sie waren es nicht wert, auch nur Sekunden dafür zu verschwenden.

Er lief zum Waschbecken, trank ein großes Glas Wasser, erfrischte sein Gesicht und den Hals, verließ dann das Amt. Er lief zum Uff-Kirchhof, nahm die Stadtbahn zum Wilhelmsplatz, aß dort in einer Bäckerei zwei belegte Brötchen, trank einen Cappuccino dazu. Krakau, überlegte er, was hatte die Stadt mit den beiden Morden zu tun? Es fiel ihm schwer, sich auf die Ermittlung zu konzentrieren. Er fühlte sich müde und verbraucht, trank den Kaffee, um neue Lebensgeister zu wecken.

Herzog und Wulf, beide hatten beruflich in Krakau zu tun. Es konnte kein Zufall sein, dass die Kette ebenfalls von dort stammte. Oder doch? In seinem Kopf rotierte ein Karussell, ein schmerzendes. War das Ganze nur ein dummer Zufall, eine jener unvorhersehbaren Verquickungen, die sie auf eine völlig falsche Spur lockten? Sein Handy präsentierte die verzerrte Hymne, riss ihn aus seinen Grübeleien.

»Ich bin es«, meldete sich Theresa Räuber, »kann ich dich kurz sprechen?« Ihre Stimme klang besorgt.

Braig stützte sich mit dem Ellbogen auf dem Tisch ab, brachte seine Überraschung zum Ausdruck. »Du, Theresa? Um was geht es?«

»Mama hatte einen Unfall. Sie haben mich gerade informiert.«

»Deine Mutter? Was ist passiert?«

»Ich weiß es nicht. Sie liegt im Katharinenhospital.«

»Hier in Stuttgart?«

»Ja. Ich habe zweimal versucht, Ann-Katrin zu erreichen, aber sie meldet sich nicht. Keine Ahnung, weshalb.«

»Wahrscheinlich sind sie gerade im Einsatz. Die haben doch einen Unfall nach dem anderen.«

»Ich weiß. Es ist nur ...« Sie verstummte für einen Moment, schluckte, sprach mit gepresster Stimme weiter. »Mama soll ohnmächtig sein. Und ich bin hier in Tübingen.«

»Ohnmächtig?« Braig schrak zusammen. »Wieso?«

»Ich weiß es nicht. Die waren am Telefon zu keiner weiteren Auskunft bereit. Ich fürchte ...«

Er überlegte nicht lange. »Ich kümmere mich um sie. Sofort.«

»Du hast Zeit?«

»Ich nehme sie mir. Es geht um deine Mutter.« Er ließ sich die Nummer geben, unter der der betreuende Arzt im Katharinenhospital zu erreichen war, versprach, sich zu melden, sobald er Genaueres erfahren hätte.

»Ich danke dir. Du glaubst nicht, wie nervös ich bin.« Die Erleichterung in ihrer Stimme war nicht zu überhören.

Braig trug sein Geschirr zur Ablage, lief zum Ausgang, trat auf die Straße. Die Luft war deutlich abgekühlt. Er spürte, wie ihn fröstelte und ein Kälteschauer über seinen Rücken lief. Er trat ein paar Schritte von der Bäckerei weg, gab die Nummer der Klinik ein. Es läutete länger als eine halbe Minute, ehe eine ärgerliche Stimme sich meldete. Braig wusste, dass er auf normalem Weg keinerlei Auskunft erhalten würde, gab seine amtliche Funktion bekannt. »Braig vom Landeskriminalamt. Wir ermitteln im Fall Irene Räuber. Wurde die Frau heute bei Ihnen eingeliefert?«

Seine Gesprächspartnerin zeigte sich über sein Ansinnen nicht erfreut, wies darauf hin, dass ihr seine telefonischen Angaben nicht als Legitimation für die gewünschte Auskunft reichten.

»Dann gebe ich Ihnen jetzt die zentrale Nummer des LKA. Rufen Sie bitte dort an und lassen Sie sich mit mir verbinden.« Er nannte die Ziffern, wiederholte seinen Namen, forderte sie auf, sofort zurückzurufen. Schließlich lenkte sie ein.

»Eine Irene Räuber ist um fünfzehn Uhr vierzig bei uns eingeliefert worden, ja. Sie liegt auf der Intensivstation.«

»Danke. Darf ich fragen, in welchem Zustand?«

»Ich kann hier nur ersehen, dass die Frau nicht bei Bewusstsein war. Weshalb, wissen Sie wohl selbst, oder?«

Braig ging nicht auf ihre Bemerkung ein, erkundigte sich nach der Station, auf der Irene Räuber zu finden sei. Sie gab ihm die Auskunft, nannte Dr. Kammerer als behandelnden Arzt. Er bedankte sich, beschloss, das Krankenhaus sofort aufzusuchen. Irene Räubers Befinden hatte absoluten Vorrang, die beruflichen Ermittlungen mussten warten.

Braig nahm die nächste Stadtbahn zum Hauptbahnhof, fuhr dann die Rolltreppe zur Klett- Passage hoch. Er zog sein Handy hervor, informierte Theresa von seinem Vorhaben, folgte den Stufen nach oben. Der Lärm war so laut, dass er Schwierigkeiten hatte, sie zu verstehen. Er merkte, dass er die Friedrichstraße erreicht hatte. Auto auf Auto raste an ihm vorbei. »Ich muss Schluss machen«, rief er laut. Er verabschiedete sich, hörte, dass sie noch etwas mitteilen wollte, konnte aber nichts mehr verstehen: Heulende Motoren, quietschende Bremsen, nervtötendes Hupen. Braig folgte der Straße mit seinem Blick, sah, dass es keine Möglichkeit gab, sie zu überqueren. Er hatte die Klett-Passage zu früh verlassen.

Unmittelbar neben ihm beschleunigte ein Motorradfahrer seine rasante Fahrt. Die Höllenschläge des Auspuffs fuhren Braig durch Mark und Bein. Er schrak zusammen, steckte sein Handy weg, beeilte sich, von der Straße wegzukommen.

Rechts von ihm, keine hundert Meter entfernt, sah er den Hauptbahnhof. Er lief darauf zu, nahm die Treppen in den Untergrund. Der beißende Gestank der Abgase stach in der Lunge, Schweißtropfen perlten ihm von der Stirn.

Die Szenerie, die ihn oben erwartete, war in keiner Weise anders: Heulende Motoren, von stinkenden Abgasen und aufgewirbeltem Staub durchtränkte Luft. Autos mehrspurig neben- und hintereinander her rasend, bremsend, überholend, in beiden Richtungen.

Zwei mit großen Schulranzen bepackte Kinder, ein Mädchen und ein Junge, hüpften wenige Meter vor ihm den schmalen Gehweg entlang. Sie kickten eine verbeulte Coladose vor sich her, begleiteten jede Bewegung mit lautem Schreien. Braig verfolgte ihr Spiel, sah, wie die Dose auf die Fahrbahn knallte und der kleine Junge impulsiv hinterhersprang, dreißig, vierzig Zentimeter nach rechts, wie ein Fußballstar das Blech mit der Fußspitze aufnehmend. Das Kind hatte den Blick fest auf den Boden gerichtet, nahm von der Umgebung nichts wahr. Ein großes, dunkles Auto schoss auf ihn zu, bremste in letzter Sekunde. Ohrenbetäubendes Quietschen, durch Mark und Bein dringendes Hupen.

Braig reagierte, ohne zu überlegen; er hechtete nach vorn, packte den Jungen an der Schulter, riss ihn zurück auf den

Gehweg. Das Auto kam unmittelbar vor ihm zum Stehen, hartes, kaltes Blech streifte seine Hand. Er zuckte zurück, spürte seinen Körper vor Schreck vibrieren, hörte das hysterische Schreien des Fahrers. Der Mann rannte brüllend aus seinem Wagen, stürzte sich auf den Jungen, umklammerte mit beiden Händen dessen Hals.

»Bist du wahnsinnig, du verdammter Scheißkerl!« Er rüttelte ihn hin und her, traktierte ihn mit einer Flut von Schimpfworten und Verwünschungen.

Braig spürte den Schock in allen Gliedern, sah die bleichen, angststarren Gesichter der beiden Kinder. Tränen perlten aus den Augen des Jungen. Der Kommissar trat einen Schritt nach vorn, packte den Fahrer am Arm, stieß ihn zu seinem Auto zurück. »Lassen Sie die Kinder in Ruhe!«

Der Mann starrte ihn aus großen Augen verwundert an. »Wie bitte?«, kreischte er. »Der Scheißkerl rennt mitten auf die Fahrbahn und ich soll ruhig bleiben?« Er schüttelte seinen Kopf, streckte ihn aggressiv nach vorne. »Ist das etwa Ihre gottverdammte Brut?«

Braig gab keine Antwort, legte dem Jungen tröstend die Hand auf die Schulter.

»Warum war ich so dämlich zu bremsen?«, brüllte der Mann. »Schade um meine Reifen. Beim nächsten Mal halte ich voll drauf. Weg mit dem Pack!«

Braig spürte die Wut in sich, hatte Mühe, ruhig zu bleiben. Er löste sich von dem Kind, spannte seine Muskeln an, trat so nahe an den Mann, dass er dessen Atem spürte. »Verschwinden Sie«, drohte er, »so schnell Sie können. Sonst ...« Er ließ den Rest des Satzes offen, fühlte Wut und Hass auf den widerlichen Fahrer in sich wachsen. Er musste sich mit aller Macht zusammenreißen, nicht loszuschlagen, wandte sich dem Jungen zu, der mit tränenüberströmtem Gesicht zu ihm aufsah. »Es wird wieder«, flüsterte er ihm zu, nahm ihn an der Schulter, drückte ihn ein Stück von dem Fahrzeug weg. »Der Kerl tut euch nichts mehr.«

Er sah die Coladose unbeachtet im Rinnstein liegen, merkte, dass der Fahrer keifend um seinen Wagen lief und darin Platz nahm. Inzwischen hatte sich eine endlose Autoschlange gebildet. Er atmete tief durch, roch den penetranten Gestank der Abgase.

»Ihr müsst aufpassen«, sagte Braig zu den beiden Kindern, »hier dürft ihr nicht spielen.«

Der Junge und das Mädchen betrachteten ihn verständnislos. »Wir haben nicht gespielt. Wir gehen nach Hause.«

Braig wollte antworten, kam nicht dazu. Das Auto hinter ihnen setzte sich wild hupend und mit schrill durchdrehenden Rädern in Bewegung, verfolgt von einer nicht enden wollenden Kette von Fahrzeugen. Er spürte Schweißtropfen aus seinen Achseln perlen, knöpfte sein Hemd auf.

Braig wartete, bis er sich wieder halb schreiend, halb sprechend verständigen konnte, wandte sich den Kindern zu. »Wo wohnt ihr?«

»Dort«, sagte das Mädchen, zeigte auf die weit in die Höhe ragenden Fassaden der gegenüberliegenden Straßenseite. Sie hatte einen kleinen Grind auf der rechten Wange, wohl das Resultat einer Verletzung, war, wie Braig schätzte, acht, neun Jahre alt.

»Hier?«

Sie nickte. »Am Eck.«

Braig schaute sich um. Straßen, hohe Häuser, parkende und fahrende Autos – wohin er auch blickte. »Wo könnt ihr spielen?«, fragte er.

»Spielen?« Die Kinder sahen fragend zu ihm auf, zuckten mit der Schulter. »Dort«, rief der Junge, zeigte in die entgegengesetzte Richtung, »im Stadtgarten.«

Braig kannte das mehrere hundert Meter entfernte Gelände rund um die Uni-Gebäude, wusste, dass dort ständig unzählige Passanten unterwegs waren. »Aber doch nicht allein«, sagte er, »nicht ohne eure Mama.«

Das Mädchen schüttelte den Kopf. »Mama hat nie Zeit.«

Sie setzten sich wieder in Bewegung, folgten der lärmumtosten Straße bis zum Fußgängerüberweg, warteten, bis die Ampel endlich Grün zeigte. Sie liefen über den Zebrastreifen direkt auf das Straßenschild zu. *Kriegsbergstraße.* Neben ihnen hupte ein Auto, ungeduldig darauf wartend, dass sie die Fahrbahn endlich überquert hatten. Braig schrak zusammen, fragte sich einmal mehr, ob er nicht den falschen Verbrechern hinterherjagte. Musste man die ganz banale alltägliche Barbarei dieser Gesellschaft, das menschenverachtende Verhalten vieler ihrer Mitglieder wirklich wehrlos über sich ergehen lassen?

Er hatte, die Kinder unmittelbar vor sich, den Gehweg erreicht. Motoren heulten auf, Autos rasten vorbei, nur wenige Zentimeter hinter ihm. Die Straße machte ihrem Namen alle Ehre. Es war weiß Gott ein Krieg, der hier ablief. Ein Krieg aus Lärm, Abgasen, durch die Häuserschluchten preschenden Blechgeschossen. Und das mitten im Zentrum der Stadt.

Er sah, wie die Kinder auf einen nahen Hauseingang zuliefen, winkte ihnen zu, lief weiter bis zum Empfangsgebäude des Katharinenhospitals. Die große Drehtür führte in ein helles, von einem Glasdach geschütztes Atrium. Er betrat die belebte Halle, wunderte sich über die freundliche, keineswegs Krankenhaustypische Atmosphäre, die hier herrschte. Die Stühle waren mit Besuchern und Patienten besetzt, die einen an ihrer Straßenkleidung, die anderen an Hausmänteln und dicken Verbänden zu erkennen.

Braig folgte einer breiten Treppe nach oben, sah das Schild, das den Weg zu der angegebenen Station wies. Er lief einen Gang entlang, durchschritt zwei weitere Türen, hatte den gesuchten Bau erreicht. *Intensivstation.* Schon der Name ließ Schlimmes erahnen. Mehrere helle Stühle standen aufgereiht an der Wand, eine mannshohe Pflanze daneben. Er trat zu der kleinen Kabine, hinter der eine Schwester mehrere Monitore überwachte, stellte sich vor, fragte nach Ann-Katrins Mutter.

»Irene Räuber liegt hier«, bestätigte die Frau, »aber Sie können nicht zu ihr. Sie ist bewusstlos.«

»Immer noch?«

»Wir können nichts machen. Frau Räuber brach auf der Straße zusammen. Herzstillstand. Sie wurde zwar wiederbelebt, aber ...« Sie zuckte hilflos mit der Schulter.

»Herzstillstand?« Braig starrte die Krankenschwester ungläubig an. »Auf der Straße?«

»Das sind die Informationen, die ich habe. Mehr kann ich nicht sagen.«

»Und jetzt?«

»Sie erhält Infusionen. Mehr können wir nicht tun.«

19. Kapitel

Womit es zu tun hatte, dass er in dieser Nacht nur selten zum Schlaf kam – Braig wusste es nicht. Er fühlte sich von einer inneren Unruhe getrieben, fand kein Mittel, ihr zu entrinnen, sah sich alle paar Minuten aufs Neue in die Realität zurückgeholt. Lag es am nach wie vor Besorgnis erregenden Zustand Irene Räubers, an der daraus resultierenden Niedergeschlagenheit Ann-Katrins, an den unbefriedigenden Fortschritten seiner beruflichen Ermittlungen? Oder handelte es sich um eine jener vom schroffen Wetterwechsel torpedierten Nächte, in denen die von seelischen Zerwürfnissen in Mitleidenschaft gezogene Psyche die Nerven zusätzlich strapazierte?

Braig kam zu keiner Antwort, fand auch in der Beobachtung keinen Trost, dass es Ann-Katrin offensichtlich nur wenig besser ergangen war. Er hatte sie erst kurz nach achtzehn Uhr am vergangenen Abend erreicht, nachdem er das Krankenhaus verlassen und im *Grill-Point* im Hauptbahnhof eingekehrt war, die erste warme Mahlzeit des Tages vor sich. Sie hatte ihr Handy in der Hektik der Ereignisse in Backnang in ihrem Dienstwagen vergessen, war im Gewühl Tausender von Menschen, die für den Erhalt ihrer Klinik protestierten, nicht mehr zu dem Fahrzeug zurückgekommen. Er hatte sich ihren angesichts des großen Engagements und des absolut friedlichen Verhaltens der Demonstranten unverhohlen von Faszination geprägten Bericht geduldig angehört, war dann vorsichtig auf den Kollaps ihrer Mutter eingegangen. So überraschend und schockierend der Vorfall war, sie hatte gefasst reagiert und Braig das Versprechen abgenommen, vor der Intensivstation auf sie zu warten. Kurz vor zwanzig Uhr war sie dann erschienen, dreißig Minuten nach Theresa, mit bleicher, verängstigter Miene, abgekämpft vom Stress des Tages, unfähig, auch nur ein überflüssiges Wort zu verlieren. Sie hatten gemeinsam, unter

Begleitung der betreuenden Schwester, mehrere Minuten am Bett der sanft atmenden, an unzählige Schläuche und Kanülen angeschlossenen, bleichen Gestalt zugebracht, waren dann der dringenden Aufforderung der Schwester gefolgt und hatten Braigs Wohnung in der Hermannstraße aufgesucht.

»Wir tun, was wir können«, hatte ihm Dr. Johannes Kammerer vorher stereotyp in einem kurzen Gespräch erklärt, »aber Sie dürfen nicht zu viel erwarten. Frau Räubers Gehirn litt während des Herzstillstands mehrere Minuten an fehlender Blutversorgung – ob das jemals wieder gut zu machen ist, kann kein Mensch sagen.«

Er fühlte sich müde und verbraucht, als das Telefon läutete, ahnte nur aufgrund der durch die Vorhangritzen einfallenden Lichtstreifen, dass der Morgen bereits angebrochen war. Ann-Katrin schoss neben ihm in die Höhe, die blanke Angst in den Augen. »Das Krankenhaus«, murmelte sie, »Mama ...«

Braig richtete sich auf, schüttelte heftig den Kopf, legte seine Hand auf ihre Schulter. »Nein«, erwiderte er, »sie wird wieder gesund.« Er wandte sich um, nahm das Gespräch an, hatte Stöhrs Stimme am Ohr.

»Guten Morgen. Tut mir Leid, aber es ist wieder passiert.«

»Was ist passiert?«, fragte Braig.

»Ein Auto mit einem Toten im Wasser.«

Er fühlte sich wie gelähmt, war unfähig, eine weitere Frage zu stellen.

»Das Krankenhaus?«, hauchte Ann-Katrin.

Er hatte Mühe, sich aus seiner Betäubung zu lösen, schüttelte den Kopf. »Das Amt. Ein neuer Mord. In einem Auto im Wasser.«

Sie starrte apathisch an ihm vorbei, zeigte keine Reaktion.

»Das Amt, verstehst du?« Er rüttelte an ihrer Schulter, zog sie zu sich her. »Mit Mama hat das nichts zu tun.«

Sie atmete tief durch, ließ einen leisen Seufzer hören.

»Hast du mich verstanden?«, fragte er.

Ann-Katrin nickte, wischte sich die Haare aus dem Gesicht. »Das Amt.«

Braig nahm wieder den Telefonhörer ans Ohr, fragte nach dem Ort des Verbrechens.

»Böblingen«, antwortete Stöhr, »im Oberen See.«

»Wo?«

»Gleich am nördlichen Ufer.«

»Mitten in der Stadt?«, rief Braig. Er kannte die beiden Seen im Zentrum von Böblingen, wusste, dass sie auf der Nordseite von Häusern gesäumt wurden, wollte die Nachricht nicht glauben.

»Es tut mir ja Leid, so haben es die Kollegen gemeldet.«

»Jaja, ist schon gut. Ich fahre sofort hin. Die Techniker sind informiert?«

»Sie wissen Bescheid, ja.«

Er legte auf, drückte Ann-Katrin an sich, deckte sie zu. »Schlaf noch eine Runde. Von Theresa ist noch nichts zu hören. Ich rufe in Waiblingen an und entschuldige dich. Du musst dich um Mama kümmern.«

Sie signalisierte mit einem angedeuteten Nicken ihre Zustimmung, hörte wortlos zu, wie er ihre Dienststelle verständigte und die Situation erklärte. Braig stapfte vorsichtig ins Bad, rasierte und erfrischte sich, versorgte seine Kopfwunde mit einem neuen Pflaster, zog sich dann an. Er aß ein trockenes Brot im Stehen, trank zwei Gläser Wasser dazu, warf noch einen Blick ins Schlafzimmer. Ann-Katrin war wieder eingeschlafen. Da schlich er sich auf Zehenspitzen aus der Wohnung.

Die kalte Luft draußen traf ihn wie ein Schlag. Es hatte sich dermaßen abgekühlt, dass ihn schon nach wenigen Metern fröstelte. Passanten drückten sich mit verkniffenen Gesichtern und eng an sich gepresster Kleidung an ihm vorbei, den Blick auf den Boden gerichtet. Braig beeilte sich, die S-Bahn-Station *Feuersee* zu erreichen, nahm den nächsten Zug nach Böblingen. Sein Kopf schmerzte, ein penetrantes Dröhnen hing quälend in seinen Ohren. Er hatte Schwierigkeiten, sich zu konzentrieren, wusste nicht, wie es ihm gelingen sollte, die ohnmächtig im Krankenhausbett leidende Gestalt aus seinen Gedanken zu vertreiben und sich auf die neue Unglücksbotschaft, den dritten so theatralisch inszenierten Mord einzulassen. Würde es gelingen, endlich herauszufinden, wer so skrupellos war, drei Menschen nacheinander zu töten, drei Leben auszurotten, um sein irrwitziges Ziel zu verwirklichen? Handelte es sich bei den Tätern wirklich um die Erpresser, die ihren Forderungen mit solch barbarischen Methoden größeres Gewicht verleihen wollten? Drei Menschen – bis jetzt! – ermordet, nur um an Unsummen von Geld zu gelangen? Und wenn nicht bald gezahlt wurde, was dann? In ein, zwei Tagen das nächste Opfer, irgendwo in der Umgebung, wieder so theatralisch hingerichtet wie die ersten drei?

Die Täter mussten von unergründlich tiefem Hass besessen sein, von Affekten getrieben, die jedes herkömmliche Maß weit übertrafen. Konnte es sich bei solch barbarisch vorgehenden Verbrechern um anderes als Terroristen handeln – wie der Oberstaatsanwalt es vermutete – eine Bande von Kriminellen?

Braig schrak erst aus seinen Gedanken auf, als eine sonore Tonbandstimme die Ankunft in Böblingen verkündete. Er fühlte sich müde und unausgeschlafen, hatte Mühe, sich von seinem Platz zu erheben und den Zug zu verlassen. Als er auf dem Bahnsteig stand, spürte er fröstelnd den kalten Westwind. Er knöpfte seine Jacke zu, folgte der von unzähligen Passanten bevölkerten Bahnhofstraße.

Der Weg war nicht weit, er kannte ihn von früheren Ermittlungen in Böblingen. Drei, vier Minuten, dann über die stark befahrene Herrenberger Straße und schon hatte er den Unteren See erreicht. Er eilte an dessen nördlichem Ufer entlang, passierte die modernen Gebäude des Kongresszentrums und der Wandelhalle und hatte den Oberen See unmittelbar vor sich: die vom kalten Wind aufgewühlte, von unzähligen Wellen gekrönte Wasserfläche, rechts der dichte Schilfgrasgürtel, der den See im Westen begrenzte und links die Uferstraße, von Mehrfamilienhäusern und teuren, terrassenförmig angelegten Apartments gesäumt. Braig brauchte nicht zu überlegen, wohin er sich wenden sollte: Keine hundert Meter entfernt ragte die Rückfront eines Autos aus dem Wasser, nur notdürftig von rot-weißen Plastikbändern und einer Hand voll uniformierter Kollegen vor einer lauthals diskutierenden Menschenmenge geschützt – eine Szene, die ihm bekannt, fast schon vertraut erschien. Zum dritten Mal das gleiche Bild, überlegte er, und das, was mich jetzt noch erwartet, ist ebenfalls keine Überraschung mehr. Er sah die Körper Karl Herzogs und Christoph Wulfs im Innenraum der Fahrzeuge liegen, leblos und seltsam verrenkt, ertappte sich bei der Spekulation darüber, wen die Täter wohl als nächstes Opfer ausgewählt hatten. Wieder den Vertreter einer der erpressten Firmen?

Er hatte die aufgeregte Menge erreicht, die die bis weit in die hier mündende Seitenstraße namens Eisgässle bevölkerte, wand sich durch sie hindurch bis zur Absperrung, zeigte dem uniformierten Kollegen seinen Ausweis, stellte sich vor.

Der Beamte wirkte müde, nickte nur wortlos mit dem Kopf, ließ ihn passieren. Er begab sich zu der Treppe, an deren Fuß das Auto im Wasser steckte, hörte heftiges Schimpfen. Ein uniformierter Polizist stand auf der untersten, gerade noch trockenen Stufe, starrte angestrengt auf das Fahrzeug, von einer Stimme aus dem Wasser attackiert. Braig sah einerseits, dass es sich um einen roten Opel Astra handelte, andererseits erkannte er den Gesprächspartner des Beamten sofort.

»Bisher han i denkt, sodiche Idiote gibt's nur in Sindelfinge!«

Er räusperte sich laut, bemerkte, wie der uniformierte Kollege zusammenschrak, während Rössle die hintere Seitenscheibe des Autos geöffnet hatte und nun bis zum Hals im Inneren steckte.

Braig streckte dem Beamten die Hand entgegen. »LKA«.

Der Mann hörte gar nicht hin, schüttelte den Kopf, stammelte hilflos eine Entschuldigung, wurde von der lauten Stimme des Technikers übertönt. »Da gibt's koi Ausred für so was!«

»Was für eine Ausrede?«, fragte Braig. Er sah, wie Rössle mitten in seinen Bewegungen innehielt, sich dann langsam rückwärts aus dem Fahrzeug schob und nach oben schaute.

»Dich hent se au gholt«, wütete er.

Der Kommissar nickte. »Du bist schon länger hier?«

Rössle brauchte nicht zu überlegen. »Mindeschtens a halbe Stund. Mir send hier ja sozusage vor meiner Haustür.« Er zeigte zur anderen Seite des Sees. »Praktisch, net?«

Braig hörte den gereizten Unterton in seiner Stimme, wusste, dass der Techniker nicht weit von den Hochhäusern, die jenseits des Sees zu sehen waren, wohnte. »Wer hat das Auto entdeckt? Ein Anwohner?« Er schaute sich um, betrachtete die nur wenige Meter entfernten Häuser. Der Täter, um wen immer es sich handelte, war diesmal ein weit größeres Risiko eingegangen als am Bärensee oder in Monrepos. Bisher hatte er seine Opfer immer nur in völliger Abgeschiedenheit im Wasser entsorgt.

»Ein Anwohner«, bestätigte der Beamte neben ihm, »er führte seinen Hund aus.«

»Wann war das?«

»Kurz vor sechs.«

»So spät?«, fragte Braig. Er schaute sich wieder um, musterte die nahen Häuser. »War niemand vorher unterwegs?«

Der uniformierte Kollege zuckte mit der Schulter.

»Und kein Mensch hat etwas gehört? Das muss doch einen irren Lärm gemacht haben.« Er deutete auf die Treppe, über die das Auto ins Wasser geschrammt sein musste. Mehrere Kratzer auf den Stufen belegten diese Vermutung.

»Du kannsch dir deine Überlegunge spare«, schimpfte Rössle. Er stapfte vor Feuchtigkeit triefend aus dem See, schüttelte seine klatschnassen Hosenbeine aus.

Braig nahm überrascht wahr, dass das Wasser sogar aus den Stiefeln floss. »Wieso? Hast du das Opfer bereits identifiziert?«

Der Techniker lachte laut. Er presste den Stoff seiner Jeans zusammen, ließ das Wasser auf den Boden tropfen. »Allerdings. I bin von der bsonders schnelle Truppe, isch dir des net bekannt?«

Braig schaute zur Rückfront des Autos hoch, erkannte am Kennzeichen, dass das Fahrzeug in Böblingen registriert war. »Handelt es sich um den Besitzer des Wagens?«

Rössle schüttelte den Kopf. »Gang hoim«, knurrte er, seine Hosenbeine in die Länge ziehend, »des isch nix für uns.« Er richtete sich zu voller Länge auf, sah den fragenden Blick des Kommissars. »In diesem Fahrzeug hier liegt eine Puppe«, sagte er dann in gestelztem Hochdeutsch, »eine hundsgewöhnliche Schaufensterpuppe. Alles klar?«

»Eine Puppe?«, fragte Braig ungläubig.

Der uniformierte Beamte neben ihm trat nervös von einer Stufe zur anderen. »Sie müssen entschuldigen«, sagte er mit einer auffallend tiefen Stimme, »aber das war nicht zu erkennen. Von außen sahen wir nur die Umrisse einer Person und schon der erste Anblick, verstehen Sie, das Auto im Wasser und so ... Wir hatten nur die Bilder vom Bärensee und von Monrepos aus der Zeitung im Kopf und dann das heute Morgen hier bei uns ...« Er zuckte mit der Schulter, schien vor Elend in den Boden zu versinken.

Braig war unfähig, ihn zu trösten, hatte Mühe, die überraschende Wendung zu verarbeiten. »Das heißt, es gibt keinen dritten Mord, kein drittes Opfer?«

»Hier jedenfalls net!«, bestätigte Rössle. Er packte den Kommissar am Arm, zog ihn zur Seite, einen halben Meter von der Treppe weg. »Do guck«, sagte er, »i han mir erlaubt, den Tatort zu verändern, damit jeder sieht, was los isch.« Er zeigte auf die vordere Seitenscheibe des Opel Astra, die von dieser Stelle gut einzusehen war. Direkt hinter dem Glas lehnte der Kopf einer mit einer dunkelhaarigen Perücke bekleideten, mannsgroßen Puppe; ein Anblick, der Braig von Kaufhausschaufenstern geläufig war.

»Sie müssen wirklich entschuldigen«, wiederholte der uniformierte Beamte. Er war neben sie getreten, starrte kopfschüttelnd auf das Fahrzeug im Wasser.

»Ist gut«, versuchte Braig, den Mann zu beruhigen, »die Puppe lag ursprünglich am Boden des Autos?«

»Genau«, bestätigte der Kollege, »wir sahen nur die Umrisse und dann bedenken Sie doch, was in den letzten Tagen ständig in allen Zeitungen abgebildet war ...«

»Kein Problem, das wäre mir heute Morgen genauso gegangen.« Er legte dem Mann die Hand auf den Rücken, erinnerte sich, welche Schwierigkeiten er am Bärensee gehabt hatte, den Toten im Inneren des Fahrzeugs zu erkennen. Wenn es sich um eine Puppe gehandelt hätte – sie wären erst in dem Moment darauf aufmerksam geworden, als sie das Auto geöffnet hatten. Dazu aber waren die lokalen Beamten nicht legitimiert, der Tatort musste möglichst unverändert bleiben, damit die Techniker alle Spuren korrekt aufnehmen konnten. Was der Mann erzählte, schien vollkommen nachvollziehbar: Die allgemeine Erregung über die brutalen Morde war längst in eine Hysterie übergegangen, die jeden, sobald er ein Auto im Wasser entdeckte, an ein Verbrechen der Erpresser denken ließ. Fragte sich nur, womit sie es hier in Böblingen zu tun hatten: Einen vergleichsweise harmlosen Streich von jugendlichen Nachahmern? Ein Auto aus reinem Spaß ins Wasser gejagt? Und – um dem Ganzen einen authentischeren Anstrich zu geben – eine Puppe auf die Vordersitze gelegt?

»Mir hent den Besitzer von dem Karre schon überprüft«, sagte Rössle und zeigte auf das Auto, »i bin ja lang genug hier.«

»Und?«

»Wir haben ihn im Register«, erklärte der Polizeibeamte, »er bewegt sich in problematischen Kreisen.«

»Ein notorischer Säufer und Krawallbruder«, verdeutlichte Rössle, »Schlägereie, Alkohol am Steuer und so weiter. Seine Kumpel sind koi Haar besser. Ein Idiot, wie Gott ihn schuf. Stammt aus Sindelfinge, was kasch do anderes erwarte?«

»Dann wäre es vorstellbar, dass es sich um einen Streich seiner Freunde handelt?«

Der uniformierte Kollege nickte. »Die Namen sind bekannt. Wir werden uns sofort um die Leute kümmern, es sei denn, Sie vom LKA wollen das übernehmen.«

Braig winkte heftig ab, es gab nichts, was gegen den Vorschlag des Mannes spräche. »Nein, das ist Ihre Sache. Ich bin froh, wenn Sie das überprüfen.« Er brach ab, weil sein Handy läutete, sah den kritischen Blick Rössles, der ihn im Auge behielt, solange die Nationalhymne zu hören war. Braig nahm das Gespräch an.

»Es tut mir Leid, aber heute brennt es überall«, meldete sich Gerhard Stöhr.

»Was ist los?«

»Sie sind in Böblingen?«

»Ja, aber hier gibt es zum Glück keinen Mord.«

»Es gibt keinen ...« Der Kollege am anderen Ende benötigte Zeit, das zu begreifen. »Aber was war das für eine Information?«

»Falscher Alarm«, antwortete Braig, »eine Aktion unbekannter Witzbolde.« Er verzichtete darauf, in Einzelheiten zu gehen, wusste, dass Stöhr ohnehin Schwierigkeiten hatte, die Nachricht zu verdauen.

»Das heißt, Sie sind frei?«

»Weshalb?«

»Weil, es tut mir Leid, aber es gibt eine weitere Meldung eines Fahrzeugs im Wasser.«

Braig schrak zusammen. »Wo?«

»In Waiblingen, in der Rems.«

»Und Sie haben die Gewissheit, dass es sich um ein Fahrzeug mit einem Toten handelt?«

Der Mann am anderen Ende zögerte. »Die Waiblinger Kollegen haben uns benachrichtigt. Im Zusammenhang mit den Erpresser-Morden, heißt es hier.«

Braig stöhnte laut auf. »Okay, ich übernehme. Was ist mit Frau Neundorf?« Sie wohnte in Waiblingen, hatte den kürzesten Weg.

»Sie ist heute Morgen nicht verfügbar«, antwortete Stöhr, »ich weiß nicht weshalb.«

»Die Spurensicherung ist verständigt?«

»Tut mir Leid, ich kann niemand erreichen. Wir haben drei schwere Autounfälle und einen Großbrand in Esslingen.«

»Ich kümmere mich darum«, sagte Braig, »Herr Rössle ist hier bei mir.« Es tut mir Leid, es tut mir verdammt Leid! Ich kann diesen Wahnsinn bald nicht mehr ertragen, dachte Braig. Er sah, wie sich die Stirn des Technikers in Falten legte, steckte sein Handy weg. »Waiblingen«, erklärte er, »ein Fahrzeug im Wasser.«

»Sind jetzt alle übergschnappt?«

»Stöhr kann keinen Techniker erreichen. Mehrere Unfälle.« Braig spürte den kalten Wind, der das Wasser zu Schaumkronen peitschend über den See jagte, sah Rössles vergebliche Bemühungen, seine Hosen und die Stiefel zu trocknen. »Du solltest nach Hause, trockene Sachen anziehen.«

Der winkte ab. »Mi wirft so schnell nix um!«

»Dann fahren wir nach Waiblingen, ja?«

Er erhielt keine Antwort, sah nur, wie der Kollege sein Gesicht verzog und leise vor sich hin maulte. Er räumte seine Sachen zusammen, nahm sie in die linke Hand, zeigte auf die Appartementhäuser. »Da vorne han i den Karre parkt.«

Braig verabschiedete sich von den uniformierten Beamten, bat sie, im LKA Bescheid zu geben, falls sie doch noch etwas Überraschendes ermitteln sollten, folgte dem Techniker den Uferweg entlang. Ältere Passanten mit angeleinten Hunden, Radfahrer und eine Horde lärmender Kinder kamen ihnen entgegen, das Auto im Wasser im Visier. Der von frühlingshaft belaubten Bäumen gesäumte See bot ein idyllisches Panorama, das Braig an seinen Urlaub im Süden erinnerte: Häuser mit üppig grünen Gärten, eine friedliche Uferpromenade, die weite Fläche des Sees, auf der gegenüberliegenden Seite von einem dichten Schilfgürtel begrenzt. Allein der beißend kalte Wind und die überraschend hohen Wellen passten nicht zu diesem Bild.

Er folgte seinem Kollegen bis zur Mündung der Spielbergstraße, deren Zufahrt durch eine Schranke versperrt war, beobachtete die Bemühungen des Technikers, der neben der Schranke niederkniete und das Metall musterte.

»Do isch der Karre vorbeigschrammt«, sagte Rössle und deutete auf den Gehweg neben der Schranke, »die Spure sind net zu übersehe.« Er erhob sich, lief weiter.

Braig starrte auf das Ende der Schranke, sah die roten Lackspuren. Die Begrenzung der Fahrbahn zu umgehen, war an dieser Stelle in der Tat nicht besonders schwer: Der Gehweg unmittelbar neben der Straße bot einem schmalen Fahrzeug Platz genug.

Er stieg zu Rössle in den Kombi. »Saufkumpane«, sagte er, »das passt. Hören von den Verbrechen im Bärensee und in Monrepos und machen sich einen Spaß daraus, das nachzuahmen. Ich fürchte nur, dass der Richter dem nicht zustimmen wird.«

»Elende Schweinebande«, knurrte Rössle, »woisch du, wann i heut Nacht ins Bett komme bin?« Er startete das Fahrzeug, bog in die Hauptstraße ab.

»Du hattest einen Einsatz?«

»Einsatz isch gut. Das war Krieg.« Der Techniker trommelte vor Wut aufs Steuerrad. »I han den Autowahn satt. Reschtlos. Und jetzt hock i scho wieder in dem Karre.«

»Ein Unfall?«

»Kurz nach Mitternacht mit Affentempo überholt. Zwei Tote, zwei Schwerverletzte. Zwische Weil und Esslingen auf der

Schnellstraß. Mir hent die Überreste von dene aus em Neckar gfischt. Den halbe Weg Richtung Obertürkheim. Um viere war i dahoim.«

Braig gab keine Antwort, konnte sich den Anblick, dem der Kollege in der Nacht ausgesetzt gewesen war, gut vorstellen. Zwischen zwei Büschen ein aus dem Schultergelenk gerissener Arm, unter der Leitplanke ein Fuß. Zehn Meter weiter im Gras zwei Finger, im Ast eines Baumes ein Bein. Zu oft hatte er es selbst mit ansehen, der Ursachenforschung wegen detailliert untersuchen müssen. Bilder, die nicht mehr so schnell aus dem Bewusstsein gelöscht werden konnten.

»Und du? Was isch mit dir?«, fragte Rössle. Er war auf die Schnellstraße Richtung Stuttgart eingebogen, warf Braig einen kurzen Blick zu. »Alles gut überstande?«

»Schneller als ich dachte.« Er fuhr sich sachte über seine Schläfe, wo der Schorf der Wunde unter dem Pflaster zu spüren war. »Ich hoffe, es heilt weiterhin so schnell.«

»Glück ghett, wie?«

»Mehr als das. Wenn mich die Katze nicht aus dem Auto gelockt hätte ...« Er hatte sich die möglichen Folgen noch gar nicht ernsthaft überlegt, war den Gedanken an die Gefahr, in der er sich befunden hatte, durch die berufliche Anspannung bisher erfolgreich ausgewichen. Allein, sich das Bild vor Augen zu holen, wie sein Dienstwagen nach dem Aufprall ausgesehen hatte ...

»Wahrscheinlich haltet mir den Job nur durch, wenn mir solche Ereignisse ganz schnell aus unserem Gedächtnis löschet, oder?«

Er drehte seinen Kopf zur Seite, betrachtete den Kollegen. »Wahrscheinlich, ja. Auf jeden Fall nehme ich jetzt öfter die Bahn.« Das Läuten seines Telefons befreite ihn von dem Zwang, über Rössles Worte nachzudenken. Er sah den skeptischen Blick des Kollegen, entschuldigte sich. »Ich kann nichts dafür. Stöhr besorgte mir das Handy nach dem Unfall. Ich kam noch nicht dazu, mir eine andere Melodie einzuprogrammieren.« Er zog das Gerät vor, hatte Ann-Katrin in der Leitung.

»Ihr habt schon wieder einen Toten?«

»Bis jetzt nicht, nein. Wir hatten Glück. Nur ein paar Idioten, die ein Auto mit einer Puppe ins Wasser jagten. So sieht es jedenfalls aus. Aber jetzt müssen wir nach Waiblingen. Dort soll es wirklich wieder passiert sein.«

»In Waiblingen? Oh nein. Du tust mir Leid.«

»Wie geht es Mama?«

»Deshalb rufe ich an. Unverändert.«

»Du bist im Krankenhaus?«

»Seit ein paar Minuten, ja. Theresa kommt später. Ich bleibe vorerst hier.«

»Ich wünsche dir und Mama alles Gute.«

»Danke. Wir hören voneinander.«

Er schaute nach vorne, sah, wie der Verkehr sich staute, steckte das Handy weg.

Rössle schimpfte leise vor sich hin, schaute auf die Uhr. »Zehn vor neun. Das kann heiter werde.« Er trommelte auf das Steuerrad, fädelte sich dann nach rechts ein. »Stuttgarter Kreuz. Mir umfahret die Stadt. I gang uf d'Autobahn.«

Braig nickte, verfolgte schweigend die Bemühungen des Kollegen, den Stau zu umfahren.

»Deine Schwiegermutter?«, fragte der Techniker.

»Sie liegt im Katharinenhospital. Bewusstlos.«

»Schon lange?«

»Seit gestern. Herzstillstand mit Wiederbelebung. Aber sie ist immer noch nicht wieder da.«

»Wie alt?«

»Fünfundsechzig.«

»Das isch zu jung. Viel zu jung.«

Braig wusste, wie Recht der Kollege hatte, wollte nicht daran denken, was geschehen sollte, falls Irene Räuber nicht mehr aus dem Koma erwachte. Ann-Katrin hatte zu viel mitgemacht in den letzten Jahren. Schwerst verwundet durch den Schuss eines Verbrechers, mehrere Operationen nacheinander, Schmerztherapien ohne Ende. Und jetzt das! Gab es überhaupt keine Gerechtigkeit auf dieser Welt?

Er fragte Rössle nach dem Wohlergehen seiner Familie, hörte die Leiden eines Familienvaters, dessen Töchter gerade der Pubertät entwachsen waren. »Bei meiner Anne standet die Kerl Schlange und mei Uli hockt Tag und Nacht bei de Gäul.«

Sie umfuhren Stuttgart großräumig, bogen bei Denkendorf nach Norden ab, dann an Esslingen vorbei über den Schurwald. Auf halbem Weg zwischen Esslingen und Stetten staute sich der Verkehr erneut.

»Was isch jetzt scho wieder?«, brummte Rössle.

Braig schaute nach vorne, sah ein Polizeiauto mitten auf der Fahrbahn stehen und unmittelbar dahinter uniformierte Beamte die passierenden Fahrzeuge überprüfen. »Kollegen«, sagte er, »ich habe meinen Ausweis dabei, das gibt kein Problem.«

»Was hent die zu kontrolliere? Isch was passiert?«

»Keine Ahnung. Wahrscheinlich Routine.«

Sie fuhren langsam auf die Kollegen zu, sahen, wie sie ein Auto nach dem anderen vorbeiwinkten. Braig zog seinen Ausweis aus der Tasche, öffnete das Beifahrerfenster, hielt ihn deutlich sichtbar in die Höhe. Sie passierten die beiden Beamten im Schritttempo, winkten ihnen freundlich zu. Erst auf Augenhöhe bemerkte Braig, dass es sich um einen Kollegen und eine Kollegin handelte. Er schaute der Frau ins Gesicht, deren Augen ebenso wie die ihres Kollegen von einer Sonnenbrille geschützt wurden, erkannte sie auf den ersten Blick.

»Des isch a komischer Sparrefantel!«, schimpfte Rössle. »Der glotzt doch grad an oim vorbei.« Er beschleunigte wieder, sah Braig zu der Beamtin zurückstarren. »Was isch los? Kennsch du den Kerl?«

Der Kommissar reagierte nicht, versuchte, die Kollegin durch die hintere Scheibe zu beobachten. Sie hatte ihr Gesicht abgewandt, schaute in die andere Richtung.

»Mir hent koi Zeit«, drängte der Techniker, »die wartet in Waiblinge.«

Die Beamtin stand immer noch mit dem Rücken zu ihnen da, schenkte ihnen keinerlei Aufmerksamkeit. »Das war eine Frau«, brummte Braig und drehte sich wieder nach vorne. Er erinnerte sich an den Moment vor dem Unfall in Tübingen, als er angehalten hatte, weil er Theresa Räuber am Straßenrand hatte stehen sehen – im Gespräch mit einer bildhübschen jungen Frau, *der* jungen Frau, die hier die Autos kontrollierte. Er hatte nicht gewusst, dass es sich um eine Kollegin handelte, wunderte sich im Nachhinein darüber, dass Theresa es bei der gegenseitigen Vorstellung nicht erwähnt hatte. Ihr Name war ihm entfallen – kein Wunder bei dem schrecklichen Ereignis, das sich unmittelbar danach ereignet hatte.

»I han die gar net beachtet,« meinte Rössle. Er schloss zu dem Fahrzeug vor ihnen auf, folgte der Landstraße abwärts nach Stetten. Der Verkehr wurde immer dichter, verlangte volle Konzentration. Sie fuhren an Endersbach vorbei, dann durch Beinstein. Keine fünf Minuten später hatten sie die Talaue in Waiblingen erreicht. Sie passierten den modernen Komplex des Bürgerzentrums, folgten der Winnender Straße über eine Brücke auf die Schwaneninsel. Vor den Gebäuden des Kulturzentrums Schwanen und des Jugendgästehauses parkten mehrere Polizeifahrzeuge.

»I denk, mir sind richtig«, erklärte der Techniker. Er parkte das Auto auf der anderen Straßenseite kurz vor der Brücke, die über den westlichen Seitenarm der Rems unmittelbar auf den pittoresken Beinsteiner Torturm zuführte. Sie stiegen aus, sahen den uniformierten Kollegen, der den Zugang zum Biergarten überwachte.

Braig stellte sich und den Kollegen vor, folgte dem asphaltierten Weg den Fluss entlang. Er kannte die Umgebung, hatte in den vergangenen Jahren mehrfach in der Waiblinger Altstadt zu tun gehabt. Das Gelände lag idyllisch auf drei Seiten halbmondförmig von Wasser umgeben. Üppig grüne Büsche und Bäume säumten die Ufer der Rems. Braig ging auf zwei Beamte zu, die kurz vor der Fußgängerbrücke zur Erleninsel standen und sich unterhielten. Er grüßte, stellte sich vor, sah die rückwärtige Partie eines Autos aus dem Wasser ragen. Das Ufer fiel an dieser Stelle steil ab, der Wasserspiegel des schmalen Flusslaufs lag einen guten Meter tiefer als das Niveau der Insel. Das gewohnte Bild, schoss es ihm durch den Kopf. Der dritte Tote. Blieb nur die Frage, wen es diesmal getroffen hatte.

Er starrte nach unten zu dem Fahrzeug, sah, dass es sich um einen kleinen Daimler handelte. Die Scheiben reflektierten die ersten Strahlen der Sonne, jeder Versuch, ins Innere des Wagens zu spähen, misslang. Braig beugte sich trotzdem noch weiter nach vorne.

»Der ist leer«, sagte einer der beiden uniformierten Beamten neben ihm, »da ist keiner drin.«

»Wie bitte?«, fragte Braig.

»Wir waren im Wasser«, erklärte der Kollege, »gleich, als die Meldung kam.« Er zuckte mit der Schulter. »Naja, wir dachten, wir könnten vielleicht noch jemand retten.«

»Keinen Zweifel?«

Der Beamte schüttelte den Kopf. »Das Fenster der Fahrertür ist offen, sehen Sie.« Er zeigte zur Seite, machte Braig Platz. »Wir haben den gesamten Innenraum abgetastet. Da ist nichts.« Er hielt inne, weil sein Handy läutete, nahm das Gespräch an.

Braig starrte nach unten ins Wasser, sah nur die trübe Brühe des Flusses.

»Der Kerl hat es zugegeben?«, rief der uniformierte Beamte. Er starrte zu seinem Kollegen, hörte sich die Meldung vollends an, steckte das Handy dann weg. »Das wird teuer«, meinte er.

»Um was geht es?«, fragte Braig. Er sah Rössle mit seinem Arbeitskoffer in der Hand auf sich zukommen, stellte ihn vor. Der Techniker trat an die Böschung, betrachtete das Fahrzeug.

»Die Sache ist geklärt«, sagte der Beamte, »meine Kollegen haben mich gerade informiert. Sie sind in der Wohnung beim Besitzer des Wagens. Der Mann ist jetzt noch betrunken. Er hat es gestanden.«

»Wie?«, fragte Rössle, »des isch gar nix für uns? Der Kerl war bsoffe?«

»Ich habe es eben erst erfahren, sorry! Der Mann hat zugegeben, heute Nacht betrunken gefahren und vom Weg abgekommen zu sein. Er wollte auf die Talaue Straße fahren und wusste, dass sie den Fluss entlangführt. Leider ist er etwas zu früh abgebogen.«

»Und wie kam er aus seinem Auto?«, fragte Braig.

»Er muss in letzter Sekunde bemerkt haben, dass etwas nicht stimmt. Kurz bevor es den Wagen die Böschung hinunterkatapultierte, sei er rausgesprungen, behauptet er. Die Büsche hätten ihn aufgefangen. Hier, die Überreste haben wir vorhin schon entdeckt.« Er zeigte auf einen Zweig am Steilabfall zum Fluß. Ein großes Stück eines dunklen Stoffes hatte sich dort verfangen. »Sieht aus wie von einer Jacke, oder?«

Rössle winkte ungehalten ab. »Des isch nix für uns. Kümmert ihr euch drum. I han genug zu do.« Er packte seinen Koffer, marschierte zurück.

»Entschuldigt!«, sagte der Beamte, »das konnten wir nicht wissen. Wir hatten nur die Morde im Bärensee und in Monrepos im Kopf und befürchteten sofort ein neues Verbrechen. Deshalb ...«

Braig nickte, verabschiedete sich von den beiden Kollegen. Er spürte die Erleichterung, fühlte sich zugleich grausam müde. Hatte der Mörder vorerst genug oder war sein drittes Opfer nur noch nicht entdeckt worden? Er atmete tief durch, machte sich auf den Weg. Die nächsten Stunden und Tage würden es zeigen.

20. Kapitel

Kurz vor halb elf war Braig wieder im Amt. Er stieg hoch in sein Stockwerk, traf auf Erwin Beck, der über den Gang eilte.

»Du hast es gehört?«, fragte der Kollege.

Braig schnappte nach Luft, wartete auf eine Erklärung.

»Das Geld ist weg.«

»Welches Geld?«

»Fünfzigmillionen. Heute Morgen fand die Übergabe statt.«

»An die Erpresser?«

Beck nickte. »Du hast es nicht gewusst?«

»Woher denn?«

»Heute Nacht haben sie sich dazu entschlossen. Die Firmen, speziell der Flughafen, hatten Angst, dass viele Kunden abgeschreckt werden, wenn es noch mehr Tote gibt. Koch hat sich angesichts der beiden Mordopfer nicht länger widersetzt.«

»Wir haben doch noch immer keine absolute Gewissheit, dass die beiden Verbrechen auf die Erpresser zurückgehen.«

»Mit dieser Auffassung stehst du aber eindeutig im Widerspruch zu unserem Herrn Oberstaatsanwalt.« Becks Gesichtsausdruck zeigte deutlich, was er von dem Mann hielt.

»Sie haben die Geldübergabe nicht überwacht?«

»Und ob! Sechzig Mann waren im Einsatz. Unter Kochs persönlicher Regie.«

»Und? Sie haben die Erpresser?«

Beck rückte seine Brille zurecht, ließ ein hämisches Lachen hören. »Bis jetzt nicht den Hauch einer Spur. Und das Geld ist ebenfalls weg. Komplett.«

»Fünfzigmillionen?«

Der Kollege nickte, klopfte Braig auf die Schulter. »Genaueres weiß ich leider nicht. Ich muss nach Leonberg, ein Banküberfall.« Er lief zum Fahrstuhl, hatte Glück. Die Tür schwang zur Seite, ließ ihn eintreten.

Braig winkte ihm nach, ging die paar Schritte zu seinem Büro. Er war nervös, fühlte sich von einer inneren Unruhe getrieben. Die Nachricht von den vermeintlichen neuen Verbrechen zuerst in Böblingen, dann in Waiblingen, dazu die unverändert traurige Botschaft Ann-Katrins vom Krankenbett ihrer Mutter hatten ihn mehr mitgenommen als er sich eingestehen wollte. Er spürte die Anspannung im ganzen Körper, wusste nicht, wie er sich davon befreien konnte.

Der schrille Signalton ließ ihn aufhorchen; ein Fax flatterte auf die Ablage. Er nahm das Blatt, las die Nachricht der Göppinger Kollegen, dass Sven Demski darauf bestand, seinen Wagen am letzten Sonntag nicht gefahren, sondern an Johannes Wangbiehler ausgeliehen zu haben. Wenn dem Delikt auch nicht mehr dasselbe Gewicht wie noch am Vortag zukomme, weil sich der Zustand des verunglückten Mädchens leicht verbessert habe, sei dennoch von Wangbiehlers Täterschaft auszugehen.

Braig legte das Blatt auf den Stapel am Rand seines Schreibtisches, wunderte sich nicht über die Ausführungen der Kollegen. Dass der Unfall auf Johannes Wangbiehler zurückging, war ihm nach dem Verhör Demskis in Göppingen längst klar gewesen. Hatte es daran je einen Zweifel gegeben?

Er begab sich zum Waschbecken, füllte ein Glas mit Wasser, trank es leer. Als er es zurückstellte, hörte er draußen Felsentretters laute Stimme.

»Keine Spur?«, rief der Kollege.

Braig eilte auf den Gang, sah den stämmigen Beamten mitten auf dem Flur stehen, das Handy am Ohr. Er winkte ihm zu, kehrte in sein Büro zurück, setzte Kaffee auf.

»Das gönne ich dem Schwein«, tönte es aus dem Flur, »aber natürlich schiebt er die Verantwortung wieder ab.«

Keine fünf Sekunden später stürmte Felsentretter in Braigs Büro. »Koch hat die Sache versiebt«, erklärte er, »das Geld ist weg.«

Die Kaffeemaschine setzte sich blubbernd in Gang, spie kleine Wolken aus.

»Und? Was war?»

»Hutzenlaub hat es mir gerade erzählt. Er war informiert.«

»Wer?»

»Koch natürlich!»

»Und? Wie sah Kochs geniale Strategie aus?«

»Ein Mitarbeiter einer Fluglinie sollte das Geld überbringen. In einem bestimmten Fahrzeug, einem weißen Passat Kombi und einem dunkelblauen Koffer einer genau definierten Marke und Größe, so lauteten die Bedingungen der Erpresser. Der Fahrer war aber in Wirklichkeit einer von uns.«

»Du kennst den Kollegen?«

Felsentretter schüttelte den Kopf.

»Woher bekam er seine Anweisungen, wohin er das Geld bringen sollte?«

»Per Handy.«

»Sie konnten die Erpresser nicht orten?«

»Das war Kochs große Idee. Dummerweise benutzten die Gangster unzählige Geräte, jeweils nur wenige Sekunden lang. Immerhin stellten die Kollegen fest, dass sie ihren Standort dauernd wechselten und die Handys allesamt gestohlen waren.«

»Koch hatte Sprechverbindung mit dem Kollegen?«

»Na klar. Acht zivile Fahrzeuge waren hinter ihm, aber kein Hubschrauber. Das hatten sich die Gangster extra verbeten. Sie drohten mit dem Abbruch der Aktion, falls sie aus der Luft beobachtet würden.«

»Wo fand die Übergabe statt?«

»In einem Waldstück bei Welzheim. Der Kollege stellte den Koffer dort am Rand eines Weges ab, wurde angewiesen, sofort weiterzufahren.«

»Und? Ließ Koch den Wald nicht abriegeln?« Braig roch den würzigen Duft des Kaffees.

»Doch. Sie sind immer noch dabei, stellen anscheinend jeden Baum auf den Kopf.«

»Der Koffer ist weg?«

Felsentretter schüttelte den Kopf. »Nein. Der steht dort, wo der Kollege ihn deponiert hatte.«

»Naja, dann ist wenigstens das Geld noch da«, meinte Braig. Er griff nach der Kaffeekanne, fragte den Kollegen, ob er ihm eine Tasse anbieten dürfe.

»Danke. Ich habe gerade zwei große Portionen in mich reingekippt.« Er lachte leise vor sich hin. »Das ist es ja: Der Koffer steht da, aber das Geld ist weg.«

Braig hielt mitten in seiner Bewegung inne, starrte Felsentretter an. »Wie bitte?«

Der bullige Kollege lief zum Schreibtisch, setzte sich mitten auf die Platte. »Das ist ja der Gag. Der Koffer ist da, aber ohne Geld.«

»Das verstehe ich nicht.«

»Nicht nur du. So geht es im Moment allen, die an dem Unternehmen beteiligt waren. Ganz speziell dem Herrn Oberstaatsanwalt.« Er betonte den Titel, dehnte ihn in die Länge.

»Der Kollege, der am Steuer saß, ist nicht verschwunden?«

Felsentretter lachte laut. »Nein, so einfach ist die Sache nicht. Der Mann ist da. Der hätte keine Gelegenheit gehabt, das Geld wegzuschaffen, heißt es. Koch hatte die Verfolger in alle Himmelsrichtungen verteilt.«

»Dann möchte ich jetzt nicht in seiner Haut stecken.« Braig schenkte seine Tasse voll, stellte die Kanne zurück.

Felsentretter donnerte mit der Faust auf den Schreibtisch, erhob sich. »Nein, das würde ich dir auch nicht empfehlen. Obwohl ich es dem Kerl gönne. Fünfzigmillionen«, er pfiff durch die Zähne«, kein schlechter Fang.« Er winkte dem Kollegen zu, lief aus dem Raum.

Braig nippte an seiner Tasse, spürte, dass der Kaffee schon etwas abgekühlt hatte, trank langsam. Er dachte an die Aussagen des Kollegen, überlegte, was der leere Koffer zu bedeuten habe. Eigentlich gab es nur zwei Möglichkeiten, wie das Geld hatte verschwinden können: Entweder die Erpresser hatten ihn geleert und den Inhalt an sich genommen und waren dann auf raffinierte, bislang noch nicht bekannte Weise – vielleicht durch einen unterirdischen Gang, den sie vorher gegraben hatten – entkommen, oder ...

Braig wagte kaum, die Alternative wirklich in Erwägung zu ziehen. Sie war äußerst brisant, aber durfte er sie deshalb außen vor lassen?

... oder der Kollege oder einer der ihm unmittelbar folgenden Ermittler waren der Versuchung erlegen und hatten das Geld auf bisher unbekannte Weise an sich genommen. Fünfzigmillionen waren kein Pappenstiel, es handelte sich dabei um mehr, als er, Braig, sich überhaupt vorstellen konnte. Ein kurzer Griff und die Tür zum Schlaraffenland war aufgetan? Konnte da wirklich jeder widerstehen?

Er trank den Rest der Tasse leer, atmete tief durch. Eine Frage blieb: Selbst wenn einer der Kollegen es gewagt haben sollte, das Geld zu stehlen – wie hatte er es geschafft, es so zu verstecken, dass alle anderen es nicht finden konnten? Teamwork, gemeinsames Verbrechen?

Das Läuten des Handys riss ihn aus seinen Gedanken. Er hatte vergessen, die Rufumleitung vom Festnetz auszuschalten, nahm das Gespräch an. Die Stimme war ihm sofort bekannt.

»Ich muss Ihnen eine wichtige Mitteilung machen.«

Derselbe herrische Befehlston wie vor wenigen Tagen. Ein Mann, der es gewohnt war, Anweisungen zu erteilen und andere für sich springen zu lassen.

Braig spürte die Aggressionen in sich, versuchte, sachlich zu bleiben. »Um was geht es?«

Wangbiehlers Antwort ließ nicht lange auf sich warten. »Ich verfüge über interessante Informationen zu Vorgängen unmittelbar vor Karl Herzogs Tod.«

Er glaubte nicht richtig zu hören. »Wie kommen Sie dazu?«

»Das muss ich Ihnen persönlich erklären, nicht am Telefon. Wann haben Sie Zeit?«

»Hören Sie, wir werden mit angeblich wichtigen Informationen zu Verbrechen aller Art dermaßen überhäuft, dass wir ...«

»Ich fragte, wann Sie Zeit haben? Sie können mich nicht mit irgendwelchen Idioten vergleichen, die bei Ihnen mit Belanglosigkeiten hausieren gehen. Ich denke, ich kann Ihnen wichtige Hinweise auf den zeitweiligen Aufenthaltsort Ihrer Erpresser liefern.«

Braig griff an seine Wunde, die mit heftigen Schmerzen auf sich aufmerksam machte, versuchte, einen klaren Kopf zu bewahren. Hatte Wangbiehler jede Bodenhaftung verloren? Wie dreist wollte der neureiche Emporkömmling noch auftreten, um sich Aufmerksamkeit zu verschaffen?

»Hat es Ihnen die Sprache verschlagen?«, tönte es aus dem Apparat.

Er wusste nicht, was er antworten sollte. »Sie wollen mir mitteilen, wo die Leute zu finden sind, die zur Zeit von der Hälfte aller Fahnder dieses Landes gesucht werden. Habe ich das richtig verstanden?«

»Wenn diese Verbrecher Karl Herzogs Tod zu verantworten haben, haben Sie das richtig verstanden, ja.«

»Und Sie kennen die Leute persönlich.«

»Sind Sie verrückt? Das hat doch nichts mit mir zu tun«, bellte Wangbiehler ins Telefon. »Wann haben Sie Zeit? Ich bin heute in Stuttgart. Treffen wir uns um zwölf Uhr in der Alten Kanzlei auf ein gemeinsames Mittagessen?« Er erklärte Braig, dass er fest mit seiner Anwesenheit rechne, beendete das Gespräch.

Als der Kommissar aufsah, trat Neundorf in sein Büro.

»Du siehst etwas bedeppert aus«, sagte sie, »mit wem hast du telefoniert?«

»Wangbiehler«, antwortete er und berichtete vom Inhalt des Gesprächs.

»Will er von seinem Sohn ablenken? Dass dieses Schwein die Gesundheit des Kindes auf dem Gewissen hat?«

»Ich weiß es nicht. Mir wird nichts anderes übrig bleiben, als zu Kreuze zu kriechen, wenn ich vermeiden will, dass mich der Präsident des Amtes persönlich zu sich zitiert.«

»Das ist zu befürchten«, bestätigte Neundorf, »so wie die Verhältnisse in diesem Ländle funktionieren. Auch wenn uns das Gespräch mit dem Kerl keinerlei Nutzen bringt.«

Braig spürte wieder seine Wunde, fuhr sich über die Schläfe.

»Schade, dass ich heute Morgen nicht zur Stelle war. Rössle hat mich informiert.«

»Du hast Probleme mit Johannes?«

»Eher mit meiner Mutter.«

Er wusste nicht, wovon sie sprach, schaute sie fragend an.

»Manchmal bringt sie mich zur Weißglut.«

»Weil Johannes krank wurde.«

»Das war nur der aktuelle Anlass. Sie hat einen Tick. Manchmal denke ich ...« Sie hielt mitten im Satz inne, winkte mit der Hand ab.

»Du arbeitest zu viel«, warf er ein, »vielleicht solltest du ...«

Neundorf ließ ihn nicht ausreden. »Nein«, erklärte sie, »daran liegt es nicht. Meine Mutter ist das Problem, nicht meine Arbeit.« Sie schüttelte energisch den Kopf. »Ich weiß nicht, ob man es noch als Tick bezeichnen kann. Wahrscheinlich treffe ich den Sachverhalt wesentlich besser, wenn ich sage, dass sie zeitweise spinnt.«

Braig schaute sie betroffen an, ließ sie weitersprechen.

»Sie glaubt, in die Zukunft sehen zu können.«

»In die Zukunft?«

»›Das Kind wird sterben. Ich habe es genau gesehen. Der Arzt täuscht sich, es ist keine harmlose Sache. Der Junge muss ins Krankenhaus.‹ So ging es gestern den ganzen Tag.«

»Weil Johannes sich übergeben musste.«

»Sie hat mich schon am Telefon vollgelabert. ›Das Kind wird sterben. Ich habe es genau gesehen.‹ Heute Morgen habe ich sie aus der Wohnung geworfen. Ich hoffe, sie fuhr nach Hause. Die nächsten Wochen darf sie mir nicht mehr unter die Augen kommen, sonst ...« Sie machte eine abweisende Handbewegung, atmete tief durch. »Lassen wir dieses Thema. Jetzt bin ich wieder hier.«

»Wer kümmert sich um Johannes?«

»Die Tochter meiner Nachbarin. Sie hat heute ausnahmsweise keine Schule.«

»Und die nächsten Tage?«

»Ich hoffe, er kann wieder in den Kindergarten. Es muss ohne meine Mutter gehen, ich kann das Theater nicht länger ertragen. Sie hat diesen Tick nicht erst seit kurzem, das geht schon mehrere Jahre so. Mit dem Tod meines Vaters fing es an. Sie glaubte, sie hätte den Unfall vorhergesehen. Zwei, drei Wochen nach der Beerdigung fing sie plötzlich damit an: ›Ich hätte ihn warnen müssen, warum habe ich es nicht getan?‹ Anfangs habe ich sie einfach nicht ernst genommen. Der Schock, dachte ich, der Schock wegen Vaters völlig unverhofftem Unfalltod.« Sie schwieg einen Moment, holte tief Luft. »Aber dann wurde es immer schlimmer. Anfangs alle paar Wochen, dann im Abstand von wenigen Tagen. Immer hat sie etwas vorhergesehen oder kündigt es an. Einen Unfall, eine Krankheit, irgendein bedrohliches Ereignis, nur selten etwas Gutes. Es ist nicht mehr zum Aushalten.«

»Du hast noch nie davon erzählt.«

»Hätte ich das tun sollen? Ich fand es nicht besonders vorteilhaft, weder für sie noch für mich. Ich hoffe nur, dass Johannes verschont bleibt.«

»Ihre Prognosen sind immer völlig aus der Luft gegriffen?«

Neundorf zögerte mit ihrer Antwort, schüttelte den Kopf. »Das ist ja das Beunruhigende. Ich kann ihre Visionen, oder wie immer ich das bezeichnen soll, nicht einfach als Schwachsinn abtun. Sie hat schon mehrfach Recht behalten. Frag mich nicht nach einer Erklärung, ich weiß keine. Aber manchmal trifft genau das ein, was sie vorhersagt. Auch wenn es im ersten Moment völlig abstrus klingt.«

Braig schaute überrascht zu seiner Kollegin. »Du meinst, sie hat hellseherische Fähigkeiten?«

Sie fuhr sich mit der Rechten über die Haare, zog dann ein Taschentuch vor, tupfte sich die Nase ab. »Du kannst es dir wahrscheinlich nicht vorstellen. Aber manchmal denke ich, das ist die einzige Erklärung, ja. Auch wenn ich mich immer vehement gegen die Existenz solcher Phänomene gewehrt und sie als dämliche Phantastereien und primitiven Aberglauben abgetan habe.«

Er wusste nicht, was er dazu sagen sollte, fühlte sich von ihren Worten ertappt. Die Zukunft vorherzusagen, Schicksalsschläge Tage oder Wochen vor ihrem Eintreffen anzukündigen war auch für ihn Hokuspokus ohne jede reale Grundlage. Eine Angelegenheit von Verrückten, bestenfalls Leichtgläubigen, die sich – ungebildet und von irrationalen Gefühlen geleitet – allzu schnell von dem Gefasel aufgeblasener Wichtigtuer beeindrucken ließen. Überprüfte man im Nachhinein die angeblich eingetroffenen Prophezeiungen dieser *Hellseher*, stellte sich schnell heraus, dass es sich um raffiniert formulierte Allgemeinplätze handelte, die in so viele verschiedene Richtungen interpretiert werden konnten, dass eine davon immer eintraf. Dass jetzt seine sonst so kritische Kollegin mit solchen Vorstellungen daherkam, verblüffte ihn sehr.

Braig schaute auf seine Uhr, sah, dass er sich auf den Weg machen musste, wenn er den Termin mit Wangbiehler pünktlich wahrnehmen wollte.

»Du musst gehen«, sagte Neundorf.

Er nickte. »Der Allmächtige setzt pünktliches Erscheinen voraus. Zumindest was seine Gesprächspartner anbetrifft.«

»Du informierst mich?«

»Ich fürchte, es wird die Telefongebühren nicht wert sein.«

Sie winkte ihm zu, lief auf den Flur. Braig nahm seinen Notizblock an sich, warf sich die Jacke über die Schulter, verließ sein Büro. Die Luft hatte noch weit stärker abgekühlt, als er vom Morgen in Erinnerung hatte. Fast alle, die ihm entgegenkamen, trugen dicke Pullover, Sweat-Shirts oder Mäntel. Er hüllte sich in seine Jacke, spürte den Druck hinter seiner Schläfe. Das Blut pochte, stechende Schmerzen, wie von Nadelspitzen verursacht, machten ihm zu schaffen. Er beschleunigte seine Schritte, beeilte sich, die Stadtbahn-Haltestelle zu erreichen. Wann immer sie diesen Fall gelöst haben sollten, er musste lernen, es langsamer angehen zu lassen. Weniger in seinem Büro vor sich hinbrüten, immer neuen Spuren hinterher hetzen, mehr für sich selbst Zeit finden, sich um Ann-Katrin und seine eigenen Interessen kümmern, an der frischen Luft spazieren gehen, Sport treiben. Die Hektik vergessen. Er atmete tief durch, versuchte, die Schmerzen in seinem Kopf zu verdrängen.

Das ließ erst nach, als er auf der hintersten Bank der Stadtbahn Platz genommen hatte. Braig betrachtete den gut besetzten Wagen, verfolgte das Treiben der Passagiere. Zwei junge Männer, die eifrig miteinander sprachen, wahrscheinlich den neusten Klatsch austauschten. Eine Gruppe älterer Frauen, in dicke Anoraks gehüllt, mit den Fingern auf die Gebäude deutend, an denen sie vorbeifuhren. Mehrere tief verschleierte Mädchen, die an der Tür auf die nächste Haltestelle warteten.

Braig beruhigte sich zunehmend. Vielleicht sollte ich mich öfter in die Bahn zurückziehen und Menschen beobachten, überlegte er, anstatt mir den Kopf über mögliche Drahtzieher immer neuer Verbrechen zu zermartern. Er verließ den Zug am Schlossplatz, eilte die Treppe nach oben. Über die weitläufige, mit Frühlingsblumen geschmückte Anlage fegte ein eiskalter Wind. Nirgends Menschen, die verweilten, keine Jugendlichen, die miteinander schäkerten.

Er zog seine Jacke fest zusammen, lief mit Riesenschritten auf die Alte Kanzlei zu. Als er das Restaurant betrat, sah er Wangbiehler an einem Tisch unweit des Eingangs sitzen. Der mit einem hellbraunen Anzug und einer gelben Krawatte bekleidete Mann hatte ein Glas am Mund, winkte ihm im Trinken zu. Das Lokal war gut besetzt, Männer und Frauen zwischen dreißig und fünfzig in der Überzahl, vermutlich Beschäftigte der umliegenden Büros und Ministerien. Braig steuerte auf den Unternehmer zu, wurde mit einem jovialen »Schön, dass Sie die Zeit gefunden haben« begrüßt. Er nickte seinem Gesprächspartner zu, nahm ihm gegenüber Platz.

»Ihr Sohn ist nicht hier?«, fragte er.

Wangbiehler runzelte seine Stirn. »Wollen Sie sich nicht erst anhören, was ich Ihnen zu sagen habe?«

»Er wird von meinen Kollegen gesucht.«

Sein Gegenüber winkte abfällig ab. »Das ist Schnee von gestern. Sie sind offensichtlich nicht auf dem neusten Stand.«

Braig verzichtete auf eine Antwort, weil eine Kellnerin an den Tisch trat und ihnen zwei Karten reichte. Obwohl er Hunger hatte, schüttelte er den Kopf, bestellte stattdessen Kaffee. Er hatte kein Interesse, seinen Aufenthalt in der Gegenwart dieses Mannes unnötig in die Länge zu ziehen.

»Zu teuer?«, fragte Wangbiehler. Er grinste süffisant, zeigte sich großzügig. »Ich lade Sie ein. Suchen Sie sich aus, was Sie wollen.«

»Vielen Dank. Ich habe nicht viel Zeit.«

Sein Gegenüber zuckte bedauernd mit der Schulter, bestellte einen Sauerbraten in Riesling und gemischten Salat. Die Frau eilte dienstbeflissen davon.

»Keine Zeit?« Wangbiehlers Grinsen zeigte deutlich, was er eigentlich meinte. *Ein Beamter, der keine Zeit hat?*

Braig verzichtete auf eine Antwort. »Darf ich wissen, was Sie mir mitzuteilen haben?«, fragte er stattdessen.

Der Unternehmer kramte in seiner Jackentasche, brachte einen weißen Umschlag zum Vorschein, reichte ihn dem Kommissar. »Mein Sohn ist kein Verbrecher, auch wenn Sie ihn gern in diese Ecke stellen wollen.«

»Ich will ihn in überhaupt keine Ecke stellen. Das tut er selbst.«

Wangbiehlers Miene zeigte deutlich, dass er Mühe hatte, sich im Zaum zu halten. »Ich wiederhole: Er ist kein Verbrecher«, sagte er dann, die Worte einprägsam betonend, »aber er ist ein Idiot.«

Braig schaute überrascht zu ihm hinüber.

»Hier. Lesen Sie.« Der Mann deutete auf das Couvert.

Der Kommissar öffnete es, entnahm ihm ein etwa zur Hälfte bedrucktes Blatt. »Was soll ich damit?«

»Mein Sohn ist ein Idiot, ich gebe es zu. Was Sie hier lesen, hat er meiner Sekretärin diktiert.«

Braig hielt das Blatt zur Seite, weil die Kellnerin den Kaffee servierte, bedankte sich, überflog dann den Text.

Am letzten Sonntag fuhr ich abends durch Fellbach. Als ich zufällig an Herzogs Haus vorbeikam, trat er auf die Straße. Seine Mutter schlug mit einem Schirm wütend auf ihn ein. Ich wurde neugierig, weil ich beide seit der Zeit kenne, als er mir aus reiner Schikane den Führerschein vorenthielt. Ich beobachtete, wie beide unter heftigem Schimpfen der Frau zu seinem Auto, einem grauen E-Klasse-Daimler, eilten. Sie fuhren mit hohem Tempo los, ich hinterher. Irgendetwas stimmte nicht, hatte ich den Eindruck. Sie fuhren nach Waiblingen und dann weiter nach Hohenacker. Vor einem der Hochhäuser gleich über dem Bahnhof stellten sie das Auto ab. Ich sah sie in einem der Häuser verschwinden. Es dauerte keine fünf Minuten, bis Herzog wieder auf die Straße stürzte, von seiner Mutter und einer bildhübschen jungen Frau verfolgt. Sie schrien sich gegenseitig an und plötzlich spuckte die junge Frau Herzog mitten ins Gesicht. Das war unmittelbar vor meinem Auto, daher konnte ich alles sehr gut verfolgen. Beide Frauen schlugen auf Herzog ein und verfolgten ihn zu seinem Wagen. Er wollte allein wegfahren, wurde aber von seiner Mutter daran gehindert. Die beiden Frauen stiegen in sein Auto und schrien und schlugen weiter auf ihn ein, das war gut zu erkennen. Sie fuhren nach Stuttgart. Leider kam es auf der Cannstatter Straße in

Höhe des Unteren Schlossgartens zu einem Stau und ich verlor sie aus den Augen. Das war zwischen 20 und 21 Uhr. Sie können sich vorstellen, wie überrascht ich war, als ich am nächsten Tag hörte, dass Herzog in dieser Nacht ermordet wurde.

Johannes Wangbiehler

Braig legte das Blatt zur Seite, betrachtete sein Gegenüber. »Wo haben Sie das her?«, fragte er.

»Ich habe es Ihnen doch erzählt. Mein Sohn diktierte es meiner Sekretärin.«

»Hatte er schon immer so viel Phantasie?«

»Glauben Sie etwa, er hat das erfunden?«

Braig zuckte mit der Schulter, griff nach seiner Tasse, gab Milch in den Kaffee. »Warum soll ich das für wahr halten? Ihr Sohn wird von meinen Kollegen gesucht. Ihm ist jedes Mittel recht, Aufsehen zu erregen, um von seinen Vergehen abzulenken.«

Wangbiehlers Miene lief rot an. Er wollte gerade zu einer heftigen Gegenrede ansetzen, als die Kellnerin kam und ihm sein Essen servierte. Er drückte seinen Oberkörper zurück, schob sein Glas zur Seite, griff dann nach Messer und Gabel. »Mein Sohn ist ein Idiot, weil er mir das erst heute Morgen berichtet hat«, sagte er, »aber er lügt nicht. Wenn Sie sich vergegenwärtigen, dass seine Beobachtungen vom vergangenen Sonntag Abend stammen, wird Ihnen wohl klar, welche Brisanz dahinter steckt.« Er wandte seinen Blick abrupt ab, nahm sich ein Stück Fleisch vom Teller, steckte es in den Mund.

»Was machte Ihr Sohn in Fellbach vor Herzogs Haus? Er kochte vor Wut und verfolgte den Mann, um ihm heimzuzahlen, dass er so lange auf den Führerschein verzichten musste, richtig?«

Wangbiehler stockte mitten im Kauen, starrte sein Gegenüber mit zorniger Miene an. »Sie haben kein anderes Thema, wie? Begreifen Sie immer noch nicht die Tragweite dieser Beobachtungen?«

»Er war rein zufällig in Fellbach, als Herzog aus seinem Haus kam. Rein zufällig.«

»Das spielt doch keine Rolle!« Der Unternehmer warf ihm die Worte mit solcher Vehemenz entgegen, dass mehrere der an den Nachbartischen Sitzenden erstaunt zu ihnen hersahen.

Braig war sich darüber im Klaren, dass er, trotz aller Skepsis gegen diesen Vater und seinen Sohn, nicht umhin kam, die angeblichen Beobachtungen zu überprüfen, auch wenn es sich dabei um ein primitives Ablenkungsmanöver handeln sollte. Die Stellung Wangbiehlers ließ ihm keine andere Wahl. Er griff nach seiner Tasse, trank von dem Kaffee. »Wir sprechen vom letzten Sonntagabend«, vergewisserte er sich.

»Kurz danach wurde Herzog ermordet, ja! In seinem Wagen. In Stuttgart.«

»Und Ihr Sohn ist bereit, diese Aussage zu beeiden?«

Wangbiehler nahm ein weiteres Stück Fleisch auf, nickte dann. »In den nächsten Tagen«, erklärte er. »in Ihrem Büro.«

Braig spürte den Druck in seinem Kopf, hatte keine Lust, noch mehr Zeit in der Gegenwart des Mannes zu verbringen. Er gab sein Einverständnis zu erkennen, trank die Tasse leer, winkte der Bedienung. »Ich werde die Sache überprüfen. Sie garantieren, dass Ihr Sohn bei uns erscheint?«

Der Unternehmer nickte nur kurz, widmete sich wieder seinem Essen. Braig zahlte die Rechnung, verabschiedete sich. Er nahm das Schreiben an sich, schlüpfte in seine Jacke, eilte aus dem Lokal. Die kalte Luft draußen ließ ihn langsam wieder zur Besinnung kommen.

Johannes Wangbiehler behauptete, wenige Stunden vor dem Mord Karl Herzog im heftigen Streit mit seiner Mutter und einer jungen Frau beobachtet zu haben. Dichtung oder Wahrheit? Natürlich war es möglich, dass diese Auseinandersetzung stattgefunden hatte, aber war das wirklich von Belang für die Suche nach dem Mörder des Psychologen? Wangbiehler lag in erster

Linie daran, von dessen kriminellen Taten abzulenken – und dafür war ihm garantiert jedes Mittel Recht. Braig durfte sich nicht dazu verleiten lassen, der Aussage des Unternehmer-Sohnes allzu große Bedeutung zukommen zu lassen.

Er lief über den ungewohnt leeren Schlossplatz, gab die Telefonnummer Emilie Herzogs ein. Die Frau meldete sich nach kurzem Läuten, zeigte sich zu einem Besuch des Kommissars bereit.

Er behielt sein Handy in der Hand, informierte Neundorf über Wangbiehlers angebliche Beobachtungen.

»Du glaubst ihm?«, fragte sie.

»Ich muss es zumindest überprüfen.«

»Das ist richtig. Auch wenn es nur der Phantasie des jungen Pinkels entspringt.«

»Dieses Risiko muss ich eingehen.«

Sie ließ einen Moment mit ihrer Antwort warten, kam dann auf ein anderes Thema zu sprechen. »Es gibt Neuigkeiten von der Geldübergabe.«

»Die Millionen sind wieder da?«

»Nein. Nur der Koffer im Wald.«

»Er ist wirklich leer?«

»Es ist nicht der Geld-Koffer.«

»Sondern?«

»Er wurde ausgetauscht. Das gleiche Modell, die gleiche Farbe. Aber er ist nicht identisch mit dem Koffer, in dem das Geld war. Die Techniker sind sich absolut sicher.«

»Er wurde ausgetauscht? Ich dachte, das Waldstück, in dem er deponiert wurde, ist abgeriegelt und wird auf den Kopf gestellt?«

»Das wird es auch. Kein Mensch kann erklären, wie der Austausch geschehen sein soll. Aber er muss stattgefunden haben. Definitiv.«

Er wusste nicht, was er dazu sagen sollte, hörte nur ihr hämisches Lachen, kurz bevor sie sich verabschiedete. »Du weißt, wie mich das freut? Babyface Koch, das ist Balsam für meine Seele.«

Braig steckte das Handy weg, spürte seinen hungrigen Magen. Er folgte der Königstraße Richtung Hauptbahnhof, schloss sich Neundorfs Häme an.

So sehr ihn seine privaten und beruflichen Sorgen plagten, die Tatsache, dass der Oberstaatsanwalt mit seiner übereilten Aktion eine kräftige Bauchlandung hingelegt hatte, ließ Genugtuung in ihm aufkommen. Dass sich der rechthaberische Despot in den Fallstricken seiner selbstherrlichen Anordnungen verfangen hatte, entschädigte für manchen Frust der vergangenen Tage.

Er kämpfte sich durch den Strom der Passanten der Fußgängerzone, beschloss, vor der Fahrt nach Fellbach einen kleinen Imbiss im *Grill-Point* zu sich zu nehmen. Er lief durch die Klett-Passage, nahm dann den mittleren Aufgang zum Bahnhof. Menschen drängten sich vor der Theke; Braig holte sich ein Fleischküchle mit Kartoffelsalat, bezahlte, ließ sich auf einem der Barhocker nieder.

Er hatte gerade gegessen, als sein Telefon sich wieder meldete.

Ann-Katrin war in der Leitung. »Ich bin unterwegs nach Backnang«, sagte sie, »Theresa bleibt im Krankenhaus.«

»Wie geht es deiner Mutter?«

»Unverändert. Wir haben mit Dr. Kammerer gesprochen. Er ist nicht sehr optimistisch.«

»Es wird noch länger dauern, bis sie ...«

»Wahrscheinlich überhaupt nicht mehr. Jedenfalls nicht mit vollem Verstand.«

»Woher will er das wissen? Kein Mensch kann sagen ...« Braig nahm das Tablett mit seinem Teller in die rechte Hand, brachte es zur Ablage.

»Dr. Kammerer war sehr rücksichtsvoll. Wir unterhielten uns fast eine halbe Stunde.«

Braig verließ das Lokal, suchte in der Bahnhofshalle die Treppen, die zur S-Bahn hinunterführten. »Du darfst die Hoffnung trotzdem nicht aufgeben.«

»Das tue ich auch nicht. Aber wir müssen der Realität ins Auge sehen. Der abrupte Wetterwechsel wirke äußerst belastend für den Kreislauf der meisten Menschen, meinte er. Sie war in Eile, das hat sie zu sehr angestrengt. Zehn bis zwölf Minuten Herzstillstand, das ist kaum wieder gutzumachen.«

»Theresa war bei dem Gespräch dabei?«

»Ja, sie bleibt bis heute Abend im Krankenhaus. Ich muss nach Backnang. Meine Dienststelle hat angerufen, weil Leute fehlen. Die Demonstration verläuft bestimmt wieder gewaltfrei.«

»Sie protestieren schon wieder?«

»Immer noch. Für ihr Krankenhaus. Morgen ist die Abstimmung im Kreistag über seine Zukunft.«

Er wünschte ihr alles Gute, verabschiedete sich, nahm die nächste S-Bahn nach Fellbach. Der Zug war nur schwach besetzt, Gruppen von Schülern und einzelne Frauen, der Hauptansturm würde erst am Nachmittag einsetzen. Braig suchte sich einen freien Vierer, lehnte sich ins Polster zurück. Er gab sich seiner aufkommenden Müdigkeit hin, genoss die kurze Zeit der Ruhe. Er merkte, wie er spürbar entspannte, spurtete erst in letzter Sekunde aus dem Zug. Vielleicht muss ich mich wirklich öfter in die Bahn setzen, um eine Auszeit zu nehmen, schoss es ihm durch den Kopf.

Er überquerte den Bahnhofsvorplatz, benötigte nur wenige Minuten, das Haus Emilie Herzogs zu erreichen. Die Namensschilder an der Eingangstür zeigten immer noch eine *E* und einen *K Herzog* an. Er läutete im unteren Stockwerk, hörte kurz darauf die Stimme Emilie Herzogs aus dem Lautsprecher. »Ja, bitte.«

»Braig vom LKA. Ich habe vorhin bei Ihnen angerufen.«

»Ich weiß. Kommen Sie.«

Der Türöffner summte, er trat in das helle, mit vielen Blumenstöcken geschmückte Treppenhaus. Emilie Herzog öffnete im gleichen Moment die Tür, als er die wenigen Stufen bewältigt hatte.

»Ich hoffe, ich störe nicht Ihre Mittagsruhe«, sagte er und reichte ihr die Hand, »ich will Sie nicht lange aufhalten.«

Sie schüttelte den Kopf, trat von der Tür zurück. Er folgte ihr durch den mit vielen Orientteppichen belegten Flur in dasselbe Zimmer wie vor wenigen Tagen, spürte erneut das angenehme Gefühl des weichen Bodens unter seinen Füßen. Sie wies auf das große, mit samtrotem Stoff überzogene Ecksofa, nahm selbst in dem breiten Sessel gegenüber Platz. Die Einrichtung beeindruckte ihn aufs Neue; die vielen verschiedenen Teppichmuster auf dem Boden und an den Wänden verliehen dem Raum ein außergewöhnliches Flair.

»Sie haben noch Fragen?«

Er ließ sich auf dem Sofa nieder, konzentrierte sich auf seine Gastgeberin. Emilie Herzog wirkte erschöpft und noch mehr gealtert, die Falten in ihrem Gesicht hatten bis auf die Partie unter dem Mund jeden Bereich erobert. »Eine Kleinigkeit nur«, sagte Braig, »ich muss sie klären, verstehen Sie bitte, das gehört zu meinem Beruf.«

Sie wartete stumm auf seine Ausführungen, lehnte sich in ihrem Sessel zurück.

»Am Sonntagabend, kurz bevor Ihr Sohn ...«, er zögerte, ärgerte sich über Wangbiehler und sich selbst, dass er die alte, vom Schicksal so schwer getroffene Frau jetzt mit dieser Belanglosigkeit belästigen musste, fuhr dann langsam mit seinem Anliegen fort, »Sie fuhren mit Karl nach Hohenacker zu einem der Hochhäuser und besuchten dort eine junge Frau. Erinnern Sie sich?«

Emilie Herzog betrachtete ihn aufmerksam, seufzte dann laut. »Sie hat es Ihnen erzählt?«

Braig wunderte sich über ihre Reaktion. »Das stimmt also?«

»Sie wissen es doch«, erwiderte sie.

Er starrte sie überrascht an, überlegte, wie er fortfahren sollte. Waren die Behauptungen Wangbiehlers tatsächlich korrekt? »Angeblich hatte die Frau eine Auseinandersetzung mit Ihrem Sohn.« Er formulierte die Worte langsam und in gedämpftem Ton, um seine Gesprächspartnerin nicht unnötig zu belasten.

Sie rutschte in ihrem Sessel nach vorne, streckte ihm den Oberkörper entgegen. »Warum fragen Sie sie nicht selbst?«

Er brauchte einen Moment, ihre Antwort zu begreifen, zog seinen Notizblock vor, nahm den Schreiber in die Hand. »Der Name der Frau, bitte?«

»Swetlana«, sagte sie, »ich gebe Ihnen den Schlüssel zur Wohnung.« Sie erhob sich, ging zu der schmalen, dunklen Kommode an der Wand des Zimmers, zog eine Schublade hervor, kramte darin herum. Nach kurzem Suchen hatte sie Erfolg. Sie reichte ihm ein Schlüsselpaar, nannte den Namen der Straße und die Hausnummer, betonte die Lage der Wohnung. »Zweites Stockwerk links. Sie finden keinen Namen an der Tür, sie ist im Moment nicht bewohnt.«

Braig bemerkte den Widerspruch in ihren Worten, nahm die Schlüssel entgegen. »Aber die junge Frau ist dort anzutreffen?«

Emilie Herzog warf ihm einen ratlosen Blick zu. »Ich weiß es nicht. Sie müssen es versuchen.«

21. Kapitel

Der Hochhaus-Komplex in Hohenacker lag nur wenige Minuten vom Bahnhof entfernt. Braig orientierte sich an der Hausnummer, fand den Klingelknopf, an dem als einziger kein Namensschild angebracht war. Er läutete zweimal, schaute nach oben. Keinerlei Reaktion. Er drückte erneut auf die Klingel, zog dann die Schlüssel hervor, die Emilie Herzog ihm gegeben hatte, öffnete die Tür. Das Treppenhaus roch intensiv nach parfümiertem Reinigungsmittel, die Stufen glänzten frisch poliert. Kein Schmutz, nirgends ein Fleck. Wer immer hier am Werk gewesen war, er oder sie hatte es mit schwäbischer Gründlichkeit getan.

Braig eilte die Stufen hoch, fand im zweiten Stockwerk die Wohnung ohne Namensschild. Er läutete dreimal kräftig, klopfte an der Tür. »Frau Herzog schickt mich«, sagte er laut, »ich möchte mit Ihnen sprechen.«

Er hörte die Geräusche über sich, schaute die Treppe hoch. Eine tief verschleierte Frau kam die Stufen herunter, Eimer, Putzlappen und Schrubber in der Hand, die Augen fest auf den Boden gerichtet. Sie huschte grußlos an ihm vorbei, einen Hauch des benutzten Putzmittels zurücklassend. Braig hörte, wie unten die Haustür geöffnet wurde.

Er wiederholte sein Läuten, nahm dann den zweiten Schlüssel, steckte ihn ins Schloss. Die Tür schwang geräuschlos nach innen, gab den Blick auf eine leere Diele frei. Kein Teppich, keine Bilder, nicht ein einziges Möbelstück war zu sehen. Hier schien niemand zu wohnen.

Er klopfte nochmals kräftig an die Tür, trat einen Schritt vor. »Ist jemand da? Frau Herzog schickt mich.«

Seine Worte verhallten ohne Reaktion. Die Stille, die auf der Wohnung lastete, wirkte bedrückend. Hier war kein Mensch, spürte er, auch nicht die junge Frau, nach der er suchte. Braig griff in seine Tasche, zog sich Plastikhandschuhe über. Er schloss leise die Wohnungstür hinter sich, lief auf Zehenspitzen bis zum ersten Raum. Kein Geräusch, nichts. Er öffnete die Tür, hatte die Küche vor sich. Das übliche, fest installierte Mobiliar; Einbauschränke, Spüle, Elektroherd, dazu eine Hand voll leerer Töpfe, Teller, Tassen, Besteck, alles sauber gespült. Der Wasserhahn tropfte leise vor sich hin. Braig glaubte, den Geruch einer noch nicht allzu lange zubereiteten Mahlzeit in der Nase zu spüren. Die nächste Tür führte zum Bad, einem schmalen, mit Duschkabine, Wanne und Waschbecken ausgestatteten Raum. Zwei bunte Handtücher hingen über einer Stange, ein Duschmittel stand auf der Anrichte unter dem Spiegel. Auch hier ein Duft, der erkennen ließ, dass es vor kurzem noch benutzt worden war.

Braig fand die Toilette, dann, auf der Südseite der Wohnung, zwei große, bis auf einen Stuhl und eine aufgeblasene Luftmatratze leere Zimmer. Er trat näher, sah zwei Fotografien auf der Sitzfläche des Stuhls liegen. Von draußen war das laute Aufheulen eines Automotors zu hören. Er beugte sich nieder, nahm die beiden Bilder in die Hand, roch die intensiven Ausdünstungen der Luftmatratze, ein widerliches Gemisch aus Gummi und irgendwelchen Kunststoffen. Hier zu schlafen war garantiert nicht allzu angenehm, es sei denn, man hatte seinen Geruchssinn vollkommen verloren. Braig hörte, wie der heulende Automotor in der Ferne abtauchte, betrachtete die Fotos. Sie zeigten ein auffallend hübsches, etwa vierzehnjähriges Mädchen in sommerlich bunter, luftiger Kleidung, das freundlich in die Kamera lächelte, mitten auf einer Blumenwiese stehend. Sie hatte kurze hellblonde Haare, ein schmales Gesicht mit einem Schmollmund, sie wirkte noch unschuldig-kindlich, fern jeder Kokettrie.

Ein glückliches Kind in einer traumhaft schönen Umgebung, überlegte Braig. Er schob das Foto zur Seite, nahm sich das andere Bild vor. Der Anblick traf ihn völlig unverhofft. Er warf seinen Oberkörper so heftig zurück, dass er mit dem Kopf an die Wand prallte. Das Zimmer schien sich um ihn zu drehen, die Luftmatratze und der Stuhl durch die Luft zu wirbeln. Er stolperte zur Seite, klammerte sich am Türrahmen fest. Er verharrte mehrere Sekunden in der Türöffnung, rang nach Luft. Draußen vor dem Fenster waren die schrillen Warnrufe eines Vogels zu hören. Braig nahm sie nur verschwommen wahr. Er benötigte eine Weile, wieder klar zu sehen, merkte, wie sich sein Gehirn schwerfällig in Gang setzte. *Eva* war auf dem zweiten Foto zu lesen, *Eva Camiszewicz*. War das die Erklärung für die Verbrechen?

Braig spürte, wie er zitterte, bemühte sich, Neundorf anzurufen. Sie meldete sich nach kurzem Warten.

»Wo bist du?«, fragte sie.

»Ich war bei Frau Herzog«, sagte er. Er hatte Schwierigkeiten, sich zu konzentrieren, starrte auf das Foto vor ihm.

»Und? Was hat es mit den angeblichen Beobachtungen dieses Wangbiehler auf sich?« Neundorfs Frage riss ihn aus seinen Gedanken.

»Sie streitet es nicht ab.«

»Wie bitte?« Die Stimme seiner Kollegin erreichte eine solche Lautstärke, dass es ihn in den Ohren schmerzte. »Die Behauptungen dieses Kerls sind nicht erlogen?«

»Es sieht nicht so aus«, sagte er, »Frau Herzog bestätigte mir, dass es diese ominöse junge Frau gibt.«

»Und? Um wen handelt es sich?«

»Ich weiß es nicht. Sie gab mir die Schlüssel für eine Wohnung in Hohenacker. Hier bin ich jetzt. Ich dachte, ich würde die junge Frau antreffen, aber ...«

»Sie ist weg.«

»Die Wohnung ist leer, ja. Allerdings noch nicht lange. Die Spuren eines Menschen sind nicht zu übersehen. Geschirr, ein Stuhl, eine Luftmatratze. Und der Geruch von Essen in der

Küche. Außerdem liegen noch zwei Fotos in einem der Zimmer.«

»Was für Fotos?«

»Ein bildhübsches junges Mädchen. Vielleicht dreizehn, vierzehn Jahre alt. Auf dem ersten Bild läuft sie über eine bunte Blumenwiese, im Frühling oder im Sommer, schön angezogen, freundlich lächelnd. Auf der Rückseite steht ein Name, ich denke, es ist der des Mädchens: Eva Camiszewicz.«

»Das klingt polnisch.«

»Ja, das scheint mir auch so. Frau Herzog behauptete, die junge Frau hier in der Wohnung heiße Swetlana.«

»Eva Camiszewicz und Swetlana«, wiederholte Neundorf, »weißt du, was mir dazu einfällt?«

»Was meinst du?«

»Krakau«, antwortete sie, »die Stadt, mit der die beiden Mordopfer beruflich zu tun hatten.«

»Ja«, bestätigte Braig, »daran habe ich auch gedacht.«

»Was ist auf dem anderen Bild? Du erwähntest, es seien zwei Fotos.«

»Auf dem anderen Bild ...« Er stockte, hielt das Foto hoch, betrachtete es erneut. Es gab keinen Zweifel, nicht einen Hauch der Ungewissheit. Er hatte es auf den ersten Blick begriffen.

»Ja? Was ist auf dem zweiten Foto zu sehen?«, fragte Neundorf. Die Ungeduld in ihrer Stimme war nicht zu überhören.

»Dasselbe Mädchen«, antwortete er, »nur in anderer Umgebung.«

»Nämlich? Mein Gott, warum machst du es so spannend?«

»Es kann nur kurze Zeit danach aufgenommen worden sein, sie hat sich überhaupt nicht verändert, ist kein Haar gealtert. Ich kann jedenfalls keinen Unterschied feststellen. Nur die Umgebung ist vollkommen anders. Sie liegt in einem Sarg, in ein weißes Kleid gehüllt. Ihre Augen sind geschlossen. Umgeben wird sie von einem Meer von Blumen und Kränzen. Auf einer der Schleifen steht groß der Name: *Eva Camiszewicz.*« Er schwieg, ließ seine Augen über das Foto streifen, betrachtete das sanfte Gesicht, die gelockten blonden Haare, die in ihre Stirn fielen.

Seine Kollegin benötigte ein paar Sekunden, bis sie wieder etwas von sich hören ließ. »Der Tod dieses Kindes hat mit Karl Herzog und Christoph Wulf zu tun.«

»Das war mein erster Gedanke.«

»Und diese junge Frau, die von Wangbiehler beobachtet wurde ...«

»Swetlana«, ergänzte Braig.

»Swetlana. Was wollte sie, weshalb ist sie hier? Wangbiehler behauptet, sie habe Herzog ins Gesicht gespuckt. Denkst du dasselbe wie ich?«

»Ich glaube, ja. Wahrscheinlich ist sie mir nur knapp entkommen.«

»Du hast keine Waffe gefunden?«

»Hier in der Wohnung? Ich wüsste nicht, wo. Die Zimmer sind alle leer, bis auf die Küche. Aber wenn sie wirklich die Person ist, nach der wir suchen, weshalb sollte sie die Waffe dann hier zurücklassen?«

»Sie hat sie mitgenommen, falls wir ihr doch noch auf die Schliche kommen. Sie ist gefährlich. Wir müssen sofort die Fahndung nach ihr einleiten. Ihr vollständiger Name, du glaubst, Frau Herzog weiß ihn?«

»Ich werde sie fragen«, sagte Braig, »vielleicht kennt sie ihn und kann mir auch erklären, was es mit dem Tod des Mädchens auf sich hat. Ich fahre jetzt sofort nach Fellbach. Könntest du bitte die Techniker informieren und sie beauftragen, die Wohnung hier zu untersuchen? Die Schlüssel sollen sie bei mir in Fellbach abholen.«

Er verabschiedete sich von Neundorf, nachdem sie ihm dies zugesichert hatte. Er steckte die beiden Fotos ein, lief zur S-Bahn. Der Anblick des toten Kindes hatte ihn in innere Unruhe versetzt, seine Gedanken schienen Achterbahn zu fahren. Stand der Tod des Mädchens wirklich im Zusammenhang mit den Morden an Karl Herzog und Christoph Wulf? Hatte das Auftauchen der jungen Frau in Fellbach tatsächlich mit den Verbrechen zu tun, an deren Aufklärung sie jetzt schon so lange arbeiteten?

Eine neue Theorie? Durften sie die Erpresser bei der Suche nach den Mördern wirklich außen vor lassen?

Er hatte den Bahnsteig erreicht, hörte die verzerrte Nationalhymne, zog sein Handy aus der Tasche.

»Weißt du, was ich überhaupt nicht verstehe?«, sprudelte Neundorf augenblicklich los. »Ich begreife den Zusammenhang von Frau Herzog und dieser Swetlana nicht. Kann es stimmen, was wir vermuten: Die junge Frau hat die beiden Männer auf dem Gewissen? Wieso besitzt Frau Herzog den Schlüssel zu der Wohnung, in der sich Swetlana aufhält? Sie unterstützt doch nicht die Mörderin ihres eigenen Sohnes?«

Braig trat zur Seite, weil eine Gruppe Jugendlicher die Treppe zum Bahnsteig hochstürmte und zu einer der Bänke spurtete. Er sah, wie sie sich auf die Sitzfläche fallen ließen und die Beine in die Luft streckten.

»Da stimmt doch irgendetwas nicht«, fuhr Neundorf fort.

Was sollte er antworten? Er fühlte sich von der kalten Luft angegriffen, raffte die Jacke zusammen. Natürlich hatte seine Kollegin Recht. Was in aller Welt veranlasste Emilie Herzog, mit einer Person Kontakt aufzunehmen, die für den Tod ihres Sohnes verantwortlich war? Wusste sie nichts von deren Täterschaft? Oder lagen Neundorf und er mit ihrer Vermutung völlig daneben?

»Ich weiß es nicht«, sagte er, »vielleicht hat diese Swetlana mit den Verbrechen überhaupt nichts zu tun.« Er fühlte sich verwirrt, hatte Mühe, seine Gedanken zu ordnen.

»Und die Fotos?«, fragte Neundorf.

Braig sah die S-Bahn unter der Straßenbrücke auftauchen. »Mein Zug kommt«, sagte er, »ich gebe dir Bescheid, sobald ich

Neues weiß.« Er war froh, dass er das Gespräch beenden konnte, fühlte sich von der Ankunft der S-Bahn vom Zwang befreit, sein Gehirn weiter mit unlösbaren Fragen martern zu müssen.

Der Zug bremste ab, kam zum Stehen. Braig lief zur nächsten Tür, wartete, bis eine auffallend dicke Frau ausgestiegen war, suchte sich dann einen Platz. Er fand eine Sitzgruppe, in der nur ein älterer Mann saß, grüßte freundlich, setzte sich dem Mann gegenüber, schloss für einen Moment die Augen. Wenn es auch nur zwei Stationen bis Fellbach waren, wollte er die Gelegenheit dennoch nutzen, seine Gedanken zu beruhigen. Er hörte, wie der Zug das Tal der Rems überquerte, nahm die Geräusche wahr, als sie in den Waiblinger Bahnhof einfuhren. Reisende standen auf, liefen zu den Türen, verließen den Zug, andere stiegen ein. Als die Ansage Fellbach ankündigte, schlug er die Augen wieder auf, erhob sich von seinem Platz. Seine Gedanken hatten sich nur notdürftig beruhigt. Wieso hatte sich die junge Frau in einer Wohnung aufgehalten, deren Schlüssel von Emilie Herzog verwahrt wurden?

Er verabschiedete sich mit einem Kopfnicken von seinem Gegenüber, trat auf den Bahnsteig. Kalter Wind schlug ihm entgegen. Er hüllte sich in seine Jacke, lief die Treppen abwärts, eilte durch die Unterführung. Das Mädchen! Einmal lebend, einmal tot!? Gab es einen Zusammenhang mit den Morden an Herzog und Wulf?

Braig verließ den Fellbacher Bahnhof, spurtete auf dem Zebrastreifen über die Straße, weil ein Auto ohne abzubremsen auf ihn zuraste. Er suchte festen Halt auf dem Gehweg, winkte dem rücksichtslosen Fahrer mit geballter Faust hinterher, notierte sich das Kennzeichen. Sein Herz pochte heftig, seine Hände zitterten. Nur langsam kam ihm zu Bewusstsein, in welcher Lebensgefahr er sich gerade befunden hatte. Er blieb stehen, rief im Amt an, erstattete Anzeige. Der Kollege versprach, sich sofort darum zu kümmern.

Als er sich etwas beruhigt hatte, lief er weiter, bog in die Esslinger Straße ein. Bis zu Emilie Herzogs Haus waren es nicht einmal hundert Meter. Er näherte sich dem Gebäude, sah schon von weitem einen Mann auf dem Gehweg stehen. Er lief an ihm vorbei auf die Tür zu, grüßte, drückte auf die Klingel.

»Sie wollen zu Frau Herzog?«, fragte der Mann. Er war um die fünfzig, von großer, fast hagerer Gestalt, trug einen langen, hellen Sommermantel, hielt eine Ledermappe in der Hand.

»Sie auch?« Braig bemerkte keine Reaktion auf sein Läuten, wiederholte den Versuch.

»Sie scheint nicht da zu sein«, sagte der Mann, »obwohl ich einen Termin bei ihr habe.«

»Wann? Heute Mittag?« Braig zog seinen Ausweis vor, nannte seinen Namen und seine Funktion.

»LKA? Sie kommen wegen Karl Herzogs Tod.« Sein Gesprächspartner schien sich seiner Sache sicher, formulierte den Satz im feststellenden, nicht im fragenden Ton. »Rettenmaier ist mein Name. Ich bin der Anwalt von Familie Herzog. Fünfzehn Uhr haben wir vereinbart.« Er reichte Braig die Hand, zeigte nach oben. »Das ist seltsam. Frau Herzog ist normalerweise sehr korrekt. Auch was Termine betrifft.«

»Wann haben Sie mit ihr gesprochen?«

Rettenmaier schaute auf seine Uhr. »Es handelt sich um eine kurzfristig vereinbarte Sache. Kurz nach eins. Ich kam gerade vom Gericht, habe nur noch schnell etwas gegessen und mich erfrischt.«

»Vor nicht einmal zwei Stunden? Das war die Zeit, als ich kurz bei ihr vorbeischaute.«

»Der Tod ihres Sohnes hat sie sehr mitgenommen.«

»Das ist verständlich, denke ich. Darf ich fragen, weshalb Sie um Ihren Besuch bat?«

Der Anwalt lachte. »Sie können Ihren Beruf nicht verleugnen, richtig?«

Braig war nicht zum Scherzen aufgelegt, blieb sachlich. »Wir ermitteln wegen zweier Morde. Insofern interessiert mich alles, was in diesem Umfeld vorgeht.«

»Sie sagte, sie wolle ihr Testament ändern. Heute Mittag noch.«

»Ihr Testament ändern? Weil ihr Sohn ermordet wurde?«

»Ich weiß es nicht. Sie schien in großer Eile. Ich fragte extra nach, ob es wirklich so schnell sein müsse, aber sie ließ sich nicht davon abbringen. Heute Mittag noch, unbedingt. Es sei etwas eingetreten, womit sie nicht gerechnet habe. Ich denke, sie meinte den Tod ihres Sohnes.«

Braig betrachtete ihn nachdenklich, spürte, wie innere Unruhe immer stärker von ihm Besitz ergriff. »Den Wunsch, ihr Testament zu ändern, äußerte sie heute zum ersten Mal? Ich meine, gestern oder vorgestern wurde sie deswegen bei Ihnen noch nicht vorstellig – schließlich hat sie bereits am Montag vom Tod ihres Sohnes erfahren?«

Rettenmaier schüttelte den Kopf. »Nein, damit kam sie erst heute. Meine Sekretärin hätte mich informiert, wenn sie vorher schon darum gebeten hätte.«

Braig wandte den Blick zur Straße, wo ein grauer Kombi langsam an ihnen vorbeifuhr, dann ruckartig bremste. Der Fahrer legte den Rückwärtsgang ein, brachte das Auto gerade vor ihm zum Stehen. Er erkannte ihn noch durch die Scheibe.

»Es sieht so aus, als seien wir hier richtig«, sagte Markus Schöffler, als er auf die Straße trat. Er lief auf Braig zu, reichte ihm die Hand. »Katrin erzählte irgendwas von der Esslinger Straße in Fellbach, wo wir die Schlüssel für eine Wohnung in Hohenacker abholen sollten. Ich nehme an, das hat was mit dir zu tun?«

Braig erkannte Volker Seibert, einen quirligen, etwa vierzigjährigen Kollegen, der seit ein paar Wochen bei der Spurensicherung arbeitete. »Das ist richtig.« Er griff in seine Tasche und reichte die Schlüssel Schöffler.

»Wir haben noch überlegt, ob wir sie überhaupt abholen sollen«, meinte der Techniker, »eigentlich hätten wir uns den Umweg sparen können.«

Braig wusste nicht, worauf er hinauswollte, schaute ihn fragend an. »Wieso?«

»Naja«, Schöffler zeigte auf seinen Kollegen, »Volle ist bekannt dafür, dass er jedes Schloss in wenigen Minuten knackt.«

Rettenmaier lachte laut. »Da können wir ja froh sein, dass er das im Dienst der Polizei tut.«

Braig starrte Seibert nachdenklich an. Er überlegte nicht lange. »Sie sind auf das Öffnen von Schlössern spezialisiert?«, fragte er.

Seibert stieg aus dem Auto, trat näher. »Es macht mir keine größeren Schwierigkeiten, nein.«

»Haben Sie die Werkzeuge, die sie dafür benötigen, dabei?«

»Immer«, erklärte der Kollege, klopfte an seinen Hosenbund, »viel ist dazu nicht nötig.«

Braig hörte das metallische Klappern an Seiberts Oberschenkel, wandte sich Rettenmaier zu. »Sie sagen, Frau Herzog ist normalerweise sehr korrekt, auch was Termine betrifft?«

Der Anwalt nickte. »Mehr als korrekt. Ich könnte auch sagen: penibel.«

»Und fünfzehn Uhr war der Zeitpunkt, für den Sie sich verabredeten.«

»Vorher wäre ihr noch lieber gewesen. Ich nannte diese Zeit als für mich frühest möglichen Termin. Sie sagte, sie sei auf jeden Fall daheim. Auch vorher schon. Deshalb wundert es mich so.«

Braig nickte, schaute auf seine Uhr. Achtzehn Minuten nach drei. »Dann gehen wir rein.« Er bemerkte die erstaunten Blicke. »Meine Ermittlungen lassen mich vermuten, dass Gefahr im Verzug sein könnte. Ich fürchte, dass Frau Herzog im Moment daran gehindert wird, mit uns Kontakt aufzunehmen.« Er sah die Fotos des Mädchens vor sich, war sich nicht sicher, welche

Rolle die junge Frau spielte, die er nach Emilie Herzogs Aussage in Hohenacker hätte antreffen sollen. Hatte diese Swetlana mit den Morden zu tun? Wenn ja, dann war Frau Herzog ebenfalls in Gefahr. Und sei es auch nur, weil sie die Mörderin ihres Sohnes kannte. Vielleicht hatte die junge Frau sein Eindringen in die Wohnung in Hohenacker bemerkt. Woher er die Adresse dort kannte, war nicht schwer zu erraten. Swetlana glaubte, Emilie Herzog wolle sie der Polizei ausliefern und war deshalb nach Fellbach gekommen, um sich an der alten Frau zu rächen. Ungewiss war nur noch, ob sie es nicht schon längst getan hatte.

»Sie wollen gewaltsam in die Wohnung eindringen?«, hörte er die Stimme Rettenmaiers.

Braig schaute nach oben, dann zu dem Anwalt. »Von Gewalt kann keine Rede sein. Mein Kollege öffnet die Türen und ich überprüfe die Situation.« Er wusste, wie problematisch sein Ansinnen war, noch dazu in Gegenwart eines Juristen, versuchte, noch einmal auf seine Beweggründe hinzuweisen. »Ich habe dringenden Anlass, zu vermuten, dass Frau Herzog sich in Gefahr befindet. Verstehen Sie bitte, dass ich Ihnen das im Moment nicht genauer erklären kann. Eine richterliche Erlaubnis einzuholen wäre zu langwierig.«

Rettenmaier nickte mit dem Kopf, erhob keinen Einwand. »Es ist Ihr gutes Recht. Wenn Sie wirklich auf Gefahr im Verzug plädieren, will ich Sie nicht davon abhalten.« Er trat einen Schritt zurück, ließ Seibert an sich vorbei.

»Ich läute ein letztes Mal«. Braig drückte dreimal kräftig auf die Klingel, wartete eine Minute, wiederholte seinen Versuch. Er schaute nach oben, hörte und sah keine Reaktion. »Gut. Wir gehen rein.«

Der Techniker nahm seinen Schlüsselbund, hatte die Tür nach wenigen Sekunden geöffnet. Er drehte sich um, zeigte ein triumphierendes Lächeln.

Braig bat den Anwalt, auf der Straße zu warten, stieg mit Seibert und Schöffler die Stufen hoch. Als sie vor der Wohnungstür angelangt waren, signalisierte er den Kollegen, ruhig zu sein, lauschte auf Geräusche aus der Wohnung. Außer mehreren auf der Straße vorbeifahrenden Autos war nichts zu vernehmen. Er wartete einige Sekunden, trat dann von der Tür weg, zog seine Pistole. Seibert beugte sich kurz zu dem Schloss nieder, zog zwei der Schlüssel vor, machte sich mit beiden daran zu schaffen. Im gleichen Moment hörte Braig die Schritte in der Wohnung. Er sprang nach vorne, drückte Seibert zur Seite, presste sich mit gezückter Pistole an den Türrahmen. Die Schritte im Inneren kamen näher, dann wurde die Tür geöffnet. Emilie Herzog stand vor ihnen, schaute erschrocken auf Braigs Waffe.

»Mein Gott, wollen Sie mich erschießen?«

Braig atmete tief durch, steckte seine Waffe weg, starrte die Frau fassungslos an, kaum fähig, ein Wort zu äußern. »Wir, wir haben mehrfach geläutet«, stammelte er, »warum melden Sie sich nicht?«

Sie zeigte ins Innere der Wohnung, bedeutete ihm mit einer Kopfbewegung, ihr zu folgen. »Ich hatte noch etwas zu erledigen.«

Er ließ seine Kollegen stehen, folgte ihr durch die Diele in den Raum, in dem sie ihn schon zweimal empfangen hatte. Sie bot ihm einen Platz auf dem samtroten Ecksofa an, setzte sich in den breiten Sessel, wies auf eines der Blätter auf dem Glastisch. Braig nahm das Papier in die Hand.

Änderung meines Testaments

Ich, Emilie Herzog, geb. am 30.1.1928, verfüge eine Änderung meines Testaments. Im Fall meines Todes vermache ich Swetlana Camiszewicz 200.000 Euro. Ihre vollständige Adresse findet sich auf einem gesonderten Blatt.

Fellbach, 13. Mai 2004 *Emilie Herzog*

Braig hatte den Text überflogen, schaute überrascht auf. »Darf ich fragen, weshalb?«

Emilie Herzog warf ihm einen kritischen Blick zu. »Sie waren bei Swetlana? Dann wissen Sie Bescheid.«

Er zögerte mit seiner Antwort. »Worüber soll ich Bescheid wissen?«

»Ich kann nichts für die Taten meines Sohnes«, erklärte sie, »ich war völlig vor den Kopf gestoßen, als Swetlana mir alles erzählte. Ich wusste nichts davon, Sie müssen mir glauben.«

Braig spürte, dass er an einer entscheidenden Stelle seiner Ermittlungen angelangt war. »Die Taten Ihres Sohnes«, sagte er, »was hat Swetlana Ihnen erzählt?«

»Sie haben nicht alles verstanden, weil Ihr Deutsch so schlecht ist, ja?« Sie nickte verständnisvoll mit dem Kopf. »Mir ging es genauso. Sie musste alles mehrfach wiederholen, bis ich es begriff.« Emilie Herzog schluchzte laut.

Braig gab keine Antwort, ließ ihr die nötige Zeit, sich zu sammeln.

»Swetlana lernte meinen Sohn vor mehreren Monaten kennen.«

»In Krakau?«

Emilie Herzog nickte. »Ja, er war beruflich dort. Für das Mädchen war er eine Verheißung. Eine Verheißung auf ein besseres Leben, weg aus der Armut und der Hoffnungslosigkeit.« Sie machte eine Pause, schaute ihn bittend an. »Wenn ich Sie um ein Glas Wasser bitten dürfte?«

Er stand auf, ging in die Küche, kam mit einem gefüllten Glas zurück.

»Danke.« Sie trank hastig. »Wissen Sie«, begann sie von Neuem, »Besucher aus dem Westen erscheinen da wie Millionäre. Kein Wunder, dass junge Frauen oft der Versuchung erliegen, sich mit Deutschen einzulassen. Ich will nicht spekulieren, wie viele unserer Landsleute diese Notlage ausnützen. Das wissen Sie besser als ich.«

»Ihr Sohn gehörte auf jeden Fall dazu.«

»Gemeinsam mit diesem Wulf, ja. Wie und wann sie sich kennen lernten, weiß ich nicht. Ihr gemeinsames Interesse verband sie. Wie Swetlana erzählte, waren sie ein perfektes Gespann: Junge Frauen umgarnen und ihnen Versprechungen machen. Mit ihrem Geld hielten sie sie frei. Swetlana glaubte an die große Liebe, die mein Sohn ihr versprach. Können Sie es ihr verübeln? Sie ist gerade mal einundzwanzig. Waren Sie in dem Alter nicht auch schnell entflammt? Sie waren nicht einmal zwei Monate zusammen, als sie ihn mit einer anderen traf: Sie wollte Schluss machen, war untröstlich, ließ sich aber doch noch von ihm umstimmen – so dumm, wie junge Dinger eben sind. Ein paar Wochen später muss das mit ihrer Schwester passiert sein.«

»Eva?«, fragte er.

Emilie Herzog nickte. »Das Wichtigste haben Sie verstanden, ja? Es sollte ein Ausflug werden und dann gaben sie ihr Drogen und fielen über sie her.«

Braig schwieg betroffen, begann die Tragweite ihrer Schilderung zu begreifen. »Ihr Sohn und Wulf?«, fragte er dann.

»Sie füllten ihr Schlaftabletten in ihr Getränk. Er gab es zu, in letzter Sekunde, kurz bevor ...« Sie verstummte, warf ihm einen bitter-wehklagenden Blick zu. »Eva war vierzehn. Sie vergewaltigten sie beide.«

Er dachte an die Fotos, wusste, dass noch ein wichtiger Teil fehlte.

»Zwei Wochen später sprang sie von einer Brücke in die Weichsel. Das Meer der Tränen hat sie verschlungen.«

»Wann war das?«

»Vor ein paar Monaten, ich weiß es nicht genau. Aber jetzt ist mir klar, warum er sich von Krakau wegversetzen ließ.«

»Wie steht es mit polizeilichen Ermittlungen? Was Sie erzählen ...«

»Polizeiliche Ermittlungen?« Sie schüttelte den Kopf. »Fragen Sie doch Swetlana. Das ist ein rechtsfreier Raum. Wie wollen sie beweisen, was geschah, ohne Zeugen, bei einer Polizei, die so wenig verdient, dass sie mit ein paar Scheinen aus dem reichen

Westen schnell zu beruhigen ist? Ja, sie haben bezahlt, beide, dieser Wulf hat es gestanden, kurz bevor ...« Sie sah auf, winkte mit der Hand ab. »Tausend Euro, behauptete der Kerl, damit war die Sache erledigt.«

»Wie kam Swetlana zu Ihnen?«

»Sie kannte unsere Adresse. Als er ihr noch die Lügen von einer gemeinsamen Zukunft auftischte, zeigte er ihr Bilder von hier. Vor ein paar Tagen, am 1. Mai, fielen die Grenzen. Polen wurde in die EU aufgenommen. Swetlana nahm ihr ganzes Geld, setzte sich in den nächsten Zug und dann stand sie eines Abends vor mir. Ich wollte es zuerst nicht glauben, was sie erzählte, noch dazu mit ihrem miserablen Deutsch. Sie haben es ja selbst gehört. Aber dann begriff ich langsam, was das alles bedeutete, und stellte meinen Sohn zur Rede. Natürlich stritt er alles ab. Aber dann überraschte ich ihn mit ihr. Ich kenne meinen Sohn. Seine Reaktion verriet ihn. Er brauchte mir nichts zu erzählen, mir war alles klar. Und trotzdem wollte er nichts zugeben, log mir ins Gesicht. Swetlana sei eine Hure, sagte er, die für Geld alles mache.«

»Die Wohnung in Hohenacker gehört Ihnen?«

Emilie Herzog nickte. »Die Mieter sind gerade ausgezogen. Ich fuhr mit Swetlana hin, gab ihr die Schlüssel. Sie sollte hier bleiben, bis er endlich bereit war, die Wahrheit zu sagen. Dann griff er zu einem Trick. Er wollte sich aus dem Staub machen, die nächsten Wochen, Monate, ich weiß nicht, wie lange. Am Sonntagmittag überraschte ich ihn, wie er eine große Tasche packte. Ich war fassungslos, wollte es nicht glauben. Mein eigener Sohn, er wollte sich aus der Verantwortung stehlen. Nicht einen Finger rühren, um der Familie zu helfen, die er in so großes Unglück gestürzt hatte. Ich weiß nicht mehr, wie ich darauf kam, aber dann fiel mir die Pistole ein.«

Braig sah überrascht auf. »Welche Pistole?«

»Mein Mann war Jäger. Ich dachte, wir hätten nach seinem Tod alle Waffen verkauft. Aber damals, als Karl so bedroht wurde, gab er zu, dass er eine Pistole behalten hatte. Am Sonntag fiel sie mir wieder ein.«

»Sie haben sie hier in der Wohnung?«

»In meinem Schlafzimmer«, sagte sie.

»Und dann?«

»Ich holte sie, als er am Auto war. So einfach sollte er sich nicht davonstehlen. Er schaute ganz schön dumm, als ich ihm die Pistole vor die Brust hielt. Dann zwang ich ihn, zu Swetlana zu fahren.«

»Nach Hohenacker.«

»Ich hatte nicht vor, ihn zu erschießen, mein Gott, doch nicht meinen eigenen Sohn. Aber dann ... Er versuchte abzuhauen, einfach wegzufahren. Ich erwischte ihn gerade noch und dann fuhren wir zu dritt los, irgendwohin. Ich hielt ihm die Pistole an den Kopf und verlangte, dass er endlich die Wahrheit sagen und sich persönlich bei Swetlana entschuldigen sollte. Er schrie und tobte, lachte dann wie ein Irrer, mein Gott, das war doch nicht mein Sohn! Wir fuhren planlos durch die Gegend, hielten mal auf einem Parkplatz, dann auf einem anderen und irgendwann war es dunkel. Wie es passierte, was weiß ich ... Swetlana hockte hinten wie ein Häuflein Elend und stammelte vom Meer der Tränen, in dem ihre Schwester nach der schrecklichen Sache ertrunken war, und hielt die Kette, Evas Kette, in der Hand. Ich wurde so wütend und drohte ihn zu enterben, aber er lachte nur und machte sich über ihr Elend lustig. Und plötzlich begann er zu brüllen, jawohl, er und Wulf hätten es getan, alle paar Wochen sogar und es habe ihnen großen Spaß gemacht und sie solle sich nicht so zieren, die Weiber wollten es doch so und ihnen hätte es genauso gefallen. Wissen Sie, was das für mich bedeutete? Mein eigener Sohn machte sich über die Gewalt lustig, die er anderen Frauen angetan hatte, und ich saß dabei und hörte wehrlos zu.« Sie atmete heftig, sprang aus ihrem Sessel. »Ich war siebzehn, als der Krieg aus war und die Franzosen kamen, siebzehn, und ich habe es bis heute nicht vergessen, was sie mir angetan haben, träume heute noch in schlechten Nächten davon, heute, fast sechzig Jahre später. Ich weiß, wovon Swetlana sprach, war selber kaum älter als ihre Schwester. Und dann schreit mein eigener Sohn diese Lügen daher ...« Sie lief zum Fenster, starrte nach draußen, drehte sich wieder um. »Und plötzlich hatte er einen Zettel in der Hand, aus dem Handschuhfach, und dann schrieb er dort auf diesem Parkplatz den Satz: *Ich bin das erste Schwein, das büßen muss*, hielt ihn mir vors Gesicht und schrie uns an, ob wir jetzt zufrieden seien, wo er alles zugegeben und unsere Vorwürfe sogar schriftlich bestätigt habe. Und dann raste er wie ein Verrückter los und kreischte die ganze Zeit, er habe unser Weibergewäsch und unser Gejammere satt und würde uns jetzt ebenfalls im Meer der Tränen ertränken. Er wiederholte es immer wieder und ich verstand überhaupt nicht, was er wollte, sah nur, wie er um eine Ecke jagte an einer engen Absperrung vorbei und dann mitten durch den Wald. Er schrie und schimpfte und plötzlich sahen wir Wasser im Scheinwerferlicht. Er hielt an, deutete nach vorne und lachte wie ein Teufel. Er war nicht mein Sohn in dem Moment, ich kannte ihn nicht mehr. Da werdet ihr jetzt in eurem Meer der Tränen ersaufen, schrie er und ich schaue euch zu. Und dann merkte ich, wie er die Tür öffnen und aussteigen wollte und drückte ab.«

Braig starrte Emilie Herzog in die Augen. »Sie ... selbst ...«

Sie trat auf ihn zu, ließ sich in den Sessel fallen. »Meinen Sohn«, hauchte sie, »ja.«

Er wusste nicht, wie lange sie so einander gegenübersaßen, wurde irgendwann durch das Läuten der Türglocke aufgeschreckt. Braig schaute auf, nahm jetzt erst wahr, dass ihm die Kollegen nicht in die Wohnung gefolgt waren, stolperte zur Tür, betätigte den Öffner. Das Summen war deutlich zu vernehmen. Er hörte, wie jemand die Treppe hochkam, öffnete die Tür. Die junge Frau, die vor ihm stand, war bildhübsch. Ohne sie jemals vorher gesehen zu haben, wusste er sofort, wen er vor sich hatte. Ihre Ähnlichkeit mit dem Mädchen auf den Fotos war verblüffend.

22. Kapitel

Kurz nach 19 Uhr hatten sie die Aussagen der beiden Frauen vollständig protokolliert. Braig hatte Emilie Herzog und Swetlana Camiszewicz sowie ihren vor dem Haus wartenden Anwalt gebeten, ins Amt mitzukommen, hatte von Fellbach aus noch Neundorf informiert und nach einer Dolmetscherin verlangt, weil die junge Polin die deutsche Sprache nur bruchstückhaft beherrschte. Gegen siebzehn Uhr hatten Neundorf und er bei Kaffee und Keksen mit ihrer Befragung begonnen, in einer zuerst verkrampften, dann jedoch zunehmend aufgelockerten Atmosphäre. Die junge Frau – anfangs angesichts der unverhofften Konfrontation mit Polizeibeamten in einem Zustand schockbedingter Sprachlähmung – hatte sich mehr und mehr aus ihrer Erstarrung gelöst. Besonders die in äußerst freundlichem Ton vorgetragenen Einwürfe Neundorfs, sie bäte dringend um ihre Mitarbeit, um das verbrecherische Verhalten verschiedener Männer in Polen aufklären zu können, hatten Swetlana Camiszewiczs Anspannung nachhaltig gelöst. Unter den bedächtig formulierten und ruhig geäußerten Worten der Kommissarin war sie nach und nach dazu übergegangen, sich all das von der Seele zu reden, was sie in den letzten Monaten so belastet hatte und was schließlich auch zum Auslöser ihres Besuches in Deutschland geworden war.

Die junge Frau bestätigte die Darstellung Emilie Herzogs, wie es zum Tod deren Sohnes gekommen war, in vollem Umfang. Niemand habe die Absicht gehabt, Karl Herzog zu töten, der Schuss sei in der größten Not gefallen, als die beiden Frauen um ihr eigenes Leben fürchteten, weil Herzog offen zu erkennen gab, dass er sie mitsamt dem Auto im Wasser des Bärensees versenken wollte. Nach dem Schuss hatten sie mehrere Minuten gebraucht zu begreifen, was geschehen war. Wie in Trance sei die alte Frau ausgestiegen, während Swetlana – der

Tote war auf den Beifahrersitz gesunken – das Auto bis kurz vor die Uferkante hatte rollen lassen und dann unmittelbar davor herausgesprungen war. Sie waren durch den Wald geirrt, hatten irgendwo ein Taxi gefunden.

Der Tod Wulfs sei ähnlich verlaufen. Sie hatten spätabends, lange nach dem Besuch Neundorfs bei Frau Herzog, den gerade von einem Flug zurückgekehrten Mann in Ludwigsburg aufgesucht und ihn zu einem Geständnis zwingen wollen. Wulf hatte alles abgestritten und die Schuld allein auf Karl Herzog geschoben. »Er wusste aus der Presse, dass mein Sohn tot war«, erklärte Emilie Herzog, »und deshalb glaubte er, völlig ungeschoren davonzukommen.«

Mithilfe der Pistole hatten sie ihn gezwungen, den Bekennersatz zu schreiben, in sein Auto zu steigen und zum nicht weit entfernten Schloss Monrepos fahren lassen. »Wir wollten ihm zeigen, wie mein Sohn gestorben war und ihm Angst machen, damit er seine Tat endlich zugeben würde, aber er lästerte nur noch mehr und schob die Schuld auf Karl. Da drückte ich ab.«

Was blieb, war die Übergabe der beiden Frauen an die Justiz und die Benachrichtigung der Staatsanwaltschaft. Ob man Emilie Herzog ihres hohen Alters wegen Haftverschonung zubilligen würde, mussten sie diesen Instanzen überlassen. Swetlana Camiszewicz würde bei einem gnädigen Richter ohnehin mit einer Bewährungsstrafe davonkommen.

»Sie wollen behaupten, die beiden Morde hätten nichts, aber auch gar nichts mit der Erpressung zu tun?«, brüllte Koch ins Telefon, als Braig ihn nach mehreren vergeblichen Vermittlungsversuchen endlich erreicht hatte.

»Genauso ist es. Unsere Unterlagen sind komplett. Wir haben sie gerade Ihrem Büro übermittelt.« Er ersparte sich weitere Kommentare, legte den Hörer auf den Apparat.

»Den trifft heute noch der Schlag«, kommentierte Neundorf, »vor allem, seit er weiß, wie das Geld verschwand.«

»Ihr habt geklärt, wie es ablief?«, fragte Braig überrascht.

»Allerdings. Die haben Koch sauber ausgetrickst.«

»Und? Wo lag der schwache Punkt?«

»Sie haben sich als Polizisten verkleidet und eine Verkehrskontrolle simuliert. Gleichzeitig gaben sie per Handy Befehl, das Auto mit dem Geld so zu fahren, dass es von dieser Kontrolle gestoppt wurde. Sie ließen das Fahrzeug anhalten, zwangen den Fahrer, sich auszuweisen und den Inhalt des Wagens vorzuzeigen. Er musste das Handschuhfach vorne öffnen und einem der angeblichen Kollegen Einblick gewähren. Er wunderte sich noch, wie gründlich der alles untersuchte. Diesen Moment muss der andere falsche Beamte ausgenutzt haben, den Koffer hinten auszutauschen. Mit einem identischen, aber leeren Modell, das sie ja als Bedingung der Geldübergabe genau vorgeschrieben hatten. Jetzt ist klar, warum sie darauf von Anfang an so viel Wert legten.«

»Ich dachte, der Fahrer des Geldautos war einer von uns.«

»War er auch, aber was ändert das? Er kennt schließlich nicht alle Kollegen, die irgendwo im Land beschäftigt sind. Du etwa?«

»Nein«, antwortete Braig, »natürlich nicht. Wo ist das passiert?«

»Auf der Straße zwischen Esslingen und Stetten.«

»Wie bitte?«

»Du kennst die Gegend?«

Braig war so überrascht, dass er nicht auf Neundorfs Frage hörte. Zwischen Esslingen und Stetten, überlegte er, dort, wo Rössle und er am Morgen von der jungen Kollegin aus Tübingen kontrolliert worden waren? »Wann war das?«, fragte er stattdessen.

»Wann? Was weiß ich. Irgendwann heute Vormittag. Gegen neun Uhr, glaube ich. Schau im Protokoll nach, wenn du es genau wissen willst. Hauptsache, das Geld ist weg. Und kein

Mensch weiß, wo die Erpresser die Uniformen und den Streifenwagen herhatten und um wen es sich bei den Typen handelt. Aber das ist auch egal. Wichtig ist nur, dass es Koch jetzt an den Kragen geht. Ich hoffe, das Geld bleibt verschwunden. Der Kerl braucht den Denkzettel, noch dazu, wo jetzt klar ist, dass die Erpresser nichts mit den Morden zu tun haben.«

Braig nahm kaum mehr wahr, was sie noch äußerte, versuchte fieberhaft, sich in Erinnerung zu rufen, wann sie am Morgen die Polizeikontrolle passiert hatten. Gegen neun Uhr war der Koffer mit dem Geld ausgetauscht worden – war das nicht auch die Zeit, in der er mit Rössle dort vorbeigekommen war? Er hörte, wie sich seine Kollegin verabschiedete, winkte ihr geistesabwesend zu, blätterte in den Aufzeichnungen, die er sich über die Besichtigung des Waiblinger Tatortes gemacht hatte. *9.10 Uhr* hatte er als Termin seines Eintreffens notiert. Rechnete man für die Anfahrt vom Ort der Kontrolle zur Waiblinger Schwaneninsel zehn bis zwölf Minuten, kam er genau auf die von Neundorf angegebene Zeit. Oder hatte sie sich damit vertan? Er zögerte, erinnerte sich, dass sie sich nicht absolut sicher gewesen war.

Braig lief zu seinem Computer, schaltete ihn ein, suchte den Bericht zur Geldübergabe. *Zeitpunkt der Polizeikontrolle: 8.59 – 9.01 Uhr.* Nein, sie hatte sich nicht getäuscht. Der Termin stimmte. Er starrte auf den Bildschirm, konnte nichts mehr erkennen. Vor seinen Augen zerflossen die Buchstaben ins Nichts. Gab es noch Zweifel? Konnte das wirklich wahr sein? Die Polizeikontrolle, die Rössle und er wenige Minuten oder gar Sekunden vor dem Geldfahrzeug passiert hatten, war identisch mit der kriminellen Organisation, die die Millionen an sich gerissen hatte. Und er hatte eine der beteiligten Personen erkannt. Die junge Frau, die sich in Tübingen mit Theresa Räuber unterhalten hatte.

Er spürte, wie er vor Aufregung am ganzen Leib zitterte, lief unruhig vor seinem Schreibtisch hin und her. Nur langsam wurde ihm bewusst, welch ungeheuren Verdacht er damit äußerte. War es wirklich möglich, dass es sich um dieselbe Frau handelte, die er bei Theresa angetroffen hatte, konnte es nicht sein, dass er sich täuschte, dass die angebliche Polizistin ihr nur verblüffend ähnlich sah? Er setzte sich auf den Stuhl, legte den Kopf in seine Hände, stützte sich mit den Ellbogen auf seinem Schreibtisch ab. Hatte er sie überhaupt richtig erkannt? Er versuchte, sich den entscheidenden Moment vom Morgen noch einmal ins Gedächtnis zu rufen. Sie fuhren langsam auf die angeblichen Kollegen zu, bremsten ab, hatten sie unmittelbar vor sich, er die Frau rechts, Rössle den Mann links und dann, für den Bruchteil einer Sekunde, schauten sie einander ins Gesicht. Es handelte sich wirklich nur um einen kurzen Augenblick, weil sie ihren Kopf fast im gleichen Moment noch von ihm abwandte und nach hinten blickte, Rössle zudem sofort wieder beschleunigte. Ihre Augen waren hinter einer großen Sonnenbrille verborgen, die Haare von der Mütze verdeckt. Hatte er sie wirklich erkannt?

Braig schrak auf, weil sein Telefon läutete. Ann-Katrin war am anderen Ende. Er hörte Stimmen, lautes Rufen, hatte Mühe, sie zu verstehen.

»Du bist noch im Amt?«, fragte sie.

»Ein langer Tag«, antwortete er, »aber wir haben die Morde geklärt.«

»Oh, das ist gut. Das freut mich für dich. Wer sind die Täter?«

Er versuchte, ihr einen kurzen Überblick über seine Ermittlungen zu geben, hörte den Lärm am anderen Ende der Leitung.

»Es tut mir Leid«, fiel sie ihm ins Wort, »ich kann dich kaum verstehen.«

»Wo bist du?«

»In Backnang. Sie demonstrieren heute bis in die Nacht.«

»Immer noch das Krankenhaus?«

»Morgen früh findet die Abstimmung im Kreistag statt. Sie wollen mit allen Mitteln verhindern, dass es geschlossen und in einer anderen Stadt durch einen doppelt so großen Betonkomplex ersetzt wird.«

»Gibt es Probleme?«

»Nein«, sagte sie, »die sind friedlich.«

»Du musst trotzdem noch bleiben?«

»Es sieht so aus, ja. Kannst du noch bei Mama vorbeischauen? Theresa ist immer noch bei ihr. Es geht ihr unverändert schlecht.«

Er hörte, wie der Lärm erneut anschwoll, versprach, ins Katharinenhospital zu gehen, beendete das Gespräch. Er spürte seinen Magen, fühlte sich müde und ausgelaugt. Die detaillierten Aufzeichnungen über seine heutigen Ermittlungen konnte er auch noch am folgenden Tag zu Papier bringen. Er schaute auf seine Uhr, erschrak. Kurz nach halb acht. Kein Wunder, dass er sich so verausgabt fühlte.

Braig schaltete den Computer aus, verließ sein Büro. Als er auf die Straße trat, nahm er überrascht den heftigen Wind wahr, der die Zweige der Bäume hin und her schüttelte und Blätter und Schmutz durch die Luft wirbelte. Er hüllte sich in seine Jacke, weil es immer noch bitter kalt war, folgte der Wörishofener, dann der Decker Straße zum Cannstatter Bahnhof. Er betrat die Halle durch den Nebeneingang unmittelbar an der Sparda-Bank, passierte den Friseur, holte sich beim Bäcker eine Pizzaschnitte. Die Läden waren kaum noch frequentiert, nur wenige Passanten eilten durch die Halle. Braig aß die Pizza, lief zur S-Bahn hoch, nahm den nächsten Zug zum Hauptbahnhof. In der Klett-Passage ging es noch weit lebendiger zu, Menschen aus allen Richtungen eilten zur Stadtbahn und zu den Zügen. Er nahm die Treppe zur Kriegsbergstraße, folgte ihr zum Krankenhaus.

Die Luft stank nach Abgasen, Autos jagten trotz der späten Stunde mehrspurig an ihm vorbei. Braig passierte die Stelle, an der er am Vortag den Jungen auf den Gehweg zurückgerissen hatte, sah das Plakat nur wenige Meter entfernt. *Stuttgart, die kinderfreundliche Stadt.* Er glaubte, nicht richtig zu lesen. Von Lügnern und Heuchlern hatte er für heute genug.

Der Fahrtwind der Autos wirbelte Schmutz in die Luft, ließ eine leere Zigarettenschachtel auf seine Brust prallen. Er klopfte sich den Schmutz von der Jacke, packte das Plakat am rechten Rand, riss es mitten durch. Eines der vorbeirasenden Autos hupte. Er nahm das Papier an sich, knüllte es zusammen, lief weiter. *Stutt* verkündete das Plakat jetzt. Wenigstens eine Lüge weniger auf der Welt, überlegte er.

Er warf das Papier in den Abfallbehälter im Atrium des Krankenhauses, folgte der breiten Treppe nach oben, lief die Gänge entlang, bis er den Bereich der Intensivstation erreicht hatte. Theresa Räuber saß auf einem der hellen Stühle, den Kopf nach vorne gebeugt, in Gedanken versunken. Sie sah erst auf, als Braig unmittelbar vor ihr stand.

»Hallo«, sagte er, »wie geht es ihr?«

Sie richtete sich langsam auf, schüttelte den Kopf. »Unverändert. Ich konnte es nicht länger ertragen, musste von ihrem Bett weg.«

»Sie reagiert immer noch nicht?«

»Nein. Auch nicht, wenn ich ihr ins Ohr flüstere oder sie streichle, wie Dr. Kammerer hoffte. Es sieht nicht gut aus.«

»Du hast noch mal mit ihm geredet?«

»Er wollte es sich nicht anmerken lassen, aber er war selbst enttäuscht. Er konnte es nicht überspielen.«

Braig wusste nicht, was er noch sagen sollte, zeigte auf die Tür zur Intensivstation. Sie nickte nur unmerklich mit dem Kopf, ließ ihn gehen. Er sprach bei der Schwester in der kleinen Kabine vor, die dort mehrere Monitore überwachte, betrat in deren Begleitung den grell erleuchteten Raum.

Irene Räuber lag ruhig atmend in ihrem Bett, an unzählige Schläuche und Kanülen gekettet, umgeben vom leisen Tackern und rhythmischen Pumpen verschiedener Apparaturen. Braig begrüßte sie, als wäre sie bei vollem Bewusstsein, strich ihr sanft über die Stirn, genau wie der Arzt es empfohlen hatte. Sie ließ es ohne jede Reaktion über sich ergehen, atmete leise weiter, im gleichen Rhythmus wie vorher. Braig sah, wie die Schwester nach draußen zeigte, nickte, folgte ihr auf den Gang. Theresa wartete mit müden Augen auf einem der Stühle.

»Wie lange willst du bleiben?«, fragte er, schaute auf seine Uhr, »es ist kurz nach halb neun.«

Sie schaute ihn nachdenklich an, sprang dann auf. »Gehen wir«, antwortete sie, »ich muss an die frische Luft.«

Sie verließen das Krankenhaus, beschlossen, zu Fuß zu seiner Wohnung zu laufen. Es waren kaum fünfzehn Minuten. Sie überquerten die Kriegsbergstraße, nahmen den Weg durch den Stadtgarten an den Gebäuden der Universität vorbei. Einzelne Studenten eilten ihnen entgegen.

»Du hattest viel zu tun?«, fragte Theresa Räuber. »Erzähle von deiner Arbeit, ich muss mich ablenken.«

»Du glaubst, das ist das Richtige in deiner Situation?«

»Solange ich nicht an Mama denken muss, ist alles richtig.«

Er spürte ihre angespannte Verfassung, berichtete von seinen Ermittlungen.

»Die alte Frau erschoss ihren eigenen Sohn?«, wunderte sich Theresa Räuber.

»Sie wollte ihn nur dazu bringen, zu seinen Taten zu stehen.«

»Das kann ich nachvollziehen«, meinte sie, »sie ist eine starke Frau.«

Sie passierten die Liederhalle, kamen zum Berliner Platz, blieben an der Überführung stehen, weil die Ampel Rot zeigte.

»Und wie sieht es mit den Forderungen der Erpresser aus?«, fragte sie. »Dass sie mit den Morden nichts zu tun haben, ist jetzt ja eindeutig geklärt.«

Braig wandte sich zur Seite, warf ihr einen kritischen Blick zu. »Das Geld wurde übergeben, hast du es nicht gehört? Heute Morgen.«

Sie schaute ihn überrascht an, schüttelte den Kopf. »Einhundertmillionen?«

»Die Hälfte«, antwortete er.

»Wie ist es gelaufen?«

Braig sah, wie die Ampel auf Grün sprang, beeilte sich, die Straße zu überqueren. Mehrere Autos warteten ungeduldig auf die Weiterfahrt. Er berichtete ihr vom Ablauf des Geschehens, kam auf die angebliche Polizeikontrolle zu sprechen.

»Und ihr wisst nicht, um wen es sich bei den falschen Beamten handelt?«

»Nein. Die Fahnder waren alle darauf programmiert, dass die Geldübergabe am Ziel der Fahrt stattfinden würde. Kein Mensch hatte damit gerechnet, dass sie unterwegs abkassieren könnten, noch dazu unter dem Mantel der Kollegen.«

»Wahnsinn. Ich kann gar nicht ausdrücken, wie mich das freut. Dann sind diese verdammten Firmen wenigstens Fünfzigmillionen los.«

»Ich weiß nicht, ob es so einfach ist.«

»Was willst du damit sagen?«

Sie hatten die Leuschnerstraße erreicht, folgten ihr dem Feuerwehrareal entlang. Braig sah Theresas misstrauischen Blick.

»Wenige Minuten vor dem Geldtransporter fuhr ich auf derselben Straße.«

»Du?«

»Ich kam an derselben Polizeikontrolle vorbei. Die angebliche Kollegin habe ich sofort erkannt.«

Sie lächelte spöttisch. »Wer soll das sein?«

Braig trat zur Seite, weil ein alter Mann von seinem angeleinten Hund direkt auf ihn zugezerrt wurde, hörte die entschuldigenden Worte des Passanten. Er winkte beiläufig ab, wandte sich Theresa zu. »Ihren Namen habe ich vergessen. Du hast dich vor ein paar Tagen mit ihr in Tübingen unterhalten. Ich sah euch zufällig, wir unterhielten uns kurz.« Er sah, wie sie erbleichte, ihr Gesicht dann von ihm abwandte und zur Straße blickte. Sie liefen mehrere Sekunden schweigend nebeneinander her.

»Du hast einen seltsamen Humor«, brachte sie schließlich hervor. »Was willst du mir damit sagen?« Ihre Stimme hatte sich verändert, hatte einen kühlen, distanzierten Ton angenommen.

»Ihr Name. Du kennst ihn. Ich nicht.«

Sie blieb stehen, starrte ihn mit funkelnden Augen an. Ihr Gesicht verlor den bleichen Ton, färbte sich rot. Sie kam ihm vor wie ein Vulkan kurz vor der Eruption. »Dir ist immer noch nicht bewusst, wie weit die Veränderung unseres Klimas bereits fortgeschritten ist, wie? Dass die Prozesse, die die Erde in ein unbewohnbares Treibhaus zurückverwandeln, in einen Zustand, in dem sie sich über Hunderte von Millionen Jahren hinweg schon befand, so weit eskaliert sind, dass sie die Schwelle, bis zu der wir sie noch aufhalten können, beinahe erreicht haben? Und ausgerechnet in dieser Situation haben unsere Konzerne nichts Besseres zu tun, als noch mehr Autos über die Welt zu verteilen und die Atmosphäre mit immer mehr Flugzeugen zusätzlich aufzuheizen, und unser Staat liefert ihnen auch noch die Grundlagen dazu, indem er ausgerechnet diese Unternehmen von sämtlichen Steuerzahlungen befreit. Wer ist kriminell: Eine Gesellschaft, die diese Entwicklung unterstützt oder Menschen, die sich diesem Wahnsinn in den Weg stellen?« Sie warf ihre Haare zurück, starrte ihm ins Gesicht. »Du kannst es dir überlegen, ob du noch länger mit mir in Kontakt bleiben willst. Ich wünsche dir eine unruhige Nacht.«

Braig sah, wie sie sich umdrehte, dann den Weg zurücklief, den sie gekommen waren. Er blieb stehen, starrte ihr nach, bis sie irgendwo hinter mehreren Autos verschwunden war.

23. Kapitel

Braig hatte seine Mutter selten so freundlich erlebt. »Du hast dir tatsächlich die Zeit genommen?« Sie war von ihrem Stuhl aufgesprungen, hatte ihn in die Arme geschlossen, ihn nach Leibeskräften geherzt.

Er hatte versucht, den großen Blumenstrauß vor ihrer Umklammerung zu retten, ihr zärtlich die Wange gestreichelt und sie geküsst. »Ich habe es dir versprochen, hast du das vergessen?«

Sie trug ein helles, naturfarbenes Kleid, dazu eine dunkelblaue Weste, strahlte den ganzen Nachmittag und Abend wie ein junges, frisch verliebtes Mädchen. »Frau Dr. Ohlrogge hat mir extra die Zeitung mitgebracht. Du stehst auf der ersten Seite.« Sie war mit dem Blatt in der Hand von Gast zu Gast geeilt, hatte allen die Schlagzeile präsentiert, die sie mit Stolz und Freude erfüllte: *Polizei löst spektakuläre Morde in Stuttgart und Ludwigsburg. Stuttgarter LKA-Kommissare Braig und Neundorf erfolgreich.*

Braig wusste nicht, wie sein Name in die Presse geraten war, nahm die Glückwünsche nur abwehrend entgegen. Er war kurz nach sechszehn Uhr im Mannheimer Hauptbahnhof eingetroffen, hatte den großen Blumenstrauß besorgt, ihn dann keine fünf Gehminuten später in dem prächtig an der Rheinpromenade gelegenen Restaurant Frau Dr. Ohlrogge überreicht und sich für die Einladung bedankt. Sie hatte die Glückwünsche zu ihrem mit sechs Wochen Verspätung gefeierten vierzigsten Geburtstag entgegengenommen, ihn dann auf seine erfolgreichen Ermittlungen angesprochen und ihn mit den anderen Gästen bekannt gemacht. Er war froh über die völlig andere Umgebung, genoss es, den beruflichen Stress und die Angst um den Gesundheitszustand Irene Räubers wenigstens einige Stunden vergessen zu können. Er bat seine Mutter, ihm einen

Kaffee einzuschenken, ließ sich mitten auf der weitläufigen Terrasse nieder, den sanft geschwungenen Lauf des Rheins vor Augen.

Der Tag hatte früh, vor sieben Uhr schon begonnen. Ann-Katrin, erst kurz vor Mitternacht von ihrem Einsatz in Backnang nach Hause zurückgekehrt, war zur Frühschicht in Waiblingen eingeteilt, die Kreistagssitzung, in der es um die Zukunft des Backnanger Krankenhauses ging, vor eventuellen Übergriffen aufgebrachter Bürger zu beschützen.

»Sie brauchen jede Person«, hatte sie erklärt. »Du schaust bei Mama vorbei?«

Er war ihrem Wunsch nachgekommen, schon allein deswegen, weil Theresa am Vorabend Hals über Kopf nach Tübingen zurückgefahren war, hatte fast zwei Stunden bei Irene Räuber verbracht, dabei zum ersten Mal eine zaghafte Reaktion der Schwerkranken auf seine Anwesenheit bemerkt. Er war an ihr Bett getreten, hatte zu ihr gesprochen und sie sanft gestreichelt, dabei überrascht wahrgenommen, wie sie aufgeregt ihren Kopf hin und her warf – immer dann, wenn seine Stimme zu hören war.

»Das könnte ein erstes Anzeichen sein, dass vom temporären Blutversorgungsausfall nur teilweise geschädigte Teile des Gehirns reaktiviert werden und sie deshalb unbewusst eine ihr vertraute Stimme wiedererkennt«, hatte ihm Dr. Kammerer bestätigt, dem er kurz darauf über den Weg gelaufen war. »Reden Sie mit ihr, bleiben Sie in Kontakt, das ist unsere einzige Chance.«

Braig hatte weiter auf Irene Räuber eingesprochen, war dann gegen zehn Uhr ins Büro aufgebrochen, nicht ohne unterwegs Ann-Katrin und Theresa von den Fortschritten ihrer Mutter zu unterrichten.

»Das ist wunderbar«, hatte Theresa geantwortet, »ich lasse meine Vorlesung ausfallen und fahre ins Krankenhaus.«

Sie hatten ihren Streit vom Vorabend nicht erwähnt, waren in gewohnter Freundlichkeit miteinander umgegangen.

Wenige Minuten später, vor dem Eingang zum LKA, war er Helmut Rössle begegnet. Der Techniker hatte sich eifrig die Hände gerieben, dann hämisch gegrinst. »Alle Idiote von Sindelfinge, der Herr Oberstaatsanwalt! Das Geld isch weg und koiner woiß wo na. Und i bin scho mindestens fünf Jahr nemmer von Esslinge nach Stette gfahre, du etwa?«

Braig hatte unwillkürlich lachen müssen, dem Techniker dann seine Zustimmung signalisiert.

»S´isch höchste Zeit, dass der Halbdackel oine in d´Gosche kriagt.«

Kurz vor elf, Braig war gerade damit beschäftigt, den Ablauf seiner Ermittlungen vom Vortag zu protokollieren, hatte ihn der Anruf aus Göppingen wieder in die Realität zurückgeführt. »Sven Demski hat gestanden«, hatte Hauptkommissar Frank, mit dem er vor ein paar Tagen schon telefoniert hatte, erklärt, »wir müssen alle Beschuldigungen gegen Johannes Wangbiehler zurücknehmen.«

»Was gestanden?«, hatte Braig gefragt.

»Er war es, der am Sonntagmittag das Kind auf dem Fahrrad anfuhr.«

»Aber das kann doch nicht sein«, Braig war entsetzt, »mein Kollege und ich haben doch eindeutig geklärt, dass dieser Unfall in die Verantwortung Johannes Wangbiehlers fällt.«

»Demski hat sich heute Morgen selbst angezeigt. Wir müssen unsere Untersuchung gegen Wangbiehler fallen lassen, so Leid es mir tut.«

»Aber das ist doch getürkt. Der alte Wangbiehler hat seinen Sohn freigekauft!«

»Sie haben Recht«, hatte Frank erwidert, »das ist auch für mich die einzige Erklärung. Er hat ihm so viel gezahlt, dass Demski dafür sogar ins Gefängnis geht. Aber wie soll ich das beweisen? Sagen Sie mir, wie?«

Braig war vor Wut aufgesprungen, hatte den Telefonhörer auf den Apparat gedonnert. Konnte es wahr sein? Durfte sich der neureiche Unternehmer alles erlauben? Er hatte Wangbiehlers süffisantes Grinsen vor sich, seine beiläufige Bemerkung, als er ihm vorgeworfen hatte, dass die Kollegen gegen seinen Sohn ermittelten: »Das ist Schnee von gestern. Sie sind offensichtlich nicht auf dem neuesten Stand.«

Nein, er, Braig, war nicht auf dem neuesten Stand. Das waren andere, die über Leichen gingen, um sich ihre Vorteile zu sichern und ihren egomanischen Lebensstil nicht einschränken zu müssen. Johannes Wangbiehler hatte mit seiner Raserei wieder einmal einen Menschen schwer verletzt und würde frei davonkommen – das war die Realität in diesem Land. Und sein Vater, ein ehrenwerter Industrieller, erpresste Politiker und die Bevölkerung einer ganzen Region mit der Drohung, seinen Betrieb ins Ausland zu verlagern, sollten sie nicht bereit sein, eine zusätzliche Asphaltpiste in diese schon halb zubetonierte Landschaft zu pflastern.

Nur mühsam hatte er wieder zu seiner Arbeit zurückgefunden, war dann kurz nach vierzehn Uhr von Ann-Katrin über den Ausgang der Kreistagssitzung in Waiblingen informiert worden.

»Das Krankenhaus wird geschlossen«, hatte sie ihm mitgeteilt, »und durch einen doppelt so großen Neubau in Winnenden ersetzt.«

»Wie bitte?« Er hatte es nicht glauben wollen, hatte den Telefonhörer an sein Ohr gepresst und seine Frage mehrfach wiederholt. »Das Krankenhaus in Backnang, für dessen Erhalt mehrere Tausend Menschen tagelang gekämpft haben? Sie wollen keinen weiter entfernten anonymen Megakomplex, du hast es selbst erzählt. Das meinst du nicht ernst. Du täuschst dich, hast das Ergebnis nicht richtig mitbekommen.«

»Nein«, erwiderte sie, »ich täusche mich nicht. Was glaubst du, warum die Leute hier auf den Straßen so verbittert aussehen? Das Krankenhaus wird geschlossen. Stattdessen wird für mehrere Hundert Millionen der Neubau eines Großklinikums in Winnenden erstellt. Das liegt doch im Trend: In Backnang das Krankenhaus, auf den Fildern die Messe und in Stuttgart ein milliardenschwerer unterirdischer Hauptbahnhof. Und alles aus Steuergeldern, aber gegen den Willen der Bevölkerung.« Sie hatte ihm für die Feier in Mannheim einen schönen Abend gewünscht, ihm dann mitgeteilt, dass sie den Rest des Tages am Bett ihrer Mutter verbringen werde.

Braig hatte alles stehen und liegen lassen, war nach Hause geeilt, hatte sich umgezogen, dann im Hauptbahnhof den nächsten Zug genommen.

»Du hast die Papageien gesehen?«

Er erwachte aus seinen Gedanken, sah seine Mutter vor sich stehen, eine Tasse Kaffee in der Hand.

»Welche Papageien?«, fragte er.

»Hier. Diese Vogelschwärme.«

Er stand auf, spazierte ein paar Schritte von der Terrasse des Restaurants weg, betrachtete die Bäume, die locker aufgereiht über die Wiesen am Rheinufer verteilt waren. Auf ihren Zweigen und Ästen herrschte reges Leben, grellgrüne Vögel hüpften hin und her, schwangen sich in die Luft, landeten im Gras. Er näherte sich einem der Bäume, hörte das ungewohnt schrille Gezwitscher, lautes Kreischen und Trällern, das er von den Vogelhäusern der Wilhelma her kannte, starrte verwundert in die Höhe.

»Lustig, was?«, meinte seine Mutter.

Ein Schwarm der seltsamen Tiere landete unmittelbar vor ihnen im Gras, pickte an den Überresten eines morschen Astes herum. Es waren Papageien, er sah es jetzt deutlich, grellgrüne, mit langem Schwanzgefieder geschmückte Papageien, wie er sie bisher nur in der Wilhelma oder auf Bildern aus exotischen Ländern gesehen hatte. Sie hüpften aufgeregt vor ihm hin und her, erhoben sich dann kreischend wieder in die Luft.

»Wo kommen die her?«, fragte er verwirrt. »Das ist doch freies Gelände.« Er schaute von Baum zu Baum, sah die Vielzahl der bunten Tiere, begann zu zählen, kam irgendwann, weit jenseits der Hundert, durcheinander.

»Sie sind fremd hier«, sagte Dr. Ohlrogge, »das ist nicht zu übersehen.« Sie war auf ihn zugetreten, zeigte auf die Papageien. »Nur Fremde starren ihnen so nach«, erklärte sie, »die Einheimischen haben sich längst an sie gewöhnt.«

»Es sind Papageien?«, wollte er wissen. »Richtige Papageien?«

Dr. Claudia Ohlroge nickte. »Richtige Papageien, ja.«

»Wie kommen die hierher? Die benötigen doch tropische Klimate.«

»Das ist richtig, ja. Aber genau das finden sie bei uns, annähernd tropische Klimabedingungen. Vor über zehn Jahren beschädigte ein Sturm im Luisenpark am anderen Ende Mannheims eine Voliere. Eine Hand voll dieser Papageien konnte entkommen. Man dachte, die seien verloren. Die harten Winter, kühle Herbstwochen und so. Wie Sie sehen, leben sie noch. Und es geht ihnen offensichtlich gut. Sie finden sie in allen Grünanlagen Mannheims, aber auch längst über dem Rhein in Ludwigshafen und der Pfalz, genauso in Heidelberg. Naturschützer schätzen ihre Zahl inzwischen auf mehrere Tausend. Dass es ihnen so gut geht, haben sie nicht nur der Rheinebene zu verdanken, der wärmsten Region Deutschlands. Vor zwei Jahrzehnten hätten die Tiere auch hier keine Chance gehabt, im Freien zu überleben. Nein, unser Klima hat sich verändert. So vehement, dass heute schon Tausende von Papageien die anderen Vögel verdrängen. Oder sehen Sie hier eine Meise oder einen Specht?«

Braig schaute in die Höhe, sah das grellgrüne Gewimmel der Vögel auf den Bäumen, darüber mehrere Kondensstreifen verschiedener Flugzeuge am Himmel. Ein anderer Gast trat auf Frau Dr. Ohlrogge zu, verwickelte sie in ein Gespräch. Braig begab sich ein paar Meter abseits, griff nach seinem Handy, rief Theresa an. Vor ihm knabberte ein Papageienpärchen an einem Ast. Theresa meldete sich nach kurzem Läuten, wunderte sich über seinen Anruf.

»Du? Wo bist du?«

»Ich stehe am Rhein und beobachte Papageien«, sagte er.

»Papageien?«

»Genau.«

»Das ist schön für dich.«

»Danke, ja. Ich wollte dir nur etwas mitteilen: Sollte mich jemand nach der Straße von Esslingen nach Stetten fragen, so tut es mir Leid: Ich bin seit Monaten dort nicht mehr vorbeigekommen.« Das Papageienpärchen vor ihm hatte genug, erhob sich kreischend in die Luft, flog direkt auf Braig zu. Er duckte sich, hörte kaum Theresas letzte Worte.

»Ich habe dich schon immer bewundert«, sagte sie. »Um so mehr frage ich mich: Wie lange willst du dieser durch und durch kranken, von Rücksichtslosigkeit besessenen Gesellschaft noch den selbst verschuldeten Dreck aus dem Weg räumen?«

Braig wusste keine Antwort. Lange würde er sich nicht mehr dafür hergeben.

KBV-KRIMI

Klaus Wanninger

Schwaben-Rache

KBV-Krimi Nr. 49
Taschenbuch, 288 Seiten
ISBN 3-934638-49-x

Private Racheaktion oder grüner Terror? Der Vorsitzende eines großen deutschen Automobilclubs wird eine Nacht lang in der Nische eines stark befahrenen Stuttgarter Autobahntunnels festgehalten. In einem Bekennerbrief kündigen die Täter weitere Aktionen gegen den "Autowahn" an.

Den Fahndern vom LKA bleibt nicht viel Zeit: Zwei weitere Männer werden gekidnappt.

Im kleinen Ort Lauberg stoßen Kommissar Braig und seine Kollegin Neundorf auf ein kompliziertes Geflecht verfeindeter Familien, die alle nur darauf zu brennen scheinen, seit langem schwelende Rachegelüste endlich in die Tat umzusetzen.

Klaus Wanninger

Schwaben-Messe

KBV-Krimi Nr. 52
Taschenbuch, 336 Seiten
ISBN 3-934638-52-x

Die Landesregierung plant, auf den fruchtbaren Filderböden südlich von Stuttgart zusätzlich zu dem Flughafen jetzt auch noch eine neue Messe zu bauen. Die Bauern wehren sich. Die Regierung droht mit Enteignung. Plötzlich liegt ein Toter auf den Krautäckern neben dem Flughafen. Ein Toter, der anscheinend viel mit den Plänen der Regierung zu tun hatte. Kam er den Kritikern der Messe in die Quere? Welche Rolle spielte die fanatische Gegnerin des Projektes, Landwirtin Gabriele Krauter, auf deren Bauernhof in schwülen Sommernächten angeblich schwarze Messen gefeiert werden? Kommissarin Neundorf und Kollege Braig die Ermittlungen auf und stoßen auf dubiose Machenschaften einheimischer Politiker.

"... bietet spannendste Unterhaltung!" (Waiblinger Wochenblatt)

Klaus Wanninger

Schwaben-Wut

KBV-Krimi Nr. 81
Taschenbuch, 266 Seiten
ISBN 3-934638-81-3

Mitten im sehnsüchtig erwarteten Straßenfest wird in Backnang ein Mann ermordet. Wenige Tage später fällt in Ludwigsburg während der Sendung "Nachtcafé" ein Manager eines Privatsenders einem Anschlag zum Opfer. Wie schon in Backnang beobachten Zeugen auch diesmal einen blonden jungen Mann.

Kommissarin Neundorf und ihr Kollege Braig jagen dem jugendlichen Monster hinterher und lernen dabei immer besser verstehen, was junge Menschen bei uns so häufig kriminell werden lässt.

"Rasant erzählter, verwickelter Schwaben-Krimi" (ekz Informationsdienst)